眺めのいい水口屋の部屋「一碧」でくつろぐ著者（前右）と水口屋四代目望月半十郎。空と海の境が一直線に見えている（山田写真館提供）

天皇皇后両陛下が静岡国体御臨席のため 1957（昭和 32）年 10 月 25 日から 2 泊された（山田写真館提供）

陛下が使用された御幸の間（山田写真館提供）

海に面した御庭からの客室を描いた絵葉書
1918（大正 7）年～ 1940（昭和 15）年頃（水口屋ギャラリー蔵）

原書
JAPANESE INN :
A RECONSTRUCTION OF THE PAST
(U.S.A.: Random House, 1961)

日本語訳 初版
三浦朱門訳『ニッポン 歴史の宿
東海道の旅人ものがたり』
（人物往来社、1961）

JAPANESE INN

A RECONSTRUCTION OF THE PAST

By Oliver Statler

O. スタットラー　著
Written by Oliver Statler
三浦 朱門　訳
Translated by Shumon Miura

はじめに

興津の脇本陣であった旅館　水口屋の記憶は、私にとって小学生だった頃、夏休みに旅館の離れの一室で算数の勉強をした事から始まる。だが、なぜこの旅館の離れで勉強させられたのかは覚えていない。それよりも、食料も十分でなかった時代に戴いた、旅館のお料理が美味しかった事が鮮明に記憶に残っている。

当時の興津は、国道のバイパス建設以前でのどかな所であった。今も残っている水口屋の松の多い庭を抜け、鉄の扉をくぐると護岸を兼ねた狭い道が東西に延びて、すぐ目の前に砂浜と海が広がり、風に乗って強い潮の香りがした。

向かいには三保半島、かすんで遠くには伊豆の山々を望む事が出来、振り返れば清見寺の山の緑が水口屋の屋根の向こうに広がり、西側には清見潟と呼ばれた岩礁地帯が海に突き出し、砂浜には木造の漁船が並べられていた。更に西に進むと、袖師（そでし）の海水浴場があった。

この自然環境に恵まれ雪を知らない暖かな興津の地は、長く東海道五十三次の宿場町として親しまれたが、明治に入り、西園寺公望はじめ多くの元勲達に東京の避寒別荘地として愛され、その中心的存在が水口屋旅館であった。

今は海岸沿いに国道のバイパスと港の建設が進み、新しい活気に満ちた世界が広がっているが、一歩山側に入ると、旧国道沿いに脇本陣水口屋はじめ古刹清見寺等々興津の宿場町の香りが今でも残っている。

この由緒ある水口屋旅館を題材としたOliver Statler の小説 *Japanese Inn :Reconstruction of the past* は、戦争の傷あとがまだ残る１９６１年に出版されアメリカでベストセラーとなったが、当時アメリカの一流写真誌 *Life* にも取り上げられて海外で有名となり、多くの外国人が水口屋を訪れ、女優 エリザベステイラーも来日の際この水口屋に立ち寄ったと言う。

その後日本は高度成長の時代に入り、興津の海岸にバイパスが建設され、清水一の格式を誇った旅館 水口屋も廃業してしまい、興津海岸は様相が一変する。かねて私は、この本が時の流れに流され忘れられ、歴史の中に埋もれてしまう事を惜しみ、もう一度新しく現代風の翻訳本を出版したらどうか、と考えていたが、故 三浦朱門先生の昭和36年に『ニッポン・歴史の宿（東海道の旅人ものがたり）』として翻訳されたものを読み返してみて、改めて三浦先生の翻訳が今の時代の若者にも十分感動して貰える若々しい現代性を持っているとの想いを強くし、曽野綾子先生はじめご遺族の皆様にお願いした所、快くご了解を戴きこのほど再出版を実現させて戴く事が出来た。改めて、ご遺族の皆様のご厚意に感謝申し上げたい。

この本の構成については、三浦先生の翻訳を更に生き生きと現代の読者に感じ、理解して戴くため、紙質も良い物を使用し、翻訳を彩る写真や絵はカラーを中心として新しく編集をさせて戴いた。装丁を改め、新しく生まれ変わった三浦先生の翻訳本が現代に生き返り、地元の皆様はじめ一人でも多くの読者に愛される事を心から願って止まない。

令和四年七月
八代　鈴木　与平

ニッポン　歴史の宿　目次

資料編

ニッポン　歴史の宿

1961年（昭和36年）頃の興津町付近図

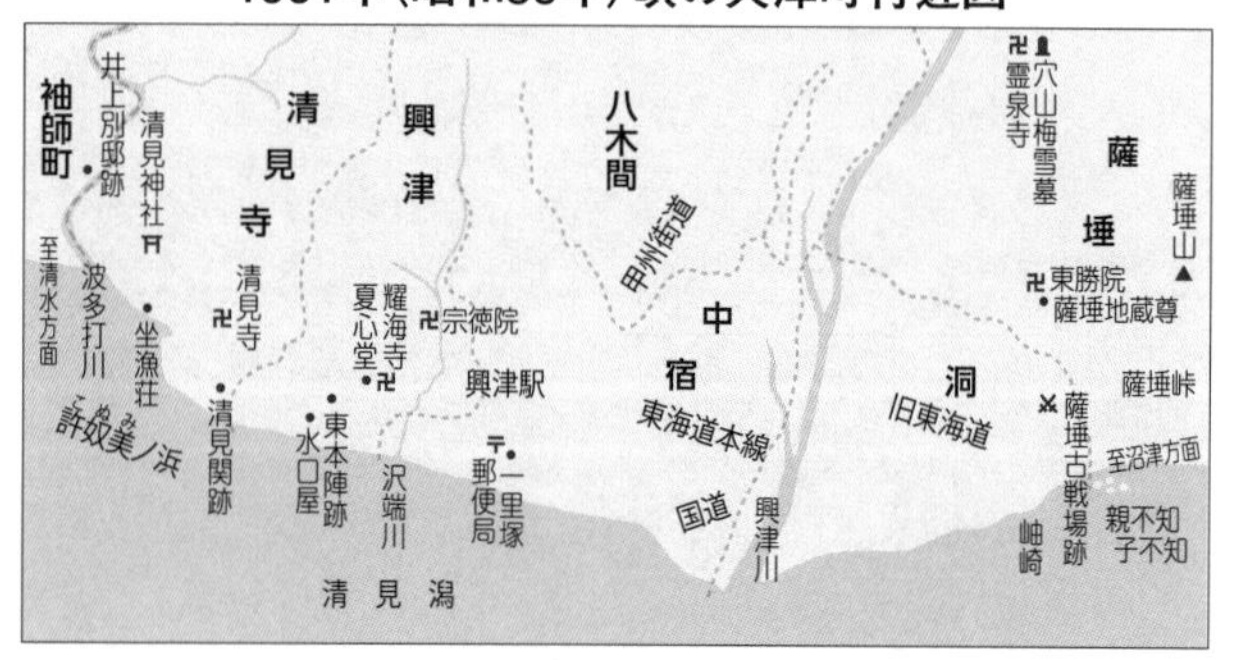

歴史の宿

新しい都東京と、古い都京都を結ぶ東海道を南西に向かって、私はその時もまた車を走らせていた。その時もまた、というのは、米軍の占領以来十二年の間に幾度となくこういうドライブをしたからで、東京の混雑を逃がれ、静かな場所にくつろぎたかったのである。

私は水口屋（みなぐちや）という夢のような静かな宿屋に向かっていた。屋というのは営業所の意味であるが、水口という名前が何に由来するか、所有者も知らなかった。宿屋の主は、恐らくそれは昔宿屋の名前がつくられた頃、近くに清らかな水の源があったからであろうという。しかし、これはあまり確かなことではない。

小説に現れる面白い宿屋と違って、この宿屋ははなばなしい名前をもっていない。しかしてここは私にとって重大な意味をもっている。数年来、私はここを日本の最もよい場所と考えてきた。私が愛するようになったこの国の古く美しい礼儀で私を包んでくれる場所と考えてきた。また、古き日本を頑固に守ってゆく水口屋を見ていると、どんなに米国人が来ようとも、日本は依然として日本的であるだろうということを私は信じるようになる。

豊かな丘陵を背負って、穏やかな駿河湾を前にした水口屋で、私はこの宿屋を包んだ歴史上のさまざまな不思議な光景を想い描くことができる。私は強く冷静な武将で、三百五十年前に近代日本の基礎をおいた家康の魂を感ずることができる。また私は俊敏な由井正雪が三百年前のように、この宿屋に駈け込んでくるさまを想像することもできる。そして防波堤に立てば、この宿屋のすぐ近くに住み政界の長老として死ぬまで軍国主義者と戦い、戦争を回避しようとした近代日本の偉人、西園寺公の姿を想い描くことができる。

水口屋において、これらの空想を描くのに夢想家になる必要はない。なぜなら、この一介の田舎宿屋は、日本の歴史に深く関わっているので、この静かな宿にいるとき、歴史が私の心に甦ってくるのだ。幾度か焼け、幾度か改築されながら、しかも一つの家系によって受けつがれたこの宿屋は、そこに日本の歴史が宿り、時にはその客の姿を生き生きと示すのだ。

今日、私はすでに東海道を走って、由比までやって来た。新しいハイウェイが村のメインストリートの混乱を避けるために、二、三百メートル内陸よりにつくられているが、由比を出ると、街道は海岸に出て左手には防波堤、右手には険しい山が見える。私はこの海辺を走っているとき、いつも精神の高ぶるのを覚える。なぜならば、興津と由比の間にはこの薩埵山（さったやま）があり、私の宿屋はすぐこの先の興津にあるからだ。後数分の中に、宿屋の門に入るだろうし、私の日本における安息の場に行き着けるのだ。私のドライブは終わりに近づいている。日本のハイウェイの無秩序な混乱に、緊張した神経もややくつろぎを覚える。岸の岩の辺りから海に飛び込む男女が見えるが、彼らは手にナイフを持ってアワビを取っているのだ。その向こうには、駿河湾があり、漁船が点在している。

昔も、人々はアワビを取り、漁船が湾に点在していた。しかし当時この辺りは危険な街道であった。断崖からは岩が落ち、波が道を洗った。興津のすぐ近くのところで、山は荒々しく海にせまり、道路の余地など全然なかったのだ。旅人は海に入り、岩や潮と戦いながら進まねばならなかった。人の力に頼ることもできず多くの者はここで生命を失った。ここは親不知、子不知といわれていた。

長いドライブの最後の数分の、今になって――由比は東京から百マイル（約百六十キロメートル）であるが、余す所、僅か一マイル（約一・六キロメートル）なのだ――全東海道の名勝の一つであるこの風景の記憶を新たにしようと、私はいつもここに車を止める。
右手には薩埵山がひかえている。一六五五年（明暦元年）、朝鮮の使節の一行がこの道を通ることになり、現在の日韓関係から思うと、思慮深かった当時の日本政府は、この海の中を通る危険な道をやめて、かわりに薩埵山を通る険しい道をつくった。今日、広重の東海道図絵を蒐集している多くの人は、由比からの峠の絶壁と、その下にある青く美しい湾を生き生きと大胆に描いた彼の作品を、最も高く評価するであろう。

峠の頂で、道は松林をぬけて見晴らしのよい場所に出る。これは息をのむほどすばらしい眺めで、そこに立つ人はこの光景を飽かず眺めるのであった。駿河湾が拡がり、その先は太平洋につらなる。そして足下の波は花のように砕けている。由比は海岸の左手に、興津は右手にある。左手の靄に包まれた彼方には伊豆の山々が聳えている。右手の興津の向こうにはこの国の最も美しい眺めが見られる。この街の港は腕のように延びた黒い砂地に護られ、そこには歪んだ老松が生えていて、これが有名な三保松原である。松に飾られた砂洲の美はそれ自体としても美しいのだが、これは有名な伝説の舞台でもある。ここの美しさにひきつけられた天女が、空から泳ぎに来て羽衣を松の枝に掛けた。漁師は羽衣を見つけたが、それを返そうとしなかった天女は漁師のために舞いを舞うことになり、神々は空から彼女のために音楽を演奏した。

しかし旅人が三保を愛するのは、そういう物語の美しさばかりではない。なぜならば、物語はここを有名にはしたが、この白砂青松（はくしゃせいしょう）の浜からの富士の眺めは、一番よいとされているのだ。

三保松原のどこに立っても、北の方に富士が、松の枝の下に、駿河湾に影を映して聳え立っているのが見え、輝くような砂がその風景を縁取る。ここからの富士を見ないものは、本当の富士を見たとはいえない。また、この風景を見た人は、いつまでもそれを忘れないのだ。私は三保松原の富士を見たことがある。だから今、薩埵山の麓にたたずんで駿河湾を眺めているときでも、美しい三保松原だけでなく、富士の姿をも想い描くのだ。

富士のイメージを振り棄て、昔危険であったこの辺りを私は元気に進む。薩埵峠を下る古い街道はこの辺りから内陸に入り、なだらかな坂道にかかる。昔、裕福な旅人は、褌（ふんどし）に草鞋（わらじ）と鉢巻（はちまき）をしただけの二人の雲助（くもすけ）が担ぐ駕籠（かご）に乗ったものであった。彼らは峠を登りながら拍子をとるために歌を歌った。

〽目出度（めでた）目出度の若松様よ
庭にや鶴亀五葉（ごよう）の松
元日や鶴の鳴声アリヤ車井戸

亀に汲み込む若水を
新玉の年の始めに書いたる文は浮気文句の言葉尻

峠の下で信仰深い旅人は小さな風雨にさらされた薩埵地蔵堂を拝んだ。この地蔵は伝説によると、一一八五年（文治元年）、漁師が海の中から拾い上げたというもので、多くの信仰を集めている。薩埵峠に地蔵があるのは、天の配剤というべきであって、地蔵は慈悲の仏であり、旅人や子供、妊婦の保護者なので、昔の旅人は薩埵峠を越えるとき、この地蔵の慈悲にすがることが多かったのだ。道は険しく、時には追いはぎが山に現れた。

川床の広い興津川の橋を私は車で渡る。昔は橋がなく川越人足(かわごしにんそく)がこの辺りにたむろして、水のました流れを越える旅人を待っている。旅人の懐具合で、川越人足に色々の注文をする。旅人は勝手に渡って溺れることがあり、それも珍しいことではなかった。一人が二人の人足に手をひかれて渡ることもあった。肩車をして越えることもあり、人足が担いでいる梯子(はしご)のようなものに乗ることもあった。また駕籠とこの梯子のようなものに乗ることもあった。興津川を越えるときには、尊大な役人もビクビクしたものである。

橋を渡ると、いよいよ水口屋が近い。この辺りから東海道は広い舗装された町中の道になり、興津の家々は百年前と同様に道の両側に軒をつらね、左手の海と右手の山の間のわずかな平地にひしめいている。山地は興津川で絶ち切れているものの、薩埵の山系がずっと続いているのだ。

道路の両側には店があり、店の奥、或いは店の二階に商人とその家族が住んでいる。あちこちにけばけばしい色の看板があり、大売出しの旗がひらめいている。しかし一般的にこの町の色調は鈍い茶色と、枯れた木材の色である。道の筋に並んでいる古い家並みは、こじんまりした印象をあたえるが、個々の店はややごたごたしており石盤刷りのビラも色あせ、しみがついている。私の日本人の友人が初めてこの町を歩くとき、彼らはいつも同じように、「ああ、これは古い町だ」という。

町を行きつくした急な斜面の上に、町を見下ろすような清見寺(せいけんじ)がある。これはこの地方の名所で、水口屋に長くいる人は必ずこの寺を知るようになる。この寺で少年時代家康が勉強に励み、この聳え立つ寺の屋根の下で、彼は日本を統一する術を学んだのである。また西園寺公は街道の小さな家からこの境内に登って来て、日向ぼっこをし、また月を見ながら駿河湾や富士山の方に延びている三保松原を眺めたのである。

この名刹(めいさつ)は幾度となく焼け、その度毎に長い石段の上に新しく再建された。今日では寺は灰色に静まりかえり、歴史の色によそおわれ、この国の激しい情熱をそり返った屋根の線にひそませている。日本の寺院は、いつの時代でも現世の争いから超然としていることはなかったが、清見寺などはその代表的なものである。

興津とはおおむねこういった町なのだが、車を走らせてゆくにつれて、私にはこれらのことを身近に感じるようになってくる。

昔はこの辺りには宿屋が建ち並び、陽が山蔭に入ると、留女（とめおんな）が道に並んで、

「お泊まりはこちら、お風呂もわいています。よい部屋があいています。お泊まりはこちら」

と叫んだものであった。

今はこの声も聞こえないが、私はこの町に泊まるつもりなのだ。左手の海側には灰色の塀がつづき、塀が切れたところに木の門がある。私は東海道を離れ、この門にのり入れる。そこが海に面して建っている水口屋なのだ。白い玉砂利の上を進めば、そこが私の旅の目的地なのだ。車のエンジンを切って静かになったその瞬間から、水口屋は生き生きと活動を始める。

着物を着た女中が、奥へ客が来たことを告げながら走って来て、玄関の畳の上に膝まづき、深いおじぎをして、

「ようこそ水口屋へお越し下さいました」

という。

丸顔のヨシ（由郎）は禿頭（はげあたま）を光らせながら飛び出して来て、私の荷物をとり、

「ようこそ」

と叫ぶ。

中から朗らかな宿屋の女主人の伊佐子がやって来る。彼女は背が高く細っそりして若々しい。彼女も膝をついて、

「しばらくでございました」

といって、微笑する。

「しばらく」

と私は答える。

「どうぞ、お部屋がとってございます。どうぞごゆっくりいらして下さい」

伊佐子は立って案内する。

私は暑い靴を脱ぎ、冷たいスリッパを履く。私が顔見知りの女中達に囲まれて、磨かれた、床の光っている廊下を進むと、私の部屋の襖が開き、スリッパを脱ぐと足に弾力のある畳の感触をおぼえる。座布団の上に腰を下ろすと、伊佐子や女中達がおじぎをするから、私もおじぎをする。私達は挨拶を交わし、お互いの無事を確かめ合う。

「本当にしばらくでした」

と私達はいい合う。

別の女中が、お茶とお菓子を持って来て、私は静かな部屋にただ一人残される。庭

に面した大きなガラス戸が開けはなたれていて、庭の涼しい緑に、私は眼を休ませ、またその向こうには波の音が聞こえ、そして数百年前と同様、今日も混雑している東海道の交通のかすかな物音を聞く。

やがてヨシが静かに私のドアをたたき、風呂の用意ができたことを告げる。私は後について、洗いだされた木の小部屋に案内される。ここで水口屋の常連達の消息を交換しながら、彼は私の背中を流してくれる。そして私は大きな浴槽にゆっくり横になって心のしこりをときほぐす。

やがて上等な料理が出る。海の魚、山の野菜、そして平野の米。畳の上に敷かれた柔らかい布団のベッドがあり、糊のきいた白いシーツの間に私は身を横たえる。過去数世紀の旅人がそうであったように、水口屋は私をとりかこむ。闇の中に、私は彼らの姿を想い描く。行進する侍達、新しい生活を求める駈落(かけお)ちの恋人達、神社仏閣をお参りする陽気な一隊、また都に出入りする権力者達。やがて私は海の音を聞きながら眠りに落ちる。

戦乱興亡

大抵の歴史は戦いに色どられているから、水口屋(みなぐちや)の歴史を或る戦争から語り始めてはいけないという理由はあるまい。これは興津の戦いと呼ばれるもので、一五六九年(永禄十二年)、興津川で戦われたものである。それは十六世紀の日本を襲った戦国時代の微々たる戦いでしかなかった。当時中央政府が腐敗し、豪族共は覇権をめぐって争っていたのである。興津の戦いは、山の豪族と海の豪族との間で戦われた。

これは激しく戦うにはあまりにも寒い時期であった。両軍は川をはさんで対峙し、時々小競り合いがあった。

山の豪族の名は武田信玄で、彼は禅宗に入ることにより、大僧正(だいそうじょう)の資格と共に僧の名前を得たのである。仏門に入ることは、彼の学芸への愛好を示すものであるが、俗世への野心を押さえることではなかった。当時、僧籍(そうせき)をもつ武将が矛盾する存在とは考えられなかったのだ。

彼は古強者であった。領国、山岳地帯の根拠地から出撃を部下に命ずると、糧秣係に酒を徴発させた。酒は川岸の寒い陣地に運ばれ、興津付近の住民は酒の燗をするための鉄瓶を徴発された。

ある寒い晩、信玄は部下に熱い酒をたっぷり振る舞い、それでもなお寒いか、と尋ねた。将兵がまだ寒い、と答えると、信玄は盃の代わりに全軍に対する訓戒を与えた。彼は大声で、

「お前らが熱い酒を飲んでも、まだ寒いならば、敵が如何に寒さに苦しんでいるかを思え。敵は持ち場を棄てているかも知れぬ。突撃せよ。敵陣を奪うのだ」

突撃してみると、果たして沿岸の部隊はその陣地を離れていた。そして信玄の部下は多量の武器や物資を奪取することができた。

しかし、いつもこの通りにゆくとは限らない。冬が去り、春が来ると、信玄の兵糧は少なくなり、それに拍車をかけるように、農民達は信玄の軍隊に取られないように、米を隠してしまった。信玄は軍を本国の山岳地方にひきあげさせ、海岸の豪族がそれと知ったときには、すでに彼は引きあげた後であった。

この戦いによって、決定的な結果が得られなかったために、翌年の夏、信玄は再び押し寄せた。今度は彼は着々と前進をつづけ、駿河の国を制圧した。これは彼にとっ

て好都合なことであった。なぜならば、信玄の領土はこれによって海に接したからである。

信玄は興津の南二、三マイル（三、四キロメートル）に進み、平野を見下ろす船首のような久能山の付近を調べ、この山肌が要害の地であることを知って、砦を造った。山頂にあった寺の僧侶達が、平野に移転することに反対して喚きたてたが、信玄は意に介さなかった。そして久能山を基点として海岸沿いに砦を幾つも造り、自分の領民が必要とする塩と魚を徴発する仕事の監督を部下にさせた。これらの物資こそ、彼が長年求めていたものであった。

興津はこういう小さな砦の一つであり、そこに信玄は望月という名の侍を置いた。塩と魚を集める仕事は侍にふさわしくない仕事である。しかし望月の責任は重大であった。なぜなら、興津は東海道と興津川に沿って山国に行く主要街道の分岐点に当たっていたからである。望月はその責をりっぱに果たした。彼は豪族の侍の一人として責任感のある男だったのである。

やがて信玄の許しを得て、彼は家族を呼び寄せた。年老いた母親は移転を肯んぜず、山の中の故郷にいた望月の弟達を頼ったので、彼の妻と息子のみが駿河に来て、砦に住むようになった。息子はすべての子供がそうであるように、急速に新しい環境に慣れた。彼は水泳をおぼえ、海岸で時を過ごし赤銅色の肌になった。彼は、網を繕う漁師達の昔語りを聞き、彼らが網で獲物をとるのを見て遊んだ。

また彼は婦人が塩を造るのも眺めた。彼女らは絶え間なく天秤に下げた手桶を痛む肩で運び、海と岸の間を往復する。海水を砂の上にまいて、濡れた砂をかき集め、海水を注いで濃い塩水を造り、それを鉄の鍋で煮つめる。蒸発させ、最後に灰色の粗い貴重な結晶が残る。それを彼の父親は山の故国へ送るのであった。少年はやがて塩を焼く煙とそのために生ずる靄(もや)をこの海岸の景色につきもののように考えるに至った。

彼は村の裏手の山を新しい友達と歩き回り、故郷の高い山と比べて、この山をバカにすることは全く無意味であると悟った。友人達はそんな話に興味はなかったし、気がついてみると、彼自身もそうなっていたからである。家では毎日遊びに行く神社の氏神のことを心安く語り、郷里の神社に祭られる神々を忘れてしまったようにみえた。

また彼は近くのお寺——清見寺ではなかったが——へ毎日のように習字に通った。清見寺は禅宗であるが望月の一族とは宗派が違ったのである。また父親は息子に侍の心得として馬と剣を教えた。

興津にいる望月一家には平和な時代ではあったが、その主君にとってはそうではなかった。信玄は貪欲な武将で、間もなく他の隣国と戦いを始めた。興津の戦いの二年後、彼は隣国の城を包囲していた。防備は堅く城攻めは数十日にわたった。おまけに城兵の一人が毎晩城壁で笛を吹き始めた。それがきわめて巧みなので、音楽の好きな信玄は、しばしばそれを聴きに通い或る晩、あまりにも近寄りすぎて、狙撃兵のために頭を打ち抜かれた。

信玄の音楽好きを知っているものによって企(たくら)まれたことであるか、あるいは単なる偶然であるか分からない。しかし、とにかくその後を信玄の息子がつぐこととなったが、彼は父におよばぬ不肖の子であった。

息子も勇敢ではあったが、勇敢すぎたのかも知れない。専制的で、強情であった。父の代からの家来と仲違いをし、同盟国を敵にまわした。それにもかかわらず、彼は十年近くの間強豪としての地位を保った。その間、興津近辺には何の戦いもなかったので、望月は小さな砦を守り、興津川に沿った街道を通じて、山国に塩と魚を送っていた。

望月は息子と同様、日光に恵まれた豊かな海岸地方が気にいった。また家族も増えた。彼は妻に向かって、長男は山国の厳しい長い冬のことを全く忘れたし、その弟妹達は知りもしない、としばしば語った。実際彼らは、自分でもいうように駿河の人間になりきっていた。

しかし望月一家にとってよき時代も、その本国にとっては苦しい時代であった。山国からくる情報は次第に険悪となった。そしてついにある早春の日に、望月は鎧を着、刀を帯びて戦いに行くこととなった。息子はすでに十六歳になって元服していたため、父に従うこととなった。しかし彼らは戦わなかった。敵に向かうのは彼ら二人だったのである。二人は降伏した。

降伏した相手は、馬に乗ったでっぷりして不機嫌な男であった。この時初めて望月は家康に会ったのである。この男に彼と後には日本の運命が委ねられることになったのだ。家康はまず、きびきびした声で砦を焼けと命じた。望月は地面に平伏して息をつめ、ほとんど泣かんばかりであった。

望月が家康に会ったのはこれが初めてではあるが、家康はこの土地に無縁な人ではなかった。信玄が付近を席巻し、興津に望月を駐屯させるずっと前に、家康はこの土地と村を知っていた。彼は少年時代の多くをここですごし、駿河の奥に軍勢をひきつれて、興津に進撃したこの春の朝にも、この道筋は彼の旧知のものであった。それはまるで古里に帰るようなもので、彼はいつの間にか少年の頃、同じ道に馬を走らせた日のことを想い出していた。

彼が六歳の時、父親は彼を駿河に送った。父は信玄と同様、専制君主として、自分の領土を治め、多くの武士と農民の上に立ち、互いに覇権をめぐって争い合う大名の一人であった。しかし信玄に比べると家康の父はむしろ小さな大名で、今川義元という名の強力な大名の保護のもとに、おぼつかない半独立の状態を保つ比較的弱い豪族であった。駿河は義元のもので、家康が送られたのは、こうすればその父が逆心を抱くまいと、義元が考えたからである。自分の兄弟すらも信頼できないような時代においてはこれは全く普通のことであった。六歳の少年は人質になったのである。

彼の父は家康に召使いをつけ、遊び相手に二十七人の少年を与え、更に五十人の侍に護らせた。しかし五十人の護衛は充分ではなく、この一隊は待ち伏せに遭い、家康は敵の手に落ちた。

その場で少年を殺そうという説もあった。しかし別の意見が優勢となり、二年後義元は捕虜交換を行い、その結果少年は釈放されて、最初の予定通りの旅をやりなおすことになった。駿河に着いた彼は相応な家と家来を与えられ、快適な生活を送った。

義元の城では誰もが楽しく暮らしていた。彼の妻は京都の公家の娘で、彼女は侍の城に宮廷の軟弱で無力な空気をもちこんだ。彼女は多くの親類を伴ったが、宮廷よりも義元の城の方が物質的に豊かだったので、彼らは喜んでついて来たのである。そして田舎暮らしの不如意をまぎらすために、彼らは精々、努力した。

彼らは歌を詠み、花見の会を何度も催し、風景のよい所には京都の有名な土地の名をつけた。そして儀式を荘重にするためには費用をいとわなかった。

義元の息子の養育にも彼らの手が加わったので、この少年が武士よりも公家にふさわしくなったのは当然であった。

彼らは家康の教育にはかかわりをもたなかった。そして家康が初めて公式の席に出た時のことは一同にショックを与えた。それは義元の館における新年の宴の時で、きわめて格式ばった重要な式であった。家老達はこの見慣れぬ少年が誰であるかと話し合った。彼らはその華やかな広間に立ち上がり、平然と廊下の端に並んだ高貴の人の間を進んで行った。そして、A・L・サドラーの言葉によると、

「彼はブラッセルの有名な小便小僧のような態度で歩いて行った。全く自然で無技巧な態度で、彼は義元に挨拶をし、自分の席に戻った。それで家老達には彼の素性に関する疑問は全くなくなった。老人達は彼の祖父が同じ冷静な態度をたもっていたことを覚えていたからである」

家康は十年間駿河に住み、そして大きくなっていった。鷹狩りをし、馬に乗り、剣を学び、弓と火縄銃の訓練を受けた。彼が生まれたのは、一五四二年(天文十一年)であるが、その五十年前に西洋ではコロンブスが伝説の国、インドへの航路開拓に失敗したのであって、その後ポルトガル人が日本を発見し、同時に日本人は銃を発見したのである。両者の出会いに敵意はなかった。その頃の探険家が書いているものに、日本人は好戦的で、如何なる民族よりも新しい武器に夢中になったといっているが、ポルトガル人も日本人が好きになった。『今まで発見された中で最上の国民』と、フランシスコ・ザビエルは述べている。商人のすぐ後から神父達がやって来たのである。

駿河の家康少年は紅毛の南蛮人に比べて、もっとさしせまった問題を抱いていた。

父は死に、衰えた家運が自分の手中にあることを彼は知っていた。それで勉強好きではなかったが、学問に精を出した。しかしこれはさほど辛いことではなかった。というのは、彼は自分の師に対して英雄に対するような尊敬の念をもったためである。彼の師雪斎（せっさい）は信玄のように僧侶で学識があるばかりでなく、将軍でもあって、義元の専制時代にはその軍隊を指揮した経験もあった。それで家康は機会あるごとに彼から軍学を学んだ。家康は知謀の将軍になったことからみると、この教育は有効であったものと思われる。

　家康を興津に最初に連れて来たのは雪斎であった。彼は二つの寺の住職であったが、その一つが興津の清見寺であった。数十人の僧侶と小僧の監督をするために、この寺に滞在する時、彼は自分の弟子を連れて来た。今日清見寺では、少年が学んだ部屋が残っていて、それを見ることができる。これは騒がしい寺の外れ、本堂の裏手にある。小さいが美しい離れで、山肌に面して造られた庭をもっている。後年家康はしばしば清見寺のこの庭を訪れた。

　十八歳になるまでに、彼はすでに武将として、頭角を現した。その頃義元は全国の覇権を取ろうとしていた。それにはまず京都に進軍して、天皇を戴（いただ）く必要があった。そして勅命を得て全国の大名を従えるのである。大名達は誰もがこの事業を成し遂げることを望んだ。

雪斎はすでに亡く、義元は自ら軍を率いた。彼がその任にたえないことは明らかで、彼は戦争を始めたばかりの時に奇襲を受けて滅びた。驚きあわてている中に首を切られてしまったのである。

にわかに家康は独立した。義元の息子は父の後を継げないことを知っていたからである。京都の公家達が若君の教育に過大な発言権をしめたため、当時の武将達からすれば、驚くべき人間ができていたのだ。彼は酒色に耽り、更に悪いことには蹴毬にうつつをぬかしていた。家康は彼と共に育ったので、友好関係は続けていたが、自分の大事業に人情を入れようとはしなかった。二、三年の中に彼は義元の領土を奪い取ってしまった。

この計画は、望月の烈火のような老主人、信玄からもたらされた。義元の息子は二つの国を支配しているが、一つを信玄に、一つを家康に分けようといってきたのである。この領土が誰かのものになるのは時間の問題であると、家康はみていたので、信玄の魅力的な提案に従い一国を討ち平らげた。

信玄はやすやすと自分の分け前を得たわけではない。興津川の冬の戦いが不成功に終わったのはこの時のことである。しかし翌年、すでに述べたように、彼は自分用に割り当てた駿河の国を取り、間もなく興津に望月を置いた。

信玄と家康が義元のものであった領土を分割してからは、両者の間にはもう友好関係を保つ理由はあまりなかった。むしろ領土を接することによって、敵対関係をもつ理由が充分にあったのだ。信玄は強力で、気短かだったので、間もなく進軍を開始した。その音楽好きのために命を失ったのは、彼が家康の城の一つを囲んでいるときのことである。

多くの戦いの後、家康は信玄の息子を駿河から追い払った。すなわち、魚と塩の供給源として山国の人間が絶対必要とする海岸地帯を奪ったのである。そして今日、早春のある日家康は興津に戻った。望月は平伏し、空には黒い煙が立ち昇って、彼の小さな砦の終末を物語っていた。

望月とその家族が、彼らの生活の場が焼き払われているのを見ている間、家康は馬首をめぐらして清見寺に入った。そこで、彼は馬を下り、約三十年前の子供の頃、幾度となく登った石段を登った。彼は住職に迎えられた。

家康は姿を現して、家来に一言二言命令を下すと、再び馬に跨って、後も見ずに駈け去った。間もなく大きな煙の柱が幾つも立ち昇り、望月の砦のそれと一緒になって空を汚した。清見寺が焼かれたのは史上三度目である。ここが東海道の戦略的な重要地点であったためである。勝利がほぼ確実となっても、家康は好運をあてにするような人間ではなかった。志を果たす時があれば寺を再建するが、目下の所、焼き払わねばならぬ、と彼は住職に語ったのである。住職の乞いによって、彼は本堂のみを残したが、偶然それと共に少年時代に学んだ小部屋が残ったのである。
二、三週間の後に、武田氏の最後の当主である信玄の子勝頼は、山の中で自害した。駿河は家康の手に握られ、山国の侍としての望月の生活は終わった。大名が滅びる時、その家来は武士としての地位を失う。別の大名に仕えない限り、彼は土民になるのだ。望月はかつては地位と権力をもつ人間であったがこの二つとも失ってしまった。両刀をおびる資格をもっていたのに、今やそれを棄てねばならない。彼は主君を離れた戦士であり浪人であった。
将来どうしたらよいか、望月は自分の立場をあれこれ考えた。寒い故郷の山の中の家族のもとへ戻り、帰農することもできる。しかし彼は暖かく豊かな海岸に愛着を感ずるようになっていた。また別の主君に仕えることもできよう。彼は家康の家来の一人にその件を頼んでみようとも思った。しかしそれに成功しても多くの禄(ろく)を望めないことを知っていた。同じ状態にいる武士が沢山いたのである。

結局、彼は興津にとどまった。名主の市川老人と村の長老の手塚が彼を訪問して、彼を村人として受け入れようと、真面目にいってくれたときに、おそらくその決意を固めたのであろう。市川は四代目前に山国から移住して来たことを忘れていなかった。この地方の方が住みよいと彼はいった。

望月の隣人達は、昔の砦跡に新しい家を建てるのを手伝ってくれた。大きな堂々たる家であった。彼はそのときでも興津では人の尊敬を受けるような人間だったのだ。召使いも今まで通り一家に仕えることになった。彼らの目からは、望月は依然として侍であった。

新しい家は大きく堂々としていたので、身分のある旅人は興津で一夜を明かさねばならないことになると、ここに来て泊めてくれと頼んだ。家康の強力な統治のもとに、近隣に平和が甦ると、旅人の数も増え、宿を求められることも重なった。

望月は宿屋の主になることなど考えてもいなかった。それで何時から彼の家が宿屋になったかを決めることは困難である。すでに述べたように、家康が砦を焼いたのは一五八二年（天正十年）の春のことであった。新しい家はこの年の夏に落成した。その後間もなく望月は宿を乞う人を受け入れたのである。その人が誰であったにせよ、彼は後の水口屋の最初の客であったのだ。

清見寺 家康公手習いの間

現在の清見寺
左から鐘楼、潮音閣、山門

英雄秀吉

望月は自分が宿屋の主人になったのも気づかなかったというのは、ひかえ目ないい方である。彼は自分の家は宿屋ではなく、これから先もそうはならないといいはった。もちろん、身分の高い人が宿を求めれば丁重に受け入れるより仕方がない。そういう人はむさ苦しい宿屋に泊まって、蚤（のみ）にくわれ、やかましい土民達に悩まされるというわけにはいかないのだ。そこで望月は家の裏手の庭に面した最上の部屋を開けわたし、自分は街道に面した大きな台所に引っ込むことになった。高貴な人に対するこの種の犠牲は致し方ないものだが、望月の一家が商売を始めたことにはならない、と彼は息子にいい聞かせた。

「商売を始める」。望月はその言葉に顔をしかめた。今日では侍から町人に成り下がることの意味を理解することはむずかしい。望月の時代では、それは上流から最下層に、紳士から行商人になることであった。運命のいたずらだと、彼はしばしばいった。彼は侍の地位を失い、武器をもつ権利を失った。しかし名誉心を棄てる理由はない、と彼はいって深い溜息をついた。

彼の息子は黙ってはいたが、別の意見をもっていた。彼は父が過去の栄光にしがみついているのが我慢ならなかった。年毎に街道には旅人が増え、彼らは宿を求めねばならない。望月一家がその要求に応じてなぜいけないのだ。大きな家と沢山の召使いはその役に立つであろう、と青年は考え、家を自分が継いだら、別の生き方をしよう、と心に誓った。

宿屋であろうとなかろうと、道端の望月の家は激しい時代の、激しい動きが演ぜられる舞台のかぶりつきのようなものであった。そしてその芝居の大立者（おおだてもの）を見ることもあった。しかし彼はその時代の三傑の最初の一人である粗暴な巨人織田信長を見ることはなかった。信長は粗暴で勇敢な男で、天下統一の夢にとりつかれていた。信長と家康は武田氏を滅ぼすために同盟していた。彼の天下統一は目前にせまっていた。

しかし信長は目的を達する前に部将の一人に裏切られた。それは儚（はかな）い反乱、二週間たたない中に信長の第一の部下、豊臣秀吉という猿面の武将が、前線から兵を率いて駈け戻り反乱軍を撃滅した。

残るは二人である。信長の最大の同盟者、家康と最も地位の高い家来秀吉である。

両者は戦ったが決定的な結果は得られなかった。二人とも事態を理解する分別があり、加えて戦よりも外交を重んずる性質があったために、戦いを止め、腰をすえて自分の地位の拡大に努めた。家康は自分の機会のくるのを待たねばならなかった。彼は理由のない、まずい戦いに引きこまれるような人間ではなかったので、信長に対した時と同様、秀吉の同盟者となり、天下統一の事業は秀吉によって進められた。

家康が自分の本拠を義元の昔の城に移したために、駿河は大変な騒ぎになった。この城は家康が人質として少年時代の大半を送った所で、今日の静岡市である。ここは家康の領土の中央に近く、興津から十数キロの所にあった。

望月の息子は街道の新しいざわめきにすぐ気がついた。飛脚や商人が街道に集まり、彼の一族は次第に台所で暮らし、一番いい部屋は威張った殿様連中に占領されることが多くなった。

むっつりした領主である家康が、趣味の鷹狩りをする時、望月はしばしば家康を見かけることがあった。そして彼がほとんど宿屋の主人に成り切ってしまった一五九〇年（天正十八年）には、秀吉を見る機会をえた。全国統一の最後の戦いの時のことである。家康の北東部に広い領土をもっていた北条氏だけが秀吉に従わなかった。外交交渉に失敗したので、秀吉は征服に乗り出した。

強情な北条氏の隣国を治める家康は、先陣を命ぜられ、全国はその準備に湧きかえった。老いたる武士望月は、自分が兵の一人として進軍できないのを無念に思った。しかし村の長老の一人として、街道の一区画の責任者となった。東海道は敵に対する主要進撃路となり、静岡からの命令で、穴を埋め、草を刈り、街道の整備をすることになった。望月は部下の農民を軍隊式に動かしたと、興津では評判になった。

清見寺の再建事業も急速に進められた。秀吉は前線の司令部ができるまで、京都からこの寺に来て休むことになったのである。家康は寺を焼いてから、再建する約束をこれまで延ばしていた。彼は金を使うのが好きでなかったのだ。しかし今やそうせざるを得なくなった。

海には沢山の船が浮かんでいた。海岸を封鎖する艦隊が行動しており、沢山の船が兵糧や武器弾薬を運んでいた。軍隊は興津を一隊また一隊と通り、毎日毎日前線に向かった。望月は街道の仕事が終わると長い間兵士の列を眺めていた。

市川、手塚その他の長老と共に彼は礼服を着て、秀吉を清見寺に迎えた。彼らは秀吉が京都を出る際の華やかな状景の話を聞いていた。京都ではそのために橋が一つ架け替えられ、沿道で民衆が歓呼して、彼を送るために数キロメートルにわたり桟敷(さじき)が設けられていた。四月の桜と若葉の中を秀吉が攻め下ってくる勇ましい有様を彼らは聞いていた。秀吉はあらゆる名所に立ちよっては歌を詠んだ。

望月達は、大閤殿下は清見寺にお着きになる頃には疲れておられるだろうと、話し合っていた。大閤は京都を出て以来、その部隊の壮麗さは色あせていると思われた。しかし秀吉が到着すると彼らは目を見はった。

真っ先に旗と護衛隊が並び、次に大名達、更に護衛兵が続いていたが、その中心になっていたのは、秀吉であった。彼は身分の低い侍の息子として生まれたが、最高の地位に出世したのである。彼は緋縅(ひおどし)の鎧を着、鬘(かつら)をつけ、中国の帽子に似たきらきら光る兜(かぶと)を被っていた。背中には矢を負い、手には赤い弓を持っていた。歯は公家風に黒く染めてあった。乗馬は金と緑の装飾をつけた金色の鎖鎧(さがい)を着せられて誇らかに歩いていた。興津の住民は恐る恐る道端に跪き、感心して秀吉を眺めた。

清見寺の僧侶は街道までこの偉人を迎えに出た。桃色の禿頭(はげあたま)を光らせた住職は、白い衣の上に紫の衣を重ね、金の袈裟(けさ)を掛けていた。二十名余にのぼる僧侶達はその後に墨染めの衣を着て並んでいた。彼らは秀吉と近侍(きんじ)達に従って杉並木の下の石段を登り寺に入った。

家に帰った望月はこの光景を家の者に物語ろうとしても、どもりがちであった。家康の頑固な無口に慣れた人間には、たった今見て来た壮麗な眺めをいい表わす言葉を知らなかった。妻子は彼の言葉を遮って、今までになく沢山の客が押しかけて、その接待に家族も召使いも忙殺されているのだと話した。秀吉が興津にいる間、日本人の大半はここへ来ることを望んでいるようであった。

戦いに参加した大名達はすべて拝謁（はいえつ）にやって来たが、まず最初に来たのは家康であった。

望月は前線から馬に乗って帰ってくる家康を自分の門前で眺めた。鎧はいつもの通り地味で、数少ない部下の兵士も埃（ほこり）にまみれ、旗一つなかった。

翌日、望月は清見寺の側に住む友人から話を聞いたが、その話は前の晩、夕食の接待をした僧侶からこの友人が直接聞いたものである。夕食の時、秀吉は急に話を止めて、今は家康にとって自分を抹殺する絶好の機会だといいだした。なぜならば、秀吉が駿河の中心部にろくに護衛もない状態でいるからである。しばらく痛いような沈黙が続いたが、家康だけ平然としていた、と僧侶が語った。彼は秀吉を見て声を出して笑い、膳の上の魚を食べにかかった。

清見寺ではもう一つの会見が行われ、望月は知らなかったが、その物語は今でも伝えられている。興津の訪問者の中で、最も耳目をそば立たせたのは、大名でも武士でもない、利休であった。彼は最大の茶の宗匠（そうしょう）で、茶道を完成し、その作法をつつましく自然な美の精神にのっとってつくり上げ、これは全日本にゆきわたることになったのである。秀吉は純金の溲瓶（しゅびん）を使うような趣味の男であったが、この質素な茶人を愛した。彼は贅沢（ぜいたく）の解毒剤及び戦いの鎮静剤を求めていたのである。とにかく、彼はどこの戦場でも利休を身近に置きたかった。そこで利休は興津にやって来た。

しかし彼は遅れて来た。彼が清見寺に現れたとき、秀吉はかんしゃくを起こして、なぜこんなに遅れたか、と利休に尋ねた。茶人の答えは相手を馬鹿にするつもりはなかったにしても、いささか大仰に聞こえた。お茶をたてていたので、と彼は答えたのである。

秀吉は非常に怒り、利休が大事にしていたその師匠の手造りの茶しゃくを真っ二つに折った。この美しい道具を乱暴に毀(こわ)されたために、利休は涙を流したといわれる。清見寺には今日でもこの茶しゃくが保存されている。その細い柄は金でつぎあわされている。色々な意味で、これは茶道の精神を示している。つまり、最も単純な自然の素材を注意深く選び出し、それにごくひかえめな人工の美を加えている。利休が泣いたために、それは〝涙(なみだ)〟と呼ばれている。

秀吉が清見寺に滞在している間、彼は寺の鐘を聞くことができなかった。鐘は朝十八、夕方十八つかれることになっていた。当時寺には時計がなかったので、僧侶は自分の掌(てのひら)の線がよく見えなくなった時に鐘をついた。従って曇りの日には土地の人は早めに床につくことになる。

清見寺の鐘の音色は有名であった。秀吉は辺鄙(へんぴ)な城にこもる頑固な敵を包囲している部下の者に、この鐘は士気を鼓舞するのに役立つと考えた。そこで彼は、今日でも寺の古文書にある指令書を書き戦争の間、鐘を供出(きょうしゅつ)するように要求した。和尚はそ

清見寺の鐘楼　梵鐘は 1314 年（正和 3 年）鋳造。豊臣秀吉が韮山城攻めの際に陣鐘にしたという

れに従わざるを得なかった。

村人の中から勤労奉仕隊が組織された。望月は庭師を差し出した。庭師は受け入れられたが、望月の忠告は相手にされなかった。大変な騒ぎをしたあげく、男共は鐘を鐘楼から下ろし、少しずつ山の上から動かして来た。混雑している東海道で運ぼうにも車も見つけられない状態だったので、鐘を材木の上に乗せて海岸に持って行き、樽を結びつけた。興津の漁師達が駿河湾を越えてこれを引いて行ったのである。

村人達は清見寺の鐘を誇りにし、生活を鐘によって規整していたために、彼らはぶつぶつ不平をいったが、住職にしてもこうするより仕方がなかった、という望月の意見に皆同意した。

秀吉が一週間も寺にいない中に、彼の本営が完成したという知らせがあって、彼は敵の拠点小田原を囲む十五万の部下のもとに移って行った。

しかし興津の交通量はいっこうに減らなかった。伝令は恐ろしい顔をして馬を飛ばし、商人達は日用品から、ポルトガル船の珍しい沢山の品物にいたるあらゆる品物を馬に乗せて道を急いでいた。女も兵士の無聊を慰めようと前線に移動していた。望月は買おうとすればなんでもあると考えた。

宿を求める人は今までに劣らず多かった。そして初めて望月は泊まり客に関心をもった。前線から帰る人々の所へ行き、長い夏の宵を彼らを相手に戦いの話に耽った。

海岸では、彼は興津の漁師達と話し合った。彼らは毎日秀吉軍のために、獲物をとどけていたのであるが、大いに不満であった。彼らはこの戦争で金を儲けようと当てにしていたのだが、魚の値段は上がらなかったのだ。

この低物価は秀吉の知謀（ちぼう）の結果だと、望月の息子はいっていた。包囲された北条氏も同じことを考えたに違いない。彼らは秀吉がその大軍を養っていくことは不可能だと信じていたのだ。

夏もたけなわになり、一五九〇年（天正十八年）のある暑い夏の日に、東海道沿いに伝言が伝わって来て、口から口へ興津の町を通り、庭先の涼しい所に昼寝していた望月の所にとどいた。北条氏の城が落ちたのである。二、三日後、敗軍の将達は秀吉の内意に従い切腹したのだ、と伝えられた。ついに日本は統一されたのである。

興津の人にとっては、この勝利は領主の交替を意味した。家康は北条氏の広い領土を引き継いだので、静岡を引き払って新しい城を江戸という小さな村に造った。江戸は急速に成長の悩みをみせ始めこの悩みはこの村が東京といわれる今日まで、一貫した特色となった。

駿河は秀吉の将軍達に分割された。過去三十年の間に三度の交替が行われたことになる。信玄が義元から奪い、家康が勝頼から奪い、そして今や家康はより一層大きな領土へ移って行った。このニュースは村の人々の関心をそそらなかった。民衆の関心は如何にして年貢を払うかであって、年貢を取り立てる人ではなかったのだ。しかし望月は違った印象を受けた。かつて家康の勝利が彼から侍の身分を奪ったのだから、彼は家康に激しい敵意をもってしかるべきだったのだが、逆に家康の勝利に誇りを感ずるようになっていた。彼の態度はこう語っているようにみえた。

「私はあの方に降伏した。誰が降参しても恥ずかしくないような殿様なのだ」

望月は家康がいなくなることに一抹の淋しさを覚えた。

秀吉は京都へ戻り、その途中清見寺に立ち寄った。彼が出発した日の朝、望月、市川、手塚その他の村の代表者達は寺に参集した。控えの間に座っている彼らの前に僧侶が巻物を持って来た。代表者達はこれを見に来たのである。僧侶は彼らがすでに知っていることを、すなわち秀吉が再び寺に立ち寄った時に、この時の印象をお聞かせ下さいと頼んだところ、大閤はこの寺に再び宿泊した想い出を口述させた。和尚はそれを皆んなに読み聞かせようと思っていたのだ。

「四月の初め、都を出て、駿河の国、清見寺に着いた。この土地の風景はすぐれ、ことに三保松原の月に照らされた海、雪をいただいた富士はみごとである。緑の葉にまじる花を愛で、自分は駕籠をとどめ数日を過ごした。大輝僧正は禅の真骨頂をきわめた衆にすぐれた人物であって、予は大輝に拝謁を許した。

敵を破って後、遠く北東に進み、土地の者共をしずめえたのは、予の満足とすると

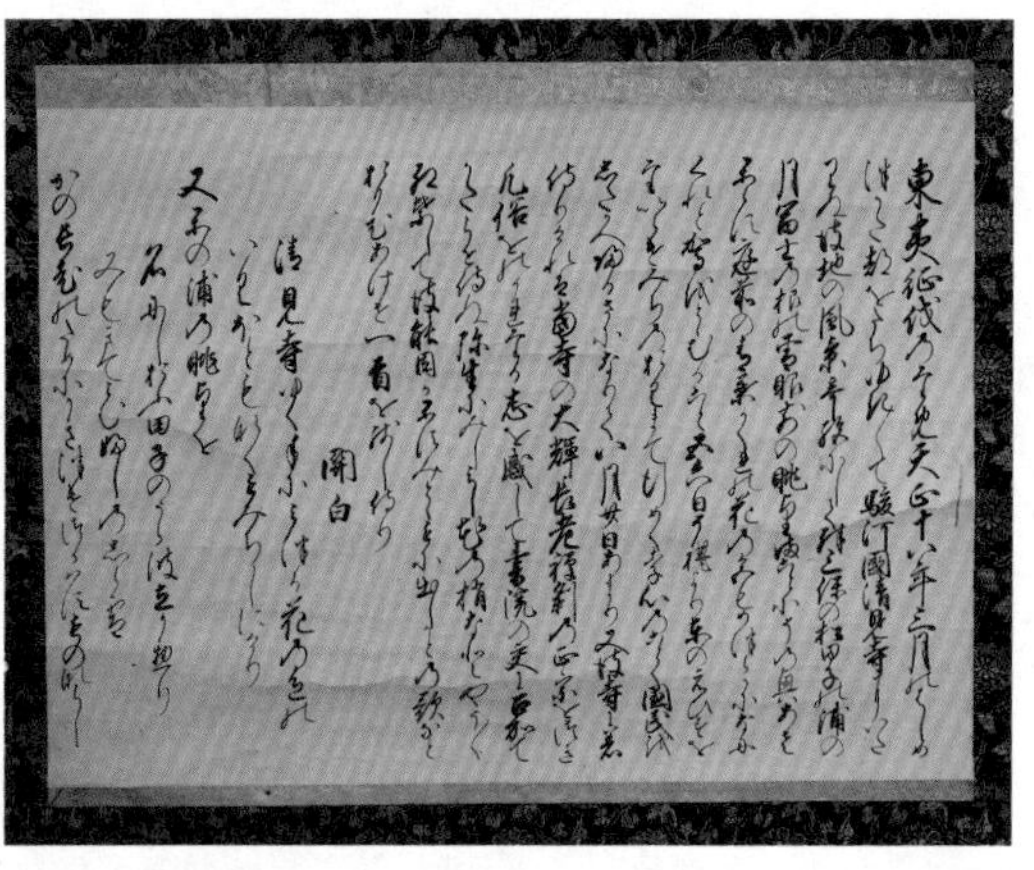

豊臣秀吉清見寺遊覧記　1590年（天正18年）小田原攻めの行き帰りに清見寺を訪れた秀吉公の様子と詠歌を細川幽斎が書いたものと伝えられている（清見寺蔵）

ころである。そして京都へ戻る途中、この寺に戻って来ると、すでに九月の半ばであった。四月の花に飾られた樹々は、すでに紅葉している。予は能因法師（のういんほうし）の旅の歌を思い出した。

都をば霞とともに立しかど
秋風ぞ吹く白河の関
そこで予は自分の歌もここにしるす。
清見寺ゆくてに見つる花の色の
いくほどもなく紅葉しにけり
名にしおう田子の浦浪立ちかえり
又もきてみん富士の白雪」

読み終わると僧侶は巻物を拡げて、高くかかげ、興津の人々に見せた。彼らはそれを眺め、うやうやしく頭を下げた。
秀吉は清見寺の鐘を返すと約束したのに、寺は自力で取りもどさねばならぬことになった。再び奉仕隊が組織され、望月は働き者の庭師を差し出した。鐘は駿河湾を船で引いて運ばれ、陸の上の鐘楼におさまった。戦争による傷といえば、湾の向こう側の陸上を引きずって運ばれたために、銘の一部が擦りへったが、西暦でいうと一三一四年（正和三年）という鋳造年月は読みとれた。今日でもこの鐘は朝夕十八の鐘をつき、大晦日には人間の罪障の数、百八つ鳴らされるのである。

表向きは天皇の下に、しかし実際には秀吉の下に全国は統一された。この戦争の後に新しい気運が起こって来た。望月はその気運を自分の家に泊まる旅人達にも感ずるのであった。国民の間に新しい力、新しい楽観的な考えが起こって来て、未知の天地に目を向けるようになった。日本は新しい冒険を求め征服にとりかかった。それこそ秀吉が望んでいたものである。

秀吉が大明を征服しようと決心したという噂が、興津のような田舎の村にまでとどいたとき、如何にも秀吉らしいこととして、誰もがそれを疑わなかった。例えば、望月にしても「席を巻くごとく打ち平げよう」という秀吉の言葉を引用して賛成した。

今度の戦争の要員は日本の南西部から出されることになった。興津からは二、三の漁師の息子が徴用されて、軍隊を朝鮮海峡の向こうへ渡す手伝いをすることになった。朝鮮という不幸な王国は、中国への関門としていつも戦場として使われることになるのだ。勝利に終わるに決まっているこの冒険に参加できる若者を望月は羨んだ。

勝利に対する疑いを最初に感じたのは興津のような村であったかも知れない。漁師の息子はついに帰らなかった。彼らは最初の敗戦の犠牲者となったのである。

若い漁師達は、自分達が戦わねばならぬとは夢にも考えなかった。戦いは陸上で行われるはずであった。軍隊を上陸させた後で釜山の港でごろごろしていた。戦いとは昔からやたらに急がされたり、また退屈に苦しんだりするものなのだ。彼らは漁の話をしていたに違いない。そこへ誰もが夢にも考えなかった朝鮮の水軍が、名も聞いたことのない武将に率いられて、彼らを襲い、敗走させ、船を沈めた。朝鮮人は恐るべき船をもっていた。竜に型取った口から銃丸と矢が飛び、船べりも屋根も装甲されていた。こうして乗組員を守りながら、漁船艦隊に雨霰（あめあられ）と矢玉を注いだのである。秀吉は戦術上の古い誤りを犯した。水軍を持たずに渡洋作戦を行おうとしたのである。

日本軍はついに中国の国境に到達しえなかったが、戦いは六年間続き、国中、戦いに飽き飽きしてしまった。戦争が終わった時、秀吉は死んだが、戦場で倒れたのではない。なぜならば、ためらったり、時期を延ばしたりして、ついに彼は朝鮮に渡らなかったからである。彼が死ぬと、その家を継ぐ者はわずか五歳の少年があるばかりであった。そして彼が秀吉の後を継げるか否かは、天下御一人様である家康次第ということになった。

家康は自分の力を疑う少数者を納得させるために、大きな戦い（関ヶ原）をやり、その後彼は天皇から将軍に任じられた。正確にいうならば、征夷大将軍となったのである。秀吉はこの地位を受ける家系ではなかったので、ついに将軍にはなれなかったのだ。日本の事実上の統治者としての確信をもって、家康は徳川氏による幕府をつくり始めた。大阪城で育ちつつある秀吉の息子（秀頼）の運命が決まるのはなお将来にかかっていた。

今や家康の幕府がある江戸はあらゆる意味で国の都であり、驚くべきテンポで成長しはじめた。大名達はきそってここに集まった。彼らも権力の中心に近づきたかったし、江戸にいないことを敵意の印と家康に受けとられる可能性が大きかったのである。家康は諸大名を喜んで迎え、彼らの力を奪うために、江戸城の建設に参加するという特権を与えた。

望月は人ごとならず満足を覚えた。今や全国が家康に従っている、このことは望月の名誉心の最後のくもりを除くものであった。誰もが平伏した相手に降伏したからといって、不名誉にはならない。しかし家康の勝利は、一面において望月の誇りを満足させたが、一面において彼の家を一層宿屋に近づけることになった。

大名達は美々(びび)しい行列を組んで江戸へ往来したが、彼らも夜は眠らねばならない。もちろん市川も手塚も興津の長老であって、その家は望月の家のそれよりは大きかったので、大名が興津で泊まろうとする時は、この両家に行く。しかし望月は比較的身分の低い殿様方を引き受けねばならないし、また市川や手塚の家に泊まった大名の家来を泊めなければならない。大名行列を一軒の家で引き受けることはできない相談であった。そして街道が混み、市川も手塚も塞がっている場合は、望月は自分が機嫌のとりにくい大名を泊めることになることもしばしばであった。

望月はこれらのことを、一時の面倒だ、というのが常であったが、息子はこの現象は恒久的なものになるのは疑いない、といいはった。すべての大名は、幕府のある江戸に自分の邸宅をかまえ、江戸と領国に半々に住まおうとしていた。

二百五十の大名の中で（この数は運命と将軍の気まぐれによって時代と共に変わった）約百五十の大名が江戸に行くのに東海道を利用する。大名行列は、全国が穏やかになっても、これまでになく街道をにぎやかにした。望月の息子は、この点を指摘したのだが、まるで彼の説を裏書きするかのように、幕府が一連のお触れを出して、旅行を安全に快適にし、またそれを運営するための機構を組織的にした。

一六〇一年（慶長六年）、幕府は東海道の江戸、京都間に五十三の宿を作った。指定された町、或いは村は宿場を作りそこで公用の旅行者は馬と人足をリレー式に得られるようにした。当然宿屋、めし屋がこの宿場の囲りに集まることとなった。興津は江戸から数えて十七番目の宿であった。

江戸、京都間、三百五マイル（約四百九十キロメートル）を五十三日かかって旅をしたわけではない。ゆっくり歩いても十五日みれば充分であった。一日に数カ所の宿を旅人は通過するのである。興津は十六番目の由比から三マイル（約四・八キロメートル）、十八番目の清水の宿へもほぼ同じ距離であった。大名が江戸城を完成しない中に、家康は彼らに別の仕事を与えた。彼は古い日本の習慣に従おうと決心したのだ。息子の秀忠が将軍の地位について、徳川の家を継ぎ、彼自身は静岡に引退して、後見の役をすることになった。そこで大名は静岡にもう一つ城を造る光栄を許された。城は完工直前に焼けたから、大名達は二重の光栄を授けられたのである。

愛妾（あいしょう）の一人が、なぜ静岡へ行くかと聞くと、家康は彼女に向かって、日本全国で駿河を最も愛する理由は、第一に富士、第二に鷹狩りに適していること、第三に温暖な気候で、茄子（なすび）が早くできるからだと答えた。日本では一富士二鷹三茄子は好運の印となっている。家康はこの婦人に対して、がらにもなく利口ぶろうとはしていない。とにかく彼が駿河を一番愛したことは間違いないことだ。

家康の引退が事実となると、望月は自分の引退の時期もこれ以上延ばせないと思った。彼は長い間家督を譲ることをためらっていた。息子と彼の間に溝のあるのを知っていたからである。隠居すること自体が溝をつくるというのではない。彼が生きている限り、息子が自分の言葉に従うことは分かっていた。しかし隠居すれば事態が変わることも分かっていた。かつて彼は侍であり、生きている限り侍として考え、行動するであろう。しかし彼は息子が大人になりかかる時にその地位を失った。望月には息子が新しい生活にあまりにもやすやすと適応したように思えた。彼は平気で刀を棄てて平民になった。そして今は考え方まで一人の平民になりきっている。望月は自分が年取って疲れているのを感ずる時、たまににがにがしい思いで、息子は平民で、商人的考え方をすると考えた。

望月も心の奥では自分の家が宿屋であることを知っていた。家康が宿の数で、二つ先の静岡に隠居したときから、静岡は非常に混雑したので、旅慣れた人はそこで泊まりたがらなかった。興津泊まりはもっとも利巧なやり方である。それで望月の家は何時も満員であった。老人は自分の家が宿屋であることを心の底では認めていた。しかしうわべは威厳のある無口を装い、泊まり客に気づかない振りをしていた。

米軍と興津

水口屋の長い静かな夜の間に、時によると岸を洗う波の音が変わったり、夜番の拍子木の音が耳についたりして、私は目を覚ますことがある。私はじっと横たわったまま、時々親しげな暗闇の中に、一隊の従者を連れて、鷹狩りをする家康の姿を想い描くことがある。また時には第一代の望月が、旅人の増えたお蔭で、ずるずると宿屋の主人になって行く自分を歎(なげ)いている心に共感することがある。そして時には私は、自分が初めて水口屋に来た時のことを想い出すこともある。

一九四七年（昭和二十二年）四月、私が日本に来た頃、マッカーサー司令部はほとんどすべての公共の場所を占領軍の立ち入り禁止にしていた。銀行や風呂はいうまでもなく、劇場もレストランもホテルも我々には禁制の場所であった。そして数多くのMP（Military Police 憲兵）達が熱心にこの命令の遂行に当たっていた。

軍が日本の劇場の最上のものを幾つか接収して、我々にアメリカの映画を見せていたし、軍の食堂はまずい食事をたっぷり供給し、また日本にある西洋風の避暑地のホテルは、たまの休日をゆっくり、日本人と離れて過ごせるようになっていたのは事実である。

しかし暖かい春が蒸し暑い梅雨になり、そして真夏がやって来ると、週末の行楽に横浜近くの軍のホテルのどこに申し込んでも、断わられるようになった。そして負け惜しみも手伝って、軍経営の施設の、軍監督下のレクリエーションに私は次第に飽き足らなくなって来た。まだ占領政策が整わない時代に、日本の温泉で週末を過ごした先輩達のどんちゃん騒ぎや、彼らの言葉によると、牧歌的な行楽の話に私は耳を傾け、日本と日本人に接近するために、私はワクを破ってやろうと思い出した。まったく、多くの同僚と同様、私は自分の目で見たこの国に引きつけられていたのである。

私がどうにも我慢できなくなる頃、興津の水口屋が占領軍にも利用できるという小さな広告を、ニッポンタイムスで見つけた。調べた結果、興津は東京の南西、汽車で五時間の海辺の町であった。私は宿舎の相棒を誘って宿屋の予約をとった。

占領軍の要員はその頃鉄道に乗車賃を払う必要はなかった。しかし週末の旅行は簡単に目的地行きの列車に乗り込むというわけにはいかなかった。命令に従って軍隊式の面倒な、そしてちゃんとした許可をもらわなければならない。我々の計画を一層面倒にしたのは、特二の車輌（一等はなかった）は占領軍用に普通の日本の列車に連結されていたが、それは興津の約一時間手前沼津までしか行かなかった。この特別の車輌がないとなると、興津へ行くことが合法的か否かは多分に疑わしいことになるのだ。

特に面倒なのは、我々は週末分の食糧を持って行かされたことだった。この命令は一応理屈があった。日本人の食糧が逼迫していて、食物の充分なアメリカ人に振り向けられる余地はほとんどないというのである。日本人を飢えさせないための配慮は、軍医部によって熱心に支持されていた。軍医部の宣伝によると、日本の食物は人肥（じんぴ）を使用するために不衛生であって、生命の危険があると我々に信じさせた。日本のトマトを食べたために、知らないうちに健康を損ねて、生命が危なくなった人の話がひろまっていた。

私達が旅行した時の困難を、今になって想い出すと、旅行し得たということ自体がほとんど信じられないくらいだ。しかし或る蒸し暑い土曜日の午後、我々は旅行許可書を持ち、食べ物を入れた袋を駄馬のように担いで、汽車に乗り込んだ。私達とてひもじい思いをしたくなかったのである。

四時間ほどたって鉄道管区の境目にある沼津駅で、私達は荷物を引きずり下ろした。占領軍専用車はここまでしか行かないのだ。ここには軍のＲＴＯ（Railway Transportation Office 鉄道輸送事務所）があり、そこで私達は「興津行き」の交渉を始めた。
幸いなことに、この事務所にいるのは、少なくともその時は、日本人ばかりであった。我々は彼らに向かって、自分達は是非とも興津に行きたいし、またそこへ行くことを指示する本当の軍命令を持っていると信じ込ませた。我々がそこへ行かなければマッカーサー元師が機嫌を損ねることは避け難いことである、といった。こういう論法で、軍用車がないための法的な困難を無視せねばならないことを相手にすぐ承認させた。そして適切な方法とはいえないが、これから先、日本人の専用車で旅行せねばならないこととなった。

日本人用の車輛は粗末でどうしようもないほど混んでいた。それで我々は荷物車に案内された。乗務員達は丁重に私達を迎えたが、私が二、三本のアメリカタバコをやると、彼は一層親切になった。これは私が特に気前がいいからではない。私はタバコを吸わないし、戦争直後の日本のタバコはひどい匂いがしたので、日本たばこのまぜものに関する信じ難いうわさを私はなかば信じていたのである。

日本人は普通、包装用に蓆(むしろ)を使う。お蔭で荷物の上に寝そべるのに都合がいい。私達は荷物車の開けはなった扉の前に寝そべった。列車が海岸沿いに走って行くと、目の前には豊かな青い田が拡がり、その向こうには、一方に海、もう一方に三角の富士山が見えた。

興津に着いた場合どうしようか、という不安はすぐに消えてしまった。沼津の輸送事務所の人が予め電話してくれたので、汽車が止まると私達の車の真ん前に、暑いのに黒い制服と赤いバンドのある帽子と白手袋をつけた駅長が立って迎えたからである。

英語の練習ができるのを嬉しがって、駅長は私達を自分の部屋に案内し、そこで香ばしいお茶をご馳走になった。そのうちに水口屋から私達の荷物を運ぶリヤカーがやって来た。駅の助役が宿屋まで私達を送ってくれた。

その時初めて、私は水口屋の上品な客の出迎えを経験した。すばやく女達が集まり、私達に泊まってもらえることを喜び、うやうやしくおじぎをし、温かい微笑を浮かべる。こういう挨拶は、初めての時から、非常に親しみ深いものに思われた。

私達の部屋は松の間という名であったが、三方庭に面していた。防波堤にあたる波の音が聞こえ、爽やかな潮風が吹いていた。冷たいおしぼりが出て、顔や手の汚れを拭き取ることができた。やがてお茶とお菓子が運ばれて来た。

女中が浴衣を運んで来て、私達に着せてくれ、廊下づたいに風呂場へ案内してくれた。ここはヨシの受け持ちで、彼はいつも湯気に取りまかれた、肥(ふと)った禿頭(はげあたま)の男だが、微笑を浮かべている。彼は私のような新参者のための案内書を読ませてくれた。それには日本の入浴のエチケットが書いてあって浴槽に入る前にからだを洗うようにとあった。彼は背中をスポンジで流し、彼が私達にはこれで適当と思うまでお湯をうめてくれた。汚れを洗い流してから、大きな松の木の浴槽に入った。最初湯は耐え難いほど熱かったが、やがてそれが大変快く思われた。なめらかな木の香りのする古い浴槽は、今ではぴかぴか光るタイルに変わったが、楽に四、五人は入ることができる。私達は浴槽にゆっくりとからだをのばした。

部屋に戻ると、浴衣を着た。私達は涼しく清潔で爽快であった。私達は畳の上に寝そべったが、これは人間の考えた中で最上の敷き物だと思う。

入り口から「ごめん下さい」という静かな声が聞こえ、宿の女主人の伊佐子がやって来た。彼女は私達に挨拶し、私達はここに来て非常に満足である、と彼女に分からせようとした。私達は彼女に缶詰の食料を渡すとき、この代わりに何が出されようとも文句はない、と私達は考えていた。水口屋は私達をくつろがせてくれたが、伊佐子は言葉のことを心配していた。私達は別にそんなことは問題にもしていなかった。サービスは充分だった。我々の怪しげな日本語と彼女のおぼつかない英語とで用は足りたが、彼女はすぐ近くに手助けの人がいると教えてくれた。私達は手助けなど必要とは思わなかったが、彼女にそれを分からせることは不可能であった。彼女の説明によると、父親は英語を話すが、間もなく来るはずであった。

しばらくすると、彼女は父親を伴って戻って来た。私達は伊佐子がなぜ背が高いかすぐにわかった。父親は私より背が高く、瘦せて少年のようにひょろ長かった。彼の顔は好人物らしいしわがよっていた。

私達は挨拶をし、彼は名刺をくれた。望月良蔵という名前である。ここから三、四マイル離れた清水の近くに住んでいて、娘から電話を受けたので、自転車に乗って手伝いに駈けつけたと彼はいった。

私達は彼の通訳によって、特に何も望まないし、食事に関する限り、彼女にすべてをまかせると説明した。そして私達が持って来た食べ物には特に未練を感じていないということを急いで強調した。

彼女はほっとした様子で退き、私達は彼女の父親と話した。彼は夕食が出ると部屋を出て行った。夕食は海老と野菜の天麩羅、トマト、キュウリ、米飯それからデザートに冷たい西瓜が出た。私は日本に着いてから、こんなに沢山食べたことはなかった。私達は自分達が持って来た食料も宿屋の人々には割のいい交換かも知れないと考えて、このご馳走をいただくことにした。

翌朝、私達が起きないうちに望月氏がやって来て、朝食のタマゴをどう料理しようかと尋ねた。新鮮なタマゴは何カ月ぶりである。軍は粉タマゴのストックを消費しようと一生懸命だったのだ。私は今でもその朝食を忘れられない。日曜日は楽しく、のんびりしていた。海で泳ぎ、町を散歩した。粗末な商品を並べた店を眺め、集まった子供達のハロー、グッド・バイというコーラスに答えた。そして私達は望月氏と話をし、この地方に関する彼の話に引きつけられた。

以後何回か水口屋へ行って、私は何度か望月氏と話をした。彼は私の日本に対する目を開いてくれた一人である。

営業していた頃の水口屋庭園を描いた絵葉書（水口屋ギャラリー蔵）

武将家康

最初に山国の武将、信玄の話をしてくれたのは望月氏である。彼の言葉によると、「望月というのは山国の名前で満月の意味だ。しかし駿河でもよくある名前で、私の姓も望月だしこの宿の姓も望月だ。しかし伊佐子が嫁入りするまでは縁続きではなかった。この地方で山国の名前を見かける所をみると、山国の人が海岸へ進出して来たことが分かる」

また望月氏から私は初めて家康の話を聞いた。水口屋の一番いい部屋を飾っている徳川の紋を教えてくれた。丸に三葉葵である。一旦その紋を覚えると、至る所にそれを私は発見した。徳川は二世紀半支配したために、全国にその印を残していた。

望月氏は家康に好意をもっていたが、それには当然の理由がある。今は失ってしまったが、彼の家の財産は家康公のお蔭なのだ。この財産を得た先祖は源右衛門(げんえもん)という名前であったらしい。彼は好運にも家康公の知遇を得、またそれを利用するだけの才覚をもっていた。家康が将軍職を息子に譲って静岡に引退した後のことである。源右衛門の村はそこからほど近い山寄りの所にあった。

源右衛門は武士ではなかったが、土地の有力者であった。彼は地主であり、この階級は何人かの大名を出しているほど堅実であった。彼は先祖代々名主であった。法を執行し、年貢を集めるのが仕事である。年貢をお上(かみ)にさし出すとき、適当に自分の報酬を取ることを認められていたので暮らしは豊かで貯えもあった。後年、名主達の多くはその資本を利用して金貸しとなったが、源右衛門の子孫もその例外ではない。しかしそれは別の物語である。

彼の村は少数の家と広い田、竹籔、森林から成っていた。これは狩猟の好適地で、鷹狩りの真の愛好者である家康はしばしばここへ来た。天下御一人様が鷹狩りをする時は、大変大がかりであった。沢山の家来がそれに付き従う。家康は部下の者が一日中元気に歩き回り、急坂を登り、流れを渡り、強行軍に耐えられるか否かを見ることが好きだったのだ。婦人を同伴することもあった。輿(こし)に乗る人も二、三あったが、多くは馬に赤い鞍を置いて、日除けに菅笠(すげがさ)を被って馬でやって来た。もちろん召使いや鷹匠達もそれに加わる。

鷹は飛び立つまでは婦人達のように被り物をして、鷹匠の腕に乗っていた。日本人は鳥を訓練するのに巧みである。命令がでると、鳥は恨みを晴らすような勢いで空中に飛び立つ。そして間もなく哀れな獲物は背中に大きな爪を打ち込まれる。時には獲物が鷹よりも大きいことがある。しかし鷹は主人が来るまで、片足の爪を獲物に打ち込み、もう一つの足で地上のなにかに摑まって離さないように、訓練されていた。滅多にないことだが、鷹が獲物を逃がすと、それは鷹匠の不名誉と考えられた。

時には、この鷹狩りの際に召使いが先行して、野外で食事の準備をすることがあった。しかし源右衛門の村へ行く時は家康は彼の家で焼き芋のような質素な田舎料理を食べることを好んだ。

源右衛門は何時もその席に加わるようにといわれた。家康はこの正直で率直な田舎者が好きだったし、彼の村を運営して行くやり方も高く評価していたのであろう。

例えば、源右衛門の村では決して罠を掛ける者がなかった。家康は自分が鷹狩りをする土地で他の者が猟をすることを非常に嫌った。そこに正当な理由のないものがいたりすると、彼はひどい虐め方をする傾向があった。ある時、彼は油屋と出会ったが、油屋は無礼な態度で自分の罪を重ねるようなことをしたので、家康は家来に佩刀を渡して彼を切らせた。切られても油屋は二、三歩歩き、そこで二つになって倒れた。もちろんこれは刀の切れ味の証明になる。そしてこの刀は〝油屋〟と名づけられた。

源右衛門はその行政手腕をかわれたばかりでなく、家康を笑わせる能力もあった。

家康は容易に笑わない人であったが、名主の土くさいユーモアが功を奏したものと思われる。家康は源右衛門と一緒にいるとき、しばしば大声で笑った。

或る日、家康が行ってみると、この名主は陰嚢（いんのう）が恐ろしく腫れて、その痛さに苦しんで寝ていた。こういう苦しい場合でも、源右衛門はユーモアを忘れなかった。家康は大変面白がって、婦人達にもこの面白いものを見せるべきだと思った。もちろん源右衛門は気が進まなかったが、家康が専制君主であるということを別にしても、彼の扱い方を心得ていた。そこで婦人達はこの珍らしいものを覗くこととなったのである。その褒美として、家康は源右衛門が一日で歩ける範囲の土地を与えた。

源右衛門は痛いからといって、こういうチャンスを棒にふるような男ではなかった。そして日の出から日没まで歩いて、彼はかなりの財産を稼いだ。これは伊佐子の父親の前の代まで受け継がれてきたが、その人は一生懸命努力すれば財産の大半を女につぎこむことができる、と気がついて、その計画を実行してしまったらしい。

望月氏と一緒に私は源右衛門が家康をもてなした家を訪問した。それは百五十年前の建築で源右衛門の時代より小さくなったという。草葺（くさぶき）屋根が瓦屋根に変わっていた。それでも、これは竹籔に囲まれた堂々たる農家であった。竹籔のお蔭で源右衛門は竹の旦那と呼ばれるようになったのである。

この村の名前は水梨村である。源右衛門が家康公に水梨という特にうまい梨を差し上げたため、家康から名づけられたのである。この家の客間の床の間には大きな木の箱があって、家康から与えられたものの残りが納められている。今日では誰もその内容を知らない。二、三枚の着物、一振り二振りの刀であろうか。箱を開けた者は目が潰れるという家族の言い伝えがあって、現在の当主の曽祖父が箱を開けた後に、段々目が見えなくなってからは、誰もこの迷信をためそうとは思わなくなった。

かつては、宝物のつまった蔵があった。三百振りもの刀や箪笥（たんす）に幾つもの着物、有名な芸術家による数十本の掛け軸などがあった。また金の火鉢や火箸もあった。このすべての物は蔵を含めて今は無い。ただ床の間の古い木箱と水梨という名が、家康がここで狩りをし、大声で笑った時代の名残りをとどめているばかりである。

また家康は昔の縁にひかれて興津へも行った。特に好きなのは、清見寺の古い庭で、少年の頃、勉強しなければならないのに、彼の目はつい庭の方に向きがちだった。庭の石に動物の姿を認めたのは、家康の少年らしい想像力の産物であろう。一つの石は虎に見え、その他牛や亀もいた。彼は日本の支配者になってから、楽しい思い出にさそわれて、これらの石に永遠に残る名前をつけた。それで、今日でも家康の名づけたといわれている虎石、牛石、亀石の名前が知られている。

彼は庭に五本の苗を植えた。梅と樫と柿の木はまだ残っているが、松と蜜柑は枯れてしまった。

名勝清見寺庭園　徳川家康に愛され、駿府城から「虎石」「亀石」「牛石」を移しこの庭に配置した。江戸時代初期の築庭で、江戸中期に少し改修されたと伝わっている

住職は家康を慰めようとしてお能を公演した。家康は能がそれほど好きではなかったが、これは彼の時代の重要な芸術であり、同じ身分の他の人々のように、時々自分も能を舞うこともあったが、からだが肥(ふと)って、間(ま)をとることが下手なので、見物人から拍手を受けるよりも、笑われることの方が多かった。ある時など、住職にどんな能をお見せしたらよいか、と聞かれて、彼は自分の注文のプログラムを作った。

この書き付けも清見寺に残っているが、そこには八つの題名が印されている。能の上演は一日がかりの仕事だったのである。彼の関心が時々舞台からそれたとしても不思議なことはない。ある時、彼は家来の一人に耳うちした。

「わしは考えるのだが、そろそろ竹を切って旗竿(はたざお)にした方がいいと思う」

恐らく彼の心は軍事を忘れきることはなかったのだ。そして大阪城で勢力をかためつつある秀頼の問題を忘れなかったのだ。

家康が興津を訪問するために、望月老人はいつも一目でも家康公を見ようとつとめていた。望月の家族と召使いはあまりにも身近な多量の思い出に無感動になろうとした。家康が興津に来ない時は、望月は東海道の旅人達をぼんやり眺めて、自分の隠居生活を慰めていた。旅人達は彼にとって終わることのない行列だったのである。大名やその家来、乞食、行商人、僧侶そして今では外国人までそれにまじることがあった。

異邦人

外国人の中では、朝鮮人の一行が最初の、そして大がかりな見ものであった。家康は失敗に終わった秀吉の侵略の後始末をしようと努め、一六〇七年（慶長十二年）には朝鮮人も平和使節をよこすまでに気持ちがほぐれてきていた。両方とも友好関係を促進するべき理由があったのだ。海峡を越えて貿易をする必要があり、またお互いに相手をうまく利用して、中国の圧迫を逃れようとした。

将軍は大陸から来る客に自分の威勢を示そうとした。街道は清潔になり、補修され、農夫や村人が道に水をまくための池が造られた。そして休息所も新しく短い間隔をおいて造られた。休息所には礼服を着た男がつめて、茶や煙草(たばこ)、菓子、果物などの準備をととのえていた。旅が夜にかかったときや朝早い出発にそなえて、村人達は家の前に提燈(ちょうちん)を掛けるように命令され、街道沿いには篝火(かがりび)が焚(た)かれた。川には仮橋が架け

朝鮮通信使扁額「潜龍室」金啓升（真狂）（清見寺蔵）

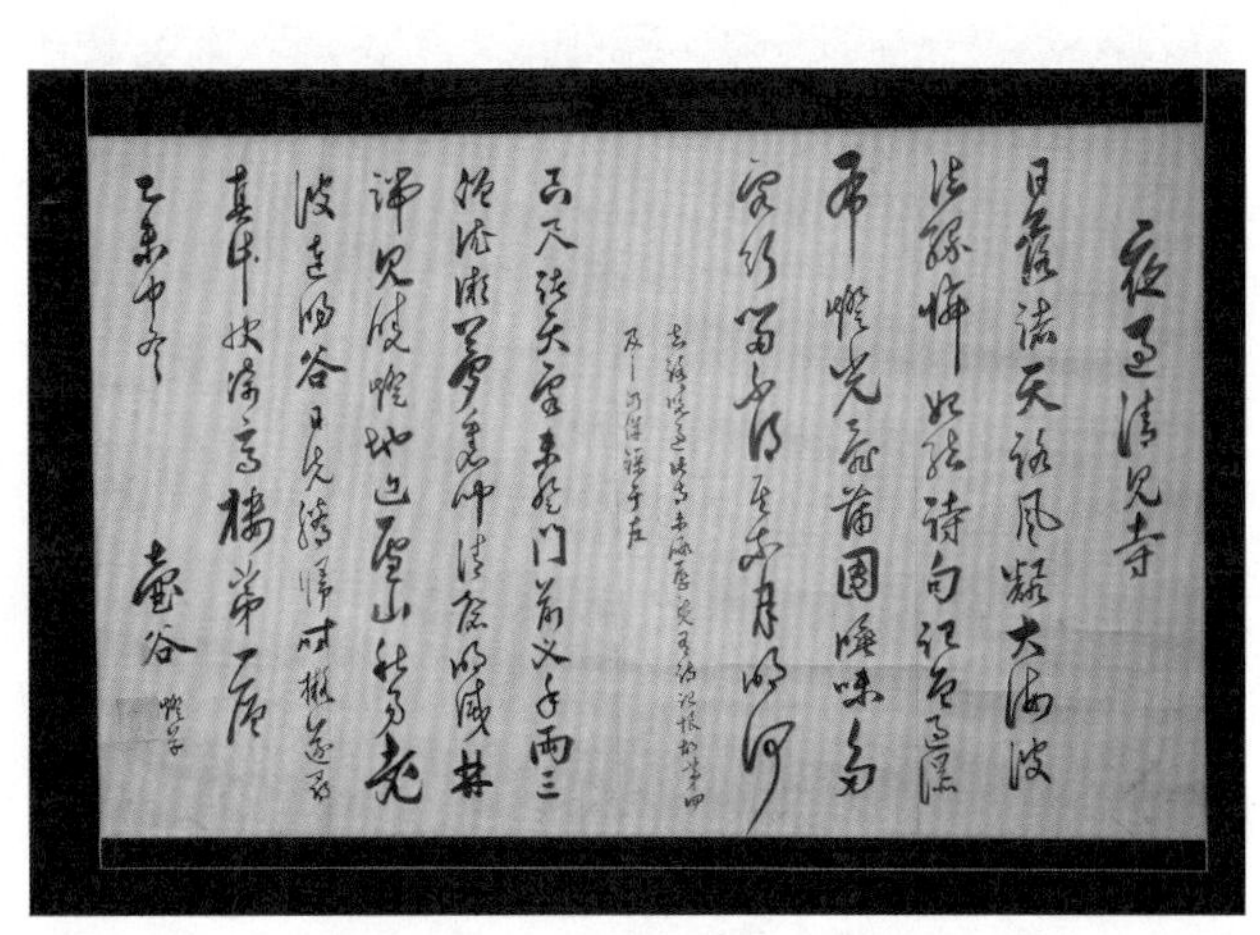

朝鮮通信使の詩稿 南龍翼（壷谷）、1655 年（明暦元年）（清見寺蔵）

琉球使節江戸登城行列図　1832年（天保3年）琉球国王尚育の襲封を将軍・徳川家斉に謝恩するために日本に派遣された琉球使節（謝恩使）の江戸城登城行列を描いている
（九州国立博物館蔵　出典：ColBase　https://colbase.nich.go.jp/）

琉球使節正使 宜野湾王子尚容扁額「永世孝享」
1790年（寛政2年）（清見寺蔵）

られたが流れの速い大井川では橋を造ることは不可能であった。川越えのために、千四百人の人足が動員されて、彼らは人間のダムとなって、自分達のからだで流れの強さを和らげることになった。一六五五年（明暦元年）に危険な海岸の道をやめて薩埵峠を越えて、興津、由比間を結ぶ道ができたのは、朝鮮の使者のためではあるが、この時の話ではない。山越えの道は険しかったが、波や落石の危険を免れるようになった。

　その行列は遠くから見物に来るだけの値打ちはあった。朝鮮人は三百名の一行であったが、将軍が案内役を命じた大名の護衛のために一層多くなっていた。そして他の大名達は街道を使わないように命ぜられていたのである。

　先頭には沢山の旗が並び、弓矢と三日月刀と三つ叉の槍を持った護衛がつづく。その次は三十人の楽隊で、笛や太鼓や鐘を持っている。そして彼らは護衛兵のようにすべて馬に乗っている。次には小姓の一隊、それから使節の乗る駕籠、また小姓の列がつづいて、副使節の駕籠、次に顧問の駕籠、医者の駕籠、また別の副使節の駕籠がつづく。六十人の馬に跨った役人と二つの太鼓がその後につづいていた。

　使節はいつも寺院に宿泊したので、興津では彼を泊めたのは清見寺であった。しかし望月は朝鮮人の一行に単なる見物として以上の関心をもった。なぜならば、彼の家は市川、手塚その他の町中の宿屋と同様、それほど偉くはない人々を泊めねばならなかったからである。贅沢な食事を客に出すようにいわれたので、望月の息子はできるだけりっぱな物を出そうと骨を折っていた。江戸では、そこの有名な料理屋の板前が使節一行のために引き抜かれているということを知っていたので、望月の息子は自分の家でもそれに負けないような料理を出そうと思ったのだ。

その次には琉球人が毛色の変わった旅人になった。もっとも、彼らは進んでその旅をしたわけではない。家康の貿易を促進しようとする政策の一部として、薩摩の強力な大名が一六〇九年（慶長十四年）に琉球諸島に遠征をおこなった。薩摩側にも道徳的な大義名分があったのである。つまり琉球人は長い間不注意にも貢物を怠っていたのだ。彼らがそれを忘れていたのは、もっともなことで、琉球人は自分達を中国の一部と考えていたからであった。

薩摩の大名は琉球人のこういう考えをやめさせ、貢物を取り、国王と六人の王子を捕虜として連れて来た。翌年、彼は捕虜を静岡へ連れて来て家康に会わせた。国王は銀と絹のすばらしい贈物をし、日本の商船のために港を開く約束をした。また自分がどこの国に属すか決して忘れないと誓った。

次にこの一行は家康の息子の将軍の前で、同じことを繰り返すために江戸に向かった。一行が興津の手前まで来たとき、王子の一人が病気になり、一行は清見寺に泊まった。それは予定にないことだったので、望月の家その他街道沿いの宿屋はその一行を宿泊させるために、大変な騒ぎであった。

王子にはあらゆる手が尽くされたが、彼はその寺で死に、山肌の大きな杉の根方(ねがた)に葬られた。

それ以後、琉球は日本に使節を送るたびに清見寺に泊まった。彼らは住職を訪問し、彼らが持って来た線香、漆、漆の器、石燈籠(いしどうろう)などを寄付した。そして、一行は王子の墓に詣でた。こういうことは一、二度ではなかった。琉球は朝鮮のように二世紀以上にわたって使節を送りつづけたからである。

琉球は対等の国としてではなく属国としてやって来たので、朝鮮のような贅沢な待遇は受けなかったが、行列ははるかに大きかった。彼らは島津侯によって護衛されていたからである。島津侯は朝鮮の使節を案内した大名よりは大きな大名で、そのことをすべての人に印象づけようとしたのだ。百人以下の行列では目立たないと考えて、行列を編成するために四千人の家来をかき集め、一行が休憩する宿場では五千人の人足と千頭の馬が、次の休息所まで荷物を運ぶために待機していなければならなかった。

琉球の行列は朝鮮よりも大きかっただけでなく、その音楽も見物の人の心をとらえた。笛、鐘、太鼓の他に沢山の三味線があって、それは日本人の気にいられ、この楽器は日本音楽にとり入れられた。琉球人は江戸に入るときに必ず先頭に二人の三味線を持った美青年を歩かせた。それはなかなかしゃれたやり方であった。

朝鮮人も琉球人も或る意味では日本人の従兄弟のようなものであるが、東海道に関心をもっともかきたてたのはヨーロッパ人である。

それより六十年前からポルトガルのジェスイット派の宣教師が日本に来ていた。権力の中心が江戸と静岡に移ると、望月は彼らの黒い僧服を見ることが次第に多くなった。最近ではジェスイットと競争するかのように茶色の服のフランシスコ派の宣教師も登場した。その一人はしばしば、興津にやって来て、町角で弥次馬達に説教した。望月の家の女中の一人の十五歳で、ものに感じやすい娘が時々、仕事をぬけだして、この説教を聞きに行き、後で台所へ帰ってから、この新しい教えを皆んなに伝えるということが望月の息子の耳に入った。

家康が静岡に戻ってから、ジェスイットとフランシスコ派はそれぞれここに教会を建てたが、競争で信仰を広め、その活動は城中にまで及んだ。

外国人のすべてが神父だったわけではない。望月老人が好きなのはエリザベス女王とシェイクスピアのいるロンドンからやって来た勇敢な英国人であった。彼の名前はウィリアム・アダムスであるが、日本人にとっては按針(あんじん)として知られていた。これは水先案内人(みずさきあんないにん)の意味である。彼は日本に来た最初のイギリス人であった。しかし望月にとってはそれ以上の人だった。按針は彼の家に泊まった最初のヨーロッパ人であり、アダムスと一緒にいるのが、彼は好きだったので、こういう機会を与えてくれた宿屋稼業をありがたいと思いかねない有様であった。

二人はお互いに親しくなり、アダムスの物語は信じられないようなことだらけだったが、望月はいくら聞いても聞き飽きることがなかった。アダムスは、ライムハウスで見習水夫として乗り込み、ドレイク提督がスペインの無敵艦隊を打ち破った時は、艦長であり、死ぬときは日本の侍であった。

望月はことにアダムスが日本へ来るときの苦しい航海の話を聞くのが好きだった。そして英国人が宿屋に来るたびに、宿の隠居はすぐに出て来て、酒をどんどん運ばせながら彼と話しこむのであった。

「按針様、まあ一杯」

挨拶がすむと彼はすぐそういってまだ徳利を下ろさない中に、

「航海の話をお願いします」

「でも何度も話したでしょう」

とアダムスは酒を飲みながら答える。

「もう一度お願いします」

と望月は酌をしながら頼んだ。

「それでは、ご承知の通り、私は見習水夫から女王陛下の艦長、更には水先案内人まで昇進しました。エリザベス女王のために……」

そこで英国人と日本人は、地球の裏側にいる偉大な赤毛の女王のために乾杯をする。一六〇九年（慶長十四年）の或る午後のこと、二人はエリザベス女王のために乾杯をしてから、考え直して、えこひいきのないように家康のためにも乾杯した。そしてアダムスは話し始めた。

「オランダから印度への航路が開かれたとき、私のささやかな知識を実際に応用してみようと思った。そこで西暦一五九八年（慶長三年）に……」

望月が目をぱちくりさせると、アダムスは日本風の年号にいいかえて、

「私は印度会社によって編成された五隻の船隊の主任水先案内に雇われた。出帆は六月になっていたので時期が遅すぎ、逆風に遇って赤道を越えられなくなった。九月の半ば頃になり、南への風が吹いたが、部下には沢山の病人が出たので、アフリカのギニア海岸に立ち寄らなければならなかった。アフリカのことを知っていましたかね」

アダムスはこの興津の友人が前に教えた世界地理をのみこんだかどうか自信がもてなかった。

「ええ、知っています」

望月はそう答えた。アフリカはどんなものだか、彼には雲を摑むような話だが、話の腰を折るのがいやだった。

「そう」

とアダムスは疑わしそうにいって、

「つまり、この盆をアフリカとすると、これが南アメリカ、そしてこの徳利が……」

彼は燗徳利を取り上げて、それが空であることを確かめて、

「この徳利を日本としましょう」

このように盆に寄港したり、畳の上を航海して、アダムスは友人に海の恐ろしい話を繰り返した。五隻の船はアフリカの熱いギニア海岸に病人を上げたが、気候が悪くて多くの者が死んでしまった。そこを出て、一行はアナボン島に着いた。彼らの敵のポルトガル人がここを占領していて、上陸を許さなかった。しかし彼らは上陸してこの町を奪った。ポルトガル人は奥地から攻撃して彼らを悩ませたが、一行は牛肉やオレンジや海産物で元気をとりもどした。しかし、ここも不健康な土地で、一人が回復すれば、別の病人がでるといったありさまだった。この島を出る時、ポルトガル人へのこらしめに町を焼き払った。

南大西洋を横断するのに五カ月間かかった。一隻の船がマストを倒したので、海上でマストを立て直すのに大変骨折ったのである。

一五九九年（慶長四年）四月八日彼らはマゼラン海峡に到着した。六日間良い風がつづいた。その間に海峡をぬけることができたのだが海岸で材木や食糧を探して時間をくった。すると風が変わり、南の風のために、彼らはそこに閉じ込められてしまっ

た。雪が深く、寒さが厳しく食糧も足りなかった。多くの者が飢え死した。

海峡を出たのは九月末であった。嵐でちりぢりになった時のために、各船は集合場所を決めた。しかし嵐になると、一隻の船はオランダに帰ってしまい、もう一隻は太平洋を横断しつづけて東インド諸島でポルトガル人につかまり、他の一隻は南米の海岸を北上してバルパライソでスペイン人に捕えられた。

アダムスの船は集合点で、ただ一隻、一カ月間待っていた。その後食糧を得るために、チリの海岸に行った。アダムスの弟のトーマスをも含めた数名の上陸部隊は待ち伏せに合って殺されてしまった。集合地点に行ってみると、もう一隻の船のいるのを発見して、アダムス達生き残りは大喜びであった。二隻とも人員が減っていたので、一隻を棄て、もう一隻に両方の乗組員が一緒になることが利巧なやり方であった。しかしどちらの船を棄てるかということについて船長の意見が決まらなかったので、結局二隻のまま、本来の目的地である日本を目指して太平洋横断に出発した。二月に激しい嵐に遇って、一隻とはぐれアダムス達は単独で航海した。

アダムスはこの航海の最後の恐ろしい話をすることを好まなかった。望月はそれでも想像することはできた。食糧も水も無く、それを補充する陸も見えない。次ぎ次ぎに人間が死んで、二十四人残った。からだが弱っていたので、帆を操るにも這って歩かねばならなかった。後二、三日で全員死ぬところであったが、一六〇〇年(慶長五年)

四月十九日、ついに彼らは日本に着いた。

　小船が彼らを取り巻き、好奇心に満ちた日本人が船中をかきまわした。アダムス達は弱っていて、それをとめることもできなかった。船は港に曳(ひ)いて行かれ、疲れ切った乗組員は岸で親切な手当てを受けたがそれも遅すぎたのか六人はその場で死んだ。

　当時秀頼の監視の手はずを決めるために大阪にいた家康のもとに、見慣れぬ船が来た知らせが届いた。そして家康は船長を呼ぶために小船を派遣した。しかし船長は弱っていて旅行に耐えられなかったので、アダムスが家康に対面することになり、彼の飾りけのない正直さが一行の生命を救ったのである。

　アダムスがこの話をするとき、海の冒険の話に劣らず、望月は興味をかきたてられた。直接家康を知る人と話すことはこの老人にとって名誉なことであった。

「家康の前に出ると、すぐにどこの国の者で、何のためにはるばるやって来たか、と尋ねられた。私は彼に国の名前を告げ、イギリスが長い間インド諸島に行こうとしており、通商を目的として、東洋のあらゆる国王や権力者達と友好関係を結びたいと思っていると述べた。イギリスには、東洋にはない様々の商品があるし、また私の国にない沢山の商品を東洋では買うことができるというと、家康公は、イギリスが交戦中であるかと尋ねた。私はイギリスはスペイン、ポルトガルと交戦中であるが他のすべての国とは友好関係にある、と述べた。すると彼は更に私の信仰を尋ねたので、天地を造りたもうた神を信ずると答えた」

望月はアダムスの盃を満たしながら、同意するようにうなずき、アダムスも望月の盃を満たしてやった。こういう信仰の告白はどのような人にも訴える普遍性があり、それが家康を満足させたことは明らかである。アダムスは話をつづけて、

「どういう航路をとったか、と家康公は尋ねたので、私は世界地図を使って、マゼラン海峡経由の道を示した。すると家康公は驚いて、私が嘘を申し上げたと思ったようだ。そして船にはどういう商品があるかと尋ねられたので、全部次々にお見せした。真夜中まで御前にいたが、私はそれから牢屋に連れて行かれた」

望月は困ったような顔をした。彼はこの話も、またその後のことも知っていたが、話しの聞き上手であった。これは危険な状態で、望月は話し相手と一緒になって気をもみ、酒を注ぎなおした。

「しかし二日後に、私はまた呼び出され、イギリスの国の情勢や戦争や平和な時代の話、野獣や家畜、それから信仰の話を尋ねられた。家康公は私の答えにすぐ満足をなさったらしい。それでも私は再び牢屋に入れられた。しかし部屋が変わって、待遇もよくなっていた。私は三十九日間牢屋にいて、何の知らせも聞かなかった。船はどうなったか、船長はどうなったか、健康を回復したか、他の人達は……。

毎日私は今日にも死ぬと思った。私の国の絞殺に当たる日本の磔（はりつけ）になるのだと思っ

た」

望月は同情するように溜息をつき、盃を満たした。

「私が捕えられている間中、ポルトガル人は私に不利な証拠を並べていた。イギリス人は泥棒で、すべての国を荒らす。だから我々を殺さなければならないというのだ。しかし神のお恵みが我々に下った。我々は今のところ、家康公にも日本にも、如何なる罪も犯していないから殺すわけにはいかない、と家康公はお答えになった」

二人は一緒に乾杯をした。

「彼らポルトガル人は悪い人間で、カトリックなのだ」

とアダムスはいって、塩付けのタコの肉を一口たべた。望月はフランシスコ派の魔法の犠牲者になった女中の迷いを、今からさましてやらねばならないと思った。

「その女中には注意なさった方がいいでしょう。スペイン人は奇妙な人間で、無知な人に対しては強い影響力がありますからね」

とアダムスは忠告した。二人は話をし、笑い、酒を飲んでいるうちに夜が来て、女中は夕食と行燈を持って来た。行燈は二人の囲りに暗い影を投げかけた。

今度の旅は難船したスペインの貴族のためなのだ、とアダムスは望月に説明した。このスペイン人は、前フィリピン総督で、メキシコ経由で帰国の途中、嵐に遇って江戸の北の方に吹きよせられたのである。彼はすでに江戸で将軍の謁見を受け、今は家康公のご機嫌を伺いに行く途中であった。翌日この一行は興津を経て、静岡に入る予定であった。アダムスはその仲介役として呼び出されたのである。

たとえスペイン人の旧教徒であろうと、難船したヨーロッパ人と考えるとアダムスは感傷的になった。月が海から昇ると、彼はイギリスと自分の家のことを語り、そこに残して来た妻子にまた会うことがあるだろうかと語った。夜がふけてから望月はその部屋を下り、月に照らされた廊下づたいに自分の寝間へいった。床の中で望月は不思議な友人の不思議な身の上を長い間考えていた。この英国人が、家康と親しいという、日本人でも数少ない人にしか得られない特権をもっていることは疑わなかった。アダムスは家康の通訳、造船技師、外交問題の顧問、幾何、数学、地理の教師であり、信任の厚い顧問であることを知っていた。この英国人は深い信頼を受けていたので、彼自身の言葉によると、

「私が何を申し上げても家康公は反対なさらない位であった」

つまり彼に気に入られたがために、この英国人は捕虜になったのである。家康公は彼の帰国を決して許さなかった。望月はこういう話を信じた。家康はアダムスに禄を与え、侍にして両刀をおびる権利を与えたではないか。望月自身はその身分をすでに奪われてしまったのだ。

老人は苦い想い出に低くうなり、寝返りをうった。アダムスはそのほか妻も与えら

れていた。家康は男には妻が必要だと知っていて彼に妻帯させた。それなのに、なぜこの男は国へ帰りたいと思うのだろう。遠い彼の国はどんな土地であろう。女王が治めている国、望月はほとんど信じられない位であった。これもアダムスのでまかせなのだろうか。外国人の途方もない話から本当と嘘を区別できればいいと思った。それからアフリカ、彼はアフリカという土地を夢のように思った。望月はアフリカのことを考えながら眠り込んだ。

翌朝、日の出前に起きて、望月は友人に別れを告げた。興津の宿駅から六人の人足によってアダムスの駕籠が運ばれて来たのを、望月は暁の光で眺めていた。静岡までは平地だが、もしアダムスが逆に薩埵越えをするのだったら、十人の人足を必要としたであろう。駕籠の後には英国人が馬に乗りたいといいだした時のために、もう一人の男が馬を曳いていた。

アダムスが合図をすると、房(ふさ)のついた杖を持った男が、道をあけろ、と掛声をかけて先に立って、人払いをしながら走り出した。駕籠かきは駕籠の担ぎ棒を肩にあてて、揺れる駕籠を担ぎ上げた。彼らは手に持った杖で調子をとりながら、ホイホイ、と掛け声をかけて走って行った。

「また、どうぞ」

と望月は叫んだ。

静岡までの道は近く、アダムスも道をよく知っていた。例えば、何時になったら鼻を押さえたらいいか、ということも知っていた。町はずれに処刑場があって、死骸をつけた十字架が建ててあり、その或る者は刀の試し斬りに使われてぐしゃぐしゃになっていた。

この不愉快な土地を通り過ぎると、賑やかな静岡郊外に着く。彼はある時、英国に出した手紙にこう書いている。

「この都市はロンドンのように大きく、郊外が開けている。職人達は町はずれに住んでいるが、身分のある人は町の中央部に住んでいる。職人のたてる騒音や、その他仕事にともなうあらゆる騒がしさに、身分のある人達が悩まされないようになっているのだ」

アダムスが城を中心とした高級住宅地に着いた頃、興津では望月が群衆に混じって、ドン・ロドリゴ・デ・ビベロ・イ・バラスコの一行を感心して眺めていた。スペイン人は人だかりに驚きもしなかった。江戸にいる頃は、護衛の者が弥次馬を追い払うまでは、やかましくて眠れないほどだった。東海道でも似たような具合で、彼の日記によると、「どちらを向いても人の群れが見え、まるでヨーロッパの大都市にいるようである」

興津をぬけて、家康の城に行く間、彼は絶えずおじぎをしていた。そして望月も彼

家康公の洋時計　国指定重要文化財。ドン・ロドリゴ・デ・ビベロ一行の海難救助のお礼として、1611年（慶長16年）スペイン国王フェリペ3世から徳川家康公に贈られた（久能山東照宮博物館蔵）

に頭を下げた。

次にアダムスが興津に泊まった時、彼は望月に家康がビベロを接見した時の有様を物語った。

「わたしは一週間、スペイン人に御殿の作法を教えた。すると呼び出し状がやって来た。彼は駕籠に乗り、二百の小銃隊に護られて登城した。城の門ごとに、彼は別の護衛隊に申し送られ、ついに御殿に着いた。七つか八つの大広間を通りぬけたが、天井は金色に輝き、壁には様々の動物や花が描かれていた。ビベロがそれに目を奪われたことは想像に難くない。前後の部屋には重臣達が集っていた。灰色の鬚をはやした男が、ビベロは今まで誰にも与えられなかった光栄を与えられるだろう、といった」

後になって、ロドリゴはその接見の情景を書いている。「大広間の中央には三段登った上段の間があり、そのまわりは二重の手摺りで囲まれていた。スペインだったらこういうものは金を鍍金したものにすぎないが、日本ではすべて純金を使うのである。家康公のまわりには二十人近い側近の者が絹の長い着物を着ていたが、その袴は長く、足は全く隠れていた」

家康は上段の間に、丸い天鵞絨の緑の座蒲団の上に座っていた。「彼はゆるい緑色の繻子の着物を着ていたが、それは金で星と月の模様が縫いとられてあった。腰には二つの刀をおび、無帽であったが、美しい紐で髪を結い上げていた。六、七十歳の肥った重々しい老人で、威厳があり、穏やかな顔だちであった。わたしが数歩前まで進み出ると、彼はわたしに帽子を被って着席するようにと合図した。彼はわたしとの接見を喜んでいると述べ、わたしの難船をねぎらい、自分の国王にいうように、自由に願いを申し述べよといった」

しばらく話し合ってから、ロドリゴはアダムスに教えられた通りに退出しようとしたが、家康はしばらく待つようにと命じた。そこで彼は自分が他の日本の大名とどんなに段違いの優遇を受けているかをみる機会を得た。一人の大名が黄金を山盛りにした盆を持った家来を従えて入って来たが、彼は部屋の入口の所で平伏し、数分間、そのままひかえていた。家康も側近のものも、一言も言葉をかけない。ついに彼らはそのまま下がって行った。ロドリゴは、その黄金は十万ダカットの値打ちがあると教えられた。

アダムスがその場の光景を説明すると、望月は驚いて息をのみ、

「家康公が大変な苦労をなさった少年の頃は、あの町の人質でおられたし、その頃は誰一人として彼が日本を統一するとは思わなかったでしょう。私が興津で家康公に降参した話をしましたっけ」

と望月が聞くと、聞いたことがある、とアダムスは答えた。望月はちょっとがっかりしたが、やがて気を取りなおして、

「スペイン人は家康公にどんな要求をしたんです」

アダムスは渋柿を食べたような苦い顔をして答えた。

「願いは三つあって、第一はカトリックの宣教師が仏教の僧侶と同じように自由にこの国で許されること、またマニラからのスペインの貿易船を日本に入れること、第三にオランダ人を追放すること、なぜならば、彼の考えによるとオランダ人はスペインの敵であるばかりでなく、海上では海賊を働くからということだった」

「家康公はそれで何といわれましたか」

「大変ご満足の様子でした。まわりの者に向かって、このスペイン人を見習うがよいとお仰せられました。自分の神と国王のために願っただけで、自分のためには何も彼は要求していない。そこで、オランダ人を追放することを除いては、その願いはすべて許された。その理由は、オランダ人に二年間の在留許可をあたえているから、ということだった」

とアダムスは不機嫌な声で答えた。

ロドリゴは充分目的を達したといってよい。アダムスの造った船で日本を立つ時、ジェスイット派もフランシスコ派、ドミニコ派、アウグスティヌス派、これらすべてに属する宣教師達は忙しく活躍し、将来何の障碍（しょうがい）にも出会わないであろうことをロドリゴは信ずることができた。将来は彼らにとって明るくみえた。秀吉は神父達を敵視し、教会を壊し、彼らの追放を命じた。しかし秀吉は自分の布告を実行することに熱心ではなかった。そして神父達はなお一層強力になって日本に戻って来た。フランシスコ・ザビエルが初めて日本に来て、わずか六十六年にしかならないのに、五十万の信者を獲得していた。人口が二千万にみたなかったことを思うと、かなりの人数というべきである。おまけに家康は寛大で有名な人物である。

彼らは家康を誤解したのだ。彼は国際貿易を盛んにしようと思って、自分自身は熱心な仏教徒であったが、さしあたり貿易上の必要から、神父達に目こぼしをしようと思ったのだ。しかし日本の商船隊は日に日に強力になって、外国商人の力に依存する必要は次第に減少していた。そしてビベロが帰国した二年後に家康の寛容にも限度がきた。彼の城中に醜聞や堕落や陰謀が発覚し、そのすべてにキリスト教徒が加わっていた。そこで粛正が行われた。

興津では望月家の感じやすい若い女中が、その話を聞いて静岡にかけつけた。彼女は群衆に混じって城の前で騒ぎたて、自分の信仰を告白し、追放されることになった城内の十四名と同じ罰を受けたいと願った。家康は平民は罰しないと命じたため、彼女はしょんぼり家に戻って来た。しかし仕事を怠けたために、彼女は望月の息子にひどく叱られた。しかしそれもあまりきき目がなかった。

二、三日後、城の罪人の一人であるジュリアが追放されて街道を曳かれて行く時、女中はまた仕事を棄てて遠くまでその列について行き、罪人のために同情の涙を流し、自分の信仰を弁護した。今度は娘は田舎で農夫をやっている親許に送り返され、そこで死ぬほど打ちすえられた。

他に二人の上臈（じょうろう）、クレアとルシアも追放された。しかし家康を悲しませたのはジュリアの追放であった。彼女は朝鮮の王女で家康のお気に入りで、彼の愛妾であるともいわれている。家康は教えを棄てるようにと、自ら彼女にせまったが、後に彼女はそれを拒んだ。彼女は絶海の孤島でその生涯を終えた。あの女だけは惜しいことをした、と家康はいった。

二年後、家康は全面的にキリスト教を禁じた。この頃になると、神父達はスパイであると彼は確信するようになっていた。

どこの国の者も他の国を悪くいった。

虚実様々な陰謀があばきだされた。そしてキリスト教徒達は、彼らを非難する法律に従うどころか殉教者達を崇めたのである。

キリスト教を二世紀半にわたって、日本から追放した法令は、一六一四年（慶長十九年）一月二十七日布告され、全国津々浦々に告示された。

望月は興津の宿場の前で、そのお触れを読んだ。「キリシタンの日本に渡来せるは、単に貿易を望むのみでなく、邪法を拡め、天道を毀（こぼ）ち、幕府を滅して、この国を支配せんとするためである。この害毒の芽は摘み取らねばならぬ」といった意味のものであった。

　これは血みどろの虐殺の合図であった。興津ではフランシスコ派の洗礼を受けたものが、逮捕されて静岡に連れて行かれた。彼らは安倍川の堤防で、手を切られ、足の腱を絶たれて棄てられた。彼らは苦しみながらそこに横たわって死を待っていた。

　静岡の二つの教会は引き倒され、そこを穢(けが)す最後の手段として、その地区は遊廓に指定された。聖母の像は弁天像に変わった。弁天は七福神の中の女神で、婦人と芸術の守護神とされ、売笑婦達の信仰が厚かった。望月家の軽卒な娘も、ここで死ぬこととなった。両親は彼女を養えなかったので、弾圧がくる前に静岡から来たぜげん（女衒）に彼女を売ってしまったのだ。彼女は自分の信仰をかろうじて守りぬき、彼女なりにそれを実行した。つまりキリスト教の祭日には弁天様に花を捧げたのである。以後、長くこの地区の女達はこの例に習って、ほとんど忘れてしまった信仰の名残りを守りつづけた。

　実際問題として、家康は以後六十年にわたって次第に激しくなる弾圧を開始したにすぎない。彼には更に重要な仕事があった。そして彼自身、老い先短い。秀頼は今では二十二歳の好もしい青年になっており、家康が期待したようにやくざな人間になるどころか、恐るべき敵になっていた。そして家康が支配権を彼から奪ったと考えていたものが、日本には少なからず残っていた。

そこで家康は最後の戦いに軍を率いていった。望月老人はその進軍を見送りながら、再び武士らしい感動を覚えた。戦場から届く情報を判断する場合に、彼は再び専門家として皆の注目を集めた。戦いは冬の陣、夏の陣に分かれていたが、望月がいっていたように秀頼には初めから勝ち目はなかった。終わった時には豊臣家は絶滅していた。

家康は静岡に戻り、再び鷹狩りをし、書斎で時間を過ごし、また世界地図をはった屛風の前でアダムスと長いこと話し合った。二人は、貿易や船や遠くの国々の話をし、また多くの人がそうしたように大陸経由で西洋に着く道の話をした。

大御所は天麩羅を食べた後で病気になった。彼は息子の第二代の将軍及び老中達と将来のあらゆる事態を検討し、徳川幕府を維持するための計画をねりなおした。彼はまたあらゆる法令の妥当性を調べ、彼がかち得た平和を守るための掟を再吟味した。彼は、自分の死後久能山の山頂に葬り、一年後日光の杉に覆われた山の中に埋葬するようにと命じた。そこから彼は、自分のつくり上げた新しい日本の守護神として後の時代を見守るであろう、といった。

一六一六年（元和二年）四月十七日の昼、彼は静かに死んでいった。そして、その日の夕方遺骸は久能山に担ぎ上げられた。次のような日記が残っている。

「かすかに霧雨の降る日で、棺は足軽共によって交代に山の上に担ぎ上げられた。言

三浦按針の碑（静岡県伊東市）　ウイリアム・アダムス（三浦按針）は伊東で日本初の洋式帆船を建造した。その地とされる松川の河口近くに碑やモニュメントがある。毎年８月「按針祭」が行われる（伊東観光協会提供）

朝鮮通信使の再現行列　2017年（平成29年）ユネスコ（国連教育化学文化機関）「世界の記憶」（世界記憶遺産）に登録された朝鮮通信使。興津地区では毎年10月、華やかな衣装をまとった再現行列が行われている

久能山東照宮御社殿（静岡市駿河区） 家康公を祀る霊廟として1617年（元和3年）創建された久能山東照宮。権現造、総漆塗、極彩色の御社殿は、江戸初期の代表的建造物として国宝に指定されている

久能山東照宮の神廟（徳川家康公の墓所） 家康公没後1年で日光に改葬されたが「神廟」は久能山東照宮に今もある。1640年（寛永17年）三代将軍・家光が木造檜皮造りから現在の石造宝塔に造り替えた

葉もなく、彼らは進んで行った。本多正純は草鞋ばきでそれに従い、足軽が止まると、彼はすぐに棺の側にうずくまり、『殿、おん前に』といい、再び棺が担ぎ上げられると彼はそれを見ながら、『殿、われらは皆ここにおりますぞ』と繰り返した。それはあたかも旧主がなおも生きていて、彼はその側に仕えているかのようであった」

静かな雨が彼らの松明の明かりをかき消したので、わずか数マイル離れた海岸にいる望月は、この無言の行列を知らなかったし、大御所の死んだことすら聞いていなかった。

一年後に御霊が日光に運ばれて行く時に、彼はそれを拝む機会を得た。千名のお供と重臣達はすべてその列に加わった。行列は旗を巻いて、静かにゆっくりと進んで行った。行列が興津を過ぎても、群衆が静かに散ってしまっても、望月はじっと土下座していた。様々な想い出が彼にせまり、彼は自分が年老いたと思った。

彼はそれからアダムスと会うこともほとんどなかった。アダムスは海に帰り、アジアの貿易港を回っていたのだ。しかし結局英国に帰ることができなかった。一六二〇年（元和六年）彼が初めて日本に上陸した所からほど近い所で、彼はその生涯を終えたという噂が東海道を伝わって来た。望月は病が重く、その話を聞きとることもできなかった。彼は英国人の友人が先にあの世に旅立ったことも知らずに、まもなく死んだ。

その年、望月の家族は喪に服し、その冥福を祈った。喪があけると、息子は表へ出て、そこに念入りに作った看板を掛けた。水口屋と書かれてあった。かなり前から宿屋であったのだが、ここに初めて名前ができたのである。彼は奥座敷の仏壇の所へ行き、新しい亡き父の位牌をはじめ、先祖の位牌の前に座って自分のしたことを報告した。

「もし私が一家の名誉を穢(けが)したなら、どうかお許し下さい。子供の時から私は様々の世の移り変わりを見て参りました。そして世の中の移り変わりにつれて、私の家も変わりました。私の力ではいかんともしがたく、従うより術のない変化でした。もしご先祖様の意に充たないならば、そしてもし私が一家を誤ったならば、私はお詫びをするより仕方がありません。私はご先祖様の霊を慰めるために祈りましょう。毎日ご先祖様のために祈ることにします」

彼は立ち上がり、家族を呼び集め、家督を長男に譲ると宣言した。そして彼自身はあの世へ行く準備と、先祖の霊を慰めるために隠居するといった。

夕方になると、彼は唯一人海岸に出て行った。遠い昔、侍の子として、この浜で遊んだことを思った。また運命に対して勇敢に闘ったその父親のことを思った。

塩を焼く煙で三保は霞(かす)んでいた。そしてその影のような岬に夕闇がせまっていた。

由井正雪

一六五一年（慶安四年）九月七日の夜のことであった。風雨が激しく水口屋(みなぐちや)に吹きつけていた。海は轟音(ごうおん)をたてて防波堤に押し寄せていた。朝から嵐もようで、午後になると一層激しくなり、今やその絶頂であった。

こんな日に旅をする人はほとんどいなかった。そして多くの人は早めに宿をとっていた。雨戸は閉ざされ、興津での四代目の望月も、店を閉めさせようとしていた。その時、行燈(あんどん)を吹き消すほどの一陣の風と共に、戸が音をたてて開かれた。三人の男が飛び込んできて、すぐ戸にとりついて閉めてしまった。

こんな晩に旅行をするのは異様なことであった。それで望月は彼らを追い払おうかと思った。満員で部屋がありませんがというつもりであった。しかしその時、風が金切声を上げたので、その音が静まるのを待つ間、三人の中のおも立った人と思われる人物の目を眺めていた。風が静かになってくる。宿屋の主人は思わず、部屋がたった一つあいています、といってしまった。女中が出て来て、客の濡れた着物を受け取り、手足を拭いて奥へ通した。

彼らは静かであった。入浴し、夕食をすませ、寒さしのぎの酒を飲むと女も呼ばずに床をとらせて横になった。

その一人は色の浅黒いがっちり肥(ふと)った男だったが、横になると、すぐに鼾(いびき)をかいて寝てしまった。二番目の男は横になっても、長い間りきんだり、波の音を聞いたり、風に揺れる宿屋のけはいにおびえたりして起きていた。彼は明日、明後日のことを心配していたのだ。ことにあさってのことを。やがて彼は眠ってしまった。

三人目の男は静かに横になっていた。彼はほとんど嵐を意識しなかったが、彼も落ち着けなかった。計画を検討し、全部をだいなしにするような欠点がないかと調べた。

少なくとも由比を無事に通り抜けたと彼らは思った。恐らくその村の誰も気づかなかったであろう。そこを出る時、彼はまだ子供だったからである。由比の手前、蒲原(かんばら)の方がもっと危ない。十歳の時までそこの伯父の家にいたのだから。しかし今では両方とも通り抜けてしまったし、興津川も越えた。川は増して、流れは速く、夕方からは川止めになっていたが、そんな危険は大したことではない。真暗な嵐の中で、彼らは手を繋(つな)いで川を越えた。朝には雨で水量が増して危険水位にまで達し、川を渡るこ

正雪紺屋　由比本陣公園前の由井正雪の生家と伝えられている染物屋(静岡市清水区)

とは一日中できなくなったであろう。他の仲間も無事に渡ってくれればよい、と彼は思った。うまくいったはずだ、仲間は先に出たのだから。恐らくもう静岡に着いていることだろう。

今や計画が実行にうつされつつある。明日になったら、彼らは配置につく。江戸に丸橋、京都に加藤、そして彼らはその中間の静岡。風があれば十日の日に、なければそれ以後の最初の風の日に、丸橋は行動を開始する。事がうまく運べば数分後に江戸は大火事になり、将軍は死ぬはずだ。この噂が京都につくと、すぐに加藤の一隊が天皇を連れ出してしまう。一方静岡と久能山の徳川家の要害は、彼の強力な部隊の手で占領する。それ以後は情勢によってどこにでも進軍することができる。彼は自分のまわりに集まったもののために、久能山の武器庫を利用することにしよう。徳川に対する反感は全国に漲(みなぎ)っていると、彼は信じていた。火花が一つ飛べば大爆発が起こる。彼とその部下五千の強力な勇士達がその火花をつくるのだ。

これは無謀なほど大胆な計画である。そしてこまごまと考えて行くと、とても成功するとは思えなかった。しかし彼はそれを無視した。大切なのは成功の可能性があるということである。それ以外の人生は全く無意味であった。彼の全生涯はひたすらこの方向に向けられていて、今更引き返すことはできなかった。

彼は四十六年前、つい先ほど通り過ぎて来た由比の村に生まれた。父は染物屋で、店は今でも染物屋に甘んじている兄がやっているのだ。しかし彼の父は単なる村の染物屋ではなかった。彼は秀吉公の染物屋だった。彼は複雑で上品な着物の柄を染め、またこの偉人の旗や天幕を染めた。秀吉が死んで従者が四散した時に彼は妻子を連れて由比に落ち着いた。

　父は息子を染物屋以外の仕事につけたかった。彼は僧侶にしようとして息子を村の寺院に送った。息子は将来性があるということになって、静岡の臨済寺に移された。彼は明敏ではあるが、手におえない小僧であった。初めから彼は禅の研究よりは兵法に関心を持ち過ぎていた。そのために、彼は臨済寺に来たことを喜んでいた。清見寺と同様、その寺の住職も雪斎(せっさい)だったのである。臨済寺でこの偉大な将軍僧は家康を教育し、義元の作戦を練った。彼の軍事上の蔵書はまだ残されている。正雪はそこで近くに住む浪人と知り合い、寺をぬけ出すと、浪人と共に戦いや武人の話をした。良き時代の想い出に生きるこの浪人から、彼は秀吉の話を聞いた。秀吉のことは染料の壷の間で仕事をする父親からも聞いたことがある。足軽の息子から全国の支配者になった人物の物語は、野心的な少年を夢中にしてしまった。そして振り出しにおいては秀吉も自分も大して変わらないと彼も考えるようになった。

　しかし日本の歴史で、第一の武人は誰だろうか、と尋ねると、浪人はためらわず、三百年昔の楠木正成をあげた。楠木は二つの朝廷の間に起こった暗い複雑な戦いの一方についた人物である。無数の戦いにおいて、彼は知謀を発揮し、様々な陰謀の中で、彼は誠実と忠節を貫いた。

或る日、少年は自分に新しい名を付けた。由井民部之助橘正雪（ゆいかきべのすけたちばなしょうせつ）というのである。由比（由井）は自分の生まれた場所であり、橘は楠木氏がこの家系であるためで、正雪は雪斎に対する敬意を示し、民部之助は、昔由比を治めて山の上に城を構えていた人物との縁故を暗示するものである。この新しい名前は自分の能力にふさわしいと、彼は思い、またその野心を示すものであった。彼は今日では由井正雪と知られている。

十二歳の時、父は死んだ。最後の息をひきとるときに、初七日がすんだら、この息子を寺にやるようにと遺言した。少年はこういう運命を辿るはずであったのに、その三日後に突如、唖（おし）で聾（つんぼ）で気違いになってしまった。近所の医者にみてもらったが、荒れ狂うばかりである。ついに近くの蒲原の村に住む鍛冶屋をしている伯父のもとへやられた。そこではややおとなしくなったが、仕事の手助けにはならなかったので、朝から晩まで彼の姿が見えなくとも、伯父はむしろありがたい位であった。

五年後、彼は急に普通の声でしゃべり始めて鍛冶屋を驚かせた。唖で聾で気違いというのは寺へ行くのがいやなためであると白状した。この間彼は軍学と剣術を学んでいたのでこれから世に出ようと思う、と彼はいった。武者修業に出発するというのである。驚いた伯父はそれを許して、甥（おい）の幸運を祈った。

正雪はまず楠木氏の古里へ行った。その土地を回り歩いてから、氏神の社へ行き、大きな松の木の根方に丈夫な箱を埋めた。その中に手製の楠木氏の使った旗と正成の系図を納めた。これは正雪が臨済寺にいたころに作ったものである。

次の五カ年間、彼は全国を放浪した。日本の映画に必ずといっていいほど出てくる世をすねた、皮肉で孤独の侍、窮地に陥っても刀をふるって悪党共を追い払っては、霧の中に消えて行く、そういうタイプの侍であった。

剣に優れた人に会う度に、彼は教えを乞い、名人に会っては必ず自分の腕を磨いた。どこへ行っても彼は自分と同じような冒険を求める人々に出会った。徳川幕府の強力な統制力は情け容赦もなく敵を挫き、拡大な領土を支配した。大名も領土を失い、その家来は流浪していたのである。全国に四十万の浪人がいた。そのごく一部は、信玄が滅びたときの望月のように土着したが、多くの者は、或いは一人で或いは隊を組んで国内を歩き回った。彼らは、時には年来の仇討ちをし、また自分達の唯一の技術を生かすために争いを探し回っていた。これは正雪の同類ではあったが、彼は腕においても、知能においても彼らに勝り、また天性の頭目の器でもあった。浪人達と別れるとき、後日の再会を約し、偉大な冒険と栄光の計画をそれとなく臭わせた。

ついに彼は覚悟をきめて、江戸に上った。ここで彼は有名な軍学の道場をめぐった。結局、彼が選んだ師は楠木の末裔の軍学者であった。正雪には普通の門人のように保証人こそなかったが、弁説の力によって入門したばかりでなく、やがて師匠の右腕になった。正雪は師よりも勝れているとさえいわれ始めた。

ここまでくれば、道場を完全にのっとるのはむずかしいことではない。師匠の娘で、或る青年と婚約している人がいた。この青年は二、三の陰口をきいて、自分はすでに師匠の信用を失い、師の娘と破談にするために殺されることになっていると思い込んでしまった。結局、淋しい場所で怒り狂った青年は、その師匠に決闘を申し込み、師の助太刀として立ち合った正雪は履物の具合を直すために、一時、切り合いの場をはずした。まず、彼らの師が殺され、次に青年が死に、正雪は師の仇（かたき）を討ったということで英雄となった。

もちろん彼は道場の新しい師範となった。この輝しい地位に彼の家柄や能力が位まけするのではないかと疑われないように、数名の門弟に、彼は不思議な夢の話をした。「正成が夢に現れて、『汝は余が末裔である。その証拠を求めるなら、余が古里の社（やしろ）の大きな松の木の根方を掘れ』といった。しかし夢など当てにならないから、そんなことはするつもりはない」

正雪はそれを打ちけしたが、弟子の或る者はすぐに出発し、当然旗と系図を入れた箱を見つけたのである。これは奇跡として考えられ、彼の名声は一層上がることとなった。

彼は今や成功者であった。彼の軍学の講義は雄弁であるばかりでなく、実際的で生き生きしていた。例を上げるにしてもおぼろげな昔の例ではなく、最近の戦いを譬えにとった。彼の道場は明らかに江戸で一番有名な学校であった。

そのうちに噂が拡まって、数百の強い命知らずの者が各地から江戸に集まって来た。正雪は彼らをすべて迎え入れたが、彼らを集めれば疑いをまねくので、道場に集まって来る大名達に彼らを託した。これらの門弟はきわめて有能な師範達であると彼はいった。そしてそれと共に、彼の道場には新しい性格が加わってきた。

彼は道場で門弟を教えるばかりでなく、武器や鎧を製造して売り出した。お陰で蒲原の鍛冶屋の伯父をはじめ、多くの者に仕事を与えることとなった。また正雪はかなりの収入をも得ることとなり、その金で兵器庫を建造した。彼の計画は次第に輪郭を整えはじめた。

彼には二人の腹心の部下がいた。丸橋(忠弥)は領地を失った大名の息子であると自称し、徳川を滅ぼして父祖の仇を討とうと誓った。加藤(市右衛門)は武者修業中にとりたてた門弟の一人である。二人とも大胆で、立派な人柄で剣に勝れていた。そして正雪の天才を認め、忠実であった。

興津の宿屋で正雪が嵐の晩に横になっているとき、彼は再びこの二人の長短を考え、そして最初の計画を覆した不運を呪った。家康の孫、三代将軍家光は六月四日に死に、十歳の少年が後を継ぐことになった。この相続の機会をとらえて、正雪は翌日陰謀を実行するはずであった。加藤とその部下はすでに疑いをさけるために江戸をぬけだして京都に向かっていた。

この重大な時期に丸橋が重病にかかった。すべてを延期せねばならず、やがて京都で待つことの緊張に耐えられなくなった加藤の部下のうち、おも立った一人が軍資金を酒色に費してしまい、醜態を恥じて姿を消した。

三カ月以上の月日がむなしく流れ、今彼らは再び準備を整えたのである。幕府の火薬庫には地雷がふせられてあり、合図があれば何時でも爆破できるようになっていた。江戸の各地には火薬が置かれ弾薬庫と共に破裂するようになっていた。江戸は藁葺き(わらぶ)の木造家屋の集まりであるから、強風に煽(あお)られれば炎に包まれるであろう。その混乱に乗じて、丸橋と三百人の部下が徳川の旗印をつけて城に乗り込み、将軍を殺すことになっている。全く簡単なことであった。

水口屋で眠る正雪が知らないことがあった。宿屋が風雨に包まれている間に、丸橋もまた自分に託された金を浪費し、更に金を借りようとしていたのである。それまで無理に返済をしぶっていたために、証文は期限がきており、その同じ晩、必死になって借金をごまかし、別の金貸しから金を引き出そうとしていた。しかし二人ともなかなか承知しない。丸橋は二、三日の猶予を乞うた。そうすれば十倍にして返すと約束したのである。相手は疑わしそうに微笑していた。そしてついに疑い深い借金取りを信じさせるために、彼は計画を打ち明けたのである。

それを聞くと、二人とも承知したが、急いでお上に訴えて出た。そして正雪が闇の中で眠っている間に、政府は彼らが巧みに守ってきた秘密についに感づいたのである。幕府の鼻先で、彼は五千の兵力を養い、武器庫を作り、軍資金を集めていた。数年にわたり、彼は幕府の密偵を欺いていたのである。しかし今や事は露見した。

暁になる頃、風は静まりかけ、正雪は眠りに落ちた。しかしほとんど同じ時刻に、静岡と京都に向けて早飛脚(はやびきゃく)が出され、強力な当局の手は丸橋逮捕に向かったのである。彼らは家の前で火事だと叫び、脇差一つで出て来た丸橋を捕らえた。

正雪が水口屋を出て、旅の最後の行程である静岡へ歩き始めたとき、丸橋の拷問はすでに始まっていた。そして飛脚は東海道を走っていたのである。その日の夕方、彼は静岡に入ろうとする時、うしろから飛脚の鈴の音を聞いた。彼も他の旅人のように道を開けてやった。飛脚は走り過ぎた。半裸の体は汗で光り、力を入れた筋肉はひきしまり、足は機械のように動いていた。肩には棒を担ぎ、その先には幕府の封じ目のついた箱があった。正雪の召し取りの指令が彼に追いついたのである。

何も知らぬ正雪は歩きつづけた。彼は翌々日、襲撃するはずの濠(ほり)をめぐらした城壁の前を通り、城門を細やかに偵察した。繁華街にある梅屋勘兵衛(うめやかんべえ)というこの町の第一の宿にやって来た。ここが集合所であり、本部となるのだ。彼は中に入った。

宿の主がいうには、彼の連れは先に到着して、正雪を待っていた。

今や廓然という僧侶を含め同勢九名であった。廓然は神仏の加護を祈るためである。彼らは最後の重大な時に備えてくつろいでいた。自分達の兵力を改め、計画を検討し、待っていた。

幕府側ではすでに正雪の人相書をつかんでいた。「せいちいさく、色白、髪黒く、眼くりくりとしてひたい短く、口びる広く、厚がつそうにては候とも髪をそりたる事も知らず」。この貴重な、しかし怪し気な人相書を持って、彼らは町を洗い始めた。

捕手達は仕事にかかった。密偵の仕事の一部として、各地からの人の出入りの調査があった。彼らは東海道の旅人達にきわめて敏感であった。あらゆる宿の宿帳を調べている中に、正雪一味のことに関して不審の点を発見した。当局は彼らを調べ、命令を下した。九月九日の晩、百五十の捕手はひそかに梅屋勘兵衛の宿屋を取り囲んだ。生捕りするようにという命令が出ていた。幕府が何よりも望んだのは一味の自白と連判状であった。

襲撃の前夜を迎えて、正雪と一味の者はあとはただ決行を待つばかりであった。二人は碁盤を囲み、盤を囲む鋭い石の音が、勝負を見ている色の黒い男の低い声をきざんだ。すみでは畳に寝た男が壁によりかかった男と女の手柄話をしており、その側に若い男が唇をなめながら聞いていた。彼に聞かせるために、二人が手柄話をしているのは明らかであった。一人は離れた所に座り、顎の無精髯を毛抜きでぬいていた。

唐紙の奥の部屋では、正雪が見台を前にして読書をしていた。部屋の隅には僧侶が黙念としている。火鉢にかけた鉄瓶からは湯気がしゅんしゅん立ち昇り、正雪が書見を止めて気分を変えるときのために、彼の側には茶道具が置かれていた。

玄関から静かな足音が聞こえ、障子のすぐ外に女中の声がした。

「ごめん下さい」

障子が開いて、女中が膝まづいた。丁寧にお辞儀をして、

「失礼ですが、玄関においでになった方が、旦那様にお目にかかりたいとおっしゃっています」

碁を見ていた色の黒い男の声が静けさを破った。

「名前は」

「奉行所の方のようです」

奥の間の襖が急に開かれ、そこには刀をもった正雪が立っていた。彼は色の黒い男に目くばせをした。彼は立ち上がり、衣服を正して静かに部屋を出て、曲がりくねった廊下を進み階下へ下りて行った。

彼が立ち去ると、誰も一言も発しなかったが、全員刀を手にした。出て行った男が、

前と同様静かに戻って来る物音が聞こえた。部屋に入ると彼は、

「捕手だ」

一度は刀の鞘をはらって立ち上がった。正雪は手で彼らをおしとどめた。玄関へ下りて行った男は、

「百五十人が取り囲んでいるそうだ。城へ連れて行くといっている」

「服装を改めてから伺うから、それまで待てといえ」

と正雪が命令し、男は再び出て行った。

一同は斬り死を望んでいた。死ななければならぬとしたら、まず敵を殺したかった。しかし正雪はそれを許さなかった。せいぜいで二、三の捕手を殺せるくらいのものだ。最悪の場合、捕えられて拷問にかけられ、痛みに耐えかねて同士の名を白状してしまうであろう。

「そうなることは明らかだ。われわれの手で自裁せねばならぬ」

彼らは書類を焼き、懐からこの時のために用意した遺書を取り出し、それを開くと筆に墨をふくませ、辞世の句を書いた。

一同は僧を除き、向かい合って座り、正雪が上座に着席した。着物をくつろげて腹を出し、脇差を取り出した。これはこういう場合のために、平生から身に付けているのである。彼らは刀の刃に懐紙を巻きつけ、切先に近い所をつかめるようにした。色

の黒い男は戻って来るとうなずき、その席につらなった。正雪は頭を下げて、最後の挨拶をし、一同はそれにならった。僧のみは離れた所に座り、数珠をまさぐりながら経を念じていた。

或る者は青ざめ、或る者は汗ばんでいた。一人は口に手拭いをくわえ、一人は祈っていた。めいめい刀を取り上げて、両手に握り、身がまえをした。

正雪は一同を見渡した。今や彼らは一人一人孤独であった。一人一人の人生は一人一人の物になった。正雪は刀の刃を眺め、強く握りしめた。彼もまた孤独であった。気違いじみた想念が彼の心をかけめぐった。「神仏にかけて、これは悪夢なのだ。わが夢をさまさせ給え」

彼は刃の上にからだを投げかけた。悲鳴を喉もとでおさえつけ、最後の力をふりしぼって刀をさし込むと、腹の上の刀をひきまわした。

捕手の指揮者が障子を開けると、血の海だった。血だまりの中に八人の男が倒れて悶絶していた。僧はまだ祈っていたが、衣は赤く染まっていた。大変な騒ぎとなり、捕手共は宿に飛び込んで来た。その混雑にまぎれて、僧は姿を消した。

正雪の遺書を読んでも、それには大したことは書いてなかった。これは誤解であり、また反逆などはもうとう考えておらず、ただ幕府に正義を回復させようと試みたまでであると書いてあった。

幕府はそれを信用しなかった。江戸と京都の一味の者は家族ともども処刑され、川原の台の上に遺骸をさらし、野心を抱く同類に対するみせしめとした。また梅屋勘兵衛は旅籠屋をやめさせられた。

望月も幕府のお陰で苦しい目にあった。彼らは正雪の行動をたどって、静岡に着く前に水口屋に泊まったことをつきとめた。幾度か望月を拷問にかけ、彼が正雪を知り、一味に荷担したことを自白させようとした。また、毎晩の客の多くは、その筋の密偵達で、望月の油断をうかがっては宿の者から何か聞き出そうとした。結局彼らは諦め、望月を釈放し、水口屋は営業を続けることになった。

幕府は異常なまでに脅えた。強力で絶対権をもち、あえて立ち向かうとする一人の敵もないのに、幕府は脅えていた。そのために江戸の血迷った人々はとほうもない判断を下した。彼らがいうには、正雪はキリシタンの陰謀だというのだ。幕府は浪人を恐れ、キリシタンを恐れた。そしてこの両者が力を合わせることは彼らの病的な不安だったのだ。両者はかつて、島原において力を合わせたことがあり、江戸当局者はそのことを思っただけでも身震いしたのであった。

島原の乱はメロドラマのようにうまい時期をねらって勃発したのである。日本人達は昔からの計画通りフィリピンの征服を実行しようとしていた。もしもそれに成功していたならば、またそれを妨げるような障害がほとんどなかったら、以後の歴史は全く違ったものになったかも知れない。

秀吉はフィリピンを望んだ。朝鮮で挫折しなかったら、彼はフィリピンも版図に加えたかも知れない。以後のこの計画は立ち消えになっていたが、一六三五年（寛永十二年）頃、オランダ人がこの計画を復活させた。オランダ人にとっては、これは宿敵であるスペイン人を追放することになる。日本人にとっては極東におけるキリスト教の基地を破壊することになる。

一六三七年（寛永十四年）の暮れ、幕府は実行の決意を固め、一万の兵士が選抜された。オランダ人は輸送船の護衛に六隻の船を供給することになっていた。

その時島原の乱が起こった。望月がその噂を聞いたのは、一六三七年の晩で翌日江戸に着くはずの飛脚からであった。長崎の近くの半島で土民達が反乱を起こした。それには無理からぬいい分があった。国中でも並びない悪い大名が重い年貢を取りたて、彼らは飢えにせめられた。大名は取りたてを行うために、腕を縛った男に蓑を着せ、それに火をかけるような野蛮なことをしたのである。しかもたまたま島原と呼ばれる半島は、早くからキリシタンが根を下ろし強固な地盤となっている所で、飢えと幕政に対する戦いはすぐに別な性格をおびてきた。残酷な圧迫をうけている信仰に対する戦いに発展したのである。一揆の旗には憎しみの十字架が描かれていた。

最初、幕府は事態を楽観視していた。鋤、鍬で武装した烏合の百姓共であると思っていた。しかし討伐に派遣された侍達は全滅した。烏合の衆は実は三万七千の軍隊で、たとえ初めのうち指揮者がいなかったにせよ、まもなくそれを獲得した。二百人の浪人が戦いのにおいを嗅ぎつけて援助に集まって来たのである。一揆の者は古い城に壕を掘ってひそみ、討伐軍の武器を奪って武装した。もはや冗談事ではなかった。

幕府のお歴々が反乱を鎮めるために東海道を下って行った。望月が見ていると、町の中を彼らは自信ありげにのんびり進んで行ったが、後になると彼らは旅を急ぎ、不機嫌であった。ついに大変な損害を出すにいたって、江戸から新しい指揮官が城を攻め落とすために下って行った。彼は五万の軍を率いて兵糧攻めを行った。

彼はまたオランダ人に命じて、海から半島を攻撃するように一隻の船を廻航させた。オランダ人は指図通りにしたが、城中からは嘲られ、また異邦人に助けを求めねばならないことを笑われて、指揮官もそれを恥と思い、彼はオランダ船の援助を辞退した。四月八日、兵糧攻めは功を奏したことが分かった。総攻撃が始まり、二日後城内の者は女子供もろともただ一人を除いて虐殺された。残った一人は敵に通報した者である。

島原の乱は、日本のキリスト教史の初期における最後の血に色どられたエピソードであった。幕府は異国の教えを恐れつづけ、迫害の嵐は止むことがなかったが、これ以上は犠牲者を見つけ出すことは困難であった。

また島原はフィリピン遠征計画を破棄させた。日本の武力が低下しているために、烏合の衆を鎮めるのに五万の軍が四カ月かかるのだから、スペイン人と戦うにはどれだけの軍隊が必要だか分からない、と幕府は考えたのである。

五十年のうちに人間も変わっていた。家康はアダムスの地理の話を聞きながら世界地図を前にして、日本を万国の中心と考え、日本の大船隊が七つの海から利益をかき集めることを想い描いていた。その孫は同じ地図を前にして、諸国に比べ日本が如何に小さいかを思い、キリスト教世界が日本にしのびよってくる様を眺めた。世界に直面することを恐れ、世界をしめだそうとした。スペイン人が追放され、ポルトガル人もそれにつづいた。ただ従順なオランダ人と血の近い中国人は止まることを許され、彼らの船は長崎になら入港することができた。日本の外洋船は破壊された。日本の船は外国に行くことができず、外地の日本人は祖国に戻ることができなくなった。日本は世界を忘れ、世界から忘れられようと、つまり地球から隠居しようとしたのである。

国内には司法権の網が全国を覆った。家康時代には大名は将軍との友好関係をつづけるために、江戸に滞在するようになったが、家光はそれを組織化した。彼は諸大名に一年おきに江戸と領国を往復し、妻子は大名の謀叛(むほん)をおさえるために人質としてこれを江戸に止めることを命じた。

街道には関所が設けられ、例えば、東海道では江戸の関門に当たる箱根の山奥の関所が交通を押さえていた。彼らはことに二つのことに気をくばっていた。すなわち江戸に運び込まれる火器と江戸を逃れる人質である。

全国に目明しと密偵と密告者の網がくまなくはられた。正雪は当局の目を欺いて、その鼻先で陰謀をたくらんだが、ついに彼らの手に落ちたのである。

正雪が事を起こしたのは島原の乱後十三年であったが、この乱の記憶がなおも幕府当局の夢魔となっていた。脅えた人々は正雪をキリシタンと思ったのはそのためであった。これは彼にとって迷惑なことであったろう。彼は自分自身以外の何ものも信じなかったのである。

由井正雪とその不運な陰謀の物語は事実と伝説が入りまじっている。どこからどこまでが真であり偽であるかは何人にも分からない。

もし幕府が彼らの記録を完全に抹殺することができたならば、当然そうしたであろうから、これは驚くには当たらない。しかし由井正雪は現れるべくして現れたのであった。

全国がこじんまりとして、消極的で統制された平和の中に眠っているような時代に生まれた彼の存在自体が、素手で天下をとれた騒然たる戦国時代に憧れる最後のあがきという、歴史上の必然であったのだ。彼の存在が必然的であったが故に、その物語も非合法的な誤りの多い文書ではあったが、人の手から手へ渡ってきたのであった。

正雪に関することはほとんどすべて疑わしい。例えば、正雪は由比の林香寺で学んだのか、静岡の臨済寺で学んだのかはっきり分からない。何の記録もないし、またあるはずがない。寺が小僧の記録を全部残しておくわけもないし、ことにその一人が反逆者であるとなると、その記録は消え失せることは間違いない。寺院は都合のいいものを保存するが、そうでないものは破壊してしまうものだ。

彼が清見寺で学んだという言い伝えもある。私はこの話を使いたいと思った。正雪と興津との関連ができるからである。しかしあまり有力な噂ではなく、私は嘘を書くことになるかも知れないと思った。それにもかかわらず私の知る限りでは、それが真実である可能性もある。清見寺も僧侶で軍師の雪斎と関連があるし、臨済寺よりもこちらの方が由比に近い。

正雪が由比に生まれたということも他説がある。彼が静岡で生まれたという強い声もあり、その他多くの出生地が上げられているが、普通は由比に生まれたと考えられていることは確かである。由比自身がその点について強く主張しており、別に正雪を誇りとしているわけではないのだが、とにかく一番有名な存在なので、彼をよそにゆずろうとはしないのだ。

彼らは正雪の染物屋の話を伝えている。それは旧街道寄りにあり、正雪は静岡への最後の旅にここを通ったに違いない。ここに入ると左手は仕事場で、古いしみだらけの染料の壷が置いてある。右半分は事務所兼住居の部屋で、床は仕事場の土間よりは二フィート（約六十センチメートル）ほど高くなっている。この畳敷きの部屋で肥ったがっちりした顔の男の話を聞くこともできる。彼は現在のここの主人なのだ。この男と通りで会っただけでもその職業が分かる。両手に濃い藍色が消え残っているからだ。これは何代にもわたって日本人の気に入りの染料なのである。

彼は木版や見本に囲まれた店に座っている。彼は十九の部分に区切られた一反の絹を持ち出して来る。その各々の部分には日本人好みの木版――獅子、牡丹、波、水鳥などが書かれてある。また九十四通りの複雑な模様を書いた見本の本を見せてくれるが、これは三百年前から伝わったものだと彼は信じており、今でもデザインの参考に使っている。

長年自分の説を弁護して来たために、彼はやや議論好きではあるが、同情的な聞き手に会うと、彼は和やかになる。彼がいうには、

「わたしの家は正雪の子孫で、この店は彼が生まれた所です。つまり、正雪の父親の家なのです。少なくとも、この半分はそうなのです。座敷の方は火事で焼けて、二百三十年前に建て直されたんですが、仕事場の方はその当時のままです。

もちろん、寺にある過去帳からは一家の由来を証明することはできませんが、もし彼の出生の記録が残っていたなら、一族は全部丸橋の一族と同様抹殺されたでしょう。

その場合は、わたしはこの世に生まれなかったわけです」

彼はそういって両手を拡げ、更に、

「われわれを救ってくれたのは廓然です。彼は静岡を逃がれ、由比へ来て、過去帳を書き換えたのです。彼はまた正雪の遺髪を一族のもとに持って来てくれました。遺髪は家の裏手に秘かに葬られました。

正雪の墓といわれるものが三つあります。わたしの家の墓が一つ、また静岡に一つありますが、その一つはからだを葬ったもので、もう一つは首塚です。安倍川の川原に遺骸がさらしものになった翌日の晩、誰か勇気のある人が河原の中で、もっとも貴重な首を盗み出し、菩提寺（ぼだいじ）に持って行き、そこに葬ったのです。その人についてはいろいろにいわれていますが、恐らく廓然だったに違いありません。

徳川時代ではわたしの家の墓には印もなく、秘密にしてありました。徳川が滅びてから墓があばかれ、八フィート（約二百四十センチメートル）以上も深い所で、石の下に丈夫な箱を見つけました。その時の当主は箱を開けようとしたのですが、それは面倒な仕事であり、もう暗くもなったので、次の日まで延期することになりました。その晩彼は高熱と悪寒に襲われ、これは箱を開くなというお告げだと考えたのです。箱はまだ開けられていなかったので、翌朝そのまま埋めなおされました。墓をごらんになりますか」

彼は先に立って勝手口を出て行った。その土間には掘りたてのじゃがいもが一杯置いてあった。庭先の小さな堤防を下りかけた所に、墓石と小さな祠(ほこら)があった。そのすぐ下には鉄道線路があり、その向こうは海である。家に戻る途中染物屋は苔むした井戸を指さした。

「とてもいい水なんです。正雪の時には、大名の宿はすぐこの先にあったので、彼らが使う水はこの井戸から汲んだのです。少年時代の正雪は手桶に水を入れて運んだことがあったでしょう。

その宿に住む経営者の一族を正雪はえらい人と思ったに違いありません。彼らは由比公の子孫であるこの村の最大の有力者でした。正雪が自分で選んだ民部之助という名はこの家に伝えられたものであったのです」

正雪が最初少年の頃学んだという林香寺を探すと、それは由比の谷間を囲む静かな岡の間にある。そして町と海の景色をほめても、僧侶ははっきりしたことをいおうとはしなかった。正雪がここで勉強したという噂はありますが、記録は残っていません。染物屋へ行ってごらんになりましたか。あの店にごく近い正法寺の住職とお話なさったら如何でしょう。彼は正雪の研究をしています。

正法寺の住職は私を歓迎したが、笑って、

「染物屋の話はよくできた話ですが、全部あてにならない。わたしはこの地方の一帯を調べたのでどうして言い伝えができたかは分かっておりますが、わたしが由比にいる限り、いったり、書いたりできることはあんまりないのです。

この町に正雪の陰謀に巻きこまれた人が一人いました。その最後の子孫は未亡人でしたが、一八七三年（明治六年）に死んだのです。染物屋の主人が、その人の晩年の面倒をみたので、彼女の家に伝えられた物語と神聖なものになってしまった記念品を受け継いだのです。

正雪は由比と名乗り、しばしばその父が染物屋であったといわれるので、一族は彼の子孫だというのです。はっきりいえばそんなことなのです」

それから彼は正雪の誕生地に関する数多くの地名に更に二つの土地を加えた。

「江戸の郊外の八王子か、鎌倉だったのです。そのどちらにも由比といわれる土地があります。

廓然という僧侶ですが、二、三そういう人はおりました。この寺の墓地にある墓をおみせしましょう。一七八六年（天明六年）、つまり正雪の死後百三十五年経って死んでいるのです」

染物屋の言葉は一つ一つ反駁（はんばく）されたが、一つの奇妙な事実が残され、懐疑的な僧侶もそのことは認めた。すなわち正雪は、自分が由比公の子孫であることを暗示するため民部之助と名乗った。もし彼がこの土地に生まれなかったとしたら、彼はなぜこんな地方の豪族を耳にしてその血縁を主張しようとしたであろうか。

　恐らく次には静岡の菩提寺に行くべきであろう。ここには彼の首塚があるといわれている。しかし寺の場所は正雪の時代とは違った場所にあり、最近市の郊外に移って来たのである。そして再建された寺院としても新しい方で、何もない平らな土地の上に木の香りも新しく建っている。

　寺院の墓地も一緒に移転して、正雪の墓を見ることもできる。それはひときわ離れた場所にある、古くて文字も読みにくい石碑なのだ。

　しかしこの寺は、それよりも第一代の望月を興津へ連れて来た信玄が手を洗ったといわれる石の盥（たらい）を名物にしている。住職をつかまえて正雪の話を聞くと、

「誰かが境内に首を投げ込んだので、寺としては丁重に葬ったのです。非常に朝早い時間だったので、他の寺はどこも門が閉まっていたのです。このことから、わたし共の寺は渾名（あだな）がつけられまして、皆さんは早起寺と呼びます」

　菩提寺は臨済寺の末寺なので、正雪は或る意味では古里に帰ったといえよう。

　最後に見るべきものは近年建てられた記念碑である。場所は静岡市内で、東海道が安倍川をわたる所にある。橋のたもとには全国的に有名な安倍川餅を売る店があって、今日ではごみごみした場所であるが、昔、美しい女中達が街道の客を呼び込もうと、店先に立っていた情景を想い浮かべるべきであろうか。たとえそんなことをしなくと

由井正雪墓趾碑
安倍川橋近くの弥勒緑地（静岡市葵区）に立つ墓趾碑。自刃した場所といわれている

由井正雪の首塚
安倍川の河原でさらされた首は縁者の手で密かに菩提樹院に葬られたという。句碑、像とともに菩提樹院（静岡市葵区）に立つ

由井正雪像（菩提樹院）

辞世の句碑（菩提樹院）

も一軒の暖簾を下ろした戸口に入ればよい。その店の主人がいうには、

「この店の中の何軒かは、手前より古いといっている所もありますが、わたしどもの店は二百年で、わたしは十七代目です。店は戦争で焼けましたが、その前は非常に古い家でした。お客様は煤で真っ黒になった梁を見上げては、広重もこの同じ梁の下に腰を下したに違いないと溜息をついたものです。ノスタルジーは手前共の商品の一部なのです。

安倍川餅は、江戸へ金儲けに行こうとする青年にとって、好運をもたらすと言い伝えられたために有名になりました」

店の主人は宣伝ということは、決して新しいことではないのだと説明してから、更に、

「元来安倍川餅は、家康公が静岡を出て、この街道の先にある金鉱の視察に行く時に差し上げたものです。安倍川餅は甘い黄粉で包まれているので、家康公がこれは何かと尋ねられたので、金粉であると申し上げたところ、大変喜ばれたのです」

家康が黄金を好んだことを思うと如何にも彼らしい話である。

「由井正雪ですか、ええ、彼の遺骸はこの近くの川原にさらされました。反逆者の末路はどうなるか、人民に知らせるのが幕府のやり方だったのです。この先に新しい店があって、正雪煎餅を作っており、もちろんその店は正雪が静岡の生まれだといって

おりますが、正雪は由比の染物屋の息子です」

彼は記念碑の所へ案内してくれた。荒い石の板の碑で、正雪の名前と辞世となった秋の句が彫られてあった。

店の主人はむずかしい草書体の字をたどりながら大声で読んでくれた。

秋はただなれし世にさえものうきに
長き門出の心とどむな

歴史往来

今日の水口屋の主人は興津の望月家の二十代目になる。私が彼と会ったのは伊佐子夫人よりも後であった。夫人が女主人として客へのサービスを監督している間、彼の方は事務的なことを引き受けていたからである。しかし帳場（ちょうば）から出て来た彼女の夫は親切な主人であった。

或る時、私は彼に水口屋のこれまでの有名な客のことを尋ねた。彼は皇族や将軍、提督、政治家などの名を上げたが、それに付け加えて、

「一番古くからごひいきしていただいておりますのは伊藤さんのご一族です。日本の代表的な実業家のお家で、たとえ名前をご存知なくとも、松坂屋という大きなデパートの名前はご存知でしょう。

わたしの子供の頃、伊藤さんご一家はよくここへ来られました。わたしの曽祖母の

話でも、昔からよくおいでいただいたようです。

わたしと同じ位の年のご子息がおられまして、わたし達は一緒に遊んで親しくなりました。わたし達が大学に行くようになりますと、時々休みの日には名古屋のお宅にお邪魔したことがあります。その新しいお屋敷の奥にある古い家を、わたしは決して忘れることがないでしょう。それはお寺のように古く、暗いので、住むに耐えないように見えました。その敷居をまたいだとき、一、二世紀昔の日本に帰ったような気がしました。中は大きな広間で、そこには先祖代々を祭った仏壇がありましたが、それが何百となく並んでおりまして、一年のうちの毎日が、この誰かの命日になるのです。少なくとも一つ以上祭壇に香の煙が立ち昇っておりました。

信長公が天下を統一しようと戦っていた頃、そのご家来だった先祖の方のご位牌を見たことを覚えております。また一六一一年（慶長十六年）に侍をやめて商人になった方のご位牌も見ました。その方もわたしの先祖と同じことを進んでなさったのですが、わたしの家よりは五、六十年早いのです。

その古い家の裏手には大きな蔵が十あり、昔は絹その他の商品をしまっていたものですが、のちになると、一族の宝や記録で一杯になりました。わたしは伊藤さんを羨しく思いました。わたしの家では、先祖の記録は何度か興津を襲った火事で失われてしまったのです。

わたしは深い感銘を受けたので、伊藤家の歴史については、その家の息子であるわたしの友人と同じ位よく知っていると思います。わたしは今でも日付を覚えていますが、一七六八年（明和五年）、初めて伊藤家は松坂屋という店を買収して江戸に進出しました。この名前は後に伊藤家のあらゆる店で使われるようになったのです。また一九〇五年（明治三十八年）という画期的な日付を覚えております。この年に西洋風のカウンターが名古屋の松坂屋に置かれ、番頭達が畳の上に座り、小僧達に蔵から商品を持ってこさせる商売から、彼らは初めて、立って客に応対するようになったのです。

或る日曜、わたしが伊藤家に遊びに行っていると、年を取った召使いが伊藤青年の所へ蔵から持ち出した虫の喰った本をとどけて来て、その中の或るページを指さしました。伊藤はそれを読んで微笑し、わたしに手渡しました。それは名古屋の店を始めた方の曽孫の旅日記で、中に、一六九一年（元禄四年）の江戸への旅のことが書いてありました。見せられた頁には、『三月八日、今夜は興津の水口屋に泊まる。ここで一同温かく迎えられた』と書いてありました。

友人もわたしも両家の関係がこんなにも古いとは知りませんでした。そして家に帰って分かったことですが、わたしの一族の知る限りにおいて、この旅日記は水口屋に関する最古の文章だったのです」

私は望月に向かって、昔の日記を見られるように手配してもらえないだろうかと尋ねた。これは私にとって有意義なものになるであろうことを私は説明した。彼がいうには伊藤家はやがて水口屋に来るはずだから、その時聞いておこうといった。

次に私が彼と会った時、その返事を伝えてくれた。古い屋敷や蔵は、その中に納めたものと共に、戦時中の名古屋爆撃の際に焼けてしまった。そして日記も焼けた記録の中に入っていたのである。

その日は春の日であった。陽は暖かく、そよ風が吹き、ぬぐったような空に子供が凧（たこ）を上げそうな日であった。街道沿いの畑は農夫が畑を耕し、強く鋭い土の匂いがただよっていた。伊藤は自分をこんなにも元気に思ったことはなかった。彼は活発に歩き、脚力を誇り、胸をはり、二十五歳の健康の喜びを味わっていた。

彼は一日中歩いていた。そして自分の体の確かな動きを味わい、この楽しさを棄て、窮屈な駕籠（かご）に乗ることなど夢にも考えていなかった。彼の連れも一緒に歩いていた。伊藤は何度も年長の連れに向かって、しばらく乗り物にのるように進めたが、相手は決していうことをきかなかった。

この男は道連れとしては、好（この）もしい男だと伊藤は考えた。父が大番頭を連れて行くようにといいはったとき、彼はやや不平だった。彼としてはもっと年の近い者を選びたかったのである。しかし今ではこうなったことを喜んでいた。番頭は、二年前から隠居した父の供をして、何度も江戸へ行っている。伊藤青年は食事をする特別の場所や、つきまとってくる他の旅人を追い払う方法や、なるべく少ない金で簡単に乞食を追い払う方法などに関する連れの知識に、道中しばしば大いに感謝していた。そして今や江戸へ半分ほど来て、青年は将軍のおひざもとにいる抜け目ない商人にまじって取り引きをする際に、この番頭の力添えがあることを喜ぶようになっている自分に気がついていた。父が隠居してから、伊藤は名古屋における最も有名な着物と呉服の店の主人であったが、彼はこの最初の旅についてはその意味がよく分かっていなかった。これまで江戸に支店をもっていなかったが、いよいよ作れる見込みが大きくなったのである。

また道中、大番頭は歩いている土地に関する様々な知識を披露して、彼を驚かせた。その地方の伝説や物語を何時間にもわたって話すこともできたし、だまっていることもできた。伊藤はこの両方ともありがたいと思った。そのどちらを自分が望んでいるかを確実に感じ分ける大番頭の能力に感謝した。

もう午後をかなり過ぎており、二人は興津にさしかかっていた。興津では水口屋に泊まることになるであろう。しばらく二人は黙って、低い丘の上に立って、前方の興津の村と浜を目の前に見ると、連れの方は十三世紀の旅日記（貞応海道記）からの物淋しい引用を思い出して語った。

「息津の浦をすぐれば塩竈の煙かすかにうら人の袖うちしほれ、辺宅には小魚をさらして屋上に鱗をふけり。松のむら立なみのゆるいろ、心なき心にも、心あらん人に見せまほしくて、……」

彼らは山の中腹にそびえている清見寺の前を通り過ぎた。寺の向かい側に並んでいる膏薬屋で若い売り子が大声で特製の薬をすすめた。そちらにちらりと目をやって、伊藤は顔を赤らめて足を速めた。伊藤が大番頭の方をそっとうかがうと彼は平気な顔をしていた。

今や二人は興津の宿に入ったのである。宿屋が街道に沿って並び、女中達が二人に大声でよびかけた。前の方では、二人の女中が旅人を宿屋に引きずりこんでいた。伊藤が正面を開けはなった宿屋の所まで来ると、足を洗っている旅人の姿が見えた。一人の女中が彼の足の汚れを洗い、一方、もう一人は彼に抱きついて逃がすまいとしていた。大番頭がいった。

「あの男の悲鳴は本気じゃあない」

水口屋で、彼らは興津の望月家の六代目の半蔵に迎えられた。この宿の一番上等の部屋に案内しながら、半蔵は伊藤に向かって、水口屋にお泊まりいただくことによって、古い家同士の関係を新しい世代が引き継ぐことになるのは、光栄のいたりであるといった。彼はご隠居様の様子を尋ね、青年の体力のお世辞をいった。主人が引っ込んでから、宿のサービスは一層丁重になった。

一番若い女中がすぐ伊藤の目をひいた。彼女の化粧はうすく、肌は清潔で、艶があった。彼の旅装を脱がせて宿の新しい着物に着がえさせたのは彼女であった。また帯をしめてくれるとき、彼女の手は必要以上に自分から離れなかったと彼は思った。しかし彼が振り向いたとき、彼女の顔はとりすましていた。

伊藤はからだをほてらせて風呂から上がって来た。彼は独り言をいった。「一日歩きつづけた後は、垢をすり落とし熱い湯に入るのが一番だ」。風通しのよい所にある手拭い（てぬぐい）掛けに手拭いを置くと、若い女中が障子を開けて、お茶を持って来た。彼は心の中でいいなおした。「しかし一番とはいえないな」

上座に置いてくれた座布団に彼が座ると、女中が茶を入れた。彼は彼女の手が気に入った。彼女が帰ろうとして障子を開けたとき、ふと思いついて、

「筆と墨を持って来てくれないか」

といった。

女中が硯（すずり）に数滴の澄んだ水をたらし、墨をすっている間、彼は彼女をみつめていた。彼女が一生懸命墨をする顔を見ると、彼は思わずほほえみ、目は彼女の手、腕、肩、胸のリズムに合わせて動いた。結い上げた髷（まげ）の後毛（おくれげ）が、彼女の頬にかかっていた。

手を伸ばしてそれに触れようとしたが、彼女は驚きもせず、自分の頬を押さえられたまま目を上げて微笑した。彼女の微笑は暗黙の約束であった。

その時、大番頭が風呂から上がって来て、音をたててお茶を飲んでから、旅日記を取り出し、こまごまとその日の支出を書き始めた。彼は江戸に着くまでに、びた一文無駄にしないだろうと伊藤は思った。伊藤も自分の日記を取り出したが、彼は旅の費用のことなど、面倒なことは書かなかった。毎日二、三行書きとめるのを日課にしていた。筆を取り上げたものの、しばらくそのまま坐(すわ)っていた。夕暮れの中庭にあざやかな緑が輝いており、風に夕飯をたく松の匂いがした。今夜は長い楽しい夜になるはずだった。

ついに彼は筆に女中がすってくれた墨をふくませ、まず日付を書き、次に、「今夜興津の水口屋に泊まる。一同は温く迎えられた」

と書いた。

その時、廊下から静かな人声が聞こえ、女中が夕食を持って来た。

伊藤は次の朝、早く起きられないわけがあった。そして彼と番頭が出発の用意ができたとき、もうすっかり朝になっていた。半蔵は勘定書を持って来て、毎度ごひいきにあずかりまして、と挨拶した。伊藤は、色々ともてなしにあずかった、と答えた。彼が水口屋で受けたもてなしは祖父や曽祖父が江戸への道中に受けたものとは較(くら)べものにならない、と彼はいった。

昔のことは半蔵の得意の話題だった。彼は大声で、

「実際世間が変わりましたからね。家康公のご時世、つまりお客様のひいおじいさんの時代には、食物を持って歩かなけりゃなりませんでした。普通の宿でくれるものといえば乾飯（ほしいい）を柔らかにするお湯だけでしたからね。そしてたいがいの宿は、粗野でうるさい客、落伍者（らくごしゃ）や人殺し、泥棒などと合宿にしたものでした。

もちろん、今日でもこの街道には盗賊や泥棒がおりますが、お上では奴らを根だやしにしようと、できるだけのことはやって下さいます。つい先だっても、ある胡麻の灰の回状がまわって来ましたが、この男は旅人をたぶらかして、合宿になり、その人のものを盗んだのです。お上はこの悪党を捕らえて首を切り、悪事を働いた土地の近くにその首を杭の上に置いてさらしましたが、他にも沢山その子分がおりますから、なれなれし過ぎる者にはご用心下さい」

宿屋の玄関で、伊藤の連れの者は腰に道中差をさした。彼らは町人ではあったが、旅行中は刀を一本持つことを許されていた。旅人は旅行に必要な金を身につけているより仕方がなかったから、これは悪者にとって、よだれの出そうなカモである。道中の危険に備えて、旅人が武装する権利を否定するものは一人もいなかった。

女中達が声をそろえていう別れの言葉に答えると、半蔵は、伊藤と女中の視線がな

かなか離れようとしないのに気づいた。彼が今朝なかなか起きなかったのは無理ないことだ、と半蔵は考えた。伊藤が帰りに恐らく水口屋に泊まることになるだろうが、そのときは同じ女中を付けなくてはならぬ、と彼は心に刻みつけた。

半蔵は、客と一緒にしばらく見送りがてら歩くことにした。村の中を歩きながら、彼は、

「明るい中に薩埵峠をお越えになることになってようございました。まだあすこには追いはぎが出ます。恐ろしい破戒坊主が刀で金銭を強奪するのです。もちろん彼はそれをお布施といいますが、夜たった一人で峠を越えるのは狂気の沙汰です。平作の話をご存知ですか」

伊藤も番頭も知らなかった。

「以前、何年前のことかは存じませんが、興津に平作という若者がいまして、彼は江戸に奉公に行き、三年の間、故郷を離れて働きました。そして自分が孝養をつくしていないと考え、父の晩年を慰めようと、仕事をやめて、貯えと主人からの餞別を持って家路につきました。

道中つつがなく、五日目の夕方、由比にやって来ました。そこに叔母が一人いたので、その家を訪ねました。

叔母は彼を見て喜び、彼の父親が達者であると教え、女達がよくするように暗くな

るまで家族の話をしました。その晩泊まるようにといわれたのですが、平作はこんなに家の近くまで帰ったのに泊まるわけにはいかないといいはりました。薩埵峠には旅人を襲う追いはぎがおり、ときどき殺される者もあるという話を聞いていましたが、彼は叔母の恐怖をなだめて、旅の最後の行程に出発しました。叔母はその晩彼のことを案じて眠れぬ夜を過ごし、翌朝興津に向かい無事に着いたかどうか確かめに行きました。行ってみると、平作の父親が年をとってはいるが達者な体で、ただ一人家の中に坐っているのを見つけました。最初、彼は平作が来るという話をのみこめない様子でしたが、彼女が話しつづけると、彼は壁に掛けた着物の方に目をやりました。彼の視線をたどって、彼女は平作が前の日に着ていた着物であるのを知ったのです。平作が無事家に着いたものと思い、彼女は泣かんばかりに喜んだが父親は蒼ざめた顔で、気が狂うようにその着物を眺めていました。突如、彼は大声で、「間違いだった」と叫んで家から飛び出しました。

後で、人々は薩埵峠の麓の岩の上に、平作とその父親の二人の死骸を見つけました。もしあなた方が峠の頂きのあたりで、道端にお気をつけになれば、何も知らずに父親に殺された旅人と、息子を殺した追いはぎの記念碑を見つけられるでしょう」

半蔵はこういう話をして、二人の客に別れを告げ、旅の無事を祈った。それから彼は、水口屋に帰る途中、両側に並ぶ彼よりも小さい宿の主人達の挨拶に答えながら歩いて行った。町の中ほどの宿役場の前で友達の伝左衛門にひきとめられて、彼はしばらく立ち話をした。

宿役場は東海道の宿の中心であった。興津では、この建物が村の家々を見下ろしていた。白壁の二階建の堂々たる家で、人や馬の群が交通の邪魔にならないように、街道からやや奥まった所に建っていた。

その前には、お上のお触れが貼り出される広場があった。道中の掟や倹約、孝行のお触れ、またキリシタン禁制の公札が、密告者に対して賞金を与えるという布告と共に立っていた。興津付近の人がその賞金をもらえなくなってからだいぶになる。役所の傍には中庭があって、中には荷馬が、或いは馬小屋に入れられ或いは荷をつけられていた。駕籠かきや馬子があたりをうろついていた。自分の仕事のまわってくるのを待っているのだ。駕籠は東海道のごく普通の交通機関であった。

半蔵はお触れの前を歩いて行った。彼はその文章は知りつくしていたのだ。そして何時もと同じように騒がしい役場の中に入った。そこから番頭達が群れている中をぬけて、伝左衛門が仕事の監督をしながら坐っている奥の方に歩いて行った。小僧がすぐにお茶を持って来た。

望月と同様、伝左衛門は興津の権力者であった。そうでなかったら、宿役場の頭にはなれなかったであろう。この宿役場やその他の五十二の宿役場は、宿屋でも料理屋でもなく、幕府の交通組織の背骨となるものであった。

公用の旅人は、そこの馬や労力を無料で使うことができた。大名は幕府のきめた一定の料金を支払った。忙しくないときは、伝左衛門は一般の侍からも同じ料金で仕事を引き受けることがあった。幕府の御用商人や大食いの肥ったお相撲達に対しても同様である。もし特別に暇なら一般の者でもその場で交渉した値段で、豆のできた足を休めて乗りものを使うことができた。

駕籠かきや荷馬の他に、伝左衛門は将軍の文書や布告をリレー式に運ぶ八人の飛脚をかかえていた。隣の村から徳川の定紋入りの黒漆の箱に文書を入れて駆け込んでくると、伝左衛門はすぐさま飛脚を走らせる。彼らは二人ずつ組になっている。一人が事故を起こした場合に備えてである。その鈴の音がすると、大名すら道を開けるのだ。由井正雪の死刑の命令書を静岡へ運んだのはこういう飛脚である。

百頭の馬と百人の飛脚のいる宿役場は村の中心となった。しかし参勤交替で大名が江戸と領国を往来する季節になると、これでもまだたらなかった。伝左衛門は労力や馬を徴発する権限を与えられていた。これは一種の税で、農繁期にその命令がくるために、農夫達の悩みの種であり、或る地方ではこの怒りは一揆にまで燃えあがったことがあった。しかし、伝左衛門の農民達はせいぜい騒しく不平をいう位であった。彼らは自分の馬を引いて遠くまで歩くか、伝左衛門に罰金を払うかのどちらかである。

彼としては罰金の方が好ましかった。なぜならば、彼はその代わりに人足を雇って賃金との差額を自分のものにしたからである。街道の労働者達は特別の家系の者で荒々しく丈夫で、からだ中刺青をしていた。夏になると人足は刺青とふんどしだけであった。真冬には彼らは着物を着はするものの、或る観察者の言葉によると、仕事に出ることになると、彼らは尻はしょりをして、公衆の面前で尾籠(びろう)な部分をさらすことになる。人足達はこれは別に恥ずかしいことではないといっていた。

また、駕籠を担ぐためにできた肩の大きなたこと怪し気な女を相手にするために、股の淋巴腺(りんぱせん)が腫れているので、彼らはすぐそれと見分けがついた。彼らの歌は野卑(やひ)で隠語は分かりにくかった。湯のみで酒をのみ夢中になって博打をし、親の仇のように娼婦と関係した。

彼らは酒手の高によって、親切にも意地悪にもなった。淋しい場所では酒手を上げるために脅すようなこともした。しかしけちな旅人に難題を吹っかけても、気前のいい人にはよく尽くした。例えば関所の閉門時間までに着けそうにもないときは、人足の一人が駕籠の障子を持って、先に走って行く。関所に着くと、彼は時間を確認してもらって、エイホエイホ、とまるで自分一人で荷物を担いでいるような大きなかけ声をかける。規則によると、閉門時までに着いた駕籠はその晩旅をつづけることが許されていたので、こうすれば命令に背いたことにはならないのである。

客が大名のときでも、酒手の額は問題になった。もちろん大名を脅すわけにはいかなかったが、人足達は満足すれば陽気な歌で大名を慰め、そうでない場合はからかうような歌で彼を悩ませた。

伝左衛門配下のよくばりの人足共は、宿場の裏手の粗末な仮小屋に住んでいた。親方と子分であるために両者は当然反目しあっていたが、お互いに一目おいて折り合いをつけてゆこうと努力していた。

しかし半蔵が伝左衛門の所によったのは、駕籠かきのためにおしゃべりするためではなかった。半蔵は先ごろ伊藤に説明した、最近お上から出たお触れのことが、気がかりだったのである。それは斬罪にあった泥棒のことを述べ、他にも同じ悪人共が沢山いるので、その任に当たるものの努力を命じたお触書であった。しばしば宿に泊まり、或いは何時までも宿に滞在したりするものを調査し、怪しげな者を直ちに報告せねばならなかった。この手ぬかりがあると、宿の主人は厳罰に処せられるのである。

半蔵と伝左衛門はこのことを考えておぞけをふるっていた。

しかしその次のお触れを二人は一緒に読んで笑いをさそわれた。それによると、川越えの際、旅人に過分の賃金を強要する者がいると述べていた。川人足がわざと遠回りして深い場所を通り、ここまで濡れたからといって余分の金を要求したり、川の中頃までやって来て、客が重過ぎるから無事に対岸に着くためには、たっぷり酒手をもらわなければならないといいだすのである。このような事態は、ただちに止めねばならぬと命じていた。川役人共は、川越えの賃金は適切な渡し場における水の深さによって決めるよう注意せねばならず、一般の旅人達が暴利をむさぼられることのないよう、心せねばならなかった。

市川と手塚は興津の川越えの責任者であった。手塚は七人の手下と百七十人の人足を使って、上(かみ)の渡しをやっており、市川は同じ数の手下と三百五十人の人足で下(しも)の渡しをやっていた。

この二人が当時の村の代表的な人物であることは明らかだった。半蔵も伝左衛門も彼らには敬意をはらわねばならず、誠実に交際をつづけているとはいうものの、自分より有力な人物が失敗しているのをみることは密かな喜びでもあった。このお触れこそはまさにそういったものであった。

通常、町の一番主な人物が宿役場をやるのであるが、興津では、市川、手塚が渡しをやり、その仕事は伝左衛門にまかされているということからみても、川役人の地位の方が重要であった。つまり一層儲かるものであることは明らかだった。

この二人は町の最も大きな宿である本陣を経営していた。東海道において、本陣は大名、公家のみに使われたのである。

それよりも一段劣るのは、脇本陣で、これは通常大名の家の家老達が使うのだが、宿が混んで、本陣がもうふさがっている場合は、大名が泊まることもあった。大名の一行が泊まっていない場合は、脇本陣は一般の旅人に解放されていた。水口屋は脇本陣で、本陣では伊藤のように町人を泊めることはできないのだが、水口屋はそれを許されていた。

これは不公平なことで、半蔵も伝左衛門もそのことは知っていたが、二人は本陣と渡しを一緒に経営することの利益について、冗談をいい合った。もしも儲かる客が来た場合には、川が危険だからといって、川止めにして客をひきとめるのは全く簡単であった。手塚や市川がそういう悪心に負けたという証拠はどこにもなかったが、手塚の宿には金持ちの大名が泊まると、彼は出水（しゅっすい）を祈るという冗談が興津ではよくいわれていた。

そこで、半蔵と伝左衛門は、最近いやな思いをしているお互いを、お茶を飲みながら慰め合った。いやな思いというのは、村のおもだった者達は町で起こった如何なる不運な事件に対しても、責任をもつべきであるとはっきり書かれたお触れが出たことである。こういう不安が頭上に低迷してはいたが二人は目の前にぶらさがっている大儲けに、いつまでもがっかりしているわけにはいかなかった。翌日の晩は、大名が二人も興津に泊まって両本陣を占領するうえに、長崎からのオランダ人が江戸への毎年の旅行の途中、ここに泊まることになっていた。この旅行の間、オランダ人は大名の資格を与えられて、本陣に泊まることができたのだが、どの大名と比べても、オランダ人は一格低いものと考えられていた。一行は興津でもそういう待遇を受けた。オランダ人は水口屋に収容されることになっていた。彼らは宿屋が迎える最も異国的な客であるために半蔵は喜んでいた。

日本人は、時々他の外国人をみかけることがあった。朝鮮、琉球、中国人など。しかしこの島国にかろうじて許されていた唯一の西洋人はオランダ人であった。彼は不思議な、そして日本人には禁じられた西欧社会の息吹きを伝えた。彼らの肌の白さだけでも、日本人は夢中になった。日本人は彼らを紅毛(こうもう)と呼んだ。

オランダ人達は、彼らを迎える日本人以上に興奮して、この毎年の旅行を待ち望んでいた。将軍に敬意を表する江戸への旅行は、日本を見るための、年に一度の機会である。それ以外の期間、彼らは長崎の、それも波止場にある小島に押し込められていた。長崎の市外へ行くこともめったに許されず、許されても厳重な護衛がついていたし、護衛には高価なご馳走をふるまわねばならなかった。

江戸への旅行にしても同じことだった。四人のオランダ人に付き従う護衛として、百人の日本人がいたが、その費用はいっさいオランダ東インド会社がもつのである。しかし会社はかかる支出をしていても、長崎から追い出される恐怖を打ち消すことはできなかった。

この毎年の訪問は一六四二年(寛永十九年)に始まった。時の将軍家光の命令で、オランダ人は長崎港においてのみ入港を許可し、如何なる船でも日本に入る場合は、ただちにキリスト教徒の人数を報告し、また世界の情勢がどういうふうであるか、詳しく報告を幕府に出すことになっていた。これに従わなければ、かつてのスペイン、ポルトガル人同様、日本から追い出されることになるので、オランダ人は幕府の意を迎えるように努めていた。

毎年彼らは将軍と幕府の所在地へ、高価な、そして慎重に選んだ贈物をたずさえて行った。実際問題として、これは毎年の税であって、オランダ人は、彼らが貿易によって得る利益を考え合わせて、その税金を適当だと考えていた。

彼らの旅は約三カ月かかった。往きに一カ月、江戸に一カ月、帰りに一カ月である。長崎から小倉まで陸路を通り、そこから大阪まで内海を船で行った。

政治の実権を持たない天皇を彼らは敬遠して通った。天皇は神道の最高の地位にいる人で、おそれおおくて、とても近づけないのである。将軍は明らかに統治権を自分にとどめておきたかったのだ。東海道での一行は百五十人にも及んだ。長崎から大阪まで船で運ばれた荷物が、ここでは人間の肩で運ばれるからである。

外国の客が自分の家に泊まることを思い出して、半蔵は伝左衛門と別れ、水口屋に帰った。色々と用意しておく仕事があった。

オランダ人が、望月の宿屋と本陣との違いに気づくとは思わなかった。ちょうどこの十年前に、興津の宿には大火事があって、水口屋もその他の町の家々とともに焼けてしまった。

市川、手塚、望月は幕府に願い出て、これまで通りの営業を許され、町中こぞって、三軒の家の再建を援助した。本陣や脇本陣はけっきょく一種の公共の施設だったので、お上の援助を受けると半蔵は思い切って規定にそむき、本陣とそっくりの宿屋を建てた。そのずうずうしさの故に、とかくの噂があったが、半蔵は手を回して、その噂をとめさせてしまった。本陣に似ているというのは、つまり、表が街道に向かって、客を両手をひろげて迎え入れている普通の宿屋とは違い、水口屋には堂々たる門と玄関があって、それは寺院の建築とよく似ていた。半蔵は門と瓦屋根の棟の端にある鯱（しゃちほこ）が自慢であった。彼はこの鯱を特に注文したのである。そのぴんとはね上った尻尾が特に優雅であると彼は思っていた。門の奥は長い白砂を敷きつめた通路があって、恐らくは本陣に遠慮して、一格落とした大きな玄関があった。これは一寸した家ほどの大きさで、二十五フィート平方（七・六二メートル平方）近くもあり、精巧な切妻（きりづま）の屋根をもち、槍や刺股（さすまた）を置く場所や、賓客（ひんきゃく）の駕籠を置く場所もあった。門の隣に荷物や駕籠を置く大きな蔵があった。その前は土間になって荷の積み下ろしに便利になっており、雨の日に備えて、深い軒が出ていた。蔵の奥が家族の居住区で、かなりの面積をしめていた。半蔵はあれこれ心づもりしながら、この戸口に駈け込んだ。
オランダ人を泊めることは特別の問題を生ずる。その第一は宿屋を一種の牢屋のように作り変えねばならないことである。オランダ人達はきびしい監視下に旅行し、どんなことがあっても一人で歩き回ることは許されなかった。オランダ人の部屋の、あらゆる窓に封印をしろ、というきびしい命令を半蔵は受けていた。庭を歩くことは許されていたが、塀の向こうが見えてはならなかった。オランダ人が長身であることを、半蔵は知っていたので、よく考えて、大工に命じ、塀が十フィート（約三メートル）の高さになるよう目かくしをつけたした。元来、塀の上からは駿河湾と三保以外見えなかったが規則は規則なのだ。

これでいつでも紅毛共を迎えられると半蔵が思った時は、もう翌日の昼過ぎになっていた。彼は着物を着換えた。妻は彼の月代（さかやき）をそり、びんつけ油をつけた。彼の髪をとかして髷を結った。彼女は地味で上等な着物を取り出したが、唯一の飾りといえば、背中の中央に小さな紋が縫いとられているばかりであった。彼女は夫に袴を付けさせ、ぱりぱりの絹で作った肩衣（かたぎぬ）を着せた。これには着物と同様紋が入っている。

これで彼は裃（かみしも）といわれる正装をしたことになる。侍との違いといえば、帯に刀を二本でなく、一本さしていることだけである。

同じ服装であるが、刀をさしていない大番頭が彼の所へ来ると、二人は更に召使いを一人連れて、清見寺へ出発した。ここで今夜の客を迎えるのである。彼らは時間より早く着いた。遅れるなどということは全く考えられなかった。

彼らがやって来るのを見ると、清見寺の藤の丸という大きな薬屋の主人が彼らに呼びかけて、店先で待つようにとすすめた。半蔵は召使いを街道に出して、オランダ人が見えたらすぐに戻って来るようにいいつけ、自分は番頭と一緒に、店先の座蒲団に坐り、例によってお茶を飲んだ。そして藤の丸の主人と、忙しくともたっぷり儲けられる、今夜の客のことを楽しそうに話し合った。伊藤青年をあわてさせたかん高い膏薬うりの声も半蔵には無関心のようであった。

今、興津に向かっているオランダ人達は、朝早くから旅をつづけていた。一行の中の一人は、江戸旅行の時のきまり通りオランダ人の医者であった。用心深いオランダ人達はオランダ人以外の医者の手にかかろうとはしなかった。この一六九一年（元禄四年）には、医者はエングレベルト・ケンペル医学博士であった。彼は旅の間中、忙しくノートをとっていた。彼の見聞の結果は、すばらしい日本史になって、現代にまで伝わっている。外人の目は、しばしばその国の人の目よりもするどいから、東海道やその忙しい生活の姿のある部分は、ケンペル博士のものが、一番すぐれているといっても別に驚くには当たらない。

彼の文章によると、東海道は、「広く、大きな街道で、あまり大きな行列でなければ、二つの行列が互いに邪魔になることもなく、すれちがうことができる。道は砂と石がしかれ、水はけの便のために中央部分が高くなっており、車の交通は禁じられているので、轍（わだち）の跡は残っていない」

ケンペルは更につづけて、「東海道はどこへ行っても、町や村の間でも、その好ましい木蔭は旅を快適にしてくれる。近隣の村は、共同で街道を補修しており、また特に注目すべきことは、毎日清掃をつづけている事実である。道を管理する役人は、容易に土民に道を掃除させることができる。なぜならば、道を汚すようなものはなんであろうとも、近くの農村はそれを利用することができるので、彼らはむしろ我がちにそれを持ち帰ろうと競走している位である。毎日並木の木から落ちてくる松毬（まつかさ）、小枝、葉は燃料用に集められている。また馬糞が道に落ちていることもない。それは貧しい田舎の子供達に拾われ、肥料として使われるからである。同じ理由から、旅人達の汚物も無駄にされることはない。何カ所かでは、農家や田畑の近くに旅人の生理的欲求のための小屋が建てられている」

ケンペルは旅の苦しさも書いている。「山岳地帯はときには高く急なために、旅人は駕籠に乗って越えなければならない。馬では大変な困難と危険をおかすことなしに、越えることはできないからだ」。また川は海に向かって激しい勢いで流れており、橋を架け、船を浮かべることはできない。また人間の作った難所である関所が街道の各所に散らばっている。箱根の関所は、幕府の護衛のあるオランダ人にとっては、単なるわずらわしいものでしかないが、多くの日本人にとっては、恐るべき試練となる。この関所は山の中にこじんまりと立っているが、この辺りでは、街道は湖（芦ノ湖）に沿っており、関所をよけて進むことは容易なことではない。しばしば、交通が混雑し、関所が閉まってから、ここに着くことは大変な無駄をすることになる。しかしほとんど誰一人として、関所を迂回するものはない。つかまれば磔（はりつけ）になるからである。

ことに女性はつらい目に合う。幕府は身分の高い人質の逃げることを警戒しているために、婦人にとっての試練は一層きびしいものとなる。すべての女性は旅行を許可する手形を持っておらねばならず、またそれに自分の特徴を明らかにしなければならない。まず女性は次のように分類される。尼、巡礼、未亡人、人妻、娘、娼婦の別に書かれ、次に女性は子持ち、手負、盲人、狂人であるかどうかという項目があり、また更におでき、傷、灸の跡などが書き込まれる。また禿（かむろ）、薄毛なども問題にされる。

関所に近づくと、女性は手形を取り出して、それが有効であるかどうかを調べてもらう用意をする。次に仲介の労をとって儲ける茶屋の女に、かなりの茶代をはずまねばならない。それがすむと、関所に押し入れられるのだが、このとき、手形が汚れていたり、文字が読みにくかったりすれば、後は神の助けを待つばかりということになる。

彼女が江戸からの旅人で、身分の高いものと思われると、女の役人の手に渡される。若い婦人達はここで特別の服を着て検査を受けなければならない。そして、この衣服を貸す特殊業者に、多額の手数料を払わされる。

もし不審の点が発見されると、手形を発行した当局から疑点を晴らしてもらうまで、不幸な女性は拘留される。これには少なくとも数日間かかる。しかし万事異常がなければ通過に必要な判をおしてもらい、彼女は旅をつづけることができる。

この東海道には様々な施設と障害がある。これは世界で最も賑やかな街道で、世界最大と思われる都市を結んでいるものである。貪欲な若い江戸という、首府とはいえないにせよ幕府の置かれている都市と、実力を失ったとはいえ、なおも都であるという誇り高い古い京都、更に忙しい拝金主義の商都大阪をこの街道は結んでいる。これらの町を結ぶ街道には、川を越え、関所を越え、並木の下を沢山の人が旅をしている。彼らは商人である。彼らは伊藤のような大商人で、江戸という市場に目をつけている。彼らの商品は海路輸送するにしても、自分は陸路をとらなければならない。これは、とても楽しいものであるなどというものではないのだ。また行商人がいる。薬屋、暦やお守り札の商人、また炭屋、日常品を売るもの。

また宗教的な巡礼もいる。多くは陽気な一隊で、歌ったり、手をたたいたりしながら、有名な神社仏閣をめぐって陽気に進んで行く。

また、本国と江戸の間を往復する沢山の家来を従えた大名が、道を堂々と進んで行く。彼らのために本陣や脇本陣が置かれている。太平になって以来、その多くは東海道を旅行せねばならず、おまけに身分の高い殿様として、二、三千名以下の家来では名誉にかかわるので、この土地にとっては最も大切なお客様である。

ケンペルは大名の行列を沢山見た。例えば、その日興津で一緒になった二つ大名行列のようなものを、恐らく彼は普通の日本人よりは丹念に見ることができたであろう。行列が近づいてくれば、日本人なら道端に土下座しなければならないからである。ケンペルが中位の大名の壮麗な諸道具の列を表にしているのを見ることにしよう。

「一、沢山の先触れ、下男、調理人、その他身分の低い侍が行列の先頭に立つ。彼らは殿様やその部下のために宿泊、食べ物その他の準備をしなければならない。次につづくのは、

二、大名の定紋入りの重い荷物。これは一つずつ旗をつけて、馬で運ばれるか人間の肩で運ばれる。その後には沢山の監督の役人が付き従う。

三、大名のおもだった家来に使われる身分の低い人達、それらは駕籠、或いは馬でつづく。

四、大名の本隊が驚くべき、そして奇妙な順序で進む。本隊はいくつかの部隊に分かれ、各々しかるべき指揮官をもっている。

（イ） 五、六頭のみごとな馬が両側から二人の馬丁に綱をとられて進む。後には二人の者徒歩で従う。
（ロ） 数名の美々しい服装の人足が、漆塗りの箱やトランクや駕籠を担いでつづく。中には衣服、その他大名が日常使うものが入れてある。荷物は交替で担ぐために、二人の徒歩のものが、各々の人足の後についている。
（ハ） 十人以上の人が、一列に並んで、りっぱな刀や槍、その他の漆塗りの箱に入れた武器をもってつづく。弓や矢を持っているものもある。
（ニ） 二、三人以上のものが、大名の権力の象徴であるりっぱな槍をもっている。槍の先には、鳥の羽がつけられるか、或いはその他独特の装飾がある。
（ホ） 黒い天鵞絨で覆われた殿様の日除けの帽子を持った紳士が進んでくる。彼もまた後に二人の交替員を従えている。
（ヘ） 同じく黒天鵞絨で覆われた殿様の大きな帽子を持った男、同じく後に二人ついている。
（ト） 更に定紋入りのトランク、それぞれ二人ずつ人間がついている。
（チ） 十六名以上の小姓と美しい服装をした身のまわりの世話をするものが、二列に並んで、殿様の駕籠の前を進む。彼らは部下の中からえりねかれた者達である。
（リ） 大名が堂々たる駕籠に乗って進む。これは美しい揃いの衣服の六人か、八人のものが担いでおり、その仕事を交替するために、数名のものが、駕籠の脇を進む。大名の身のまわりの世話をする二、三名のものが、同じく駕籠の脇を進んで行く。大名のこまごまとした命令を果たしたり、駕籠の乗り下りの手伝いをするためである。
（ヌ）二、三頭の堂々たる黒い鞍をつけた馬がつづく。馬の一頭は大きな肘掛椅子をのせており、これはときによると、黒天鵞絨で覆われていることもある。馬には数名の馬丁と徒歩のものが揃いの服装でついており或る場合は大名の小姓自身によって曳かれている場合もある。
（ル）槍持ち二人。
（ヲ）十人以上の者が棒の先につけた巨大な籠を銘々持っている。これは肩に担いだ棒の前と後にかけてあるが、これらの籠は実用よりはむしろ行列を美しく見せるためである。大名の本隊はこの順序で進むが、その後には、
五、馬が六頭から十二頭、揃いの服を着た馬丁、徒歩のもの、指揮官と共に進んでくる。
六、大名の個人生活に奉仕する者、その他の役人達がそれぞれ沢山の従者、槍持ち、荷物の人足、お仕着せを着た従者などを従えて進む。この列の先頭に立つのは駕籠に乗った大名の執事である。
これはまことに妙な、感心する値打ちのある見ものであって、殿様の大行列をくみ

たてるすべての人員が、しずしずと厳（おごそ）かに、物音一つたてずに上品な秩序を保って進むときは、からだを動かせばどうしても起こる衣ずれの音と、馬や人の足音以外に何も聞こえない」

東海道の旅人達も、彼にとっては確かに興味深く、なかなかの見物でさえあった。ケンペル博士がこの街道で暮らしている奇妙な驚くべき人物達に、他の旅人達と同様、強い興味をもったとしても、不思議ではない。

朝から晩まで山伏（やまぶし）を見かけることができた。彼らは髪を伸ばし、黒い帽子をかぶり、巨大な数珠を麻の衣の上にかけ、オランダ人の馬の脇を、鉄の輪のついた大きな杖をつきたてながら、大声で叫び、やかましく法螺貝（ほらがい）を吹いて歩いていた。

呪文やお経を唱えるのは彼らの仕事であって、山の中での修業が彼らに力を与える鍵となるのである。彼らは日本古来の神道の神と外来の仏教の仏の両方に働きかけて悪霊を追い出し、失せ物を取りもどし、盗賊を発見し、未来を予見し、夢を占い、手のほどこしようのない病いを治し、容疑者の正邪をあばくことができた。この最後の仕事をするために、彼らは容疑者に、燃えた炭火の上を歩くようにと要求した。彼らの考えによると、無実の人ならやけどをしないというのである。

ケンペルはこれらの狂信者に対しても冷静であったが、乞食をしている尼に対しては親切だった。一人の比丘尼(びくに)が彼をねらって、近寄って来て、田舎の歌を歌ったとき、彼はポケットの小銭をさぐった。もしその場合、男が遊び好きで情深い人間なら、彼女は何時間か彼の相手をして慰めてやるのである。彼らは日本で会った最も美しい女達であったと、ケンペルは書いている。

昔、これらの尼達は家庭婦人達の間に仏教を拡めるために歌を歌ったのである。しかし彼女らはそういう昔の習慣から逸脱していた。今や彼女らは家庭婦人などめったに相手にせず、その歌も仏教とはあまり関係がなかった。彼女らは化粧をして美しい服を着ていた。頭こそ丸めていたが、綺麗な絹の頭巾で頭を覆うようにしていた。ケンペルの言葉によると、

「彼女らの態度は気持ちよく、つつましげであった。彼女達のつつましやかさを過少評価するにしても、情深い旅人の前に彼らが心から打ち解けてみせる事実は、高く評価されねばならない。彼女らはこの国の習慣に従って、旅人達につき合うのである。彼女らが頭を剃っているのは、宗教的な理由はあまりないとはいえ、どんな公娼にも劣らない位、恥知らずに、まただらしなくなることもあることをわたしは知るべきであろう」

ケンペルのこの憶測はあまり的はずれではなかった。尼と関係をもつことは五つの大罪の一つに当たる。しかし実は、彼女らはその種の行為をさそいかけるのだし、そ

のことについては、後で問題を起こすことはめったになかった。

また、ときどきは一緒に物乞いをさせるために、山伏が自分の子供を連れ歩くこともあった。「これらのろくでなしの子供達は全く厄介である。或る場所では、この子供達が父親や比丘尼達と一緒になって、旅人から金品をせがんでいた。やかましく歌を歌い、笛を吹き、叫び、恐るべき騒音をたてて、それを聞いていると、気違いになるか、つんぼになるかと思われた。

その他にも沢山の乞食がいて、或る者は病気であり、或るものは丈夫で欲ばりで、彼らは祈ったり歌ったり、胡弓やギターなどをひいたり、或いは手品をやったりして、人々の情を乞うていた。或る者は一日中道端の小さな荒筵の上に座っていた。彼らは前に扁平な鐘を置いて、哀調をおびた歌の調子で、孤独な人の守神である阿弥陀如来に呼びかけていた。そして相の手に絶えず小さな槌で前にのべた鐘をたたくのだが、これは阿弥陀如来に一刻も早く願いをきいてほしいためだそうである。しかし恐らく通行人もきいてほしいのだと思われる。この国の街道にいる群衆は、商人やら、近所の子供達で一層賑やかになる。彼らは朝から晩まで駆け回っては旅人においすがり、彼らの貧しい商品を差し出す。それは、例えば何種類かの菓子類であるが、砂糖をほとんど使わないので、甘味が感じられない。また、水と塩とで煮た根菜類や案内図や、馬や人間の草鞋や綱、椅子、その他こまごましたものを売っている」

興津の郊外でケンペルは正しい記述を行っている。

「この町は海の近くにあるので、住民達は海岸の砂浜に何度も水を注いでは良質の塩を作っている」

オランダ人の一行は町に着いた。その行列の前に、半蔵は跪いて、迎えの言葉を述べ、ケンペルによると、「宿の主人は大名達の到着の際と同じような礼儀を、わたし達に対して行った。彼は我々の一人一人に対して平伏して挨拶を述べた。この際、大名の駕籠やわれわれの部屋の前でするお辞儀は、非常に深く、両手を地面につき、額までもすりつけそうにする」。半蔵は立ち上がり、膝の埃（ほこり）をはらって、行列の先頭にたって町の中へ案内して行った。

清見寺から水口屋へ行く途中、ケンペルは興津のはずれの所で、乞食の尼とはぐれてしまった。今や彼は普通の宿屋に並んでいる厚化粧の女達に目を向けた。「どうぞ、どうぞ、奥へ、ようこそいらっしゃいませ」と彼女らは叫んでいた。彼の記録によると、「彼らは大変な騒音を作り出していた」のである。

水口屋の前でも大変な騒ぎだった。紅毛を見ようと、好奇心に満ちた群衆が集まっていた。子供達は顔をしかめて、大声で朝鮮人と怒鳴っていた。これは外国人に対する彼らの意見を示す形容詞なのである。

この騒ぎは長くは続かなかった。オランダ人はすぐ馬を下り、日本人の護衛に守られて鯱のついた門をくぐり帚の目の通った砂の上を歩いて行った。半蔵は再び歓迎の挨拶を述べ、丁寧なお辞儀をくりかえした。客は長靴を脱いで畳の上にあがった。

水口屋には四つの並んだ部屋があったが、このとき襖はすべて開け離たれ、そこに描かれた美しい絵具の風景画の代わりに、今では建物の奥に見える涼しげな庭の光景が見られた。一番奥まった部屋が最上等の部屋であるがオランダ人はそこへ案内された。彼らが歩いて行くと、すぐ後で、何列かの襖が閉ざされる。彼らは夜が来たので、軟禁されたのである。それは彼らを退屈させはしたが、快適な牢屋であった。庭は正面と左手に見え、庭に面したその部屋はまるで海に乗り出した船のようであった。

右手の壁の奥には、清潔で花を飾った便所と更衣室と風呂場があった。香りの高い松で作ったなめらかな大きな浴槽は、熱い湯を一杯たたえ、開け離った戸口をへだてて、専用の小庭に面していた。

もちろん、一行の全員が水口屋に泊まるわけにはいかなかった。四人のオランダ人とおも立った日本人がそこに泊まった。身分の低い四十人の日本人のために、半蔵は一般の宿屋に泊まるよう手配し、人足のためには、伝佐衛門が何軒かの農家を世話してやった。大名とオランダ人で興津はその晩満員であった。

今や半蔵は外国の客と短い時間を過ごすこととなった。ケンペルの記録によると、「われわれが部屋におさまると、主な使用人を従えて主人がやって来た。各自、手に茶を入れた器を持っており、それをわたし達一人一人の前に差し出して、その身分に応じて丁寧なお辞儀をした。これがすむと、喫煙具が運ばれて来たが、それは木か真鍮(ちゅう)の盆で、その上に炭を入れた小さな木の壷(つぼ)と、灰ふきと細かくきざんだ煙草をいれた箱と真鍮の首のついた長いパイプがのっており、またもう一つの漆を塗った皿が出されたが、そこには果物、無花果(いちじく)、栗その他数種類の菓子などの見かけだおしの食物がのっかっていた」。ケンペルとその仲間が日本人であったなら、その他の必要なサービスは宿の女中がしてくれるのにと、ケンペルは羨しそうに書いている。「また、これらの女は食卓の用意をし、給仕をし、更にこの際客に対してそれ以上のサービスをする。しかしわれわれの場合は、これは全く違って、宿の主人や番頭達がやってくれた。前に述べたように、お茶を出した後では、彼らはわれわれの部屋にどんなことがあろうとも入って来ようとはしなかった。われわれが何を望もうとも、それはわれわれ自身の召使いの仕事であって、彼らは平等に同じものを我々に与えてくれた」。半蔵はそれ以後、オランダ人が出発するまで彼らと会うことはなかった。

しかし、半蔵は忙しかった。一行の中の日本人の世話をせねばならず、台所にも気をくばる必要があった。オランダ人は旅行中、ヨーロッパ風の食事を望んでいたので、長崎から自分達のコックを連れて来ていた。半蔵の板前は、護衛の日本人のための夕食を作らねばならなかった。そして半蔵は、人からいわれなくとも、台所に二組の料理人がいれば、騒動が起きやすいことは分かっていた。彼は何度か興奮を沈めるために間に入って仲裁した。

二組の料理人が、半蔵の台所でにらみ合っている間、二つの大名行列も町中に同じような騒ぎを起こしていた。一方はすでに手塚の本陣に宿泊しており、もう一方は市川の本陣に静かに進んでいた。

水口屋に軟禁されたケンペルはこの光景は見ることはできなかったが、道中この種のものを何度も見ることはできた。大名やおも立った家来達の駕籠は高く担ぎ上げられ、「駕籠かき達は短い慎重な足どりで、膝に力を入れて、奇妙なくらいおずおず用心しているふりをしていた」。一方小姓や槍持ち、笠持ちの揃いの衣服の人足達は、大都市に入る時や別の大名と会う時のための奇妙な踊りをやっていた。そして今やその晩泊まる宿に近づくと、「一足毎に、彼らは片足を後ろの方にひき上げ、片腕を精一杯反対の方向に延ばし、空中に泳ぎ出そうとするかのような姿勢をとって、しばらくじっとしている。一方、槍や帽子や笠、箱など、彼らが担いでいるものはすべて、そのからだの動きにつれて、不思議なぐあいに振り動かされる」

このようにして、彼らが市川の本陣にやって来ると、その入り口には大名の紋を染めぬいた幕がかかっていた。殿様が奥に消えると、見張りを置いたり、荷をほどいたりする騒ぎが続き、村のおも立ったもの達は心配そうな顔をして、火の番を見て回り、両家の大名の間で争いが起きないように小声で祈ったりした。

水口屋では、食事が出されていた。オランダ人は食器や椅子や食卓まで持って来ていた。食卓には長崎から持って来た食物が出ていて、中には東海道でゆさぶられて濁ってしまったヨーロッパの葡萄酒もあった。半蔵もいくらかそれにつけたした。雉一羽、鮃、鱸、卵二十三個（その大半は朝食の際に使われた）、蜜柑、日本酒。オランダ人はかなりの大食漢にみえたが、ケンペルは護衛の日本人の方が大食であると主張した。その晩、日本人用の夕食は特別に小豆を入れた米飯が出された。これはオランダ人から儀礼として日本人のために注文した儀式的な食事である。

日本人のいる部屋の食事はやかましかった。「彼らは食事後も座って酒を飲み、歌を歌ってはお互いに陽気に楽しみ、時によると、順々に謎解きをやったり、ゲームをしたりした。謎が解けないか、ゲームに負けたりすると、その人は罰に一杯のまなければならない。この点に関しては、食卓に向かって食事をするわたし達とは全く変わっていた」

その晩、興津は大変賑やかだった。賭博場が開かれ、勝負は白熱し、宿屋は歌声や酔っぱらいの笑いや、女の悲鳴で揺れるばかりであった。水口屋も日本人の一行の酒戦やしわがれた声で湧きかえっていた。そして、その真ん中に四人の真面目な顔をしたオランダ人が、食卓に向かって静かに雉と鮃と鱸を食べていた。

ついに水口屋も、もの静かになったが、三つの行列が暁になって活動しはじめるまで、ざわめいていた。不文律として、格の下の大名は格の上の大名が出発するまで、本陣に留まって、自尊心を傷つけるような形で両者が出会わないことになっていた。その頃にはオランダ人は半蔵の二十三個の卵を平らげていた。

ケンペルは半蔵が再び客の前に出て来たことをこう書いている。「われわれの出発の準備ができると宿の主人が呼び出され、わたし達の弁務官が、二人の通訳の前で小さな盆の上に金貨を数えながら勘定を払った。彼は膝をつき、かがんで、前に進み寄り、金の置かれたテーブルの所まで来ると、額を床にすりつけてお辞儀をし、感謝と柔順の意を表し、深い声で、ヘイヘイといったが、これはこの国で身分の低い者が目上の人に対する敬意の表現である」。しかし半蔵は単なる敬意以上のものを覚えたのである。多くの日本の役人達は幕府の費用で旅行するが、その要求を満たすのは大変なことであり、勘定の支払いを受けるまで、いつまでも待たなければならない。

オランダ人が現金で支払いをしたという事実は、宿屋の主人にとって好もしいことであったということになる。

ケンペルは更につづけて、「われわれが同様のことを、これまでにも見て来たのであるが、客が宿を出発する前に、召使いに自分の泊まった部屋を掃除させ、後に汚れや不愉快な埃を残さないようにするのが、この国の習わしである」

半蔵は客について、迎えに出た時と同様、興津のはずれまで見送りに出た。そして街道を歩きながらその光栄を味わっていた。宿のはずれで、旅をつづける彼らにお辞儀をし、できることなら江戸までお供したいものだといって名残りを惜しんだ。

何の不祥事もなく、身分の高い人が全部出てしまうと、町は春の陽を浴びて、のんびりと落ち着きをとりもどした。半蔵も手塚も市川も、夕べ一晩の儲けに満足していた。大名はオランダ人のように現金で払ったし、気前のいい茶代もゆきわたり、おまけにその部下の人達がめいめい遊んだ金も落ちた。清見寺の薬屋から川越え人足に至るまで、町の人間は金をちゃらちゃら鳴らしてほくそえんだ。

しかし、その収入がすべて儲けだったというわけではない。手塚が真っ先にいい出したように、本陣にも脇本陣にも歴史上に宿屋業が始まって以来、主人を悩ませて来た問題があった。

「一番困るのは、食器、食台、煙草盆などの品物がなくなることだ。五十本の煙管(きせる)を出せば十本もかえりはしない。茶碗その他の小さな品物は衣服の下に隠されて持ち出されるし、こういうことは日雇人夫も含めて、人間がやたらに集まって、何もかもてんやわんやだから起こるのだ。古い草鞋を棄てて新しいのをよこせというのもあるし、雨が降れば畳表はかっぱの代わりに持ち出される。無くしたものの中にはわざわざ他所から借りたものもあったのに……」

しかし興津の人達はこんな話を聞いたのは初めてではなかった。

オランダ人は江戸に行った。江戸ではいみじくも長崎屋と名づけられた宿に泊まった。宿泊したという言葉は適切ではないかも知れない。ここでも彼らは監禁されていたからである。この繁華な都市を歩き回ることも許されず、彼らの最大のスリルは、江戸の華、すなわちほとんど毎晩のように江戸の空を彩っては勇ましい火消しに消されてしまう火事を見ることでしかなかった。

オランダ人が自分の家に泊まっていると、宿屋の主人は、自分には恐ろしく沢山の知り合いがいて、彼らは急用ができて、自分に会いに来ることに驚くことになる。またこの知り合いの中には、有名な学者や大名も含まれるのも驚異だった。事実、学者達は薬学、医学、植物学、天文学の知識を求め、大名達は政治、地理、歴史、戦術について話したがった。宿屋の主人も星や世界の情勢を勉強するようになった。

こういう状態が二週間以上もつづいた或る日、オランダ人は江戸城に入ることになった。彼らの贈り物は謁見(えっけん)の間に積み上げられ、彼らは際限もないと思われるほど、様々な控え間で待たされたあげく、同行した目付役が呼び出された。彼は将軍の定められた場所に這って行き、額を床にすりつけ、同じ姿勢で蟹(かに)のように戻って来た。

昔はそれでおしまいだったのだが、ケンペルの時には、オランダ人はそんな簡単に放免されることはなかった。彼ら四人は大奥に案内され、或る奥まった部屋へ行くと、将軍の愛妾や子供達が簾の蔭に隠れていた。見ることはできても、見られる心配のないこの客を前にして、ケンペル博士と二人の社員は様々な演技を要求された。「歩いたり、立ち止まったり、挨拶したり、踊り、飛び上がり、酔っぱらいの真似をし、片言の日本語をしゃべり、オランダ語を読み、絵を書き、歌い、マントを脱いだり、着たりした。そして夫が妻にするように接吻（せっぷん）したりした。すると、笑い声が聞こえたので、特に彼らの気に入ったものと思われた。わたしは高地ドイツ語の歌にあわせて、踊るのに参加した」。このようにして様々の馬鹿げた遊びによって大奥の人の気晴らしを助けるという不快をしのばなければならなかった。ただ支店長だけは恐ろしくむずかしい顔をして、この芝居に参加するのをまぬがれた。

この大奥における試練がすんで、長崎へ戻る途中、護衛の者は往きの時よりオランダ人に同情していた。半蔵が彼らの部屋に何人かの客を密かに招いたのは帰りに水口屋に泊まった時のことである。ことに医者は最新ヨーロッパ風の医術を学びたがっていた。それで夕方になると、ケンペルは秘密の客の応接に忙しかった。そして八十五年後に、C・P・ツンベルグという別のオランダ人の医者が梅毒に対する水銀の療法を紹介したのである。東海道を旅行することによって、オランダ人は薬学と外科に貢献した。

また、多くの日本人は長崎へ行って勉強した。恐らく紅毛から技術の免許を受けようとしたのであろう。その或る者は、『紅毛医学』と呼ばれる初期の書物のように、自分の学んだことをもとにして医学の本を書いた。日本全国にわたって西洋科学を学ぶ唯一の手段としてオランダ語の学習が行われた。そのことについて書いた詩がある。その意味は、「オランダ文字は横に並んでいて、鴨(かも)の列が空を飛んでいるようだ」といったものであった。

勅使の旅

ケンペルが東海道の宿場の楽しみを味わう機会がなかったのは、全く残念なことだ。もしも、彼が日本の護衛と話の分からない目付の目をぬすむことができたら、彼はすばらしい時間を過ごすことができたであろう。

五十三の宿は、それぞれの個性があったが、そのどこでも旅人の気まぐれな求めに応ずる点では同じであった。また、どの宿も、宿屋、料理屋、茶店、土産物、床屋、按摩（あんま）、売女などをおいて、旅人の徒然を慰めていた。

ささやかなぜい沢は沢山あったが、また一面では東海道の女達の人気のほどは、幕府の売笑（ばいしょう）禁止令によってもよくわかる。一六五九年（万治二年）、街道の宿屋から売笑婦が追放された。この禁止令はあまり効果がなかったのは明らかである。三年後に五十三の宿は、同じ主旨のお触れを受け取った。このようにして、つぎつぎと恐ろしげな命令が出て、ついに一七一八年（享保三年）幕府は諦めてしまった。それぞれの宿屋は二人の飯盛り女を置いてもよいという掟ができ、その人数を越えた場合には、越えた女の数に応じて罰金を課す、ということで人数を制限することもやめてしまっている。売笑婦は一般の宿屋の繁栄にはかくべからざるものであった。不思議なことに、五十三の宿の中、五つにはこの種の女がいなかったが、興津はその五つの中には入ってはいなかった。しかしここには、美しい着物を着て、下男や禿を連れ、行列をつくって本陣へ行き、大名の席にはべるような高級な太夫はいなかった。それを見るには、興津から一番近い場所としては、二つ先の宿の静岡だった。静岡には家康によって許された遊廓があって、江戸の有名な吉原と呼ばれる不夜城は、ここを手本としたといわれる。しかし静岡は、日本の非公式の首都であった家康の時代が過ぎてからは、その地位を失い、女郎屋の主人達は、吉原では決して認められないような条件に甘んじなければならなかった。例えば、客が仲間を連れて行った場合、連れが、夕方九時までに帰れば余分な費用は取らないという規則などがそれである。

半蔵は自分の家で客に高級な娼婦を出す必要もないのを喜んでいた。彼は高慢で、気むずかしいこの種の女を家に置く気はなかったのである。幸いなことに、彼はこの問題に悩む必要はなかった。水口屋は脇本陣であって、他所と競争して、一般の旅人の意を迎える必要がなかったので、こういう女を決して置かなかった。身持ちの悪い綺麗な女中が、しばしばいたにしても、この種の例外は時が解決した。半蔵はこの問題に関しては、哲学的であった。こういう最も激しい競争の圏外にいることを感謝しながら、半蔵はその渦中にある人々に同情していた。興津の一般の宿屋は、隣の宿の清水に負けずに客を呼ぼうとしながらも、それに失敗した苦しい時代を経験したことがある。清水には若狭、若松という有名な姉妹がいて、この二人は清水を、そしてことに船木屋という宿屋を、旅人にとって魅力的なものにしていた。

この女は東海道の語り草であった。旅人も宿の主人も駕籠（かご）かきも、彼女らの噂を伝えた。その魅力は伝説的なもので、彼女らを呼ぶ費用も恐ろしく高かった。女に迷った旅人は、病気を装って船木屋に居つづけして、自分達の順番のくるのを待っていた。事実、彼らは熱病にかかっていたといっても間違いとはいえない。

この二人に対する愛情を吐露した旅日記は、ほとんど無数にあるが、その多くは単なる噂を聞いて書かれたものである。西鶴（さいかく）も彼女らの話を書いている。西鶴の作品の主人公は、若狭を自分の左に、若松を自分の右に寝かせた。主人公を大変な二枚目に書く西鶴は、この姉妹が彼にひきつけられて、彼について行き、ついに頭を剃って尼になったと書いている。興津の宿の主人達はこの通りになったら、どんなにか喜んだことであろう。しかし、事実はそうではなかったので、船木屋に泊まるのは東海道の客のごく一部でしかないと考えて満足することにした。

半蔵と伝左衛門は、しばしば宿役場で、お互いの苦労を話し合った。半蔵は好んでこういうことがあった。

「宿屋の亭主の苦労は二つに分けることができる。同業者との競争とお客の苦労だ」

彼はそういってしまってから、必ずこう付け加えた。

「しかし、せんじつめると、お客ということになる。つまり、お客が少な過ぎるか、悪い客が多過ぎるか、ということだ」

水口屋に客が少な過ぎるということがめったにないことは、半蔵も嬉しそうに認めたが、自分くらいむずかしい客で苦労させられるのは、一般の宿屋の主人にはないことだといった。

「もちろん、一般の宿屋では柄の悪い客が来るが、うちのいわゆる身分の高い客に比べれば、何でもない。つまり、普通の宿屋で問題を起こす客は、ただの人間であって、それ相応に始末すればいい。しかしうちでは身分のある人だから、注意深く処置しなければならないのだ」

伝左衛門もよく知っていたことだが、半蔵の言葉に嘘はなかった。例えば、旅人が道中で病気になったり、死んだりすることを考えてみよう。これは町の有力者達が頭を悩まさねばならない大変な事件である。誰かが無分別にも、街道で、或いは宿屋で死んだりしようものなら、大変面倒なことになり費用もかかる。

ここでは名を上げないが、病気の旅人を駕籠に押し込んで、次の宿へ急いで送ってしまう町があった。そこでも役人が同じことを繰り返すから、哀れな旅人は疲れ切って、或いは手当てを受けられないだけでも、死に至ることになる。

こういう無慈悲な目に遇うのを避けるために、旅人は次のように書いた紙を持ち歩く習慣が盛んになっていた。

「もし、わたしが道中死んだ場合、その土地の習慣に従って遺品を処理しても、恨みに思わない。また、肉親に知らせるにも及ばない」

これは賢明なやり方である。なぜなら、この遺書のお蔭で町の人達は、彼を丁重に葬るだけで、何の責任ももたないですむからだ。しかし、身分の高い人ほど厄介なものはなかった。半蔵はそう考えていたのだが、そのことはこれから述べる薩摩の侍の話によって明らかである。

島津に仕える三人の侍が水口屋にやって来たのが、話の起こりである。その一人は疲れて弱っているように見えた。そして翌朝になると旅をつづけられなかった。連れの者は自分達の任務は急を要し、遅滞を許さないから、江戸への旅をつづけるといい、半蔵に病人の看病を命じた。

最初、侍の病状は重いとは見えなかった。二、三日休めばよくなると思う、と彼自身もいっており医者を呼ぼうと半蔵がいっても、それを断わった。強情で、人のいうことをきかない半蔵の母親ほど、病人が出ると、その方面にくわしい者はいなかった。あらゆる反対を退けて、彼女は年取った召使いに薬箱を持たせて、病人の部屋にやって来た。

病人の症状をよく考え、絶対にきくからといって、多量の薬を処方し、侍がそれを庭に棄てようとしても許さず、薬を飲むまでその場を動かなかった。

彼女の予想を裏切って、病人は次第に悪くなった。そして夕方になると、半蔵が医者を呼んでも、もう反対しなかった。医者は病状を尋ね、顎（あご）を撫でて、お灸（きゅう）をすえた。

ケンペル博士は当然のことかもしれないが、薬に関心をもっていて、お灸のことをこう述べている。

「灸の主目的は、体内に潜んでいる病気のもととなっている体液と水気を吸い出すことである」

この場合医者は侍の臍（へそ）の上、十二、三センチの所へ六つの灸をすえた。

こういう治療をしたのに、彼はその晩ひどく苦しみ、翌朝には重態になり、腹部の激しい痛みに苦しんだ。半蔵は今では本当に心配になって来て、ありとあらゆる医者を呼び集めた。その結果、満場一致とはいえないが、鍼（はり）がよいという意見が優勢になった。そこで細い金の針が患者の腹部の九カ所に差し込まれた。痛みはすぐ軽くなったが、数時間後、更に激しい痛みがもどってきた。

当時の日本医学を嘲ることは公平ではあるまい。少なくとも、ケンペルは馬鹿にしていない。彼は東西の医学を比較し得る恵まれた地位にいたのだ。事実、もぐさと鍼については、西洋のやり方と比べて好意的な見方をしている。「ヨーロッパ医学の野蛮な道具、赤く焼けた鉄、様々なナイフ、その他の道具がわれわれの手術には必要であって、例え人類愛と哀れみの精神に欠けていないにしても、患者にとっては、これを見るだけで恐ろしく、看護する者にとっても、それはショッキングな眺めである」。また、鍼がほとんど即座に痛みを軽減するのを見たと証言し、灸に関しては、「印度にいるオランダ人も、最近経験したことであるが、灸は関節炎、痛風、リュウマチなどに卓効を奏する」。しかし、実際問題として、灸も鍼もこの侍の病気を軽くすることはできなかった。

半蔵は客の病状が心配で興奮し、帳場でいらいらしながら雇い人達を責めたてて、何度も病室の様子を聞きにやった。その報告はあまり芳しくなく、彼はむっつりと帳場の火鉢の赤く燃えている炭火と静かに音を立てている薬罐(やかん)に目を落としていた。街道に夕闇がせまり、部屋が暗くなった。表通りの夕方の雑踏に新しい物音が加わったのを彼は意識した。遠くにかすかな〝ボウー〟という音を彼は聞いた。托鉢(たくはつ)をする僧侶が法螺(ほら)を吹いて布施を乞いながら道を歩いて来るのである。半蔵は唇を噛み、番頭に僧を呼びにやらせた。いよいよ最後の手段である。

托鉢僧が現れて、宿の主人は彼の角張った顔と、燃えるような目に気づいた。薄暗い廊下を案内しながら、半蔵は背中に僧の目を意識した。行者が病人の側に坐ると、半蔵は魂と魂が戦っているのを見るような、めまいに似た感動を覚えた。すなわち侍のからだの悪霊が、遠くの山や海からやって来たこの不思議な魂と戦っているのだ。

半蔵の乞いに応じて、僧は呪法を行うために控えの間に退いた。そこで、もうもうたる煙の中で呪文を紙に書き、それに秘法を施し始めた。紙は細かくちぎってまるめられた。病人は暁の前の一定の時間に、呪法に従って汲んで来た川の水と一緒に、まるめた紙を飲み込むのである。この通りに行うはずであったが、僧の祈りが達した頃、侍は死んだ。

死は彼の苦しみを救ったかも知れないが、半蔵の苦しみは始まったばかりである。検死を行わねばならず、半蔵や町の長老達はそれに立ち合い、東海道を管理している江戸の役所に、幾つもの報告書を書き、彼の同僚が江戸から戻ってくると、いたましい事件の説明をし、報告書を書き、おまけに島津公に宛てた報告を、江戸とその領国である薩摩の両方に出さなければならない。部屋には僧侶を呼んで厄よけを行ったが、彼らはこの部屋を壊し、土台下数フィートまで掘り返して、建てなおさなければならないといった。しかし、やがて薩摩の殿様が後に興津を通った時、彼の労を充分ねぎらってくれた。その費用を全部払ってくれることを半蔵は知らされた。殿様は病気のために、彼があらゆる手を尽したことを充分納得したのである。

　要するに、半蔵がこの事件を思い返して見ると、死人や重病人はぴんぴんしている一部の客よりは厄介ではないと思った。

　彼はことに勅使のことを考えていたのである。数世紀の間、天皇は伊勢の皇大神宮に毎年勅使をおつかわしになっていた。誰もが知るように皇大神宮の天照大神は、天皇の御先祖なのである。今や家康が日本を守る新しい徳川氏の神として祭られたので、日光の東照宮にも、毎年別の勅使を出すことが賢明かつ慎重なやり方ということになった。

　勅使は宮廷の最も位の高い公家の間から選ばれたが、面倒なのはこの公家であった。公家達の多くは、怠惰の生活のために無能になっており、生活の苦しさから、貪欲であった。歯を黒く染め、顔に紅をほどこし、自由な楽しい生活を充分楽しみながら、彼らは旅をつづけたのである。

　京都から江戸まで、東海道を行き、江戸から日光までは日光街道を通った。日光街道では、土地の人は彼らにうやうやしい態度で接した。勅使の身分が高いためではなく、彼らが天皇の御供物を奉じているからである。人々は勅使の食卓のおあまりを争って求め、それを食べると万病が治ると信じた。彼らが使った風呂の湯は、病気の時に飲むために大切にしまいこまれた。母親は子供に勅使の駕籠の下をはわせた。そうすれば子供は長生きし、幸福な生活を送れると信じたのである。勅使にとってはこのように崇められることは夢のようなことだった。そして機会あるごとに、民衆の尊敬の念を、酒や楽しみや現金に替えようとした。彼らが好んで使う手は、駕籠から落ちたふりをして仮病を装い、土地の役人から見舞金を要求するのである。一度ならず、土地の役人は勅使を駕籠の中に縛りつけて、大声でわめく彼らを次の宿まで急送せねばならなかった。勅使の一行が日光に天皇の御供物をそなえてから、つまり、彼らを畏れ多いものにしていた品物がなくなってからは、彼らが江戸へ出るのに別の道を通ったのも不思議ではない。

東海道の人々は、ずっと世間ずれしていたから、そんな甘い手にはのらなかった。しかしそれでも用心しなければならなかった。半蔵は市川、手塚などと同様、これら公家をもてなすことに喜びを覚えたことは一度もなかったし、宿泊料をもらっても、儲かったと思ったことは一度もなかった。公家達は現金で払わず、彼ら身分の高い客の書が宿泊料に代えられるのである。客はそれが高く売れるような顔をしていたが、そのようなものは幾らでもあって、大した値打ちはなかった。

しかし、半蔵も伝左衛門も、東海道を公用で旅する人の中で、将軍御用の品物の行列くらい気苦労の多いものはないという点では同意見だった。その最たるものは、宇治の茶である。宇治は京都の郊外にあって、昔から日本で最上のお茶を産すると考えられていた。

毎年春になると、三人の身分の高い役人が二百人の行列を従えて、江戸を出発した。彼らは将軍の三つの貴重な茶壷を持っており、それらはさらに大きい箱に別々に注意深く納められてあった。またそれほど高級ではないお茶を入れる四十の器もあった。壺や器はすべて空で、それに茶をつめて持ち帰るのが、彼らの使命なのだ。

最初のそして最上の茶は、四月から五月に取れる。その時期になると、十三軒の最も名誉ある宇治の茶畑の持ち主が、将軍に差し上げる最上の茶を選び出す。

一行が江戸から到着すると、彼らは正装して、茶に関する全国一の専門家として有名な宇治の二軒の家の代表者と会議を開く。一人一人が口を綺麗にすすいで、一すすりずつ茶を味わう。それでよいとなると、茶を一行が持って来た壺に詰め、その中の二、三壺を天皇への献上品として京都に送り、後は護衛を従えて江戸に送る。

将軍御用のお茶を奉じている時は、彼らはあらゆる旅人に対して、優先権をもっていた。大大名も高貴な勅使も将軍の茶には道を譲らねばならない。

街道や沿道の町も、他の如何なる場合にもまして掃き清められ、農夫は畑で仕事をすることを禁じられ、塵を焼くなどもっての他である。行列の来るかなり前から、人間をも含めた多くの穢(けが)らわしい或いは怪しげなものは街道から追い払われる。そして お茶が近づくと、街道には人っ子一人いない。旅人は皆遠くにさがり、街道を見渡せる場所にいるものは土下座する。沿道のあらゆる町で、すべての役人は斎戒沐浴し、礼装を着て、同僚達と共に並んで平伏せねばならない。

たまたま或る年、半蔵は或る劇的事件を目撃した。それは一六九四年（元禄七年）のことで、将軍のお茶を江戸に運ぶ一行が休憩していたときのことであった。場所は清見寺の前の街道である。半蔵は、市川、手塚、伝左衛門と並んで鼻を地面にすりつけていた。やがて護衛に守られて貴い茶筒が到着した。半蔵は彼らに茶菓を供する役をしていた。

その時、三人のお茶役の一人に、多羅尾という男がいた。彼の頭は恐ろしい皮膚病のためにくずれていた。旅の間中、同僚達は意地悪く多羅尾をからかっていた。清見寺にいる町役人達の前で、同僚はこの不幸な男をまたからかった。多羅尾はついに我慢しきれなくなって、手負いの動物のような声を上げて、からかったものに襲いかかった。彼の刀が、一度二度三度ひらめくと、からかった侍は地面の上に倒れていた。誰も動かなかった。多羅尾は死体の上に立ちはだかって、まるで死体を動かそうとするかのように、刀をその喉もとに突きつけていた。静かに彼は後にさがり、着物の袖をつかんで、刀の血を拭い、鞘に納めた。

半蔵はその場に居合せた他の人々と同様に凍ったように多羅尾の前に立ちすくんだ。長い間、多羅尾は何かいおうとしているかのようであった。やがてそのただれた

顔から厳しい声がもれて来た。彼は
「日蓮宗の寺」

といった。その言葉は脅えている半蔵の心に食い入った。武士は自分の宗派の寺を聞いているのである。半蔵は頭を下げ、多羅尾に背中を向けると、街道を歩き出した。

多羅尾はその後につづいた。

耀海寺(ようかいじ)という日蓮宗の寺は水口屋の向かい側にあった。そこまでの五分間は、半蔵の生涯の中で、最も長い五分間であった。すぐ後に人殺しを従えて、人っ子一人いない道を歩いていると、その時間は無限に思えた。ついに耀海寺の山門に着いた。多羅尾は寺の境内に入って行った。

住職が彼を迎えると、多羅尾は自分の罪を告白した。彼の罪は重かった。重大な使命をおびているのに、人を殺してしまうなどとんでもないことだ。そして事件の原因は彼を醜くした病気である。彼の後生のために堂を建ててくれるならば、その前で祈る人の病気を治そうと、多羅尾は住職に誓い、その場で腹を切った。

堂は建てられ、半蔵もその碑のために寄進した人の中に加わった。それは多羅尾の戒名である夏心のために奉げられ、やがて病人達がお参りするようになった。毎月二十一日の法要(ほうよう)の日には沢山の人が集まり、やがてそれは露店の立ち並ぶお祭りになってしまった。命日である五月二十一日は、その混雑は大変なもので、後年、宇治

耀海寺夏心堂（静岡市清水区）

から茶が興津の付近に移植されるようになると、茶摘み女達はその日を特別の祭りの日にした。

夏心の堂は今でもそこにある。耀海寺の僧は毎晩経を上げ、堂の前の石の台座に真水を入れた沢山の椀を供える。今日でも年寄りの信者達はこの堂にお参りして、健康を祈り、椀の水を飲んだり、患部に注いだりする。

病気の治った人は、紅白の提燈（ちょうちん）に名前を書いて、それを奉納する仕来り（しきたり）がある。堂の天井は提燈で一杯である。大半は古いが新しいのも幾つかある。

堂のなかには夏心のお骨があり、墓石も堂内に網でかこまれてある。寺の境内で遊ぶ子供達にとっては、かくれんぼをする時、ここは絶好の隠れ場所になっている。顔は生きている時は子供達をおびえさせたが、今は自分の囲りで子供達を遊ばせて、彼は幸福であるに違いない。

大仰（おおぎょう）な道中をしたのは将軍のお茶ばかりではない。他にも江戸城の畳やら、将軍御用の美しい紙などもあった。興津にも幕府の気に入りの物があった。清見寺の前の街道のかたわらに有名な梅の木があって、大晦日の晩に花をつけた枝を切り取り、それを江戸に運び、新年始めの能を行う時の飾りに使ったものであった。東海道を上る道中、清見寺の白梅は大大名と同じ資格を与えられていた。

特別な場合として、象の行列もあった。交趾支那（「コーチシナ」ベトナム南部）

からの将軍への献上物であった。元来一番（ひとつがい）であったが、雌は長崎で病気で死に、雄はただ一頭江戸まで歩いて行くことになった。日本に来た最初の象であったので、それは大変な騒ぎであった。幕府は無事に象を江戸へ連れてくることにした。浅瀬のない川には大橋が架けられ、象は牛が嫌いだといわれていたために、牛を近づけないようにし、夜、象がゆっくり休めるように物音をたててはならないと厳命が下った。万事がうまくはこんで、この巨大な動物は江戸に着き、そこで二十年間生きながらえた。

漂泊人芭蕉

水口屋（みなぐちや）に象を泊める必要はなかった。半蔵の言葉によると、これなどはうまく厄介を逃れた例の一つであった。しかし面倒な旅人もいたが、また多くの本当に楽しい客もいた。半蔵の最もほこらしい想い出は、こういう客の一人にまつわるものである。それは或る晩、彼と興津の俳人達が芭蕉を囲んで句会を開いた晩の事件である。

芭蕉は放浪者であった。彼は或る時、満月を見たくなるかと思うと、別の土地の海や松の、また他の名所の険しい山を見たくなるといった詩人僧の一人であって、各地を歩き回り、俳句や文章を綴（つづ）り、これらの作品は後の時代に伝えられ、自然美を求める人々に放浪をうながすことになるのだ。彼らの一人が旅の掟をこう書いている。

「いつでも死の覚悟をすること。明日を思わず、明日のことは明日にまかせよ。人生は空しいものだ。虚名（きょめい）と奢侈（しゃし）のあこがれと、肉の欲をすて、仏の五戒を守れ。盗人に会えば、肌着まで脱いで与え、殺されようとも、逆らうな。渡し料や宿賃、心付けのことで争うな。行きずりの乞食にほどこし、病める者に薬を与えよ。書を求められればこれを与えよ。しかし強要はつつしめ。剽窃は禁物、歩行の難しい所以外で、駕籠、馬にのるな。この掟を守り難しと思わば、直ちに家に帰れ」。それは、このような意味のものであった。

この種の大芸術家が興津のような町を通る時、それは大事件であった。ことに詩人に頼んでその地方の俳人の句会に列席してもらうならば、大変なことになる。半蔵も興津の俳人達の一人であって、一生懸命よい俳句を作ろうとして、時には名句を作れることもあった。その晩芭蕉も席に加わり、半蔵は大喜びで主人役を勤めた。場所は水口屋の最上の部屋である。一同はその席の題に従って、鋭い深みのある句を作ろうとしていた。半蔵の句の中の一つが非常に褒められ、芭蕉はそれを、「極めて巧みな新しい句だ」といってくれた。何日もの間、半蔵は、ぼおっとしていた。もし、水口屋にその晩を過ごして下さいという彼らの願いが受け入れられたら、彼は一層嬉しく思ったであろう。しかし芭蕉は山の中腹の清見寺に泊まることを望んだ。実際そこは眺めもよく、文学的な雰囲気も豊かだった。句会の終わった時、一同は芭蕉に従って月光の中を清見寺の門まで歩いて行った。別れを告げてからも、彼らはかくもすばらしい夜の過ぎるのを惜しんで、なおも別れようとせず、芭蕉や自分達の作った俳句を味わいなおした。今日その俳句が一句も残っていないのは残念なことである。

芭蕉は東海道については何一つ書いていない。彼の趣味からすればここはあまりにも平凡だったのだ。しかし彼がここを通り、また一夜を明かした夜の想い出は、興津に伝わり、四十年ほどたってから、この句会に列席した人達は街道沿いに句碑を立て、そこに芭蕉の句を彫り込んだ。彼らがなぜその句を選んだかは今日では明らかではない。しかし今日では失われてしまった関連がこの句と興津の間にあるかも知れない。

それは、

にしひがしあわれさ同じ秋の風

句碑が建てられてから間もなく、この町は不況に襲われた。町の人々は原因はこの素晴らしい俳句にあると決定した。彼らは句碑を下ろして海に投げ込もうとした。しかし清見寺の住職はそれを寺の境内にひきとろうといって、彼らをなだめ、文字を彫った面を下にして、池の石橋にした。

後に町の景気が立ち直った時、人々はその句に対してあまりに迷信的になったことを愚かしいと考え出し、碑を取りもどして、もとの場所に立てた。しかし間もなくまた不景気になり、句碑はすぐ清見寺にもどされた。

句碑はまだそこにある。そして文字は静かな池の水に映っている。

清見寺の松尾芭蕉句碑　句は石橋の裏側に彫られているため直接見ることはできない

名物と遊興

私が初めて水口屋（みなぐちや）に行った時、建物はおおむね六十五年前と変わっていなかった。つまり一八七九年（明治十二年）の興津の大火の後で建ったゆったりとした複雑な建物の群であった。しかし街道から見た感じは、昔とは全く変わっていると教えられた。興津を貫く街道が拡張され鋪装される時、水口屋の地所とその堂々たる門を削らねばならなくなった。古い門の代わりに、小さめの門が玄関に通ずる道の入口に建てられた。この小さな門は、元薬屋兼宿屋であった清見寺の前の藤の丸のものであった。ケンペル等のオランダ人の一行を、半蔵がその前で待っていたあの店である。藤の丸では道路拡張のために、この門を犠牲にしなければならなかったし、水口屋の新しい入口は、狭かったので、藤の丸はそれを望月に譲ったのである。旧街道の面影はそれによって幾分かは残される事になった。

昔、藤の丸はやや特殊な宿屋であった。法規上ではそれは宿屋ではなかった。宿屋は五十三の宿にのみ許されていたが、清見寺（せいけんじ）前の藤の丸は興津の町ではあったが、宿のはずれであった。そのために街道沿いの家という事になり、客を泊める事はできないことになっていた。これもあまり実際の効力がなかった幕府の命令の一つである。しかし合法的であろうとなかろうと、ここの宿屋業は副業でしかなかった。藤の丸のより重要な仕事は、膏薬の製造販売であった。この膏薬は興津の最大の名産であった。

昔の案内書を読むと、東海道には端から端まで、地方名産を呼び売りする店が続いていたかと思われるほどである。この或るものは静岡の安倍川餅のように非常に有名になって、その名物を味わわなければ、静岡を通った、と故郷の者にいいにくいほどだった。またそれほど有名でないものも案内書には忠実に書かれており、旅なれた人は五十三次の街道の端から端まで、町や村の名をあげずに、名産の名前を次々にあげることができた。例えば、由比はあわびが有名であった。興津の薩埵峠（さったとうげ）を越えてからは、おいしい海藻や竜王煙草（りゅうおうたばこ）や蛤（はまぐり）と野菜を殻ごと煮たものを売る屋台店がつづいていた。

しかし興津の最も有名な名産は清見寺の万能膏（ばんのうこう）であることは異論がない。寺の前に並ぶ十五軒の家は膏薬を製造販売していた。草鞋で足にまめをつくった数千の旅人達は、この商売の良い客になった。痛みをやわらげ、癒やす膏薬は買わずにはいられないほどの魅力があった。

一列に並んだ店の中で、両端の二軒が最も有名であった。一つが藤の丸、もう一つが丸一であった。

今日では古い店はなくなっているが、民家に変わった家々は同じ屋号を伝えている。水口屋で教えられて、私は興津の膏薬屋の中で、まず丸一へ行ってみた。丸に一の字を書いた思いきった商標のために見つけやすかった。

丸一では元祖と自称しており、薬が発見された奇跡を語る時、ややもったいぶったところがあった。その話によると、昔、清見寺に五重の塔があった頃の事である。五重の塔は当然雷が落ちやすく、清見寺のそれは一世紀ももたなかったと思われるが、非常に美しい建物であった。

これは薬師如来に捧げられたもので、この如来は薬の如来であると共に、身心のあらゆる病気を癒やす情け深い仏であった。薬師様は女という半人前の人間に生まれて来た悲しさを訴える口やかましい女性の祈りすら受け入れたのである。薬師如来の十二の誓文の中には来世においては女を男に変えようという一条があるのだ。

信玄が今川氏を攻めた時代に、その敗戦の結果、今川氏の家来の何人かは、現世がいやになり、頭を剃って、清見寺に入った。僧侶の生活は武士の生活ほど楽しくなかったかもしれないが、より一層の心のやすらぎを得ることはできた。この武士出身の僧侶の一人の夢枕に、薬師如来が現われて、万能薬を製るようにと命令し、その製法を伝えた。目を覚ました僧侶は村の子供達を山野にやって材料を集めさせ、御仏の明らかな暗示に導かれて、膏薬の作り方を教えた。子供達がそれを作って、困っている人達に与えるようにいうつもりであったが、大人達はこんな馬鹿なことを見捨てておかなかった。すぐさま製法を覚えて、蛤の殻に入れ、竹の葉に包んで商品として売り出した。

今日では、丸一ではもう薬を作ってはいない。現存の当主は寺の上の日当たりの良い畑でミカンを作っている。しかし彼がいうには、「母の頃はまだ膏薬を作っておりましたし、母は製法と材料の見本と製造にあたっての注意を書いた箱を残してくれました。もしも、商売を始めたくなったら、箱の中に必要なものは何でもあるからという話でしたが、記念としてお客におしてあげる木版まであります。それは街道の向こうに、そびえている清見寺を写した印です。

ことに山奥の農夫などから今でも薬に関する問い合わせが来ますが、冬になると、あかぎれになりますが、新しい薬屋の薬では、きかないのです。そして両親や祖父母が、興津の膏薬を使っていたのを、思い出して、家の中から古い包み紙を探したり、家族の老人達が、私の家の名をやっとのことで、思い出したりするのでしょうが、家へよく手紙をよこします。もう商売をやめたと書いてやる時には、つらい思いをします。

昔の百姓達は家の最上のお得意でした。京都見物や伊勢参りの途中、家によって薬を買っていったのです。自分達が使うためばかりでなく、膏薬は最上の土産になったのです。

これは何にでもききます。あかぎれ、まめ、肩のこり。用法は、紙の上に膏薬をのせ、それを真鍮の熱い火箸で、薄くのばし、患部に貼り付けるのです。

熱い火箸が膏薬に触れる時、悪臭がするのは事実ですが、これはこの成分が松脂（まつやに）、硫黄それから或る秘密の材料で作られているからで、コールタールのように真っ黒です。

この材料を一週間鉄の鍋で煮つめて作るのですが、実際には二度煮るというべきでしょう。一度は一つの鍋で煮てから、うらごしにかけて、もう一度煮直すのです。私はその壷も持っています。

薬の製造は非常に簡単なのでたいがいの家では副業をもっていました。家では、お客が東海道で最も有名な薬を買いながら、食事できるように、ウドンを売っていました」

丸一で一番目立つのは軒先にさげた看板である。大胆で美しい文字がしゃれたわくにはめ込まれた板に彫られ、それには万能膏と書かれてある。旅人は行列をしてまで薬を買い、大名も店の前で止まって、この看板を眺めたものであった。なぜならば看板を書いた者は日本の最高の芸術家の一人である池大雅（いけのたいが）であったから。彼は一七二三年（享保八年）に生まれ、没年は米人には覚えやすい一七七六年（安永五年）である。（訳注——一七七六年は、アメリカ独立宣言の行われた年）

大雅がどうして看板を書くようになったかわからない。恐らく彼自身旅をしていて、足にまめを作り、丸一の膏薬のききめを知って、進んで宣伝用の看板を書いたのであろう。あるいは単に頼まれて揮毫（きごう）したのかもしれない。もしそうだとするとこの面倒な取り引きにどれだけの人間が中に立ったか考えただけでも気が遠くなるほどである。とにかく理由は何にせよ、大雅は筆を取り、墨を含ませて自由に堂々と流れるような文字を書いた。看板は今では軒に下ってはいない。全盛時代を伝える記念として、家にしまわれている。

丸一は元祖の名を自称しているので、反対側の藤の丸では本家と称することで満足しなければならなかった。恐らくこの店は一番大きかったのであろう。

丸一のために大雅が書いてくれたような、有名な看板がなかったので、藤の丸は軒先に三つの看板を掛けた。一番大きなのは丸一のそれと同様、金箔（きんぱく）と漆（うるし）の物で本家と書いてあり、薬師如来から製造を教えられた僧侶の紋がついていた。この美しい紋は丸に藤の花と葉を描いたもので、藤の丸という家号もこれに由来するのである。

もう一つには膏薬は夢の中にも通うと書いてあり、三番目のには旅人が霧に迷ったら、そこが清見寺であると書いてあった。

丸一のように藤の丸でも材料の見本を入れた箱を持っていた。松脂と硫黄と小さな箱に入った神秘的なあるもの、すなわち蛇の骨の粉があった。

膏薬屋兼宿屋の藤の丸は、はやった店であることは明らかである。この家業によって、一家はかなりの財産をつくり、これは運よく第二次世界大戦を経て現代にまで伝えられた。興津近辺の金持ち達は近くに田畑を持っていた。田畑ぐらい安全で魅力的な投資物はほとんど考えられないであろう。しかしマッカーサー元帥(げんすい)指揮下の米軍がやって来て、土地改革を行った。そこで、地主の持ち地所は小作人に分与された。藤の丸でも土地を買っていたのだが、田畑よりは山林が多かったので取られずにすんだ。杉や黄楊(つげ)の林は、年々価値をうんで行く。そして現代の当主は興津最大の金持ち達に数えられている。そのすべては匂いの強い黒い膏薬から始まったのだ。

私が知り得た限りでは、薬屋はうどん屋、或いは宿屋を経営していたが、これは決して事業の全貌を伝えるものではない。興津の宿屋が薬屋を妬(ねた)んだのは、膏薬屋が、副業に客を泊めるといったことではない。水口屋の客が、夕食後、清見寺の方へ歩いて行くのは決して膏薬を仕入れるためではなかった。

一級資料として、ケンペル博士のものを引用しよう。ある年の江戸旅行の時に、オランダ人一行は興津の一つ手前の清水で夜を明かした。ケンペル博士は次のように書いている。

「三月十日、日曜日。日の出前に出発した。清水より一時間半で興津につく。ここは木のよく茂った山の麓にある戸数二百ばかりの小さな町である。この町は有名な膏薬を作っており、その主成分は近くの山に生えている松の脂である。それを少しずつ木の皮、草の葉に包んで売っている。石の階段を登ると、清見寺という寺がある。これは、ここで起こった幾つかの伝説によって有名だが、それ以上に眺めのよいので評判である。

われわれが通った海道沿いには、小綺麗な九軒か十軒の家、或いは仮小屋があって、その各々の前に二、三人の十歳から十二歳頃の少年が、美しい着物を着、化粧をして、女のような仕種（しぐさ）をしていたことに気づかざるを得なかった。彼らはケチで残酷な主人に雇われて、金のある旅人の秘密の遊興の対象にされるのである。日本人達にはこの悪徳はかなりゆきわたっている。しかし、外面をとりつくろい、道徳家が騒ぎたてないように、また無知な貧しい人には、普通に働いていると思わせるために、彼らはそこに坐って、先に述べた膏薬を旅人に売っているのである。一行の指揮官である奉行は、通常、威厳を重んじ、宿に着くまで駕籠を止めることをしなかったのであるが、ここでは堪えきれずに駕籠を下り、少年達と三十分ほど時をすごした。その間われわれは町を歩き回り、我々を取り囲む驚くべき様々のことを観察した」

ケンペルが書いたように、男色は日本では新しくも珍しくもない。そして彼がこれを見た時代においては普通のことと考えられていた。数世紀前にはこれは寺院で急速に拡まった。僧侶は婦人に近づくことを禁じられていたからである。清見寺の少年達が寺の門前にいたことは偶然ではない。次第にそれが武士の間に拡まった。武士の間では、女を愛することは柔弱である、としばしばいわれていた。僧院や武家屋敷において、男色は単なる官能的な満足を求めるものではなくなっていた。少なくとも、観念的にはそれは永続的な主従関係にもとづいていたのである。

しかしながら、しばしば記録に見られるように、セックスは必ずしも理想と結合しているものではない。世界最古の職業に従事するのは、女性と同様男性の中にもいたのだ。或る時代においては、男だけでやる歌舞伎は美しい青年の魅力を示すショーウィンドーのようなものであった。

もちろん、この種の施設は江戸、京都、大阪の歓楽街に栄えた都会的な魅力であったが、五十三の宿では貞操観念のない婦人を客に出さない所は少なかったとはいえ、少年をも提供するのは、ここだけであった。これは興津の特色であった。熱心な男色家にとっては、ここは快楽のオアシスであり、仕事をあらされる町の宿屋にとっては、頭痛のたねであった。彼らは若狭、若松姉妹、及び自分の宿の清見寺の少年達と競争しなければならなかった。
どの薬屋も少年を置いていたと思われるが、少年の多くは年を取ると売子として旅に出る。店で着ていた女の着物を棄て、若い伊達男の装束にめかしこんで、彼らは、しばしば神社仏閣で行われる祭礼にのりこんだ。そこで彼らは一生懸命膏薬を売り、ひそかに自分のからだを売った。

清見寺の少年達は、すぐに当時の文学にとりいれられた。例えば、いつの時代にも人気のある旅日記のような諷刺文学にも現われている。これらの日記は、追放されたものや、巡礼達の悲しい物語であるが、この場合においては、主人公は鎌国なる男色家の公家と、主人と同じ趣味をもつ覚平という召使いである。彼らの東海道の旅行は失敗の連続である。例を上げると、彼らは醒ケ井の宿屋に泊まる。鎌国は肩をもんでもらおうとして按摩を呼ぶと、やって来たのは厚化粧の女であり、赤い絹の下着をちらつかせて媚態をつくりながら、銀ギセルで煙草を吸い、始終唾ばかり吐いていた。鎌国の嫌いなのは女と煙草だったので、うんざりして、その晩は按摩をせずに不機嫌に眠ってしまった。

彼が清見寺に着いたときの喜びは大変なものである。店から店へと元気一杯歩き回りながら、鎌国と覚平は、海から取りたてのアワビの刺身を肴にして一軒一軒店のものを味わってみる。最後にこの町を主従が出てくる時は、山のような膏薬を買い込んで、覚平はその荷物を担がねばならなかった。

すでに若狭や若松に対し、その鋭い目を向けた西鶴は、或る仇討(あだう)ちの背景として清見寺を使っている。

静岡の遊廓(ゆうかく)で昔からの親友であった二人の侍が、その時、酒の勢いで争いを起こし、一方は相手を殺してしまった。殺した方は驚いて逃げだし、殺された侍の妻子と弟は仇討ちの旅に出発した。殺された人間が遊廓でけんかしたという不名誉のために、三人は主君から暇をだされて興津に住んでいた。母親は息子のおもちゃを取り上げて、剣術をしこんだ。不幸にして彼女は義弟からいいよられることになり、彼をしりぞけるためには、短刀を使って義弟を殺し、その罪の償いに自害せねばならなくなった。

そこで九歳の専太郎は天涯の孤児となり、興津では九歳の少年というと、例の仕事をしこむ年頃だったので、まもなく薬屋に養われ、〝世間を勉強する〟こととなった。彼は藤の丸の家の小僧となった。非常に愛くるしい少年だったので、多くの旅人は彼の手から膏薬を買った。このようにして、年月がたち、十三歳になった彼は、仇討ちに出発すべきだと考えた。

その頃、敵の十蔵(じゅうぞう)という男は、自分の卑怯(ひきょう)な逃亡を後悔して、殺した男の一粒種の専太郎が自分を探していると知り少年のところへやって来て、すすんで討たれようとした。しかし興津に着くと、彼は少年と街道ですれちがったらしいことを知り、急いで故郷に帰った。故郷へ行くと、専太郎がすでに北の国に行ったことを知る。十蔵が北へ行くと、少年は西国へまわっている。十蔵が西に着くと、専太郎は南を探している。

二人は一年以上にわたって追いかけっこをしていたが、ついに疲れ果てた十蔵は興津に戻って来て、興津川に立札を立てた。その立札は専太郎に宛て、自分は故郷にいるからと告げ、十蔵は自分の古里に落ち着いた。不幸なことに、旅行中彼は腰の痛む病気におそわれ、自分の死の近いことを知り、近くの寺の住職に遺言を託した。

「すでに申し上げたように、わたしの命は若い専太郎にあずけたものである。今死ねば彼に借りを返すことができない。しかし死はいかんともしがたい。わたしが死ぬ時は、現在立っている姿勢で土の中に埋めて欲しい。専太郎が来た時は、例え骨ばかりになっていようとも、墓から掘り出して、彼に仇を討たせるように……」

まもなく、十蔵は死に、住職は頼まれた通りにしてやった。

長い間仇を探して徒労に終わった専太郎は、ついに興津に戻って来て立札を見た。すぐさま、彼は仇のいる旅の目的地へと急いだ。

そこへ到着すると、僧侶はいっさいの物語をし、専太郎は死体を掘り出してくれるようにと頼んだ。掘り出してみると、驚いたことに、長い間埋められていたにもかかわらず、遺骸は少しもそこなわれず、その顔は眠っているかのようであった。専太郎は刀を取って叫んだ。

「われは専左衛門の一子、専太郎なり、汝は父の仇、ここに討ち果たしてくれん」

すると死体は目を開き、顔に微笑を浮かべて首を差しのべた。

この勇敢な振る舞いは専太郎の憎しみを解いた。彼は死体を葬りなおし、自分も加わって葬儀を営んだ。そして後日頭を剃って僧侶となり、生涯を寺院で送り、この事件に関係した人々の冥福を祈った。

西鶴の物語は興津がその場所になっているために、ここでは有名である。半蔵はさっそく小さな本を買い入れたが、この書物は帳場の番頭達に回覧されて汚れてしまった。店では字が読めるのは番頭だけだったのである。興津の多くの人は――どの本でも、出版されると土地の人は好んでこういうことをするのだが――架空の人物を現実の町の人にあてはめようとする遊びに熱中した。半蔵の妻は、専太郎の母親が水口屋の女中をしていたと主張したといわれ、また時がたつにつれて、彼女はこの不幸な女の義弟との悪縁について、細かいことまで本気で信じこむようになった。

しかしもちろん、今日では、西鶴の小説や滑稽な旅日記を知る人は少数の文学者だけで、興津の少年達は今では別の物語になれ親しんではいるが、いつどうして彼らに伝えられるようになったかは、ほとんど誰にもわからない。これは日本古典演劇である能を通して、日本の文化に深く根ざした物語であるが、その能の題は三井寺といって、薬売りには何の関係もないが、両者の類似は明白である。

清見寺の美しい少年が琵琶湖の側の大津にある三井寺の僧侶によって誘拐された。少年の母親は彼を探しに出発した。しかし長い悲しみと苦難の旅の中に、彼女は正気を失ってしまい、京都の清水寺にさまよって行った。そこで彼女は夢を見、夢判断によって満月の夜に三井寺に行くようにと教えられた。いわれた通りに寺に潜んでいると、一人の僧が、共に月を見ている仲間に小声でつぶやく声が聞こえた。相手が答えた時、その少年の声に清見寺付近の訛(なま)りを聞き、ついにわが子を見つけたことが分かった。鐘楼(しょうろう)に駈け登ると、清見寺と同じような鐘の突き方をした。鐘の音と共に母親は正気を取りもどし、わが子は鐘の音に気づいて、母親のところに走り寄り、二人は抱き合った。

清見寺の若い薬売りが最も盛んであったのは、一七〇〇年（元禄十三年）頃の退廃的な時代であった。十八世紀の後半頃、彼らの姿は消え、薬売りは膏薬だけを売るようになった。それは鉄道が敷かれるまで続いたのである。元祖の家の当主はこう語った。

「歩いて旅行する人がいなくなってから、昔からの商売はだめになりました。汽車に乗って町を通りすぎる人に膏薬を売ることはできません。最初に作りはじめたわたしの家では、最後まで作っていましたが、ついに松脂を集めることを止め、鍋をしまいました。興津の製薬業の歴史は終わったのです」

今日では、薬屋もうどん屋も清見寺の宿屋も、多くの東海道の名物と同様、姿を消してしまった。或る時、藤の丸の門が水口屋に移されて、当時の盛んな模様を伝えた。今では、その門もなくなり、水口屋のみが繁盛している。

伊勢参り

初めてその話を半蔵が口にしたのは、夕食の時であった。ご飯を一膳食べ終わった時、彼は息子の半四郎の方に目をやって、空の茶椀を家族から少し離れて坐（すわ）っていた半四郎の若い嫁に差し出した。春になったら、伊勢参りしたらよかろうと、半蔵がい い出したのだ。

二人の胸ははずんだ。半四郎は何カ月もの間、この言葉を待ち望んできた。彼の妻は舅（しゅうと）の茶椀にご飯をつけながら、顔を赤らめ、自分も一緒に行けるかも知れないという期待を表にあらわした。誰もが半四郎を見、彼の幸運を話し合った。彼女は給仕をつづけていた。家族が終わってから嫁は食事をするのである。

伊勢参りのことを考える時期になっていた。正月が過ぎ、当然誰もが大地の暖かい動きと、それと共にやって来る旅情をさそう春を考えるようになっていた。しかし、それ以上に半蔵の言葉は、彼の隠居が近いことを暗示していることを半四郎は知っていた。それにはまず半四郎が伊勢参りに行かなければならない。一度水口屋の経営を双肩に担うようになると、旅に出ることは困難になる。

いずれにせよ伊勢には行かなければならない。天照大神を祭る伊勢大神宮は、この国の遠い祖先を象徴している。昔は皇室以外大神宮に参ることは許されなかったが、昔の禁制は後には一種の義務になり、半蔵や半四郎の時代になると、毎年伊勢へ参ることが勤めのように受けとられるようになった。毎年となるとてもできない相談だが、もし生涯に一度のお参りをしなければ、神々が定めたもう商売繁昌その他の恵みを期待することはできなかった。

将軍は名代を派遣し、大名もそれにならい、庶民もそれを真似た。東海道の旅人の多くは、これら宗教的な巡礼であった。しかし、彼らが陽気な巡礼であることは断っておかなければならない。辛辣な或る歴史家がいったように、巡礼は旅行のための口実であり、旅行は馬鹿騒ぎのための口実であった。

半四郎は一人旅をしたいと思うほど、非社交的でもなく、また浪費家でもなかった。父や祖母のように、彼は興津の伊勢講に加わっていた。人員は二百人ほどで、毎月小額の金を講に払い込み、春がめぐってくると、会員達は集まって胸をときめかせながらくじを引くのだ。二百人の中六名が当たりである。この六人がその年旅行する好運な人間となり、講の掛け金は彼らに回される。講元は講の費用で旅行することができる。それが講の世話をしたことに対する報酬であって、同時に彼は案内人兼指導者である。道中の様々な珍しいものに対して年長者らしい話をしてやるのだ。

その年、半四郎はくじに当たるとはあまり期待が持てなかったので、彼は偶然を頼らずに計画をたてた。自分で費用を払うのである。その条件で講の他の人と同様、この講に加わることができ、それが経済的に、かつ快適な旅をする方法であった。

彼の妻の激しいささやかな願いにもかかわらず、彼女が同行することは問題にされなかった。すすんで半四郎に頼みもしなかったし、半四郎も父にそのことを相談もしなかった。もしも父がそういい出したら、半四郎はなにげない顔をして受け入れたであろう。しかし妻がいない方が楽しい思いができることは明らかである。

それは妻との折り合いが悪いというのではない。妻にはあんまりなじんでいなかったけれども、彼女には何の不足もなかった。結婚してわずか四カ月であった。両親が注意深く嫁を選んでくれたのを知っているので、彼女は良き妻、良き母になるものと信じていた。清水の脇本陣の娘に生まれたので、彼女は水口屋の仕事の責任を引き受けるためのしつけは、充分身につけていたのである。彼女は働き者であった。どこの家でも、嫁というものはそうなのだが、彼女は朝第一番に起き、夜は最後に寝、その間働きつづけた。

また、彼女は見たところよそよそしい感じもなかった。帳場の番頭達は半四郎を非常に運のいい男だと考えており、大番頭がいないと、誰もいないところで偶然彼女と出会ったらどんなに嬉しかろうと話し合った。

半四郎が彼らの話を聞いたら驚いたであろう。彼は妻にあまり関心を払わなかった。彼女ははにかみやで、反応が鈍いように思われたし、結婚の晩にも、彼は街道筋の或る家の、金で自由になる女達のことをひそかに思い出している自分に気づいた。妻が陽気だろうと、不機嫌だろうと、この女は彼の胸をときめかすこともできたであろうに。

つまり、半四郎は若い妻を愛してはいなかったし、そうすべきだとも考えてもいなかった。日本人は、昔から妻をかわいがれば、母親のよい女中に仕立てそこなうと言い伝えているが、半四郎はそんなことはしたくなかった。

両親はしばらくの間、若い二人を一緒に旅に出すことを話し合っていたが、まもなくその考えをやめてしまった。興津の仕来り(しきたり)では、娘は結婚前に伊勢参りをすべきであって、他所の娘に興津の習慣を当てはめることは不合理かも知れないが、半四郎の母はもし嫁を旅に出せば、望月の一家に出費がかさむことになると考えた。おまけに、彼女は水口屋の第一の働き手でもあった。

半蔵は若い大番頭を一緒につけてやることを考えた。この青年は半四郎より二ツ三ツ年上の二十代の中ばの男で、二人は仲がよかった。こんな若い大番頭は珍しかったが、この地位は、すでに親から子に伝えるものとなっていた。青年の曽祖父が大番頭になったので、祖父も、また父親も、その地位についた。三年前、彼の父親が亡くなった時、息子はまだ若かったのだが、後をつがせるのが自然でもあり、他に考える余地はないと半蔵は思った。彼は賢く、風采もよく、水口屋の事情に明るかった。半蔵はほとんど彼を息子のように思っており、以前は水口屋の少年といえば彼しかいなかった。半蔵の妻は娘ばかり生んで、彼を落胆させていたから、この見所のある少年を養子にしようかと、半蔵は本気で考えていた。しかしその頃半四郎が生まれたので、大番頭の息子は水口屋の主人となれる機会を逃したのである。

しかし今また彼は伊勢参りの機会をも失った。なぜならば、半四郎が二人の道連れがあるといった時、連れはそれで充分だと半蔵は考えたのである。

予想通り、半四郎はくじに当たらなかったが、彼はすぐ講元に向かって、自費で伊勢参りに加わりたいと述べた。二人の友達もそれにならった。それ以外に、新たに参加したのはくじに当たった男とその妻と四人の娘である。そこで、九人の男、五人の女の総勢十四人の小さな団体となった。

巡礼であることを示す大きな菅笠を被って出発する時、講の他の連中や親戚知人から餞別を送られた。半四郎は見送りの人の中から妻の顔を探している自分に気づいて驚いた。興津を出る時、彼は沈み込んでいたが、まもなく元気になった。要するに、これはお祭り騒ぎなので、彼は充分毎日を楽しもうと決心した。

　伊勢の神官達はこの種の旅行に関して、神聖な空気を維持しようと努めたのは確かである。ケンペルもこのことを耳にして、次のように書いている。

「巡礼は宗教的に欲望を絶つようにきめられている。男はからだを穢すようなこと、わけても娼婦に接したりすることは禁ぜられ、自分の妻たりとも近づけてはならないことになっていた」。浜松には良い医者がいて、「この医者は不思議な事件に遇ったという話が本気で伝えられている。これは或る伊勢参りの人に起こったことで、彼は浜松の或る僧侶の家に寝ていた。この男は仕えている主君の許しを得て参宮に出かけたのであるが、この旅のための斎戒沐浴を厳密に守らなかった。旅の途中にあつかましくも売笑婦に係わりをもって、神々を怒らせ、その罰として、不埒な二人はどんなにしても、穢らわしく抱き合ったまま離れることができなくなった。更に人々の話によると、彼らは二週間もの間、そのままの状態で寝ており、親類や多くの弥次馬の見世物になった、ということである」。とにかく、誰かがとんだ余興を見せたのである。

　半四郎と友人達はそんなことは気にかけなかった。彼らはケンペルよりも、自分の神々についてはよく知っており、これらの安易な神々がちょっと楽しみをした位で、腹を立てるとは信じられなかった。興津からの伊勢参りの一行は歌を歌いながら街道を進み、夜は、例年彼らの講の泊まりつけの宿に着くと、眠くて目が開けていられなくなるまで、馬鹿騒ぎをやった。もちろん、彼らはいつも元気よく伊勢音頭をやった。半四郎が一番の踊り上手であることは誰にも異論はなかった。

伊勢そのものも楽しかった。この地方では濃緑の山を背景にして、薄桃色に輝く桜の花が雲のように咲いていた。興津の一行は伊勢音頭を歌いながら、桜のトンネルの下を進む人の流れに加わった。

町は半四郎が今まで見た中では最も賑やかで堂々としていた。通りには大きな宿屋や茶店(ちゃみせ)が並んでいた。夜になると、彼と二人の友人は宿屋の一行からぬけ出して、明るく賑やかな家に行った。彼らはただ、娘が伊勢で躍る伊勢音頭を見たかったのである。また、彼らは一生一度の機会を逃してまでも、神の怒りを恐れるようなことはしなかった。娘達は恐ろしく魅力的だし、どこからどこまでも全く好ましかった。一晩中そうしていたが、明け方になると、若者達は目的地へ行く準備をしに宿屋に戻っていった。

半四郎は清らかな玉砂利の上に聳(そび)え立つ巨大な杉の並木や、鳥居をくぐってはば広い石段を登ったところにある白い幕のかかった外宮の門を忘れることはできなかった。その前に彼は杖を置き、合羽(かっぱ)をとき、拝殿の前の筵に賽銭(さいせん)を投げる群に加わり、手をうち頭をたれて、祈った。胸ははずみ、目は涙で一杯だった。それから、杖と合羽を持って石段を下りて行った。

日本人は高貴な気分を守ることがどんなにむずかしいかはよく知っていて、必ず救済の設備はそなえている。それは目の前にあった。内宮に至る二、三マイル（三、四キロメートル）の通りは、その両側に美しい着物を着た魅力的な娘達が並んでいて、三味線に合わせて歌い、参詣の人を慰めて、しこたま稼いでいた。気分を高揚させるためには、こういうものが必要なのである。

やがて川の流れで、手と口を清め、更に鳥居をくぐり、また杉の林の中をぬけると、そこにもう一つの神社がある。これは、更に神聖な内宮である。半四郎は自分が持って来たお守りを油紙に包み、それを菅笠に縛りつけて、一行の人々と共に帰りの準備をした。

帰途は当然退屈になる。他の人達は結構楽しんでいる様子だが、半四郎は次第に興醒めしてきた。日一日と旅をつづけても、道は果てしないように思われた。美しい眺めや、すばらしい光景はあったのだが、彼はそれらのものを不思議にむなしい気持ちで眺めた。もし妻が側にいて一緒に眺めるのなら、彼女も自分と同じ感動を分け合うであろう、彼はそう確信した。自分が現在趣（おもむき）の分からぬ人々に向かって述べている感情も、彼女なら分かるであろう。彼はいくつか歌を詠んだが、友達には見せずに財布の中にしまいこんだ。それは妻のための歌であった。

興津に帰ると、凱旋の兵士のようであった。町では、一行が今頃どのへんにいるか注意して調べていたし、清水との真ん中辺りまで来た時、彼らは仕事を休んで来た連中に迎えられ、一行の埃にまみれた着物の上に派手な羽織をきせかけられ、からだには花を飾られ、そしてリボンで飾った馬に押し上げられた。彼らが町に入ると、友人達は大声で叫び、歌いながら一行を迎えた。

半四郎は水口屋に長くはいられなかった。家族や召使いに土産物——白粉、海藻、魚の干物、菓子、菅笠、笛、妻のための絹の反物——をくばると、着換えをして、講の宴会に出る時間となった。妻が着換えを手伝った。彼女は口数が少ないようだった。しかし彼の方で妻が口をはさむ余地のないほど、しゃべりつづけていたのだ。顔色が悪いようだが、今晩は明るい顔色にしてやろう、と彼は思った。

宴会は喧しく長びいた。半四郎はその目的は講の者に今年の旅の話をするのだと考えていたが、彼が自分のおもしろい経験を話そうとする度に、おしゃべりな年寄りがそれを遮って、昔の旅の思い出話を際限もなく始めるのだった。それでもこの席には酒も歌もあり、誰もが、彼に伊勢音頭を踊れといった。彼が踊りを終えると、大きな拍手が起こった。

彼は満天の星をいただいて、風に酔いをさましながら、水口屋に夜遅く戻って来た。年を取った召使いが、半四郎が入った後の門を閉め、部屋に行くための明かりを手渡した。彼は廊下を歩きながら胸をときめかした。妻が行燈のかたわらで眠気と戦いながら彼を待っているはずだった。しかし部屋には誰もいなかった。

驚きが静まると、彼は妻の手紙を見つけた。彼が不在中、過ちを犯したために、もはや夫に顔向けできなくなったので、大番頭と一緒に駈け落ちをするから許してくれるように、と手紙には書いてあった。

駈け落ち者は静岡の安宿でつかまえられた。半四郎は彼らに会いたくないといったので、父親の半蔵が彼らが本人であることを確かめに行き、大番頭が持ち逃げした金を取りもどした。彼は二人の物語を聞いて来た。最初に過ちを犯したのは、彼女が夜遅く洞穴のような台所で働いていた時であり、その後二人は罪におののきながら強い情熱にたえきれず会いつづけた。ついに駈け落ちする決心をしたのであった。

二人は、駈け落ち者の泥棒と書いた札を掛けて、背中合わせに一頭の馬に縛りつけられ、処刑場に連れて行かれた。半蔵は二人が表を通る時、石のような姿で眺めていた。やがて彼は興津に帰った。その一カ月後、彼が発作を起こして死んだのは、この醜聞が直接の原因である、という人が多かった。

半四郎の伊勢神宮のお守りは神棚にあったが、彼はそれを見る度に苦い思いをせずにはいられなかった。一年間はお札の御利益があるであろうか。それはもっと早く消えるかも知れない。一家には、この種のお守りなしではすますのはむずかしかったが、やがて彼以外の誰かが毎年暮れになると、こういうものを専門に作る乞食坊主から、暦と一緒に買うであろう。暦には結婚から朝顔の夕ネを蒔くことに至る人間活動のあらゆるものにわたって、吉日と凶日の別が書いてあった。半四郎はこの暦も信じていなかった。彼の結婚式の日は大吉であったのだ。もちろん、彼は再婚したが、二度と伊勢参りはしなかった。

他の伊勢参りの人々は水口屋の前を通って行った。ありとあらゆる願いを持ったありとあらゆる人々。多くの男は口喧しい妻や、借金取りから逃れるために、伊勢参りをやった。しかし誰もが禍を逃れる訳には行かなかった。ケンペル博士が興津に入った時、製塩所の脇にあるものに気づいた。それは通行人に知らせるもので、近くの囲いの中に死体達は道端の立札に気づいた。「その場所に来る手前の林の中で、わたしがある。彼は伊勢参りの帰りなのだが、首を吊って自殺した。この人を知っている者及び彼を探している者は名乗り出てひきとるように」

この種の小悲劇は伊勢参りの人の群を減らしはしなかった。犬さえも伊勢参りをやった。恐らく子供について行ったのであろうが、多くの人は犬が自ら進んでそれをやったのだ、と信じていた。そしてこの犬達は年を取るまで充分餌を与えられ、人々に褒めたたえられて生きていた。また落ち着きのない小僧は、こっそり伊勢参りに出かけた。主人は彼が戻って来ても、怒るわけにはいかないことを知っていたのである。

また恋人達は伊勢へ駈け落ちをし、神様に自分達の禁じられた結婚の証人になってもらおうと望んだ。彼らは決して水口屋に泊まることは許されなかった。

　しばしば、これらの抜け参りの人は準備も足らず、所持金も足らなかったので、物乞いをしながら旅をつづけた。時には、金持ちも節約のために、抜け参りをやった。なぜならば、親戚、知人に派手に見送られることなく、故郷を出る抜け参りの人は、お土産を買う義務はなかったからである。金持ちは、伊勢参りは貧乏人にまかせておくにはあまりにも楽しいことだと考えた。都市の商人達は有名な神社仏閣にお参りする組合をつくっていた。目的地で彼らは、柱、壁、天井などに講の札を貼りつけて自分達の参拝の跡を残した。高い場所に貼るに、彼らは潜望鏡（せんぼうきょう）のような竿（さお）を持っていた。この種の講は沢山水口屋の常連になっており、半四郎は喜んで彼らを迎えた。金払いがよかったからである。

　その他の伊勢参りもあった。およそ六十年毎に魔の年が全国にまわって来る。その時には、数十万の老若男女が自分の仕事を棄てて旅に出る。このめぐりくる魔の年が、ちょうど半四郎の時代、一七〇五年（宝永二年）にまわって来た。当時の様々な記憶からの引用を並べてみよう。

　或る人はこう書いている。

「三月二十日頃、近所の子供達が突如騒がしくなった。まるで天啓（てんけい）を受けたかのようであった。三、四日の中に都市の全人口が伊勢参りに出発した」

別の人はこう書いている。

「それが始まったのは十九日で、茶屋町八丁目の寺小屋の子供が伊勢へ行きたいといい出した。彼らは二十日朝出発した」

「家の子供も例外ではなかった。十四日の未明、彼らはひそかに出発した。他の場合であったならば、家を無断で出たといって叱られたであろうが、事情が事情だったので、わたしはこれを神の意志と思い、午後になってわたしも旅に出た。幸い無事に子供達に追いついたので、一緒に旅をした」

「この町には、鍛冶屋が多く、それぞれ沢山の小僧をかかえていた。小僧達は気違いのように伊勢参りをするといい出し、或る店では主人が一人仕事場に残され、手伝いがいなければ仕事にならないので店をしめて旅に出た」

「芸者やもっといやしい湯女のような娼婦まで、主人に頼んで伊勢へ行かせてくれと頼んだ。彼らが動揺し、今にも逃げ出すといって嚇すので、主人達も伊勢参りに出かけ、家族や抱え女を連れ、家をからっぽにして出発した。このようにして、家族や雇人に遊山させたが、それでも抱え女のような貴重な財産に逃げられるより安上がりであった」

「堺では全人口の七〇%が伊勢参りに出かけた。多くの家では誰一人残っていなかった。表の戸には、〝伊勢へお札参りに行きました〟という札があるだけで、あまりにも多くの家が空家になったので、役人は命令を出して、少くとも一軒に一人は残るように、と命じた」

　それは常に神の不思議な啓示から始まるのである。天から宝剣が降ってくるとか、神のお守りや紙にくるんだ銀貨が降ってくるといったぐあいである。それが一カ所で起こったと伝えられると、必ず他の土地でも起こり始めるのだ。或る皮肉な人はこういっている。

「お守りが降ったという噂があるが、そのことについて大騒ぎするので、強い風で舞い上がったがらくたを見ても、人々は神の恵みの到来と騒ぎたてるのだ。わたしは役人達に問い合わせた結果、それはいかさま師による災難である、と教えられた」

　他の者は暗い調子で述べている。

「この事件の多くは狐（きつね）のいたずらで、わたしはこの種のことには興味がない」

　狐のたたりであろうと、神の啓示であろうと、或いはまた、集団催眠（さいみん）であろうと、大衆が動いたのは現実の問題である。公式の計算によると、一七〇五年四月九日から五月二十九日までの五十日間に、三十六万三千人が旅に出た。あわてて計算違いをしたにしても、大変な人数が伊勢に押し寄せたことになる。何人かの人はこれを絶え間ない蟻（あり）の行列にたとえている。

それは都市に始まり、地方に拡まる。子供に始まり、大人に拡まる。数千の子供が旅行向きの着物も持たずに家を飛び出す。或る京都の人はこう記録している。

「今朝五時までに、三百六十人の子供が都を出た。日の出までの総計がどれだけになるか、誰にも分からない。街道沿いの一部の人は彼らに小銭を与えた。三条大橋の近くの二軒の店では、親切にも一人一人の子供に菅笠を与え、それに名前と住所を書いてやった。或る地方では、役人は夜番の者を動員して、子供が屋外に寝たり、飢えたりしないように気をつけた。多くの者が五、六歳から七歳の者である」

宿屋は満員であった。初めのうち、半四郎は客を断わっていた。りっぱな水口屋にふさわしい待遇をするために、一定数の客以外は受け入れたくはなかった。しかし、軒先や畑で寝ている人を見ると、どうにもしようがなくなった。彼は門を開いた。毎晩二百人以上の人が中に入り込んだ。彼らは部屋の中にざこ寝をし、廊下にまであふれた。

幸いなことに、興津の漁師達は、毎日沢山の魚を持って来たし、代官は幕府の保有米の販売を許した。半四郎は、板前に過労で倒れると脅されながらも、客に相応の食事を出すことができた。しかしどんなに手を回しても、酒を買うことはできなくなった。そして夜になると、彼は頭を下げて、いいわけをしなければならなかった。水口屋始まって以来、こんなことはかつて一度もなかった。

或る地方では、伊勢参りであふれかえり、彼らの情熱に劣らない位の激しい寄金運動が起こった。

或る者は宿を乞う者に、無料で食べ物と風呂を提供し、或る者は家をあけわたして、無料宿泊所にした。ついには沢山の貸家が現れて、それらが無料宿屋として解放された。苦難に鍛(きた)えられた駕籠かき人足すらも、その精神に感じて、疲れた子供や老人を無料で運んでやった。

都市では、街道に小屋がけが並び、参詣人にはにぎりめしやだんごや味噌や海藻、鉢巻、手拭い、杖、草鞋、薬など無料で与えられた。金持ちの商人達は、伝統的にこういう伊勢参りの大流行の時には、慈善をする習わしがあった。当時の或る日記はこう伝えている。

「彼らは道端に台を置き、その上に金を積み上げた。彼らは通り過ぎる伊勢参りの一人一人に金貨銀貨を差し出して、恐れ入りますが、これをお持ち下さいませんか、といって、その金を全部施してしまった」

全く馬鹿げたことである。しかし、少なくともこの慈善家の一人は、その報いを受け、その家の主には沢山のお札が降ったといわれている。

もちろん、この盛り上がる善意のつくる情景には幾多の例外がある。例えば、決意がぐらついてしまった町の話もある。市民達は伊勢参りの人に一椀ずつのいり豆を与えるという高貴な精神を初めはもっていた。しかし、豆がなくなってしまったので、彼らは新たに種子を蒔いた。しかし、まだ収穫しきらない中に、彼らは計画を取り止めて、自分達も巡礼に加わることになった。「まるで狐にたぶらかされたようであった」とある報告は伝えている。

無料旅館が沢山あったとはいうものの、宿の見つからない者も多かった。或る者は夜通し歩き、昼は道端の日蔭に眠った。沢山の施しがあったにもかかわらず、悪商人の噂もあった。或る地方では、草鞋の値段がうなぎのぼりに上がったので、貧しい人は跣で歩かねばならなかったといわれている。また道中施し物を集めて金を儲けようと、伊勢参りに加わった者もある。数百の十代の若者達は独力で出発したが、その或る者は騙されてひどい目にあった。当然、強姦、強盗、殺人などがあったのである。

それでも一般的な印象として、全国は陽気にうかれ、騒いでいたのだ。報告によると、

「群衆は陽気で熱狂的ですらある。歌を歌い、手をたたいている。湊川の両岸に小屋が建てられ、三味線を持った芸者達が内宮と外宮の間の馬鹿騒ぎを再現している。人々が伊勢参りに金を施すと、すぐに尼がそれをもらいに歩く。伊勢参り、芸者、尼が入り混じっている。

単に、好奇心から巡礼に加わった身分のある芸者達の一隊は、美しい服装をして身

装を整え、流行歌を歌いながら駕籠で旅をしていた。最近、わたしは十六歳から十八歳までの五十人の娘の一隊に出会ったが、同じ柄の木綿の着物を着て、声をはり上げて伊勢音頭を歌っていた。

群衆は数多く、各団体は、はぐれないように旗を持っている。最初、この旗は伊勢参りをする巡礼の絵と出身地の地名を書いていたが、近頃では、その図柄は喜劇的に下品になり、大きな団体では、迷子にならないようにと、誰もが長い縄に掴まっている。

伊勢では、迷い人の役所ができ、仲間がいなくなった団体や、団体からはぐれた人々は、そこに登録し、役所が両者をひき合わせるようにしている。夜になると、人々はいなくなった人の名を呼び歩きながら通りを歩いている」

このようにして群衆は通り過ぎて行った。彼らは幾つかの大波のように通って行った。最初、一日に二、三千人の客であったが、その数は突如十万にふくれ上がり、再び四万位に減少する。熱病はその他の地方にも拡まった。蟻の列は一層長くなり、混雑は一層激烈になった。ついに或る日、二十三万の老若男女が神宮に押し寄せた。伊勢始まって以来、こんなことはかつてなかった。しかし、それが峠で、熱病は静まっていった。農夫は春の種子蒔きの季節が来たことに気づき、鍛冶屋は再び炉に火を入れるべきだと思い、子供達は寺小屋に戻った。もはや天からは剣もお守りも降ってこなかった。

伊勢の神官達は供物を数えて、神宮の威厳をとりもどし、半四郎は溜息をついて、すりへった畳を換えるようにといいつけた。彼は騒ぎがすんでほっとしていた。水口屋は脇本陣であって、在り来りの宿屋ではない。彼は客が選べるのが好きだった。彼は身分のある少数の人を再び泊められるようになったのが嬉しかった。彼は駈け落ち人達を依然として泊めようとはしなかったのだ。

忠臣蔵

一七〇一年（元禄十四年）三月十五日の暖かい春の真昼頃のことである。当時の暦は少しずれていたので、桜の花は一カ月以上前に散っており、興津の裏の松の疎林の間に、野生の躑躅の褪せた桃色が点々と色取っていた。昼食をすませた半四郎は、水口屋の帳場に坐って、なかば居眠りをしながら昼寝をしに、家族の部屋へしばらく行って来ようか、と考えていた。

物音も眠気をさそうに充分であった。蝿のうなり、台所の女中の鼻歌、塀の向こうの街道から聞こえるかすかな行き来する人の物音、こういった音を聞きながら、半四郎は居眠りした。物音の様子が変わった時、彼はふと首をおこして、目を覚ました。遠くから叫び声が聞こえる。宿役場で何かが起こったのだ。

大番頭が戸口にいた。半四郎は尋ねた。

「どうしたんだ」

「急使でございます。急使がやって参ります。宿役人達は交替の人足を集めるのに大騒ぎです」

「今?」

「たった今です。江戸から赤穂(あこう)へ行く浅野様のお使いだということですが」

半四郎は立ち上がった。浅野家の家臣は昔からお得意である。もし誰かが前を通るなら、彼も宿役場まで出向いて敬意を表わさなければならない。彼は外出着を持って来させ、しばらく考えてから、板前を呼んだ。妻が着換えを手伝っている間、彼は吸物と軽い昼食をすぐこしらえて宿役場に持って来るようにいいつけた。彼は宿を出て、街道に出た。次の宿の清水に警報を伝えるための飛脚が側を通り過ぎた。

半四郎は予定のない急使に、何か不吉なものを感じた。急使は通常一日前に予定ができていて、人足を用意し、また指定の宿屋が、食べ物や元気を取りもどすための飲み物を用意できるようにするのが普通であった。今度の使いは何の前触れもなくやって来た。彼らは大急ぎで江戸を出たのに違いない。

宿役場の前では、駕籠(かご)かき達はすでに用意を整えていた。ふんどし一つになった彼らは、からだをゆっくり動かして筋肉をならしていた。

人足は十二人いた。二つの軽い駕籠を四人ずつで担ぎ、後の三人は先に立って、街道の人払いを交替にやるのである。急使は二人ずつ組になって旅をする。事故や病気で一人が倒れても、もう一人は先に進むのである。早飛脚によって配達される手紙の方が速いが、急使の方が、手紙には書けないような秘密なことを耳で聞いて伝達することができるのだ。

彼らは時おり、食事と休息のために、わずかな間休むだけで、ぶっ通しで旅をする。夜も昼も、彼らの乗った小さな駕籠は飛び上がり、引っぱられながら、恐ろしい速さで運ばれるのであった。使者は腹に晒(さらし)を巻きつけ、頭にも鉢巻きをしていた。駕籠の屋根から輪にして下げた布に使者はしっかりと摑まって、これを離すことができなかった。眠ってはならないのである。そうしないと、彼は駕籠から落ちてしまうのだ。

もしこれが噂の通り浅野の使者だとするならば、彼らは江戸から大阪のずっと先にある赤穂まで四百マイル（約六百四十キロメートル）以上の距離を急ぐことになる。興津までては、道のりの四分の一にもない。半四郎は身ぶるいした。これは決死の使者であった。

街道の向こう側から叫び声が聞こえてきた。駕籠は今、川を越えていた。市川の姿が見えた。半四郎と本陣の主は、急いで挨拶して、街道に目を向けた。駕籠かき達は、一層激しくからだをならす運動を始めた。宿役場の前は人払いが行われた。子供も集まって来た。

「きた、きた」

駕籠は宿役場の前の広場に、狭い街道から飛びこんで、がくんと下ろされた。先払い役の男は二歩ばかり歩いてからばたりと倒れて地面をかきむしった。他の者はしばらく駕籠の棒に摑まっていたが、やがてよろめきながら倒れた。誰も彼らのことなど気にかけていなかった。新しい興津の人足が位置につき、用意にかかった。

本能的に市川は前の駕籠に、望月は後の駕籠に近づいた。膝まづいた半四郎には、昔浅野侯の小姓であった若い侍が見えた。そのなめらかな顔は真っ蒼だった。

「お休みになりますか」

「時間がない」

と、彼はぼやけた声でいった。半四郎の大番頭は主人の側にひかえていて、熱いおしぼりと濃いお茶を入れた椀をのせた盆を持っていた。若侍は茶を受け取って、一口飲み、唾をはき、もう一口飲んだ。

「何か召し上がりますか」

侍は手を振って断った。半四郎はおしぼりを拡げて差し出した。青年はそれを受け取ると顔をおしあて、低いうめき声を上げた。

前の方から叫び声が起こった。駕籠かき達は担ぎ棒の下に肩を入れた。侍は手拭いを返し、駕籠がぐいと持ち上げられると、上から下がっている紐にしがみついた。彼はもう一度半四郎を振り返ったが、その目は恐怖で一杯だった。

　これから先の試練が恐ろしいのだ、と半四郎は思った。また彼が帯びている用件が恐ろしいのだ。もう一声、誰かが叫ぶと、彼らは出発した。

　半四郎と市川は二つの駕籠が見えなくなるまで見送り、宿役場に入った。彼らが中に入った時、水口屋の者が息を切らして吸物と折り詰めを持って来た。半四郎は彼らを家に帰した。

　暗い事件が飛脚によって東海道沿いに伝えられた。半四郎、市川、宿役人の伝左衛門は片々たる物語をつぎ合わせた。浅野侯は江戸城の中で、吉良（きら）を傷つけたのである。吉良は傷ついたが死ななかった。浅野は逮捕された。

　江戸城の内部で刀を抜くことは御法度（ごはっと）であることは誰もが知っていた。事態は浅野に不利である。浅野の部下は第一報を持って郷里に急いでいるのであった。事件は昨日の朝だったから、彼らはすでに二十六時間旅をつづけている。

　市川も望月も浅野、吉良の両方を知っていた。両家とも市川の本陣を常宿としており、この場合、おも立った家来は水口屋に泊まるのであった。二人の殿様は望月の家に泊まったことがなかった。

　浅野は中大名であり、赤穂城の城主であった。吉良は幕府の譜代（ふだい）の臣で、彼には領地はなく、その俸禄（ほうろく）は浅野にははるかに及ばなかったけれども、彼は高い格式をもっていた。また、その家族は代々幕府の儀式を受けもつ家柄であり、彼自身もその道の専門家であった。

　二人の宿の主人は両家の人を最後に迎えた時のことを思い出していた。浅野は一年間の江戸出府のために、約一年前にここを通った。吉良はここ二年ばかり見かけなかったが、幕府の要職にあって、江戸にいることが多かったのである。市川はもの覚えがよく、二年前のこまごまとしたことを覚えていた。彼は考え込みながらいった。

「あの時、吉良の殿様は餅がお気に召されて、水口屋にいる者をも含めて、家来の者皆に与えるように、とおっしゃった」

「そうだ」

　半四郎は閉口した顔でいった。

「水口屋の餅だって、本陣のと負けない位よかったのだ。いや、よく考えると、水口屋の方がうまかった」

　宿屋の主人達は自分達の意見を加えて、両家の人のことを考えながら、彼らを批評した。甘やかされて未熟な大名の浅野は世間のことはあまり分かっていない、と市川はいったが、それに浅野は気取屋だった、と望月はつけ加えた。

「吉良は……」。二人は首をすくめた。徳川譜代であるがために、同じ身分の他の人と同様、彼は傲慢で、賄賂を取った。役職にある者は俸禄はあまり当てにせず、その地位のために入ってくる賄賂で暮らしていたのである。しかし客としては、彼は殿様らしかったし、金払いのよさに関してはどの大名にも負けまいとしていた。

二人が事件の当事者達のことについて、話し合い、議論している間に午後も過ぎていった。別の使者の一行が街道をやって来るという噂が伝わった。望月と市川は彼らを迎える準備を整えた。使者は、夜二時頃到着したが、最初の一行と同じように早々に出発した。

今度の使者は悲劇的事件の確報を持って来た。前日の午後、江戸での事件のあった数時間後、浅野は切腹を命ぜられ、日の暮れない中に死んでいた。

ここで事件の初めから物語らなければならない。毎年一月二日、京都所司代は天皇に対する将軍の年賀を述べるために皇居に参内する。

そして毎年、桜の咲く頃になると、天皇は江戸に勅使をお遣わしになり、将軍に答礼をなさった。これは幕府の年中行事におけるきわめて重大な儀式であった。なぜならば、これは全国に向かって京都と江戸の緊密な関係を証明するものであったからだ。

毎年、幕府は二人の大名を任命して勅使の接待に当たらせた。一七〇一年（元禄十四年）には、この役は浅野と伊達が指名された。伊達は年も十代であり、浅野の半分の領地もないという点で、二重に浅野よりも目下に当たる大名であった。

浅野は初めその名誉ある仕事を辞退しようとした。宮廷の礼儀に通じていないからという口実であった。しかし、礼儀作法の専門家である吉良が、こまごまと教えてくれるから、浅野が特に他の大名にひけをとることはない、と保証された。

吉良はこの種のことが大好きであった。それは自分が儀式の中心になるばかりではない。絶対しくじるまい、と思う大名から沢山の贈り物が貰えるからである。伊達の家来達は、その若い主君をあまり当てにできなかったので、彼らの吉良に対する贈り物は黄金、高価な贈り物などたっぷりあった。吉良は満足した。伊達からこれだけのものがくるならば、浅野からはどんなに沢山くるだろうか。浅野の領土は伊達の二倍もある。また、誰もが知っているように、彼の領土の製塩業はその表高を遥かにしのぐ収入を上げている。

浅野の家来達が儀礼にとらわれて、吉良に賄賂を贈りそこなったという者がいる。また、他の意見によると、浅野自身こちこちの儒教の倫理に縛られて、結局一種の習慣でしかないことを吉良に対して行わなかったともいう。とにかく、浅野が吉良を訪問して指図を求めたとき、友人間の普通の形ばかりの贈り物として、鰹節を一本持って行っただけであった。多額の物をあてにしていた者にとって、干した魚の肉ぐらい怒らせるものを考え出すことは誰にも困難であったろう。

その時以来、浅野にとって辛い毎日がつづいた。彼は自分が行わなければならない儀式について、何も教えを受けることができなかった。吉良から受けた唯一の忠告は、無愛想な当てこすりであった。

「格別、勅使の方々にたっぷり贈り物することですな。気前がよければ、たいていの誤りもとりかえしがつきますよ」

この当てこすりも浅野には通じなかった。儀式は三日間つづいた。最初の二日間は、浅野は自分の助手の伊達の真似をすることにして、何とかお茶をにごした。伊達は驚くほどよく知っていたのである。最終日の朝の八時、大広間の近くの廊下は最後の準備でざわめいていた。浅野はまだまごついていた。恥と悔しさが彼の目に浮かび、目は毎晩眠れなかったために血走っていた。

この時、浅野は思い切って吉良に近づき、自分は勅使を階段の上で迎えるべきか、下で迎えるべきか尋ねた。吉良はそれを鼻であしらって、

「この場に及んで何でそんなことをお聞きになる。とうの昔に、ご自分で気がつくべきものですよ。失礼ですが、わたしは忙しいもので……」

彼が振り向いて行こうとする時、将軍の母堂付きの家来が浅野に近づいて来て、接見の準備ができ次第知らせてほしい、御母堂様は勅使に伝言があるから、といって来た。浅野はそれを承知すると、すぐ吉良が大声で遮った。

「どういうご用件なんです。勅使に関することだったら、わたしにお聞きになった方

がよろしい。浅野殿のようなへまをする人を当てにすることはありませんよ」
　もう我慢ができなかった。彼はむりやり取り抑えられるまで二太刀切りつけた。

　城中は大変な騒ぎになった。そして、その後任として別の大名が任命された。将軍は朝の入浴中それを聞いて、怒って浅野を監禁させた。式が終わるとすぐ、将軍は会議を開いた。充分調査をし、冷却期間をおくべきだという意見を斥けて、将軍は決定を下した。吉良に対しては、すみやかに傷を直して、もと通りお役を務めるように、という同情ある言葉があり、浅野に対しては、その日のうちに切腹、家は断絶ということになった。

　気の毒な大名は囚人のように駕籠に乗せられ、普通の罪人のように駕籠に網をかぶせられて、近くの別の大名の屋敷に移された。そこで彼は自分の判決文を読み聞かされた。吉良に対しては夕彼に対する最後の辱めとして、家の中ではなく庭で切腹するようにと命ぜられ、夕方彼はこの世を去った。

　最初の使者は、浅野が吉良を襲った直後に赤穂に向かって出発したが、二番目の使者は、主君の死を知ると、その日の夕方江戸を出た。

　まる四日半旅をつづけて、彼らは半ば意識を失って本国の城に辿り着いた。城代家老大石は、彼らが息も切れぎれに事件を物語るのを聞き、今や主君を失って、浪人となった三百の部下を呼び集めた。彼らの会議は三日間つづいたが、彼らが二つの党派に分かれることは明らかとなった。

浅野の弟を後継ぎにして、家を再興することは誰もが一致して願うところであった。しかし、具体的手段においては、彼らの意見は分かれていた。勘定役の家老は即座におとなしく城を明け渡さなければ、これ以上のお咎めを蒙るかも知れない、と主張した。大石はそれに反対して、そういう行為は意気地がなく、その上、幕府当局にどんなことをしても大丈夫と思わせることになる、といった。

大石の強行な意見が勝ちをしめ、会議が終わると、二人の使者が城受け取りの役を仰せつかった者にあてた手紙をもって、江戸に出発した。その手紙は浅野の罪科を認めるが、家名を守るために、その家来のものが城を枕に討ち死すべきであると述べていた。これは丁重なる挑戦行為である。

使者の者が赤穂を出発してまもなく、幕府は必要とあらば、武力に訴えても城を取る態度を明らかにした。近隣の諸国の大名は、軍隊を動員するようにと命ぜられた。ここに至って、大石は第二の会議を開いた。会議の目的は城を枕に討ち死する件の確認である、と彼は宣言した。

三百人の家来の中、出席した者は六十一名であった。いなくなったのは勘定役の家老とその一党、及びその他数十名であった。或る老人がいったように、にわかに急病人ができたもようであった。

大石は出席したものに対し、最後まで戦う誓いをさせ、全員が署名血判を行った後に、他言をしない誓いをたてさせ、自分の本心を打ち明けた。「城を守って戦うといったのは、臆病者を除くためのつくりごとである」と述べた。「問題になるのは二つしかない。第一は、内匠頭(たくみのかみ)の弟君をたてること第二は……」。大石はしばらく言葉を切って、「吉良に復讐(ふくしゅう)をすることである」。大きな歓声が湧き起こった。彼らの復讐の企てが生まれたのである。

この意義を理解するためには、彼らの生きていた時代を一瞥(いちべつ)する必要がある。確かに仇討(あだう)ちは法によって正しいものとされていた。それは一定の手続きがあって、藩主に対する請願を行い、藩は幕府にそれを取り次ぎ、幕府はそれを記録にとどめた上で許可を与える。しかし、第一に仇討ちは近親者の義務であって、家来のそれではなかった。第二に、当時は太平の御代(みよ)であって、武士道は口先ばかりになり、それを行う者が少なくなる傾向にあった。

最後に戦争があってから、すでに一世紀近くになり、武骨な精神は失われ、贅沢(ぜいたく)な生活がそれに代わっていた。

遊興と道楽がはやっており、女遊びは公娼を対象として栄え、戦国時代からつたえられた二、三の仕来(しきた)りの一つとして、男色も行われた。一般の好みとして湿っぽい心中劇や、西鶴の好色物語などがはやっていた。

こういう快楽主義的な情勢の奥には、暗い影があった。武士階級は破産に直面し、多くの大名は赤字を出さないために苦労していた。赤穂の製塩業を開発した浅野の祖父は、名君の一人であった。金銭は新たな神であり、その金銭は、侮蔑(ぶべつ)される商人の懐に当然のことながら入っていった。これは、やがては、幕府を滅ぼすことになる危険のあらわれであるが、当時国民全般の目的は、安易な生活であり、大衆は浮かれ騒いでいた。

赤穂の浪人共が彼らの主君の恥をそそごうと誓ったのは、こういう風潮に反するものである。

藩の使者が討ち死という最初の会議の結果をもって、赤穂を出発した時、大石は、幕府の城明け渡しの使者が江戸を出発する前に、江戸に着くようにと命令した。しかし幕府の使者は大石の予想したよりは早く、そのために、四月二日、赤穂の侍がひそかに興津を通過した時、幕府の使者もそこにいて、昼食をとり、休んでいた。その一部は市川の本陣に、そして一部は水口屋にいた。誰も赤穂の一行が通過するのに気がつかなかったのは間違いない。幕府の役人がいるために、町は大騒ぎしていたことを思うと、当然かも知れない。

半四郎は幕府の使者の身分の低い二人が話しているのを耳にはさんだ。彼らは充分食事をとって、帳場の側にのんびり横になり、旅をつづけるための集合命令を待っていた。やせた青年は東海道に広くゆきわたっている噂を耳にしていた。

「赤穂の浪人は城にこもって戦うそうだが、どう思う」

と、彼はこっそりといった。肥った方の年長の侍は威勢よくいった。

「大したことはない。もし奴らが戦うとすれば、近くの大名が奴らをひきうけてくれるさ」

幕府の役人達はゆっくり東海道を進んで行き、藩の使者は江戸に向かって急いだ。興津を通り過ぎた二日後には、彼らは江戸に着き、自分達がすでに遅れたことに気づいた。途方に暮れて、彼らは江戸家老に相談すると、彼は使者を浅野の従弟に当たる大名のところに、次には浅野の弟のところに連れて行った。二人の使者はすぐさま引きかえして、赤穂に急行した。

彼らは翌日興津に着き、水口屋にたちよって昼食をとった。彼らは重大な使命をおびて、人目をしのんでいた。半四郎も彼らの使命を感づかないわけにはいかなかった。

家老、同族、弟すべては戦闘計画におびえたのである。彼らの手紙は穏やかにではあるが降伏を命令していた。幕府の使者が堂々とゆっくり旅をつづけているので、赤穂の使者はまもなく彼らを追い越し、一週間も早く城に到着した。大石は残念であるとはいったものの、彼らのもたらした手紙はまさに彼の期待したものであった。その手紙は彼に城を明け渡して、仇討ちを進める口実を与えた。

彼は第三回の会議を開いた。今度は戦いの恐怖がなくなったために、三百名全員が出席した。城における最後の毎日は忙しかった。道路や橋を掃除して、修理をほどこし、完全な目録をつくり、藩札は金と引き換えねばならなかった。彼は六割の比例でそれを現金に換えたが、それは当時の不安定な財政ではきわめて優秀な成績と考えられた。蔵に残っている現金から、永代浅野の家の法要を営むために、菩提寺に金を納め、また御台所の持参金を実家にもどした。次に、大石はかなりの金額をお家復興のためにと、別にし、その残りを禄高に応じて家来に分割した。弱虫の勘定役の家老は自分の分を受け取ると、城明け渡しの前に逃亡した。

一七〇一年(元禄十四年)四月十八日幕府の使者が到着し、大石はうやうやしく城の外に彼らを出迎えた。彼は城受け取りの使者に従って城内に入り内匠頭の居室に案内した。そこは、内匠頭が江戸に向かって出発した時のそのままになっていた。そこで、大石は内匠頭の弟君をいただいて、お家を再興するのに力をかしたまえ、と請願を行った。幕府の役人は大石の出迎えと、城内のありさまに深く心を動かされ、助力を約束した。

責任を果たした大石は京都に引っ越した。彼は郊外の山科(やましな)に家を借り、妻子と共にそこで世をさけて暮らすように装った。山科は彼の目的にかなっていた。静かではあるが、京都に近く、また東海道との連絡もつきやすかった。彼は家を改築し、庭園を営み、畑を作った。彼の赤穂における仕事ぶりは申し分ないものであったので、何人かの大名が召しかかえよう、と申し出たが、彼はすべてを謝絶した。彼の唯一の野心は、妻と共に田舎侍として余世を送ることにあると思われた。

彼は仇討ちを公表しなかった。正式に通告を与えれば成功が困難になる。吉良はすでに神経過敏になっていた。彼は将軍から手厚い処置を受けていたが、老中達の露骨な反感をかって、幕府での地位を諦めざるをえなかった。強力なそして尊大な藩の君主から迎えた妻は夫に自殺をすすめたが、彼はそういった種類の人間ではなく、妻の実家の庇護(ひご)を求めようと努め、江戸の屋敷の警備を固め、大石の動勢を探っていた。山科は吉良のスパイで一杯だった。彼らは家を改築する職人や庭師や行商人となって現れた。大石の行く先ざきに彼らは付きまとった。

大石は、自分の第一の責任は亡君の弟君によるお家の再興であることは忘れることはできなかった。部下の者が如何(いか)に復讐にはやろうとも、その目的を危うくするような行動はいっさい許さなかった。彼の最大の問題は、はやり立つ者を押さえつけることにあった。江戸にいる者達はことに厄介だったので、九月になると、彼らをなだめるために腹心の者を派遣する必要が生じた。十月の初め、彼は更に二人の者をやり、ついには十二日彼自身江戸に出発した。

興津では、半四郎は赤穂の浪士が江戸に向かっているという噂を耳にした。とはいっても、町のもので浪士達を見かけたものは誰もいなかった。しかし、二十八日の夜、大石は水口屋に泊まった。半四郎が彼に会ったのは、それが初めてである。なぜならば、大石は城代家老であって、めったに赤穂を離れなかったからだ。半四郎はそれを大変な光栄に思い、自分の誠意を示そうとした。彼は板前にひどくいやがられながらも、自ら魚を焼く監督をした。板前はそれでも最高の腕をふるおうと努めていた。

大石が着いてまもなく、半四郎はいつになく執拗な乞食坊主の物悲しい笛の音に悩まされた。金をやっても立ち去ろうとしない。その姿を見ると、頭は編笠に隠れて見えないが、僧侶ではなく、密偵であることを半四郎は確認した。また、このことから付近を徘徊している二、三の怪しい人影に気づいた。半四郎は大石の部下に自分の疑いを述べると、彼らは呑気にその通りだと答えた。大石の一行はずっと前から、こういう尾行に付けまわされているのだ、という。彼らは面倒なことになるのは覚悟しているが、果たして事件がおこるとは思っていなかった。それにもかかわらず、半四郎は一晩中寝ずに宿の塀のまわりに雇人達を護衛として配置した。

大石達が翌朝出発してから、半四郎はもう一度このことを考え直してみた。赤穂浪士達は仇討ちを企んでいることを、彼は感づいたが、それは近い将来のことではあるまいと思った。大石はおおっぴらで旅をしている。彼は攻撃の準備は整えてはいない。

十三日の旅をつづけて、十一月の初めに江戸に着くや、大石は自分のなすべき仕事を全部すませた。まず、彼は浅野家代々の墓のある泉岳寺に詣った。浅野がここに葬られることになったのは、不思議な因縁である。この寺は元来家康によって、彼の少年時代はその人質となり、大人になってからはその征服者となった今川氏の冥福のために建てられたものであった。最初の伽藍は一六三九年（寛永十六年）に焼け、浅野の祖父は普請の援助を命ぜられ、その報いとして、この寺を菩提寺としたのである。また、大石は当時の習慣に従って、尼となっていた浅野の御台所を訪問した。また、要路の役人を訪ねてお家再興の件をうながした。

そして、十一月十日、彼は江戸の過激な者達と秘密会議を開いた。内匠頭の一年忌に当たる来年三月に吉良を討とうという強い決意をもった者達と、彼は対決した。先に京都から派遣した者すらも、彼らの仲間となり、大石も三月決行という約束を承知させられてしまった。彼が江戸を発った時の情勢は、こういうものであった。

山科に戻ると、大石は後世の多くの戯曲家達を喜ばせ、また、英雄崇拝者達を困らせることを始めた。彼は大変な放蕩を始めたのである。

彼は妻を離別し、三人の子供達と共に、彼女の実家に帰した。長子の主税は父と共に留まった。彼も仇討ちに加盟した者の一人であったからだが、同志ではもっとも若く、わずか十四歳であった。

妻と別れると、大石は遊び浮かれた。京都の贅沢な歓楽街ではたらず、奈良、大阪まで足をのばした。女だけでは満足できず、有名な歌舞伎役者とも浮名を流した。

家を守るために、陽気な太夫を身受けして連れて来たが、彼女の評判の魅力すらも、彼の浮気を止めさせることはできなかった。彼は酒気を絶やさず、気ままに金をまき散らした。

妻を離別することによって、彼は彼女を仇討ちに引き込むまいとしたのは明らかである。また、自分の放蕩が吉良の警戒を緩めることを計算にいれていたことも確かである。しかし、彼の遊興を義務的な自己犠牲と考えることも愚かなことだ。義の道は険しく、苦しいものである。と或る注釈者は述べているが、大石ほどその苦しさを楽しんだものはいなかった。彼は羽をのばしていたのだ。彼は最後の気晴らしをやっていたのであり、それは美しいものですらあった。

彼の行為は不幸な結果を生じないでもなかった。彼は吉良を欺くに成功したにもせよ、同志の或る者の反感をかい、そのために彼らを失った。また、江戸から赤穂に使いをしたかつては小姓であった若侍、すなわち半四郎が悲劇的な事件をその侍から読みとった侍もまた大石に欺(あざむ)かれていたのだ。

彼の名前は三平といい、山科から十里ほど離れた村に、父親と一緒に住んでいたが、しばしば大石を訪ねて、仇討ちの話をした。その年の冬、大石が遊興を始めると、三平は彼を見かぎってしまった。

　彼は父親に乞うて、江戸で仕官したいといったが、父親は、息子の真意は独力で仇討ちをするにある、と見破り許さなかった。彼は勘当してくれ、と頼んだが、それも許さなかった。そこで彼は切腹した。父は息子の死が知れると、仇討ちの計画が分かってしまうと思ったので、ひそかに淋しい山の中に葬った。

　一七〇二年（元禄十五年）の正月がめぐって来た。江戸では、同志の者は吉良が家督を息子に譲って、隠居したことを知った。また、妻の実家を頼って、山国にある要害堅固な城に吉良が避難するという噂もあった。もし、そういうことになれば、仇討ちは不可能でないにしても、恐ろしく困難になる。二人の同志がこの知らせをもって山科に駈けつけた。

　大石が長たらしい新年の宴会をやっている席に、二人はやって来たが、大石の態度に、彼らは釈然としないものを感じ、大石も不安を覚えた。浅野家が亡君の弟君によって再興されるという決定が下される前に、約束通り三月に仇討ちを決行せねばならなくなることを彼は本気で心配していた。彼は同志のおも立った者に頼んで、江戸の過激な連中をなだめさせた。仇討ちの延期に関しては、京都の同志は大石の意見に賛成である、という証明をする会議を開くようにと要求してから、その長老は江戸に向かって出発した。彼は大石自身でも不可能であったような仕事に成功した。すなわち、例え三年かかろうとも、弟君の処置が決定されるまで、行動は起こさない同意を得たのである。

彼らは長い間待つ必要はなかった。一七〇二年七月十八日、幕府は浅野家の断絶と、弟君の終身おあづけの処置を発表した。あらゆる希望は消え失せ、赤穂の浅野家は文書の上から抹殺された。

江戸の同志達はその知らせを持って、急使を派遣した。再び暗い顔をした侍が、駕籠のつりひもにつかまって、東海道を走ったのである。半四郎はこれを知っていよいよ仇討ちの決行だと思った。

大石も同じように感じた。お家の再興のためにあらゆることをした。今や、仇討ちにかかることができる。七月二十八日会議の席で、彼は十月に江戸に立つと宣言した。

山科の人々が成功を祈って乾杯している間に、浅野の弟君は死ぬまで広島に軟禁されることになり、江戸を出発した。幾日(いくにち)かののちに、この憂欝(ゆううつ)な小さな行列は興津に泊まり、水口屋に宿泊した。半四郎は一行を川まで出迎え、翌朝は清見寺の先まで見送った。その間、彼はできるだけのことをしたがこの旅が悲しい旅であることは如何んともしがたかった。半四郎自身もらい泣きしたのである。

一行が山科を通る時、大石は追放される主君の弟に会おうともしなかった。会えば人の注意をひき、吉良の恐怖を呼び起こすことになる。実際に仇討ちをする以上、慎重さを欠いてはならないのだ。

一方、色々と仕事があった。彼は自分の家族の困らないような手はずをきめ、子供達が立派に育つようにと心を配った。彼は必要な金を集めるために、財産を売り払い、山科の家を抵当に入れた。

最も大切な仕事として、彼は同志の中から邪魔者を取り除いた。これまで百二十五人の旧家臣が連判状に加盟していたが、大石はその一人一人に手紙を出して、「やむを得ない事態が起こり、各位が連判状に加盟した誓いを解除し、この件に関し、あらゆる患わしさから解放しようとする。わたし自身は妻子と共に田舎へ行き、余生を穏やかに暮らそうと思う。各位はわたしの例に習おうと、どうなろうと好きなようにしていただきたい」

百二十五人のうち、半数がその機会に脱落した。半数は新たに忠誠の誓いを結びなおした。

四月の末、大石の息子主税は二人の同志と共に江戸に出発した。十月七日、大石は東海道へ出て、江戸に出発した。

彼の一行は十人であり、その他に〝日野家御用〟と印した二つの長持を人足に担がせていた。日野家は幕府と深い関係にある公家であった。その名前を使えば、一行は邪魔されないと思われたのである。

十一日たった日の午後には、彼らは興津を通ったが、そこには泊まらなかった。わずか二、三カ月前に本名で水口屋に泊まったので、大石は再び今度は変名で泊まるような、愚かなことはしなかった。

しかし、宿屋の街道は大石が如何ともしがたい偶然の出会いの場所となってしまった。半四郎は表通りを眺める時間などあまりなかったのに、たまたまその時、門の側でぼんやり立っていた。彼は小さな行列が近づくのを見、それは日野家のものであることに興味を覚えた。そして頭を下げようとした時、自分の直前に大石がいるのに気がついた。彼はすぐ駈け寄って挨拶をしようとしたが、大石の凍りついた表情のために、それを思い止まり、何もいわなかった。彼は頭を低く下げ、そうしながら自分を一生懸命に落ち着かせようとした。行列は通り過ぎて行った。

彼はその出会いのことを一晩中考えていた。人違いかも知れない。しかし、決してそうではないと彼は考えた。また大石は本当に日野家に仕えることになったのかも知れない。しかし、その場合だったら目と目と合った時、知らんふりをする理由がない。彼は一つの結論を下した。大石が人に知られずに江戸へ行こうとするなら、その計画を台無しにするようなことはすまい、と考えた。そして、自分はこのことを誰にも話さなかった。

この出会いのことを、大石もその晩由比の本陣で考えていた。半四郎が他言をしない、と期待するより仕方がない、という結論に達して、彼は眠りに落ちた。

二日後一行は箱根山にさしかかった。大石は関所で面倒なことになると覚悟していたが、日野家の名前とうまく偽造した書類のお陰で、難なく関所をぬけることができた。一マイル（約一・六キロメートル）行ったところで、彼は立ち止まり、有名な曽我兄弟の墓の前で祈った。この兄弟は五〇〇年前、十八年の苦労の後に、父の仇を討ったのである。祈りを終えると、彼は墓石から苔を少しかき落とし、お守りとして紙入れに挾んだ。後に、江戸に着くと、彼はそれを息子にも分けた。

江戸に近づくにつれて、注意深い旅をつづけ、彼はまず三日間江戸から三十マイル（約四十八キロメートル）離れた鎌倉に滞在した。そこで彼は同志の或る者と落ち合い、二十マイル（約三十二キロメートル）先の川崎に行き、昔、赤穂藩に秣を売っていた商人の家に泊まった。十日後にいよいよ江戸に乗り込み、毎年オランダ人一行が泊まるのと同じ宿に入った。

息子の主税はすでにこの宿に着いていたが、訴訟をしに江戸に来た若い商人といいつくろっていた。大石は青年の後見をする伯父になり、その他の者は番頭、小僧になった。もう十一月になっていた。同志はすべて江戸に集まり、偽名を使って各所に散らばりながら、吉良の様子を探り、召使いや行商人、職人、医者、僧侶などになって情報を探っていた。当局の手くばりが厳しく、幕府は浪士の存在を感づいていることは明らかであった。大石自身、幕府の老中達は彼らの行動を知りながら、知らんふりをしているのだと、信じていた。

浪士の一人は京都の金持ちの商人になっていたが、吉良に茶を教えている師匠から、お茶を習っていた。そして、十二月六日早朝、吉良の屋敷でお茶の会が開かれるのを知った。前の晩なら吉良は在邸していると信じて、浪士は五日の夜を決行の日と決めた。

二日の日に、彼らは顔を合わせ、最後の打ち合わせを行った。一カ月前、浪士は五十五名いたが、今は四十八名であった。彼らは最後の誓文に署名し、一隊となって行動し、割り当てられた職務を遂行することを誓った。

その時、吉良の茶の会が十四日の午後に延期された、という知らせが入った。十四日は亡き主君の切腹の日と日にちだけは同じであった。そこで、その晩襲撃することに予定を組み換えた。

十四日の日は、江戸には珍しい吹雪になった。浪士のおも立った者は泉岳寺に集まり、浅野の墓に詣って計画を再検討した。彼らは二手に分かれ、一方は大石の下に吉良の表門を襲い、一隊は主税を名目上の指揮者にし、一人の後見人を付けて裏門から襲撃する。合言葉をきめ、吉良以外の者には目をくれないこととし、その晩再会を約して別れた。

江戸市中の各所の宿屋では、浪士の者はめいめい急に京都へ行かなければならないといって、勘定をすませて宿を出た。彼らはばらばらに長老の部屋に集まって、最後の盃を交した。或る者はゆっくりうどんをすする者もいた。

集合の席で、彼らは肌着から新しいものに着換えた。彼らが企てているのは、単なる戦いではなく、儀式でもあった。まず柔らかく、暖かい白絹の綿入れの肌着を着、上に火消しの服装をつけた。すなわち紋を染めぬいた黒い刺し子の着物とズボンのような短い袴、手甲脚絆、頭巾、その上に黒と白の羽織を着た。二、三の者は昔の戦場の習慣に従った。彼ら伝統主義者達は頭巾の下に香をたき込めて、敵に首を取られたときにもよい香りをはなつようにしたのである。

朝二時になると、彼らは出発し、人一人通らない雪の道を静かに進んで行った。今やわずか四十七人であった。更に、一人落伍者がでたのである。浅野の三百人の家来のうち、仇討ちの仕事は、この四十七人が引き受けることになったのだ。

吉良の屋敷の近くで、彼らは二手に分かれ、一隊は表門へ、一隊は裏門へ向かった。雪の中を静かに進んで、門番小屋の火鉢にかじりついていた番人達を、彼らは制圧してしまった。

表門は頑丈だったので、それを無理に破ろうとはせず、梯子でのり越えた。裏門は打ち破って中に入った。

「忠臣蔵 夜打二 乱入」歌川広重（静岡市東海道広重美術館蔵）

或る者は庭を回って助けを求めに逃げ出す者をひきうけた。他の者は家屋の中に飛び込んだ。

襲撃が始まると、大石は伝令を派遣して、近所の邸に自分達の計画を告げた。近くの二つの屋敷では主人は領地に帰っており、留守の者達はこの襲撃に目をつぶることにした。三軒目の家では、主人が屋敷にいたが、彼は部下に命じて庭に提燈を点し、椅子を取り寄せて、自らそこに坐り、邸内に逃げ込んだ吉良の家来共を切り捨てようとしていた。彼は家来の者を一人塀の上にあげて、襲撃の様子を大声で報告させた。

吉良の部下の或る者は戦ってその晩死んだ。吉良の息子も含めて、多くの者は刀を捨てて逃れた。浪士達は吉良の部屋に飛び込みその寝床が空であるが、温かいのを知った。敵がいなくなると、赤穂の者は広い屋敷を調べ回った。一時間過ぎた。彼らは獲物を見失ったのではないか、と心配しはじめた。

一部の者が裏庭の古い炭小屋に入った。二人の男が飛び出して戦いを挑んで来たが、倒れてしまった。一人の浪士が三人目の敵を槍で突いた。彼は短い刀を振りまわしながら出て来たが、再び槍で突かれて倒れた。その背中には古い傷跡が残っていた。内匠頭の刀がそこに跡を残していたのである。ついに吉良が発見されたのだ。

合図の呼び子が鳴り、吉良を殺した浪士がその首を切り、仇の着物でそれを包んだ。一同は庭に集合して点呼をとり、誰一人欠けていないのを確かめた。もう明け方近い時刻だった。

　荒らされた屋敷の表門の前に彼らは自分達の言い分を書いた高札を立てた。浅野内匠頭が吉良に襲いかかった次第、また内匠頭が罪を受け、敵を殺しえなかったがために、家来の者が、〝主君の仇とは共に天をいただきえない〟が故に、武器を取って立ち上がった次第がその高札には述べてあった。

　それから近くの寺へ行進して行き、そこで負傷者の手当てをしようとしたが、寺は門を閉じて入れなかった。浪士の者は吉良の一族の襲撃や、或いは吉良の家族、家来が、その主に別れを述べに来るかも知れない、と考えたので、しばらく寺の門の所で待っていた。ただの一人も現れなかった。彼らは川へ行き、そこから船に乗って、泉岳寺の先の松がはえている浜に上陸した。

　泉岳寺で、彼らは吉良の首を洗い清め、内匠頭の墓に供えた。それから各人はその前に跪き、香をたいて、亡君の冥福を祈った。それが終わると、住職は一同を寺の本堂に案内した。彼は一同を手厚く迎え、寺の朝食である粥(かゆ)をふるまった。

　二人の者は幕府当局に敵討ちの報告に派遣された。当局は彼らを同情ある態度で受け入れ、事情を聞き、急いで会議を開いた。

　浪士の者はその日泉岳寺に待っていた。夜になると、翌朝当局に出頭するようにとの命令が来た。その日一日中、彼らは尋問を受け、最後に彼らの件が決定する間、四人の大名に身柄を預けることになるといいきかされた。彼らの主君の処置を決めるのに、あれほど迅速であった幕府は、今や慎重に行動していた。

各々の大名は赤穂の浪人を引き取ることは光栄である、という態度を取り、大石と十人のものが割り当てられた家では、一人一人に迎えの駕籠と七百五十人の侍及びおも立った家来を派遣した。一同が屋敷に着いたのは、真夜中の二時過ぎであったが、この大名は浪士の者一人一人に賞賛の言葉を与えた。

後に大石は京都に宛てた手紙の中で、自分達の待遇について述べている。またそれによると、この大名が即座に彼らのための特別の家を建ててくれたことや、新しい衣服、充分な食べ物、酒、煙草を与えてくれたことを述べている。

その間、幕府は苦慮（くりょ）していた。封建時代の倫理に照らすと、その行動は賞賛されるべきものであるが、しかし一面これは組織的な武力行為をそそのかすことにもなる。

重臣達は皆この問題を考え、学者達も幕府の要請に答えて、この件に関する倫理的な意見を書いた文章をさし出した。全国が息をつめて見守る中に、様々な議論が戦わされ、それが一日中つづいた。

結局、すべての人が面目を失わなくてすむようにという決定が下された。四十七人の赤穂浪人共は主君がその不始末のために、当然の処罰を受けたにもかかわらず、許可なくして仇討ちを行った。彼らは罪人として罰せられるべきである。しかし、その忠誠に免じて切腹を特に許されることになった。

将軍自身が彼らの命を救うために、最後の努力を行った。それまで前例のないことだったが、上野寛永寺(かんえいじ)の公弁法親王様に相談した。この方は、天皇が面倒を起こさないようにと、恐れおおくも江戸に人質としておかれた親王殿下である。殿下はすぐこの決定を維持なさり、殉教者(じゅんきょうしゃ)として彼らを死なせるのが、最も情深いやりかたであろうといわれた。もし彼らが生き永らえるならば、その或る者は必ず彼らにふさわしからぬ行いをして、現在の穢(けが)れない名声を傷つけることになるだろう、というご意見であった。

そこで、二月三日の夜、いよいよ床につこうという時刻に、浪士の者は翌朝その部屋を花で飾って、幕府の使者を迎える準備をするように告げられた。彼らにはその意味がよく分かっていた。長い試練は終わったのである。彼らは宴会を開いた。

翌朝幕府の使者が判決文を携えてやって来た。彼らは特に酒、菓子のついた朝食を供され、死出の旅の用意をするように、といわれた。

それでも、この判決はとり消されるかも知れない、という気持ちが残っていた。そういう噂が町にひろまっていたのだ。そこで浪士を預かった大名は誰もできるだけ処刑をひきのばしていた。ついにそういう使者が来そうにもないことが明らかになって、二月の寒い夕暮れの中で、四つの屋敷において、判決は遂行された。四十七人は泉岳寺の主君の墓の脇に葬られた。

大衆は激昂（げきこう）した。幕府の失敗に関する落書きが壁や垣根に書きつけられ、役人や大名は悪口をいわれた。江戸一の賑やかな場所である日本橋の高札は、元来は忠孝を教えるもののためであったが、それは倒されて、川に投げ込まれた。何度つくり直しても同じことであった。ついに、最初の教えは消えてしまって、親子は睦（むつ）み合うようにという無難な教えだけになってしまった。

浪士の者が死んで、十二日目にこの事件の芝居が初めて江戸の舞台に現れた。百五十以上の芝居がそれ以来書かれたが、最も有名なものは、一七四八年（寛延元年）に現れたものである。これには大石の遊蕩（ゆうとう）がこまごまと描かれ、三平は勘平という不幸な恋人になっており、赤穂の強欲な家老は吉良のスパイになっている。これは十五時間に及ぶ仇討ちと切腹の芝居である。これは大当たりをとり、今日まで、その名声を保っている。歌舞伎でも、これだけは侍の家族の者が見てもよいとされ、忠臣蔵というその名はこの事件に対する一般的な名前となった。上演回数は数百度に及び、今日定期的に通しで行われる歌舞伎つまりだいたい原作と同じ形で上演される唯一ものである。この芝居は舞台にのり、仇討ちの行われた月の十二月になると、必ず忠臣蔵が上演される。この事件を扱った新しい映画が作られない年はない。

今日泉岳寺前の通りには、たいがい観光バスが並んでいる。毎日墓の前には香の煙が絶えることがない。

外国人達も仇討ち後、一年経って四十七士のことを聞かされた。つまり、オランダ人の一行は、彼らの江戸における宿屋の隣の部屋で、大石が暮らし、仇討ちの計画を練ったことを知ったのである。オランダ人はこの事件のことを手紙に書き、本国に送った。R・L・スティーブンソンはその話を書き直し、セオドア・ルーズベルトの言葉によると、大統領は若い頃、赤穂四十七士の話を読んだために、日露の仲裁者となったのだそうである。

一七〇三年（元禄十六年）二月、興津では半四郎が、判決と処刑の知らせが東海道に伝わってくると、それを聞いてぼう然とした。彼も浪士のものが、釈放されると信じていた者の一人だったのだ。彼は涙を流して怒った。彼は死ぬまで、最初の凶報を持って、赤穂に急ぐ三平の顔の悲劇的な様相を忘れることはなかった。また彼は大石が水口屋に泊まった晩、スパイがうろうろしていた時のことを忘れなかった。また目を閉じれば、大石が江戸へ行く途中、彼を無視したあのきびしい顔がありありと浮かんできた。

何年にもわたって、泉岳寺の墓に詣りたいといっていたが、ついにそれを果たさなかった。彼は巡礼に対する嫌悪感を棄て切れなかったのである。

東海の旅人・広重

「十八日、うす曇り、由比へ。ほどなく由比の宿へつく。この辺景色よし」

東海道の旅人は多くの場合、旅費と共に筆墨を携えていた。手帖と矢立はかくべからざるもので、これは旅の記録やスケッチなどをするためのものであった。

この種の日記の中、出版を目的にしたものは例外であったし、また実際に出版されたものも少ない。しかし、ある旅人が世界で最も人気のある芸術家になるとすれば、そしてその作品のすぐれたものが、多く東海道に舞台をとっているとなると、旅日記がどう扱われるかは明白となる。この芸術家の名前は広重である。

恐らく、神々は広重に古き東海道、古き日本を、それが亡びる前に絵として、後世に伝えさせようと思ったのだ。彼が歩いた道、その木版画によって記録された街道は、だいたい百五十年前にケンペルが旅行したのと同じ状態であった。多くの点において、鎖国時代の日本では、時間は静止して動かなかった。東海道はあまり変わっていなかった。街道は江戸と京都、幕府と皇居を結び、たとえ両者の間に緊張は高まったにしても、表面的には、それはほとんどあらわれなかった。このようにして、広重は、この大街道の、まだ機械が現れる以前、人間のものであった時代の記録を残したのである。

「一服しながら、名産さざえ、あわび食す。味かくべつなり」

彼は薩埵峠を登る前に、中腹にある、料理と眺めで有名な古い店で休んだ。料理と風景のどちらをも、広重は見逃す人間ではなかった。

彼は奥の間に通った。そこには彼自身の作品と共に、そこに休憩した名士達の書画が掛けてあった。広重は薩埵の崖の上に突き出している裏手の縁側に坐った。彼は今来た江戸の方を眺めた。白い雪をいただき、弓なりの海岸の上に聳えている富士が見えた。多くの旅行案内に、しばしば次のような愛すべき嘘が書かれている。すなわち、反対側には三保松原が見える。というのだが、私自身この縁側に立ってみて、薩埵の山肌を見通すことのできない限りは、三保は絶対に見えない、ということを証明することができる。もちろん、三保は山の向こう側にあって、ちょっと暗示を与えられればそこにいつも、たいていの日本人は心の中にその風景を思い描くことができる。しかし、広重は富士を見るだけで満足した。

彼は、大変な食欲でアワビの酢物とサザエの壺焼きという、この家の特別料理を食べた。彼の右側には縁側の手摺があって、その向こうには、このおいしい貝を岬の岩礁で取っている、ほとんど裸体の由比の海女が見えた。

昼食を終えると、薩埵を登りにかかる前、手ずれた案内本を取り出した。それは五寸（約十五センチメートル）と三寸（約十センチメートル）ほどの小さな帳面で、アコーディオンのように折り畳まれた長い一枚の紙でできている。全部広げると、四十尺（約十二メートル）にも及び、東海道全般の略図になる。しかし、旅人は折り畳んで必要なところを開けばいいわけである。

それは街道の鳥瞰図であるばかりでなく、色々役に立つことが書いてあった。各宿ごとの馬や駕籠の料金、旅館、茶店、名物の料金、更に名所に関する説明、実用的な忠告も書かれてあった。駕籠に酔わないようにする方法とか、夏の間のからだによい食べ物とか、宿屋で護摩の灰をさけるためには貴重品をどこにしまうか、など。

広重はぼんやりと案内書をめくって、自分が現に眺めている風景や、これから登る峠の上の風景の案内書にのっている見なれた絵を眺めていた。広重は何度もこの道を旅していてよく知ってもいたし、また好きでもあった。それから、晩めしの用意にと、その店からアワビを買い、旅をつづけた。

「この街道の辺り、風景にとむ。薩埵峠の眺望天下の勝景なり」

広重はすでに二枚の有名な薩埵峠の木版を書いていた。その一つは、彼を全国的に有名にした画集の中のもので、東海道五十三次と題され、各宿ごとの木版が一枚ずつに、江戸及び京都を付け加えたのである。由比の宿の絵に、彼は薩埵の断崖と、この険しい崖の上から青い湾をのぞいている二人の旅人を書き、何隻かの漁船を点在させ、その背景には白い帆を上げた廻送船が、雪をいただいた富士の方に走っているさまを書いた。

数年後、『日本名所図会』と題された画集のために、彼はこの山のもう少し低い所からの風景を選んだ。画面には街道を少しとり入れ、旅人の数をふやしているが、青い海、白帆、白い富士は同じである。

晩年になって、後はもう一枚の薩埵峠の図を書くことになる。この絵は彼の物としてはどちらかというと失敗作に属する。彼は危険な街道沿いの道からこの山を書いている。昔旅人達が波の合間を走りぬけた道である。富士は依然として背景に聳えているが、前景には大波が打ち寄せ、渦巻く波が彼の嫌いな先輩の北斎（ほくさい）風に押し寄せている。これはあまりいい木版といえなかろうが、彼の最上のものに匹敵する芸術家は存在しないのだ。

その日はゆっくり登って行きながら、時おり立ち止まって写生を行った。位置を変えて、また写生する。彼は熱心に仕事を進め、白い紙に二、三度筆を加えては、その風景のポイントをとらえようとした。

「東海道五拾三次之内　由井 薩埵嶺」歌川広重
（静岡市東海道広重美術館蔵）

「本朝名所　薩多冨士」歌川広重
（静岡市東海道広重美術館蔵）

「冨士三十六景　駿河薩タ之海上」歌川広重
（静岡市東海道広重美術館蔵）

頂上で、彼はじっと立ち止まり、その小肥りの体が山と一体となったかと思われた。彼はここで戦われた幾つかの戦いのことを考えていた。彼は歴史画集をも計画していたからである。それは時代に歩調をあわせ、当局のすすめに譲歩するものであった。幕府は国内の問題に加えて、外憂が、広く青い大海原の彼方にせまってくるのを意識しはじめていた。そして、過去の英雄を賛美することにより、国民の士気を高めようとしたのである。

しかし、戦いのことは間もなく広重の心から消えていった。そして彼はうっとりとして、目の前の風景を眺めた。彼は、海女が貝を取っている早春の日の風景を、あるがままに眺めていたのである。しかしまた彼は、夏の宵、螢が明るく光りながら舞い、秋、雁が訪れ、冬、千鳥が群をなして鳴くさまをも思い描くことができた。ふいに冷たい風にわれにかえると、もう夕方近くになっていた。彼は峠を下り始めた。

広重は海中から拾われたという麓の石の地蔵の前で少し休んだ。彼はこの旅の守り仏に向かって祈り、祭壇に供えられたおもちゃの山で、地蔵が子供の守り仏であることを思い出した。彼は再び自分に子供のないことを淋しく思い返し、川越えにかかった。

「薩埵の嶮にだいぶ疲れ、興津の駅へつきしは日のかたむく頃なり。途中もとめしあわびをたのしみに旅舎へ急ぐ」

彼は水口屋に向かった。広重が脇本陣に泊まるとは不思議かも知れない。彼は金もなかったし、また水口屋の多くの客と違って、地位もなかった。しかし最初に東海道を旅した時に、望月家と非常に親しい関係になったので、何時もここに泊まったのである。

最初の旅の時に、脇本陣に泊まったのは、彼が公務を帯びた団体の一員として旅行したからである。それは幕府にとって、非常に大切な儀式的な旅行であった。すなわち、幕府が天皇に立派な馬を献上するのである。江戸から京都へ馬を護衛するのが、一行の勤めであった。

広重が下役に加えられたのは、彼自身幕府に仕えていたからである。武士の第三子であったその父親から広重は幕府の定火消し(じょうびけし)の下役の地位を受け継いでいた。これは江戸城とその建物を守るために城内の要所に駐屯していた部隊であった。脆(もろ)い建物、強風、それから炊事、暖房のための火鉢の炭火のおかげで、始終駈け回っている江戸の町火消しと違って、幕府の火消し組はあまり仕事がなかった。時間が充分あるので、彼らはさまざまな芸能をみがいた。歌を詠んだり、博打をしたり、酒を飲んだり。広重は若い時から絵の才能をあらわし、父の友人の一人が、彼に絵の指導をしてくれることになった。十三歳の時に父は死に、広重は亡父の仕事を継いだ。つまり、その仕事はそれほどむずかしいものではなかったということである。もちろん、ときたま火事はあったが、二十二歳の時の出火の際の働きぶりで、彼はお讃めの言葉を受けた。しかしその時にはすでに木版画家としての地位を確立しており、五年後に役人の地位を棄て、養子に行き、芸術家として、独立の生活を歩むこととなった。しかし、彼は定火消しの人々との交際をつづけ、そのお陰で一八三二年（天保三年）、三十六歳の時に、彼の旅に対する憧れを、天皇に馬を献上する一行にまぎれ込むことによって、満足させることができた。

彼が東海道を見たのは、それが最初であり、彼は強い感銘を受けた。江戸に帰ると、東海道の版画を作り、彼は大変な名声を得た。しかし、そのために払われる金が少なかったので、相変わらず貧乏であった。

これらの絵は革命的なものであった。第一に、あるがままを写したからである。日本画には伝統的な風景画があるが、それは画室の中で、空想上の風景を書くという中国の流儀に従ったものであった。日本の版画には幾つかのすぐれた風景画があったが、それすらも中国の流儀にとらわれていた。広重は直接自然にぶつかった。それは野卑であると考える人も多かったが、大衆はそれを生き生きとしていると思い、めざましい改革だと感じた。

最初の東海道の画集は、別な意味で革命的であった。彼は幕府の壮麗な行列に加わって旅行したがその作品には一行の使命をほとんど扱わなかった。大名行列を描く場合でも、その取り扱いに何ら大名に対する敬意を示さなかった。彼はそれよりも一般の旅人に注意を払ったのだ。

こういう態度をとりながらも広重は革命家ではなかった。彼は幕府の転覆の計画が進行していることすらも意識しなかった。しかし、彼は明らかに革命の前触れの空気を記録している。

日本は新しい問題に直面していた。長い間閉め出されていた西洋諸国は日本にせまり、沿岸を調べ、国民の心に影を投げていた。国内では適正でない制度に対する動揺がひそかに拡がっていた。かつて、敵対するものがなかった権力は、今や脆弱に見えた。古いやり方は誤っているように見え、昔の光景は安っぽく思われた。大名はただの人間でしかないし、将軍も一種の大名である。

しかし数世紀以来、初めて外国の脅威に直面して、国は団結を固めた。新しい結束がはじまった。これまでになかった国民意識が生まれた。新しい目的をもった人達は自分達を新しい目でとらえた。

木版画という紙の世界でも、この新しい価値の探求が影響を及ぼした。かつて、大衆は俳優や花魁（おいらん）の肖像画、つまり華やかな場面にいる美しい人の姿に魅力を覚えた。しかし新しい気運は、広重を代表とする作品に現れていた。すなわち、それには、変わることのない風景を温かく人間的に描き、しかもそれに或る時代の終末を示す一種の憂うつな雰囲気をただよわせていた。

水口屋の主人は、早くから広重の絵を認めていた。馬の護衛に従って水口屋に泊まった時からである。一行の中に画家がいることを聞いて、広重を探し出した。主人も絵を書いたからである。彼は自分の名を名乗り、相手が広重であることを知ると、喜びのあまり大声を上げそうになった。彼に断ってその席をはずすと、まもなく徳利(とっくり)と彼が集めた木版画を一枚持って来た。広重は酒が嬉しかったので、自分を励まして、他の画家の作品を無理にも褒めようと思っていると、宿屋の主人がほこらかに取り出したのは、広重が最近出版した『江戸名所図会』の一枚であった。二人はすぐさま意気投合した。

この時の望月当主は、第十四代目の茂平老人であった。茂平は望月家の息子に生まれたのではなく、養子であった。生まれは本陣と川越えを経営している手塚家である。脇本陣と本陣との昔からの繋(つな)がりで、望月家と手塚家はひじょうに親しく、望月家の十三代目が後継ぎを残さずに死ぬと、手塚の長男が本陣を継ぎ、次の茂平が望月家の養子となり、他の家から来た娘と結婚した。茂平夫妻は前代と同様子供がなかったので、再び望月家は手塚家から後継ぎを求めた。今度は茂平の兄の次男源左衛門が来た。そして別の家から茂平はなみという娘をもらい、源左衛門の妻とした。

広重が初めて水口屋に泊まった一八三二年(天保三年)に、彼は茂平と親友になった。二度目、一八三四年に来た時は、茂平は隠居したといって、ほこらかに後継ぎの甥（おい）の源左衛門を紹介した。そして広重が一八三七年（天保八年）の秋、三度目に来た時には、最近、茂平が亡くなったことを知った。源左衛門は、

「父に死なれて、わたし共は大変悲しいと思いますが、父は幸福な死に方でした。父は先祖にこの上ないお土産を持ってあの世へ行ったのです。嘉内（かない）のなみがちょうどその頃身籠っていたからです。三代目に初めて望月家に本当の後継ぎができるという希望をもったのです」

広重はお悔やみをいい、同時に祝いの言葉を述べた。茂平の冥福を祈り、産月の近いなみの安産をも祈った。

しかし、一八四〇年（天保十一年）四度目の東海道の旅の時、広重は望月家の不幸を知った。源左衛門は家にはいなかった。なみから聞いた話によると、

「子供は女の子でした。もちろん、源左衛門は男を望んでいたので、最初の中はがっかりしていましたが、やがて夫は大変喜びまして、子供をかわいがり、皆さんは、あんな子煩悩な父親は見たことがない、といって下さいました。

しかし、生まれた子供が丈夫でないことを知ると、夫の幸せもくずれてしまいました。源左衛門は付近のお医者様を片っ端からお呼びしましたが、どうにもならなかったのです。そして、最後の願いを、まもなく江戸に向かって来るはずのオランダ人の

医者にたくしたのです。西洋の学問をしてオランダ人なら、家の子を丈夫にできるものと考えていたのです。オランダ人は市川の本陣に泊まることになっており、源左衛門は市川と相談して、医者にみてもらう手はずをととのえ、一行が到着すると、案内役の日本の役人に大変な賄賂を送ったのです。それは危険なことでしたが、うまく行きました。夜になってからオランダ人の医者はこっそり街道を歩いて来て、長い間家の子供をみて下さいましたが、そのお医者様も首を振って、手のほどこしようがない、といわれました。

源左衛門はすっかり落胆しました。何日間もぼんやりと坐って、何も口にせず、夜も眠りませんでした。彼は誰とも口をききませんでしたが、或る朝早く〝神様に願をかける〟と、わたしにいいだしたのです。

もちろん、それまでにも神様に祈ってはおりました。家族の菩提寺に祈り、また、わたし共は哀れな顔のくずれた熱血漢の夏心のお堂にも祈りました。また、子供を守ってくれる薩埵の地蔵様にも祈りました。お坊さんが、しろといわれることはわたし共は何でもやったのです。

わたしが夫にそのことをいいましたが、夫はそれでもまだ不充分なのだ、と申しまして、家の子がまだ丈夫でないのは信心が足らないからだ、とその日巡礼になって家を出てしまいました。

今、夫はどこにいるか、わたしには分からないのです。きいたこともない遠くの神社仏閣にいるのでしょう。夫は山奥に入り、そしてまた激しい潮を越えて離れ島に渡って行ったのでしょう。夏の暑熱冬の厳寒をものともせず、巡礼して行くのです。病人を直したという言い伝え、わけても病気の子供を直したという言い伝えのあるところなら、どこへでも行くのです。お寺には金を納め、断食をし、冷たい滝にうたれて行をするのです。家に帰って来るのは、金が入りようになった時だけで、金を持つとすぐまた出て行きます。帰って来るたびに、夫はだんだん死人のようになってゆくのです」

彼女の話を聞くと、広重はその手を軽くたたいてやった。慰める言葉もなかった。

一八四二年（天保十三年）、五度目に水口屋に来た時、それまでの間、幾度か心配したことだが、彼は源左衛門となみとの間の子供はどうなっただろうかと思った。その結果はすぐに分かった。女中に部屋に通されると、水口屋の新しい主人が現れた。彼は頼助という真面目な青年で、源左衛門の弟であった。

頼助の話によると、源左衛門は丈夫な質ではなかったので、巡礼と行は彼には苦しすぎた。皮肉なことに、まず彼が死に、娘が後につづいた。

源左衛門が死ぬと手塚家では、また後継ぎをよこした。頼助は源左衛門の後を継いで、水口屋の主人となり、なみの夫として望月家の家長となった。

頼助は広重を迎え、当主が代わっても、彼に対する水口屋の親しみは変わることがない、と述べた。更に、彼自身広重の崇拝者であって、彼をお泊めすることは大変な名誉であり、これからもお引き立て願いたい、と述べた。

広重はそれに答えて、人の世は定めのないものなのに、再び水口屋に来られたことは嬉しい、といい、お辞儀をしてさがって行く頼助に、由比で買って来た鮑(あわび)を板前さんに料理してもらいたいのだが、と頼んだ。唯一人(ただひとり)になると、彼は茶をすすり、哀れな源左衛門の運命を思った。

女中が現れて、彼の着換えを手伝い、風呂場に案内した。

「入浴して膳に坐る。鮑の酢物で一酌、甘露の味あり。くたびれて外出の勇気もうせて寝につく」

宿屋の前の、細い道は昼間は混雑しているが、夜になると、人通りもなく静かになって、道も広々としてくる。店や宿屋には板戸が下され、門は閂(かんぬき)がかかる。宿役場では、夜番の飛脚が世間話をし、大いびきをかいて、寝ている。建物の中では二人の若い馬子が、小さな火の側に集まって女の話をしていた。近くの家の暗い表戸の奥では、孝行息子の柴田泰助が両親の按摩(あんま)をしていた。

キリシタン禁制の立て札と、節約をすすめる高札の近くには、板に彫りこんだ曲がりくねった回路の中を火縄がゆっくり燃えていた。そのにぶい輝きが板の刻み目から次の刻み目へと動いて行き、時のたつのをつげていた。火の番はそれを見て、拍子木を打ちながら、町の中を回った。水口屋の中では、広重が眠りながら、そのおだやかな音を聞き、掛布団を頭からかぶった。

「十九日、雨ときどき晴れ、寒さ強し。買物に出る。駅にて藤八に声かけらる。夜になり本降り。ひさしぶりにて江戸の話をきき、多酔前後を知らず」

興津のゆううつな朝は、富士が雲にかくれて見えず、三保松原も雨と霧で見えない。海は水口屋の裏手に不機嫌な灰色をしている。雨のこやみの時に、彼は散歩がてらに、たばこなどの日常品を買いに出る。それも高級品ではなかったと思われる。興津は大きな商店街がなかったからだ。広重ははねが上がらないように尻はしょりをすると、女中が宿の番傘を持たしてくれた。「雨が冷とうございますから、お風邪をお召しにならないように」と、女中がいった。

こんな日に、江戸の友達に会うとは何という幸運であろう。旅を続けるのを諦めさせるのは簡単なことだった。また雨がはげしくなって来たので、二人は、水口屋の名前を書いた半透明の黄色い番傘をさして宿に急いだ。相合傘とは駆け落ち者みたいじゃないかと二人は子供のように笑いながら、宿で一杯やることを相談した。

藤八は何週間も江戸をはなれていた。彼はいろいろの情報を仕入れなければならなかった。幕府が大変な改革を実行していたからである。私娼や男娼がつかまり、婦人の頭かざりも禁じられた。劇場や俳優が一般との接触を禁じられ、神社仏閣の祭礼では見世物は禁じられた。また刺青も御法度だった。当局は江戸の風紀を引き締めようとしたのである。

この改革のあるものは広重にとって問題にもならなかったが、版画や絵草子(えぞうし)の新しい検閲制度には困っていた。彼の得意とするものは風景画であって、美人や俳優の似顔絵の禁止にはあまり驚かなかったが、色は八色(やくさ)に限定された。また値段の制限もできて、これを版元ではただささえ安い画料を下げる口実に使う。また絵画きの肩ごしに光っているかと思われるような検閲の目を常に意識したし、当局はあらゆる絵の中から幕府に対する攻撃の意図をよみとろうとしていた。彼もついに、絶対安全な歴史上の英雄の似顔を描こうかという気になっていた。

しかし、旧友に出会って酒があれば、いつまでも、うっとおしい話に終始するわけはない。広重は遊ぶ時は精一杯遊ぶのだ。彼も藤八も、宵越しの金は持たないという江戸っ子だった。二人はうまい料理とよい酒が好きだったが、水口屋には両方ともそろっていた。二人は互いに出会えてよかったと思い、その日も暮れて行った。広重は木版画師としてだけではなく狂歌にもすぐれていた。そして訳してしまえば、何の面白味もないのだが、「酒ダルが軽くなればなるほど、足がますます重くなる」という意味の歌を作っている。

夜になると、広重は足が重くなったばかりでなく、頭も目も覚つかなくなった。雨は屋根の上で激しい音をたてている。部屋の情景もゆらめく行燈（あんどん）の灯もかすんできて、彼はたたみに倒れてしまった。藤八は彼の方を見て、徳利を空にすると同時に倒れてしまった。女中が二人の頭に枕をあてがいふとんをかけ、目を覚ました時に飲めるように枕許（まくらもと）に冷たい水を置いた。

「二十日、曇り。藤八に別る。家内のものへ書状を頼む」

実は広重はだまって家を出て来ていた。妻は気丈な女で、やりくりがうまく、彼女が、貧乏して外聞が悪いと不足をいう時は、たいていの場合、それももっともだと広重は考えた。しかしどうしようもなかった。そして妻があまりやかましいことをいうと、広重は時によると、しばらく家出をするのである。最近彼は写生旅行をしたいと思っていた。たまたま、妻がかんしゃくを起こしたので、彼は家をとび出したのである。痛む頭を抱えて書いた彼の手紙は、妻君がとっくに想像していることを改めて知らせたにすぎなかった。

彼女は、後妻であった。最初の人はおとなしい女性だったが、三年前に死んでいた。どちらの妻からも彼は子供に恵まれなかった。彼はすでに養子をとって、定火消しの職をつがせていたが、後になって、弟の娘を養女にしてかわいがった。彼の弟は僧侶をしていたので、子供を育てる必要は何もなかったのだ。

藤八は紙入れに手紙をしまい、二人の友人は別れた。広重が江戸に戻ったらもう一度、歓迎会をやり直そうと、固い約束をした。

「曇りであったが興津の写生。前夜ののみすごしにて具合よろしからず。旅舎にて書きもの整理。夕景街を散歩」

照ってもくもっても、二日酔であろうとなかろうと、仕事はしなければならない。彼は手帖と矢立を持って宿を出た。昨日は藤八と会えて嬉しかったが、今日はたった一人になって、適確な線によって正しく物のイメージをとらえるために、格闘しなければならない。

午前中彼は、熱心に真面目に仕事をすすめた。彼は興津をよく知っており、何度も写生をしたことがあった。しかしその度ごとに、興津は変わっていた。彼はしばしば、

「古い景色も見るたびに新しい。絶景は何度見てもあきない」

といった。昼すぎてから急に疲れを覚えて仕事をやめた。つかれて体のふしぶしが痛んだ。こぶしでこった首すじをたたきながら、目の前の風景を眺め、顔をしかめて写生帖（スケッチブック）を見、水口屋に帰って来た。

頼助は、彼に特別の御馳走を用意していた。鮑と酒である。昼食がすむと広重は元気をとり戻し、庭に面した戸障子をあけはなって、下絵をちゃんとした写生に書き始めた。たくさんの仕事が残っていた。その日の午前中の分ばかりでなく、数日間分の

ものがたまっていたのである。

　これは、将来版画にするための、第二段階の作業であった。印象をざっと描いた下絵は選びわけられ洗練されて別の写生帖に写される。どこからどこまでも美しく描かれて、見る人に、一度は東海道を歩きたいものだと思わせるように描くのである。この写生帖は、展覧するためでもなく、またこのまま版画になるわけでもない。それは広重が、頭の中でイメージを組み立てる過程の一つにすぎない。彼はうす暗くなるまで仕事を続けた。それから入浴して食事をすまし、体の緊張をとくために、暗い興津の街を散歩した。

「二十一日、晴れ。明日は清見寺の石段を登ろうと彼は思った。門前より見渡す、海辺、塩汲み、塩竈(しおがま)の煙立ちのぼりて景色ことに良し。しばし立ちどまりて一服す」

　彼は境内に腰を下ろし、しばらくしてから、案内書をとり出して、この古い寺の名物をしらべた。〝臥龍梅(がりゅうばい)〟はすでに見て来た。こう呼ばれている尊い梅の木は、石段の下にゆったりと横に枝を拡げていた。これは有名な木で、まるで木自身それを知っているかのように見える、と広重は考えた。この梅の花が毎年正月に大名の資格を持って江戸城に届けられるということを知り、木はその名声を意識しているように見えた。

　清見寺のもう一つの名所を、広重は前に興津に来た時に見ていた。それは本堂の入口の天井で黒いしみがあることを除いては、何ということもないものである。

清見寺の臥龍梅　家康公来遊の際に清見関の梅を取らせて接樹したものといわれる（清見寺提供）

「血天井」と呼ばれている大玄関の天井。血痕はわからない

大方丈の壁面に飾られている古武器

千三百年ほど前に、南西地方の文化の進んだ一族が、当時清見とよばれたこの土地に北から侵略する部族をおさえるために、海沿いの道に関所をつくったのである。まもなく彼らは関の守り仏として仏像を安置し、これが後の清見寺の始まりである。

歴史によると、ここで激しい戦いが行われたが、この一つは八世紀の末、もう一つは十世紀の初めである。天井のしみはこのうちのどちらかの時に出来たものである。それは関所を守って死んだ男の血の跡であって、寺を焼きつくした火災をまぬがれた古い山門の材木が、現在の本堂の天井を作るのに使われた。血のしみは材木共にと移されたのである。近くには、関所役人の武器もいくらかおいてある。敵の喉をせめるための先が分かれた槍（やり）、いくまたにも分かれた槍、とげのたくさんついた槍などがある。

広重は、この戦いにもとづいて、歴史的な絵をつくろうかと思ったが、すぐその考えを諦めた。目下のところ、幕府のある江戸は北にあたり、敵は南西地方の諸藩である。画家が、どのように考えたところで、幕府は彼を牢屋に入れるだけの寓意（ぐうい）をその絵に見つけるであろう。

今日では、その戦いは思い出として残っているばかりである。この十世紀の戦いの時に、ある冬の晩、武将が詠んだ歌を案内書から拾い出して広重は楽しんだ。

漁 船 火 影 寒 焼レ浪

駅路鈴声夜過レ山（杜荀鶴）

また、もう一つの歌があるが、これは海上の旅行者も、関所の前を素通り出来なかったことを示すものである。

清見潟関にとまらでゆく舟は
嵐のさそう木の葉なりけり（大納言実房）

広重が空想にふけっていると、一人の僧侶がやって来た。僧侶は手に写生の道具をもって長い間境内に坐っている男を不思議に思って寺から出て来たのである。まもなく二人は仲良く話しはじめた。

寺の起源に関する広重の質問に対して僧は明るく笑って答えた。

「その伝説をお話しますが、真偽のほどは、保証出来ませんね。

一二六二年（弘長二年）頃までは、関所の守り仏の仏像があるだけでした。その頃、関聖という名の僧侶がここに本格的な寺を作ったのです。この関聖という人については、こういう話があります。

その頃、山の上に人里をはなれて暮らしている老僧がおりました。彼が毎日お経を上げていると、毎日蛇がそれをききにやって来るのです。それは片目の潰れた奇妙な蛇でした。ある日、この蛇は来ません。そして次の日も次の日も。ついに老僧もいなくなったものだと諦めました。

しばらくたって、漁師たちは海で大きなタコをとりました。それは片目が潰れていて奇怪なタコでした。こんな奇型のタコをたべると悪いことがあるといって、人々はそれを海辺に埋めてしまいました。埋めたあとに草が生い茂り、一人の村娘が、その草を食べると不思議にも妊ったのです。やがて生まれた男の子は片目でした。

落胆した女は、子供と一緒に死のうと思いましたが、山に住む老僧が彼女を押し止めて、子供を引き取って育てようといいました。老僧は自分の言葉通り、子供に仏の道を教えました。後に関聖を名のって清見寺を作ったのは、この少年です」

広重は微笑して、何もいわなかった。しばらくすると僧は静かにいった。

「墓をご覧になりますか」

広重はうなづいて、僧について寺を回り、杉の巨木にかこまれた急な坂を登って行った。琉球の王子の墓の前をすぎると、代々の住職の墓地に出た。僧侶は一番手前の一番古い苔が生えて、ぼろぼろになった石を指さした。その墓石はタコの形をしていた。

二人は坂を下る時も黙って歩いていた。本堂につくと僧侶は、

「清見寺を豊かな立派な寺にしたのは足利尊氏です。尊氏の像をお見せしましょう」

広重は、この僧侶が案内人風のいい方をするので微笑を浮かべた。尊氏の像は、祭壇のわきのうす暗い場所に置かれた木の彫刻であった。

尊氏は、四百年前からずっとそこにあぐらをかいて坐っていた。広重は、木像をし

木造足利尊氏坐像　県指定文化財（清見寺蔵）

げしげと眺めた。なかなか出来のいい彫刻で、その彫刻のなかに当時の尊氏に対する批評や評価もよみとることが出来たからである。尊氏はあごがはっていたが、これは征服者の特徴として日本人が考えるものであり、家康もそういうあごを持っていた。また黒眼の輪郭がはっきりと見える鋭い目を持っていた。これは陰険な知謀に富んだ性質の表れだといわれている。つまり尊氏はそのような人間として考えられていたのだ。尊氏は暗黒時代であった彼の時代における偉大な人物であった。しかしそれと同時代の失敗者ではあるが一層人々に尊敬される楠木正成（くすのきまさしげ）、あの由井正雪の崇めた正成に比べると、尊氏は冷酷な陰謀家で、約束は平気で破り、野心の命ずるままに立場を替える人間とされている。彼は死ぬ時は最高権力者であったが、歴史はそれ故に彼を非難している。日本人は常に、最大の英雄として敗者を選ぶのだ。

一三三五年（建武二年）、尊氏が激しい戦いに勝って清見寺に休憩した時、彼は壮大な伽藍（がらん）を寺に寄進すると約束した。二、三年後、彼は息子と弟をつれて、戦いのために、ここへ戻って来た時（彼の家族はめったに意見が一致することがなかったのである）彼は寺を焼き払った。その理由は例によって要害の地であって敵の手に落ちると、都合が悪いからというのであった。尊氏は清見寺を焼き払った最初の人物となり、家康がその最後となった。しかし二人とも再建に手をつくしたのである。

広重と一緒にいるのが楽しくなって来た僧侶は、本堂の裏手へ案内して、そこに跪くようにというと、重い板戸を開け、有名な庭を見せた。滝は山から九段に分かれて池に注ぎ、茶室は如何にも静かに瞑想をするのによさそうに見える。僧は芭蕉の句を下に彫った小さな石橋を示し、うやうやしい声で、家康公お手植えの五本の木と、公が御命名になった三つの石を示した。このために、大名すらも庭を拝見する時は跪かねばならないのである。

あと清見寺のみるべきものは、寺が持っている絵画である。広重が絵かきなので、僧は絵を見せることにした。案内書によると雪舟の絵ということになっているが、これは、実はよくできた模写であって、その原画もはたして雪舟が描いたかどうか、論争の的になっていた。これは今日でも重大な問題である。雪舟は日本一の画家ということは、ほとんど疑問の余地がないからである。

禅宗の僧侶で画家であった雪舟は、コロンブスと同時代の人である。彼は全国をまわる途中、清見寺の山の上にしばらく住んでいた。数年後、雪舟はある俗福な大名の頼みで美術品を買いに中国に渡った。これは長年の夢の実現であった。中国は、日本の文化の源泉であって、雪舟は中国の画家から絵を学びたいと願っていたからである。

彼のこの夢は裏切られた。中国はすでに盛りを過ぎて、当時の如何なる画家よりも、雪舟の方が秀れていると中国人たちは考え、北京で雪舟はたくさんの絵の依頼を受けた。

伝説によると、彼はこの時、日本第一の絶景を描くようにいわれ、興津に隠棲(いんせい)した当時の記憶を辿って、清見寺にある絵を描いたことになっている。彼は屏風のような山の上に聳える富士を描き、伝説の三保の、風に折れ曲がった松を描いた。また遠くの海岸沿いの興津の村や湾を走っている漁舟(ぎょしゅう)の白帆(しらほ)を描いた。薩埵峠とその向こうの由比の村もかすかに見える。手前の山の中腹に聳えている清見寺も描かれていた。彼は画家であり、絵の構成上、何か足りないものがあると思って、寺の裏手に実際には存在しない五重塔を描きそえた。

この絵は、それ自体として完成品ではなく、北京の宮殿の壁画の習作であるといわれる。この話を信ずる人は、雪舟が壁画を描いたという古い記録を人に示す。残念なことに、雪舟がこの絵に落款(らっかん)を書かなかったので、筆者に関する論争が起こった。絵に書かれた文字は、彼の友人である北京の学者のつくった次の様な詩である。

巨嶂稜層鎮㆓海瀕㆒
扶桑堪㆑作㆓上天梯㆒
岩寒六月常留㆑雪
勢似㆓青蓮㆒直過㆑庭
名刹雲連清建古
虚堂塵遠老禅栖

乗レ風吾欲下東遊去
時二到松原一竊中羽衣上
（詹僖）

彼は壁画を描いてから、その習作を目本に持ち帰った。そして再び興津に来た時、清見寺に立ち寄り五重の塔の話をした。

彼が塔を建てるようにといったのではなかろうが、彼の名声が非常に高かったので、寺も檀家（だんか）も、雪舟が必要だと思った塔を建てなければ、彼は落胆するだろうと思った。即座に五重塔が造られた。こんなことは中国人にすら尊敬された大芸術家雪舟に捧げるものとしてはそれほどのことでもなかったのだ。

この五重塔の中に、薬師如来がまつられ、その如来が清見寺の膏薬の秘法を教えたのである。全く話はうまくつながっているものだ。

雪舟の原画を持っていた人が、その模写を清見寺に贈るということは道理にかなったことであり、その人の寛大さが、大切な宝物に関する疑いを招くようになったことは残念なことである。模写を行ったある学識深い画家が、その人の持っている原画が偽物だと騒ぎたてはじめたのだ。

広重は、この有名な絵を眺めて満足した。そして、僧がこれを見せてくれた時、寺の案内もそろそろ終わりになったと気づいた。その絵を見た後ではすべては退屈だった。

寺から帰る途中、広重は石段の上からもう一度下を眺めた。昔からの諺を彼は思い出した。馬に乗る者も思わず馬をとめ、舟をこぐ者はかいを忘れ、歩くものも一足ごとに振り返るという言葉である。広重は溜息をついて、版画にするにもあまりにも偉大な眺めだと思った。

石段を下りて、街道の雑踏の中に広重は入った。前には清見寺の膏薬屋が並んでいる。昔はこのあたりに華やかな色彩をそえていた美少年の売り子がいたことは知っていたが、もう時代が変わっていた。彼は、丸一の店で立ち止まり、膏薬一包を買い、うどんを食べてから、水口屋に戻った。

「二十二日、曇り。頼みにより興津の風景を書し、暮六つ刻頃より本降り。早寝」

絵を頼んだのは頼助であって、前の晩広重が清見寺から戻った時に彼に注文したのである。そうすることによって、頼助は、広重が二度目に水口屋に来た時、その頃の当主、源左衛門が始めた習慣を受け継いだのである。頼助の意図は源左衛門のそれのように二重の目的があった。望月家では、広重の版画が好きで、それを集めていたが、同時に特別な、そして個人的なものを望んで本物の絵を欲しがっていた。それに、広重は水口屋の宿賃を払う金がないことも判っていたので、彼が来る度に何か描いてくれと頼み、いよいよ広重が出発する時になると、宿賃よりやや高目の画料を支払うようにした。このような取り引きを誰も夢にも考えつかなかったであろうが、事実はその通りだったのである。広重の収入の多くは、版画以外の仕事によって得られた。画家として世に立っている間に、彼は何度か芝居の幕を頼まれ、そのために、彼は長い旅行をした。彼は壁画を描き、また芝居の看板絵を描いた。もちろん、掛軸を描くこともあった。

それでも、赤字を出さずに暮らして行くことはむずかしかった。最初の妻は、広重の写生旅行の費用を出すために嫁入り衣裳をあらかた売ってしまい、二番目の妻も時々近所から金を借りねばならなかった。彼はかなりぜい沢な暮らしをしていたが、死ぬまで、自分の家を持つことができなかった。

「二十三日、曇り。写生整理。海岸漁舟手入の図」

教養と金があり芸術の好きな上流階級は、広重を芸術家ではなく職人だと考えていた。それでも彼の存在を知っていれば、まだよい方である。版画は低級なものであって、古典的な絵画と同列には考えられなかった。そのくせ、古い形の絵は味も内容もなくなっていたのである。

広重はこのことをよく知っていた。彼は上流階級のために絵を描いたのではなかった。彼の版画に登場するのは、一般庶民であった。田畑に出て行く農夫、たき火で尻をあぶっている人足、宿ひき女につかまっている旅行者など。大名行列を描く時でもその旗竿(はたざお)やおおいをつけた槍の装飾的な効果に最も関心を持っていたように思われる。

彼は自分の祖父が武士であったことを誇りにしていたが、自分が武士でないことをよく承知していた。彼は町人であって町人として暮らした。どこに行っても彼は庶民の生活の様々な面を吸収した。興津には何度も行き、この町のことは何でも知っていた。

例えば、彼はこの地方の英雄達のことを知っていた。三吉(みよし)という若者がいて、飛脚であったその父親が、夜手紙を由比に配達するようにといわれると、彼はその仕事を自分が引き受け、たった一人で山道を越えて行った。また泰助という少年は、最近その模範的な暮らし方のためにお上からおほめの言葉を賜わった。彼は学問が好きで、怠惰な精神を憎み、よく働き、困っている人を助けた。また孝行な息子で両親の肩をもんだ。それから、もともという忠実な下女がいる。彼女は川人足(かわにんそく)の娘であったが、家は貧しく彼女を育てることが出来なかったので、十四歳の年に、勘兵衛(かんべえ)という豪農の家に下女に出された。勘兵衛は生活が苦しくなって、もとにわずかな給金すら出せなくなると、よその家に勤めるようにといいつけたが、もとは、勘兵衛が貧しくなったからといって、暇をとるようなことはしないと答え、勘兵衛の年をとった病気の父親のために、医者を迎えに、何里も歩いて行き、老人が死ぬと、降っても照っても百日の間、毎朝その墓に詣った。彼女はこのことを秘密にしていたが、木こりが朝早く彼女を見かけたことから、話は広く知られるようになった。彼女は尊敬されるようになり、たくさんの縁談が持ちこまれたが、それをみな断って、もし結婚すれば、勘兵衛の家や、自分の両親の家へ今までのように行くことはできなくなるから、といった。そして、彼女は依然として、勘兵衛が買うことのできない薪(まき)を拾いに、夕方山に入り、夜遅くまで穀物をつき、勘兵衛の手許がひどく苦しい時は自分の着物を質に入れ、子供たちのいさかいを静め、大人たちの論争の仲裁をした。そして、お上が彼女を表彰しようとすると謙虚にそれを断った。

広重はまた、街の人が最近、名古屋以東の人々を恐れさせた評判の牢(ろう)破りの悪者の一隊をとらえたことを、彼らと共に喜んだ。

彼はまた街の人と一緒に水口屋の風呂番のトン智をほめたたえた。彼は悪人たちが宿屋の前で取り巻かれた時、屋根にとび上がって、瓦をぶつけたので、悪人たちは刀を捨てて降参したのである。

広重は、庶民の年中行事を知っていた。一月十一日に小作人は地主の屋敷に集まって改めて今年の小作の約束を結び宴会を開く。両者の関係は、主人と家来のそれに似ている。また立春の日にはいり豆をまいて、禍(わざわい)を追い、福を家に迎えいれる。その後には賑やかな田植えがある、田植えは昔からのしきたりで女性がすることになっているので、一年中でこの時ばかりは女の手間賃が男よりも高くなるのだ。七月には御盆がある。この時は、あの世の門が開いて、先祖の魂が家に戻って来る。三日後にその魂は海に漂う小さな舟に乗って戻って行く。その舟には一つ一つ行先を照らすために、灯がつけられる。同じ晩に川人足と僧侶たちは河口に集まってたき火をたき、その年川で命を失った人のために祈る。数週間後には、取り入れのお祭りが来る。もちろん、あらゆる神社仏閣はお祭りをし、その景気をそえるためであろうか、川床では相撲大会が開かれる。最後に大晦日（おおみそか）が来る。この時は誰もが身のまわりをととのえ、新年は特別の料理で祝い、寺参りをし、知り合いを訪問する。広重はこれらの行事の底を流れている感情を汲（く）みとることができた。

彼は、食道楽ではあったが、庶民の貧しい食事をも知っていた。大麦か小麦に、時たまわずかな米をまぜ、それ以外は野菜と少しの魚が彼らの食事である。川人足たちは、冷たい水の中で働く間、自分の体を暖めるみそを買うために借金をこしらえた。もしも、運よく鶏（にわとり）を飼うことができれば、彼らは卵をとるが、肉は食べなかった。鶏は飼い殺しにされるか、神社仏閣にはなたれて、勝手にえさをさがすかの、いずれかであった。広重は頼助から、ある村人が鶏を食べたという、けがらわしい話を聞いた。彼は悪魔として村を追われたのである。

彼は、人々の生活がいかに規則によって制限されていたかを知っていた。家の大きさも、服装も取り締まる規則があり、衣服は木綿だけで、飾りに絹を使うことも許されなかった。博打は禁止され、節約と孝行が奨励されていた。

彼はこれら庶民の生活のあらゆる面を知っていた。それは彼にとって、第二の自然であり、彼の版画にはそれらのものがユーモアとうっとおしさと諦めをもって示されている。

彼はその日の朝、裏門から水口屋を出て行き、庭を横切って浜に下りた。漁師が舟や網を修繕する様を写生し、仕事を手伝わせるには小さすぎる子供たちが砂の上で遊び、女が塩を作るさまを写した。十年後、彼の最後の東海道を扱った版画集の中で、興津という題で、塩をつくる場面を使っている。

午後の大半を写生に費やし、ときおり山や三保松原を見渡した。彼は庶民と共にこういう土地にいると故郷に帰ったような気がするのであった。

「二十四日、晴れ。道中別に記入のことなし。足いたみのため江尻まで乗り物。途中写生す。久能山参拝。写生。眼下の景色秀れたり」

この寺は、もちろん砦のような山の頂上にある寺ではない。この山は家康が葬られた場所なのだが、元来そこにあった寺を、幕府は二百七十年前にもっと低いところに移転させた。僧侶はそのことでまだ不平をいっていた。

「三保まで歩いて行く。海のかなたの清見寺、興津海岸の絶景みる。雪景色美景なり」

広重は雪景色を描くのに雪を見る必要はなかった。雪を描いた彼の傑作のあるものは、夏の写生にもとづいて作られた。

彼はそういう批評はしたものの、興津の雪景色は描かなかった。しかし十数篇の興津を扱ったものの内の傑作は、三保松原から港ごしに、興津を眺めたもので、前景に帆を一杯に張った廻送船があり、山の中腹に清見寺が見え、地平線には富士が聳えているものである。しかし彼は東海道のこの辺りを愛したとはいうものの、それほどの名作は残さなかったこともいいそえねばなるまい。

「先年友人の話に塩浜にて塩むしの鯛を食せしことあり。味わいも実によしとの話聞きたることあり。自分も諸国旅行のおり、一度賞味したく思いおりしおりから良き機会と浜人に頼みしところ、それはやかましく、ことに魚のまわりの塩は使い道にならぬ由にて、一度はことわられしが、切なる頼みにようやく承知、今一刻ほどたてば、漁船も帰りくれば、それまで待たれよとのことに銭余分に渡して四方の風景心ゆくまで遊覧。時刻をはかりて立ち戻り見れば、中鯛三枚ほど焼き上がりたるところとて、さっそく賞味するに話し以上の味わいに、風味この上もなく誠に生まれて始めてかかる結構なものを口にせり。さっそくこよいの酒の肴にと持ち帰り、道を急ぎ興津の宿に入る。さっそく旅舎を求め、入湯すませて膳に向かい、塩むしして一酌す。宿帳もちて入りきたりし番頭も目を丸くして良くもお手に入りしものかな、私たちさえまである。

広重は、絶景を求めて旅をしたが、その日記が熱意を帯びて来るのは食物を書く時である。

興津鯛は日本中に有名であって、これは、鯛の肉を塩につけて板の上で半ば干しあげて焼いたものである。これは家康の好物で、今日に至るまで人々に好まれている。

しかし、とりたての鯛を塩で包んで焼いたものは水口屋でも珍しい珍味であった。

頼助は、広重がこれを知っているのに驚いた。ということは頼助が、この客の人柄をよく知らなかったということである。

「しきりとみつめる様子ゆえ、半分ばかしくれしに大いに喜び、頭を下げて出てゆきしに、やがて二本ばかり酒をたずさえ返礼にきたりしが、よほど珍重のものと思えたり。あまりの珍味に大酔、早々食事をすませて寝につく」

一日たっぷり歩き、珍味と酒のおかげで、彼はぐっすり眠った。翌日彼は旅に出るのだが、再び水口屋に戻って来るのは、旅への情熱が消えうせた時であろう。その時は江戸への郷愁のために長逗留（ながとうりゅう）はすまい。江戸は彼の故郷である。

「二十五日、今朝すこし頭重し、されど出立す」

「広重死絵」三代歌川豊国（静岡市東海道広重美術館蔵）

次郎長親分

一八五〇年（嘉永三年）には、広重の人気は絶頂に達し、頼助は水口屋の主人として納まり、生活を楽しんでいた。時おり、彼は自分の幸運を驚くことがあるために、一層毎日を楽しいと思った。

二十五の年まで、彼は自分が一家の主になるとは夢にも考えていなかった。長兄は、手塚の家の本陣を継ぎ、次の兄の源左衛門は、水口屋の養子になった。頼助は一族の余計者として暮らすはずであった。しかるに、突如彼は源左衛門の後継ぎとなったのである。彼は繁盛している宿屋の主人となり兄の若い未亡人なみと結婚した。今は丈夫で健康な男の子が生まれているから、頼助が自分の幸運を驚いたにしても不思議はない。また、彼が自分の責任を強く意識したとしても不思議はない。

そのため、街道を通りすぎる人々を眺めて、無駄に時間を潰すことは滅多にしなかったので、恐らく彼は、一八五〇年の或る寒い冬の朝、店の前を小さな行列が過ぎたのも気が付かなかったであろう。

それは、それぞれ二人のたくましい男に担がれた五挺(てい)の駕籠(かご)であった。宿役場で駕籠かきが賃金をもらって引きとると、代わりに新しい男達が担ぐことになった。寒いので簾(すだれ)を下ろした駕籠は川の方へ揺られて行き、浅い水路の上にかかった仮橋を渡った。駕籠かきの重い足音が川原にうつろにこだました。一行は薩埵村の店の並んだ道を抜け、駕籠かき達は、ふうふういいながら、山道を登り始めた。

この話をしてくれたのは、現在の宿屋の女主人である伊佐子である。というのは、この一行の一番前の駕籠に揺られていたのは、彼女の曽祖母だったのだ。この老婦人はその年、冬の寒さに苦しめられていた。体が冷えて、激しい苦痛に責められていた。彼女は治療の方法を講じた。それは温泉へ湯治(とうじ)に行くことで、そうすれば温泉の温かさと、早咲きの梅の花は彼女の冷え症を治すだろうと思われた。そこで彼女は、海流の影響で暖かい、伊豆半島へ故郷の清水から行く途中であった。伊豆は温泉があるし、まもなく、梅の花も開く。湯治には二人の姪(めい)を伴い、その他に女中一人、また道中の用心棒として、一人の男を伴っていた。

寒風が吹いていたのに、駕籠かき達は山道にかかると、すぐ立ち止まって額の汗をぬぐい、荷物の重いことをこぼし始めた。もう少し進むと、また立ち止まって、こんな重い物を担がねばならないとは、よくよく運が悪いといい出した。次に頂上に近い淋しいところで、彼らは駕籠を投げ出した。この女達は石みたいに重い。わずかな規定の料金で山越えをさせるとは馬鹿げたことだ。もうこれ以上は進めない、こごえるなり、山の中に隠れている追い剝ぎに首を切られるなり、勝手にするがいい。こんなけちな婆などは、それが分相応だ、彼らはそういうことをいい始めた。

　老婦人は怒りっぽく、毒舌家だった。駕籠かきが不穏になり始めると、家中を震え上がらせたその毒舌をふるったが、駕籠かきの方がうわてであることが分かった。事実彼らは一番後の駕籠に男がいるとは知らなかったし、彼女にしても、一人の用心棒では十人の屈強な悪者にはかなうまいと考えていた。金を払わなければなるまい。彼女は心の中で算盤をはじいていた。

　最も鼻息の荒い悪党が駕籠もろとも崖から投げ落とそうといいだし、老婦人が交渉を始めようとした時、彼女は相手の男の視線が動いたのを知った。後ろの駕籠が静かに戸を開けたのである。

「しようがないね。かるはずみに張りきられては困るじゃないか」

　と彼女は考え、用心棒に、おとなしくしろ、といおうとした時、駕籠かきの顔に不安な表情が表れた。駕籠かきは口を開け、真っ蒼になった。突如、岩だらけの道に跪き、その仲間達も皆彼のまわりにうずくまった。彼らは一生懸命に許しを乞おうとした。老婦人が後ろを振り向くと、用心棒の冷たい目で彼らはかなしばりになっていた。その小肥り(こぶと)の用心棒は駕籠から半身のりだしているだけなのである。

やがて、人足共は立ち上がり、夢中で駕籠を担ぐと、どんどん進み始めた。彼女は駕籠の中でくつろぎながら、驚きのために息もつまる思いだった。明らかに、人足達は一行の中に男がいたので驚いたのだ。しかし、それだけでは彼らの恐怖を説明することはできない。たった一人の男が、特に変わった人間でない限りは、一睨(ひとにら)みで、十人の男をちぢみ上がらせることはできまい。しかし、そのようなことがありうるだろうか。彼は一介の町のやくざであって、始終、彼女の質屋の金を借りに来るのだが、昔その男が腕白(わんぱく)小僧であった頃、わずかな間、店の小僧をしていたことがあったために、出入りを許されていた。彼を連れて来てよかった、と彼女は思った。そうしているうちに、駕籠はぎしぎし揺れながら、薩埵峠を越え、由比の町に入り、彼女は彼のことを考えつづけた。彼はかくれた才能をもっているに違いない。彼はすぐれた人物に違いない、と彼女は思った。

事実、その通りで、浪曲(ろうきょく)にもあるように、「旅行けば、駿河(するが)の国に茶のかおり、名代なる東海道、名所古跡の多いところ、なかで知られた羽衣の松と並んでその名を残す、街道一の親分は、清水港の……」彼は清水の次郎長(じろちょう)であった。

伊佐子の曽祖母が次郎長の業績を知らなかったにしても、それは彼女が比較的小数の中産階級の世界に暮らしていたからである。駿河の庶民にとって、次郎長は大人物であった。彼らにとっては、恐ろしい政府の機構は縁遠く、わけが分からない存在だった。そして、命令も末端の彼らにはめったにとどかなかった。泥棒、人殺しを震え上がらせたのは次郎長であり、その支配権は侍の横暴からも庶民を守ることがあった。次郎長は博打うちではあったが、盗賊ではなかった、彼は彼なりによい人間であって、その上、彼は強力な人間であった。ロビン・フッドであり、親分であった。

頼助は彼のことを知っていた。次郎長の本拠である清水は隣の宿であり、水口屋も彼の縄張りに入っていた。次郎長は更に江戸に向かって二つ先の宿の富士川から、京都の方へ向かって六つ目の宿の大井川まで、海岸沿いにその縄張りをつくっていた。この東海道の中央部に神社仏閣の祭りや大名行列が泊まるようなことがあれば、必ず次郎長の子分達が賭場を開いた。その博打場のまわりには、強力ですばやい次郎長の子分達がひかえていた。

頼助は、しばしば次郎長が親分であることを感謝してもいい、と考えた。博打うちはどうせ何時でもいることだし、それにつれて親分というものも現れる。そして宿屋の主人としては、街道筋がよく治っていれば運がいいというべきなのだ。頼助がしばしば口にしたように、司法権は非能率的になっていた。その筋の者達は何もしていなかった。鼻薬をかがされて、見て見ぬふりをしているのだ。しかし、彼らだけを非難することはできない。幕府の機構全体が腐敗し、危機にひんしていた。また、年々列強が日本を圧迫し、南西の諸藩が反抗的になったということも、別に驚くに当たらない。どうなることであろうかと、頼助は考えた。また一方、街道の平和を守るために、次郎長のような善良な強い人間がいることは、宿屋の主人にとって、都合のいいことでもあった。

一八二〇年（文政三年）から一八九三年（明治二十六年）に至る時代、すなわち外敵の脅威の前におびえた無法状態に始まり、古き秩序がくずれ、新しい秩序が起こり、二世紀半にわたる鎖国制度が終止符をうたれ、日本が近代世界におどり出たこの時代を代表するような人物を、文学者が創造しようとするならば、次郎長のような人物を表現したらよいかも知れない。多くの日本の作家達もそのように考え、次郎長にヒントを得て、彼に関する書物を書いた。最初にそう考えたのは次郎長自身であったが、彼は先見の明があったというべきか、字が書けなかったので、作家になることの悩みをまぬがれることができた。彼は自分の考えを仮名を使ってなら、充分表現することができたが、日本の知識人達がその思想を飾る面倒な漢字は習わなかったのである。

次郎長は、或る若い作家に自分の経験を語ることによって、自分の伝記をつくった。これは権威ある伝記というべきで、次郎長の生涯が、彼の望むような形で語られている。この本は次郎長の最悪の敗北など、完全に無視している。彼の考えでは、他の人達が自慢をしたがるなら、それと同じような意味で自分も本を書かせようという、もっともな立場をとったのである。しかし、これはかなりの才能をもって書かれている。次郎長は生き生きとした劇的な感覚に恵まれていた。

彼は、一八二〇年（文政三年）一月一日に生まれた。この地方の迷信で、元旦生まれの子供は情深い天才になるか、極悪人になるかのどちらかであるといわれている。そして、その父親は元旦に子供が生まれるという変事を知ると、すぐさま処置をとった。彼の妻が恥知らずであるのに悩んでいたので、彼は直ちに子供を次郎八という名の大きな米屋をやっている兄の所へくれてしまった。次郎八には娘がいたが、息子がいなかったのである。子供は長五郎（ちょうごろう）と呼ばれたが、今や次郎八の長五郎となった。彼は養父の名前の前半と、彼自身の前半をとって、次郎長といわれるようになった。彼は腕白小僧になった。八歳の時に、読み書きを習いに学校にやられて、これが次郎長と漢字との最初の出合いとなったのだが、彼は反抗し、それまでおとなしかった他の子供達まで、彼に見習うようになり、次郎長は家に追い返された。

次に彼は禅宗の寺の学校にやられた。（清見寺ではこの天罰をまぬがれることができた。厄介を背負いこんだのは清水の寺であった）。最初、他の子供達に相手にされなかったが、次郎長はすでに指導力を身につけていたことを証明した。毎日学校に菓子を持って来て、それを喧嘩相手に分けてやり、彼らを忠実な子分にしてしまったの

清水次郎長肖像画（梅蔭禅寺蔵）

清水湊次郎長生家（静岡市清水区）　国登録有形文化財で次郎長にまつわる写真や資料などが展示されている

である。

彼は子分の期待を裏切らなかった。寺の住職は菊を作る趣味があったが、子供達を使って水をやり、雑草をぬかせていた。当然、子供達はそのことで憤慨していた。次郎長はその仕事を命ぜられると、菊を根こそぎぬいてしまった。この英雄的な行為のために、彼は退校させられた。帰り際に、次郎長は寺の池から金魚を全部持ち帰った。

養父の米屋は、この時清水の望月家である伊佐子の曽祖母の所へ小僧に出したのである。質屋では腕白小僧にはなれていたが、この子は特別であった。二、三カ月の後、彼は追い出された。十歳の時である。

養父はもう一度試してみた。彼は次郎長を妻の兄に託した。この人は薩埵峠に住む農夫で、その場所は、後年駕籠かき達が難題をふっかけた場所から遠くない場所にある。この農夫には次郎長もかなわなかった。ちょっとでも間違うと、すぐさま大変なお仕置きに合った。やがて、或る伝記にあるように、「彼もおとなしくなり始めた」のである。

広重が天皇に献上する馬の護衛となって、最初にこの山を越えたのは、次郎長少年が農家に暮らしていた頃のことである。次郎長はその一行を見物していた。馬に石を投げて、暴走させるようなことをしなかったのは、彼にも幾らか道徳観念ができたのであろう。

四年間、薩埵峠の農家に暮らしてから、彼はかなり真面目になり、養父の米屋の所へ帰ることを許された。彼は家に帰るとすぐ、名声を上げ、金を儲けるために、江戸へ行く計画をたてた。許されなかったので、母親の秘密の金四百五十両を盗み出し、その中百五十両を庭に埋め、残りの三百両を持って江戸に出発した。

次郎八は六つ先の宿で彼を捕らえた。江戸への道程の四分の一の場所である。三百両を取り返して、後百五十両どうなったか、問い正したが、無駄であった。そこで、この悪者の着物を全部ぬがせ、ふんどし一本の無一文の状態でほうり出した。この激しい教訓で、次郎長も目が醒めて、家に帰って来るものと思ったのである。

それは見当違いであった。こうなることは充分覚悟していたので、他人から古着をもらい、深夜、自分の家に忍び込んで、前に埋めた百五十両を掘り出し、今度は逆の方向の京都に向かって出発した。

静岡で新しい着物を買い、紅灯の巷で祝賀会をやった。それから、清水の米屋から五十マイル（約八十キロメートル）離れた浜松まで行った。

そこで彼はお時という魅力的な娼婦をみつけた。二人は共通のものをもっていた。つまり、共に清水の生まれで、彼女は自分の母親の手でぜげんに売られた。母親は現金に目のない質であった。

次郎長はお時と一緒に楽しく暮らしていたが、その年の夏が例年になく雨の多い、寒い気候であることに気がつかないほど、女にうつつはぬかしてはいなかった。米屋をしていた年月はごく短かったがそういう天候が米の収穫にどんな影響を与えるか、よく知っていた。

養父の名前を利用して、浜松の米屋から、信用で買える限り米を買い入れた。そして、お時と一緒に涼しく雨の降る毎日を、酒を飲んで暮らしていた。彼の賭けは当たった。米の値はうなぎのぼりに上がり、一カ月して家に帰ろうとした頃は、彼は浜松の商売人仲間でも名前が通り、米と現金でちょっとした資産をつくり上げていた。

清水に戻って来ると、父はかんかんになって怒ったが、まもなく穏やかになった。こんなに勝れた商才をもっている息子を、何時までも怒っているわけにはいかなかった。次郎長は許され、店に迎えられた。生まれて初めて、彼は腰を落ち着けて働き出したのである。

翌年、養父は死に、十六の時に次郎長は家業を継いだ。彼は一層真面目な模範的な若い米屋になった。二年後には店が繁盛したので、養父の未亡人は誘惑に耐えられなくなり、或る晩、恋人と共に店の有り金を持って逃げてしまった。

それは大打撃ではあったが、次郎長はそれに耐えた。名前も通り、信用もあったので、昔、手に負えない小僧として彼を追い出した望月家でも、喜んで彼に金を貸してやった。一層よく働き、彼はまもなく事業を再建し、ついで結婚した。花嫁は姑（しゅうとめ）のいない家に入るのを喜んだに違いない。もし働き者の若い商人の次郎長が、やくざな少年時代の次郎長と矛盾すると、読者が思うとするならば、誰よりも次郎長自身がそう思ったであろう。二年たたないうちに、彼はすべてにあきあきしてしまった。その時、或る偶然のことが起こって、彼は自分のしたいことをするきっかけを与えられたのである。

或る朝、死んだ養父の冥福を祈っていると、店先に旅の僧侶が立っているのに気づいた。彼は僧侶を呼び入れて、仏壇の前で経を読ませた。終わると、僧は次郎長を気の毒そうに眺めているので、彼は理由を聞かざるを得なかった。「どうぞお聞き下さるな」と僧はいったが、次郎長が強いてたずねると、「ではお話しますが、気がすすまないのです。あなたはお若いのに、大変な才能と人格を備えておられ、商売も繁盛している御様子で、前途洋々だとお思いかもしれませんが、これほどの凶相も珍しい。あなたは二十五にならないうちに死にますよ」

次郎長は笑って僧に金を与え、彼が通りを歩いて行くのを見送った。彼はその予言を否定しようとしたが、その不吉な言葉は彼の脅迫観念となった。今や二十歳であるが、余世は五年しかない。その年月を、かび臭い帳面に埋ずもれて、家長の義務に縛られ、つまらない米の取り引きをして送ることができるであろうか。

別の人生があることを彼は知っていた。その人生は、彼のまわりの清水の大通りに、骰子(さいころ)の音のようにきびきびとした生き方をしていた。その人達は法の外に暮らしているが、次第に彼らの生活の原理が唯一の法となろうとしていたので、庶民に尊敬されている人々であった。

　幕府は崩れようとしていた。国民も支配者も動揺していた。自ら定めた鎖国も崩れ去ろうとしていた。英国、ロシア、フランス、アメリカは日本の沿岸にせまり、長崎のオランダ人は、幕府が開港を拒否すると、戦争になるかも知れない、としばしば警告を発していた。国内では南西の藩は、過去二百年以上の間、徳川の支配の下におとなしくしていたのに、今や騒ぎたてていた。彼らのうち、素朴な連中は外夷(がいい)を追い払わなければならぬと叫び、それが不可能であることを知っているずるい連中はその声に和(なご)しながら、動揺する幕府を困らせることに満足を覚えていた。

　綱紀も乱れ、贈賄が行われた。町方役人はかつては博打うちを取り締まっていたのに、今やその仲間となった。役人は親分に向かっていった。「われわれに代わって、秩序を維持し、縄張りの平和を保ってくれれば、賭博の方には目をつむろう」

　博打がこんなにも取り締まりを受けなかったことは、かつてなかった。その結果、志願者はあふれ、野心的な若者は仲間に入るために戦い、地位を守るために戦わねばならなかった。次郎長は一度ならず敵から攻撃を受け、或る晩、劇場の帰りに危く殺されそうになった。不幸にして酔っていたために、自分を充分に守ることもできなかった。暗闇から投げられた石に当たって倒れると、地上に踠いている彼をめがけて、更に沢山の石が投げられた。彼を襲撃した者達は、最後に隠れていた場所から現れて、棒で彼を殴りつけた。彼は朝早く通行人に発見され、半死半生で家に担ぎ込まれた。傷が治るのに五十日かかった。それがもとで、彼は酒を絶った。

彼が博打うちの世界に再び近づこうとすると、同じ連中ともう一度戦うことになった。今度は彼も用意をしていたので、二人の死体を道に残して、彼はその場を立ち去った。人殺しでつかまる危険がせまったので、妻を離別して、まきぞえにしないように処置をし、米屋の仕事を義理の妹夫婦に渡してから、将来の罪業の償いとして、金を貸した証文類すべてを焼き払い、清水を逃亡した。

次の三年間、彼は各地を放浪した。これが彼のやくざの世界への入門であった。彼らのやかましい仁義、すなわち挨拶や戦いの作法は、無意識の中に武士のそれに習ったものであった。この野蛮で、ロマンティックな世界の者が、自己紹介する時は、間をおいて自分の口上を述べる。

「おひかえなすって、おひかえなすっておくんなせえ、手前生国は駿河の国、清水でござんす、本名山本長五郎、ひと呼んで清水の次郎長というけちな野郎でござんす……」

次郎長は有名になってからは、ことにへりくだった態度をとるのが普通であったが、すべての人がそうとはいえなかった。

その激しい時代に、次郎長は全身全霊をもって生きた。様々の親分のところに厄介になり、その兄弟分として一宿一飯（いっしゅくいっぱん）の恩義を受けた。縄張り争いの戦いに参加し、賭けの掛金を取りたてる戦いに加わった。骰子の扱い方、刀の使い方を覚えた。彼は人を見る目があって、事情が許せば、相手を説得したが、必要とあらば、相手を打ち倒すことができた。

敵の家へ単身のりこんで、果たし状をつきつける、といったような事のために、彼は名声を得た。その時、敵の親分は目つきの鋭い子分達に囲まれて碁をやっており、次郎長が側に立っても、彼らは遊びを止めなかった。こと更に無視されたのである。彼は碁盤を蹴飛ばして、口上をいい、入って来た時と同じぐらい静かに帰って行った。

こういう時代に、彼は後になって、自分の生活の信条となった掟をつくり出した。

一、正義第一のこと。

二、博打においてむさぼらないこと。敵の負けがこんでいれば、しばらく勝負を休むようにすること。自分が負けている時は、まやかしをしないこと。

三、争いの仲立ちをするには、公平であること。両者の和解に全力を尽くし、成功しても礼を受け取らないこと。

四、自分の顔ばかりでなく、相手の顔もたつようにすること。

五、苦しい時にも笑い、順境にあってもうぬぼれないこと。
六、道を歩く時はいばらないこと。刀は、絶対必要な時にのみ身につけること。礼儀正しく好ましい人間になること。
七、親分は単なる博打うちではなく、弱きを助け、強きをくじく者であることを忘れないこと。
或る東海道の駕籠かきの中に、次郎長は、自分が清水で殺したと思った者を一人見つけた。調べた結果、もう一人の男も生きていることが明らかとなり、今や人殺しの凶状がないことが分かったので、次郎長は家に向かった。

彼は今や名声をかち得ていた。そして、二、三年前、彼と戦った同じ博打うち達が、彼を親分としてたてるようになり、彼の下に集って、賭けの分け前をよこすようになった。彼が現れるまでは、清水、興津辺りには実力のあるものがおらず、一種の真空状態であって、そのためにやくざの世界は不安定だったのだが、次郎長は刀を抜くことなく、その縄張りを手に入れることができた。

その知らせはすぐに頼助の耳に入った。彼はその地方の噂に敏感であったためである。次郎長について、更にはっきりしたことを知るまでは断定は下さなかったが、一種の安心感を彼は覚えた。強力な親分がいれば、その地方は喧嘩をまぬがれるし、またその当然の結果として、街道の混乱や危険もなくなるのだ。頼助は平和の価値をよく知っていた。

次郎長が、自分と隣り合っている二人の大親分の間のもつれを仲裁してから、その名声は一層高まった。それは親分達が彼を信頼し、尊敬したことを示すので、一種のはくをつけたこととなった。

残念なことに、この仲裁はうまくいかなかった。次郎長側に手ぬかりがあったわけではなく、争いそれ自体に問題があった。これは単に博打うちの中の借金とか、縄張り争いのようなことではなかった。或る男前のやくざと百姓の娘が事件のもとで、よく知られているように、こういったことはなかなか解決がむずかしいものなのだ。

次郎長は親分達を和解させるには成功したものの、色男が役人達に訴えて出るという結果になってしまった。次郎長は江戸に逃れ、再び長い草鞋（わらじ）をはくことになったのである。

三人の子分を連れて、無事に箱根山を越え、佐太郎という者が経営している小田原の安宿に泊まった。佐太郎は賭博に目のない男で、次郎長から宿賃を受け取ると、鉄火場に飛んで行った。彼はすってしまったが、もう一度やれば、運がむいてくると思って、夜になると、泥棒に入った。それは自分の家で、どこを踏めば床板が鳴るかということも分かっていたから、彼にはまったく好都合だったのである。そして、客の着物、所持品を盗んでしまった。これを質に入れたが、夜が明けない中にすってんてんになってしまった。

おそるおそる翌朝、彼は裸の客の前に出て手をついて謝った。その日の中に金を返すと約束したが次郎長は疑わしそうに体を震わせていた。佐太郎はきっと金をつくる、といいはった。つまり女房を女郎屋に売るというのである。

次郎長はそれを断った。夫婦別れをさせることは望まなかったし、問題の婦人がそのつぐないになるほどの金で売れることも怪しかったからである。彼と子分達は下帯だけで出発した。佐太郎は後悔のしるしに、頭を剃って彼らを見送った。

彼らを知っている親分が着物をくれ、一行はなおも旅をつづけて、次郎長の兄弟分の武一という親分のところに草鞋をぬいだ。武一は彼らを喜んで迎え、自分が開く大晦日の賭場に来るようにとさそった。料理屋で、五十人もの人間が骰子に目の色を変えていると、役人の手がまわった。次郎長と武一は、他の者の逃げのびるまで戦い、それから料理屋の主人と一緒に捕らえられた。一八四六年（弘化三年）次郎長二十六歳の正月を彼は牢屋ですごすことになった。

六カ月後、判決がいい渡された。武一はもと侍であったために釈放されたが、次郎長と宿屋の主人は町人であったために、百たたきの刑にあった。

先に料理屋の主人が、鞭でぶたれた。裸のからだに鞭があたるたびに、彼はわめき、うなり声を上げ見物人達は彼をひやかした。次郎長はその有り様を静かに眺めて、自分の番が来ると、唇に微笑を浮かべて、痛そうな顔もせず、鞭を受けた。結局、料理屋の主人の方が役人の心をうまく読みとったのであった。次郎長の克己は、役人を怒らせたために、鞭の数はその場で倍になった。刑がすんで、武一が彼を駕籠にのせて、担ぎ込もうとしたとき、次郎長は静かにいった。

「鞭で、二百もなぐられて歩けないのだ、と人に思われたくない」

武一の家に着くと、彼は倒れてしまった。健康をとりもどしたのは二カ月後のことであった。

次郎長と武一は手入れのもとになった役人への密告の主をつきとめた。その復讐は前後の事情を考えると、驚くほど穏やかなものであった。密告者を松の木に縛りつけて、毛を一本ずつぬいて坊主にしてしまった。後年、次郎長は自分の伝記をつくるために身の上話をした時、自分の生涯を戦う人間の生活として語っている。三人の傑出した敵がいたが、その最初の一人に出会ったのは、この旅の間のことであった。それは相撲取りで八尾ケ獄という名前の男であった。

武一の家を出て、まもなく次郎長は賭博で大勝した。茶室で休んでいると、大きな相撲取りが隅で泣きわめいているのに気づいた。賭けに負けた人間だと思い、次郎長は親切に聞き正し、この大男が博打をするために化粧回しを質を入れたことを知った。それがなければ土俵入りができないので絶望しているのであった。次郎長は心を動かされ、回しを受け出すのに充分な金などを与えたが、この親切がもとで、十年以上にわたる災いが始まったのである。

しかし、次郎長は清水に戻ると、役人達はもう自分をつかまえようとしていないのを知り、再び腰を落ち着けた。当然、結婚の媒酌人達が活躍をはじめ、或る日彼は清水での義兄弟の一人の訪問を受けた。彼がいうには、幸い自分にはお蝶という名の妹がいるが、次郎長の妻としてどうだろう。この娘は、今のところ縁談がまとまるまでの間、興津の水口屋で女中奉公をしているが、もちろん親許から宿屋に事情を話し、代わりの人を世話すれば、何時でもやめられるのだ、といった。

次郎長は反対する理由も見つからなかった。ことに、この男と親しい関係にあってみれば、反対できなかった。そこで結婚式が上げられ、それがすむと、お蝶を喜ばせるために、次郎長は興津に行って彼女の元の主人に会った。彼と頼助は長い間話し合った。頼助は何時でも渡世人暮らしに興味があったからである。

水口屋で受けた躾が役立って、お蝶はよい世話女房であった。これは好都合なことで、次郎長の運も回って来ていたから、沢山の子分をひきうけることになった。彼自身旅に出た時にそうであったように、彼らは住む家と食べ物を求めている旅人達であった。しばしば彼の家には水口屋よりも沢山の客人がいることがあった。清水を確実におさえていても、収入を思い切りふやすことはやさしいことではなかった。家の中には三十人以上の男共がおり、次郎長は彼らを家の者と呼んだ。

八尾ケ嶽までが彼のもとに保護を求めて現れた。相撲には年を取りすぎて、博打うちになる決心をしたのである。彼はすぐさま事件をひき起こして、役人に追われる身となった。次郎長は、役人の目が清水界隈で厳しくなるまで、彼を匿ってやり、それから少し離れた義兄弟のところに逃がしてやった。八尾ケ嶽は相撲取りとしては大したことはなかったが、大めし食いにかけては、ほとんど誰にも負けなかった。相撲取り達は皆大食漢なのである。お蝶は彼が何杯もおかわりする度に不作法だと思いながらも、はらはらしないわけにはいかなかった。

また、彼女はそういう心配をする当然の理由があったのだ。夏になると、蚊帳を買う金もなかったのだ。次郎長は子分を近くの寺にやって、境内の大きな杉から小枝を取ってこさせ、夜、家の中でそれを燃やして蚊をいぶし出した。夏の終わり頃には、木は丸裸となり、人々はそれを次郎長杉と呼んだ。

次郎長が清水の望月家の質屋に、一番厄介になったのはこの時代のことで、伊佐子の曽祖母が湯治に行く時に護衛を頼んだ時、彼は喜んでそれに従ったのだ。駕籠かき達が、次郎長を知っていたところで驚くに当たらない。望月家が、彼が有名であることを知らない方が驚くべきことであった。

しばらくたつと彼は、故郷の名古屋に帰ってまた事件を起こした八尾ケ嶽から、別のことを頼まれた。八尾ケ嶽はその地方の親分といざこざを起こし、今にも喧嘩になりそうであった。次郎長は十七人の選りぬきの子分を連れて、名古屋に急ぎ、その武力を誇示することによって和解への道を開いた。

彼が清水に戻ると、危ういところで、奥地の親分とかかわり合ったお蝶の兄を助けることができた。義理の兄のために、二、三の人間を殺したので、次郎長は役人に追われることとなった。お蝶をつれて彼は何カ月も危く逮捕をまぬがれながら歩き回った。ついに、一八五八年（安政五年）の末頃、名古屋の近くの友人のところに逃げ込んだ。

ここは八尾ケ嶽の縄張りで、彼に救いを求めた。金が必要だったし、役人から匿って欲しかったしわけてもよい医者が必要だった。お蝶は逃げ回るのに疲れて、重い病気になっていた。しかし、救いの手はこない。お蝶の病気はどんどん悪くなり、次郎長は気違いのようになって、八尾ケ嶽のところへ行き、彼の不実をなじった。実は八尾ケ嶽は役人の密告の役をしていたのである。そして、次郎長に対する手配書が来ていたので、彼を助けるのも恐ろしかったのだ。次郎長に来られて、相撲取り上がりの彼は震え上がり、次郎長と役人の板ばさみになったと思って、自分の逃げ道を考えだした。

お蝶は一八五九年（安政六年）の元旦の朝死んだ。次郎長の最も悲しい誕生日であった。

彼女の死が知れ渡ると、地方の親分達は、争って葬儀に参列した。次郎長はそれを喜んだが、八尾ケ嶽は不安と罪悪感に責められて、次郎長を襲おうと決心した。彼は役人に密告した。

その時の襲撃で、次郎長は逃れたが、匿ってくれた人は捕らえられた。二、三日後、その妻が泣きながら次郎長のもとにやって来て、夫は牢屋で拷問されて死んだ、と述べた。彼女は仇討ちをして欲しいといい、八尾ケ嶽を殺してくれと頼んだ。次郎長はうなずいた。

これは大変な仕事であった。そしてまず、次郎長と子分は仇討ちのはじめに四国の金毘羅(こんぴら)さんにお参りすることにした。彼はそこで成功を祈り、八尾ケ嶽を探し始めた。彼らは相撲の興業をしている小さな町で、敵を見つけ出し、短い決闘のなかに彼を切り倒した。

これは、やくざ同士の戦いでしかなかったので、役人達はあまり騒ぎ立てず、次郎長はまもなく清水に帰ることができた。そして、水口屋に行き、お蝶の死を宿の人に話した。

宿屋には今や新しい人材が現れていた。頼助となみは息子をもうけたが、手塚の本陣を継いだ頼助の兄は息子がいなかった。そこで、頼助の息子は手塚家を継ぐために養子にやられた。望月家に来た沢山の手塚家の息子達に対するお礼の意味でもあった。頼助は息子の代わりに、水口屋を継ぐ者を探し回り、ちょうどその年、一八五九年（安政六年）に蒲原の名家から来た半十郎という見込みのある若者を養子にした。この家にはその代に息子達が沢山いたので、ほとんど同じ頃、半十郎の兄弟の或る者は、由比の薩埵山の中腹にある茶店の家に養子となったが、ここは広重が貝を食べるために、何時も立ち寄った店であった。半十郎は水口屋を継ぐことになって、すでに熱心に働いていた。将来彼は頼助の娘と結婚することになろう。しかし、彼女はまだ幼く、わずか五歳であった。

その明るい十二月の日に、次郎長と頼助、半十郎は庭に面した客間に坐り、酒の酔いがまわってくると、話もはずんできた。次郎長は今なら少しは飲んでもよいと考えたのである。

彼らは亡くなったお蝶を褒めたたえ、最近死んでしまった親しい人達のことを思い起こした。一八五八年（安政五年）は厄年であった。コレラが興津に流行った。七十人死んだが、江戸では同じ病気のために、二万八千人以上が死んだ。なかには広重も含まれていた。最後まで江戸っ子であった彼は、まるで別の写生旅行に出る書き置きのような形で遺言を残して行った。昔の身分を忘れず、侍として葬式を出してくれと頼み、立派な戒名を望み、そのために寺に充分金を納めるようにと、いった。「お通夜をしてくれた者には充分御馳走をするように、しかし無駄使いをしてはいけない。或いは内輪だけで葬式をして公の式は後で上げるといってもよろしい。後に、正式の弔いをしても、しなくとも、大して問題にはなるまい」。彼は最後の歌を遺言書の終わりに書いた。

東路に筆をのこして旅の空
西の御国の名どころを見ん

三人の男は、十二月の陽を浴びて、酒を飲み、死んだ人を悼んだが、頼助は死んだものはむしろ幸福ではないかと、いい出した。国は動揺しており、明日どうなることやら誰にも分からなかった。

六年前、ペリー提督が江戸湾にやって来て、米国大統領ミラード・フィルモアの手紙を渡した。あわてて騒ぐ日本の役人に向かい、ペリーは、「翌年条約を結びに戻るつもりである。その時は、更に多くの軍艦を率いて来る。日本が協力的であることを切望する。日本が望むと否とにかかわらず、西欧は文明の恩恵を与えるつもりである」といった。

彼は予定通り戻って来て、条約が結ばれた。それを祝うために、米国側は合唱を行い、日本側は相撲を見せた。各々相手側の遊びを不思議に思ったが、米人には酒が分かったし、日本人はウイスキーを理解した。そして、両方とも陽気に浮かれた。日本人にとって二日酔いは手厳しかった。国内は、すでに外国人をめぐる論議で真っ二つに分かれていたが、それは今や熱狂的になっていた。追いつめられ、混乱した幕府は、まず大名に、次に天皇に忠告を求めるという前例のない手段をとった。その忠告はどれも厳かであり、しかも矛盾して、しばしば愚劣ですらあった。それは混乱をますことでしかなかった。

幕府に反対の諸藩は、徳川の支配が揺らいでいるのを感じ、それを倒すための武力を用意し始めた。つんぼ桟敷（さじき）に置かれている天皇をさし当たりの象徴とかついで、彼らは尊皇攘夷の声をもり上げた。幕府はそれに対し、佐幕（さばく）開国のスローガンでもり返えそうとしたが、その声はかき消されてしまった。

落日の幕府

それは混乱と陰謀の時代であった。使者や間諜は秘密の用務をおびて、江戸、京都間を往復した。水口屋に泊まったこの種の人の中に薩摩藩の侍がいた。彼の名前は西郷で、でっぷりしていた。元気で情深く人なつっこい人物で、大声を上げて笑うとその声は宿屋中に響いた。頼助は、彼が幕府を敵として働いていることを知っていたが、彼を好きにならないわけにはいかなかった。最近、西郷の姿が見えなかったが、それは薩摩の家老達が彼の一党を捕らえ、島流しにしたためだ、ということを聞き知った。頼助は彼の身を案じ、その無事を祈った。この不安な時代にあって、平然としていることは困難であった。そして十二月の或る日の午後、水口屋の自慢の酒があったにもかかわらず、半十郎も次郎長も憂うつな顔をしていた。駿河は家康以来、徳川の直轄地である。そして、徳川の権力が揺らいでいることは誰にも分かったが、彼ら三人は幕府びいきであった。日に日に騒ぎは激しくなる。

「どうなることやら」

と頼助は溜息をついたが、彼らは誰も答えられなかったし、三人の会話は全国のこの種のすべての会話のように、結論のでないまま消えてしまった。十二月の夕闇が庭に拡がり、冷たい空気に風呂を焚く薪の香りがまじる頃、彼らの話はまたお蝶のことに戻り、そして次郎長は帰って行った。

以後数カ月の間、次郎長は八尾ケ嶽を斬ったことで金毘羅さんへのお礼参りのことを考えつづけていた。そして、翌一八六〇年（万延元年）四月見事な刀を手に入れたので、彼は子分の一人石松を派遣して、神社に刀を奉納することにした。

石松は次郎長の大のお気に入りで、陽気で遊び好きの男であったが、彼は普通仁義を切る時に、「馬鹿は死ななきゃ直らねえ。大馬鹿野郎の森の石松というけちな野郎でござんす」というのであった。彼には大きな欠点があって、それは酒を飲みすぎることであった。酒を飲むと、彼はわけが分からなくなってしまう。次郎長は彼にいいつけて、使命を果たして清水に戻るまで、どんなことがあっても酒を口にするなといった。

酒を飲みたくてたまらなかったが、石松は金毘羅への道中、酒を絶った。刀を奉納し、帰途に向かった。この刀は今でも神社の宝になっている。

彼は次郎長の兄弟分のところにしばらく滞在したが、その兄弟分はお蝶への香典として、次郎長に届けてくれ、と二十五両の金を彼に託した。石松は次に都鳥吉兵衛という親分のところへ行った。

吉兵衛は彼のために宴会を開いてくれ、最初、石松は次郎長の命令を覚えていたので、用心していたが、ついに一杯、二杯と飲みはじめ、とめどがなくなってしまった。酔ったまぎれに、彼は財布に二十五両入れていることを吉兵衛に打ち明けた。吉兵衛一家には最近骰子の目がおきず、破産しかけていたので、石松の胴巻の金は彼らには神のたまもののように見え、さっそく仕事にとりかかった。石松はいやだったが一日、二日のうちに返すという条件で、一時それを吉兵衛に貸した。

期限がきて、石松の態度も強行になった。ついに吉兵衛は自分が開いている賭場に、石松にも来てくれと頼んだ。石松は吉兵衛が寺銭から彼に金を払うつもりだと考えて、彼について行った。しかし山の中の淋しいところに来ると、博打うち達は刺客になった。なかばは吉兵衛の部下であったが、なかばは仇討ちのために、吉兵衛が呼び集めた八尾ケ嶽の旧子分達であった。

十人を相手にして、石松は一人でわなを切り抜けようとしたが、深傷を負って、山の中に住む親分のいない博打うちの家に匿ってくれ、と頼んだ。博打うち夫妻が石松を迎え入れ、傷に手当てをして仏壇のかげに隠すと、すぐ吉兵衛が乗り込んで、家探しをした。
石松は苦痛をこらえて、その家に隠れていたが、戸外の森の中で叫びあっている敵の声を聞き、外で彼を見つけられなかった敵が、また家の中に戻って来るのを知った。二度の幸運は望めなかった。彼らは石松を殺し、助けてくれた夫婦をも殺すであろう。

全力を振りしぼって、彼は立ち上がった。夫婦は彼をとめようとしたが、石松は彼らを振りはらって、刀を摑み、傷口がまた破れたために繃帯を真っ赤に血で染めながら、石松は夜の中に出て行った。

彼は山の中で悪魔のように戦った。木の間をもれて刀にきらめくかすかな月の光を除いては何の明かりもなく、前後左右を、刀を振りまわしている敵に囲まれて、石松はひらけた場所を見つけて戦い、或いは松の巨木を楯に戦った。敵の刀をかわし、逃げまわり、悪魔の乗りうつった人間のように彼は奮戦したが、物陰に隠れた吉兵衛が闇の中に身をひそめて、彼の足をなぎはらった。石松は倒れ、敵は彼にとびかかった。

このようにして、吉兵衛は八尾ケ嶽につぐ次郎長の敵となったのである。

次郎長はこの事件を聞くと、仇討ちにとりかかった。吉兵衛が先に攻撃をかけ、彼らは水陸両用作戦を行い、子分達を船に乗せて、駿河湾を横断し、陸路をとれば、彼らの動勢を探る見張りに見つかる恐れがあるので、清水に上陸した。次郎長の家に殴り込みをかけた時、彼は不在だった。あてがはずれて、彼らはもと来た道をひきかえした。

そこで、次郎長は反撃の計画をたてるために、幹部の子分を呼び集めた。彼らは寺で会議を開いたが、次郎長の親友であるそこの僧侶が御馳走(ごちそう)をしようと考え、通りがかりの魚屋から河豚(ふぐ)を買った。

日本人にとって、河豚の薄桃色で、冷たく半透明な刺身くらい珍味はない。その味は河豚の奇怪な形そのもののように珍しいものである。また、これほどスリルのある料理もなかった。なぜならば、河豚を食べることはロシアン・ルーレットをやるようなものだからである。(注——ロシアン・ルーレットは拳銃の弾巣に一発だけ弾を入れ、弾巣をルーレットのように回転した後に、顳顬(こめかみ)にあてがって引金を引く遊びである)。料理人にわずかの間違いでもあれば、河豚は人の命を奪う。無味無臭の毒が身にしみ通るのだ。

記録によると、河豚を料理した僧は上手ではなかったらしい。彼らはそれを食べると、すぐ全員もがき苦しみ始めた。次郎長はあまり食べなかったので、病状は比較的かるかった。医者は彼の命は救いはしたが、二人の部下は死んでしまった。吉兵衛は中毒事件を聞くと、次郎長の縄張りに入りこんだ。彼は安心しきっていたので、或る晩、宴会を開き、女を上げて騒いでいた。浮かれ騒いでいた者達は、外の闇の中に次郎長の子分が集まっているとは誰も気づかなかった。

攻撃は、すばやく、情け容赦しなかった。次郎長は吉兵衛の首と両腕を切り、その晩の中に二、三の子分をやって、石松の墓にきみ悪い勝利の印を供えさせた。

この旅行中、次郎長は京都の有名な公家に任えている間諜（かんちょう）の訪問を受けた。これは天皇のまわりの公家すらも、数百年にわたって政治活動を禁じられていたのに、今や私兵を集めているという新しい時代の現れであった。そして、彼らは当時の最も強力な闘士達、すなわち、やくざの親分やその子分達を集めていたのである。

間諜は雄弁であった。彼がいうには、徳川を倒すことは国家のために絶対必要なことであって、その日がくる時、すなわち不穏な各藩が蜂起（ほうき）して宮廷に協力し、王政復古の事業を行う日はせまっていた。この仕事は容易ではなく戦いが行われるであろう。次郎長のようなすぐれた人物が必要とされている。彼らは次郎長を侍にとりたて、禄（ろく）を与えるといった。次郎長はそれを断って、

「やはり野における蓮華草、と申しますが、手前は博打うちとして暮らして来ましたから、死ぬまで博打うちでいとうございます」

と固辞した。彼のような地位の多くの者は、次第に増えてくる京都の傭兵達の群に加わったが、次郎長は清水に戻った。

彼をわずらわす仕事は沢山あった、というのは、一八六二年（文久二年）の秋、東

海道は大変な混雑であった。八月の暑いけだるいような或る日、薩摩の島津公が江戸に向かった。その先祖達は何度となく琉球の使者の護衛とか参勤交替などで、幕府の命令に従い、同じような旅行をしたが、今度は旅行の目的は全く違っていた。彼は天皇の将軍に対する命令書を携えていたのである。

家康が権力を握って以来、このようなことはかつてなかったことであった。家康や幕府の全盛時代には、否、十年前すらこのようなことは考えられないことであった。島津公自身深い感動を覚えていた。彼は保守的な人間であって、勅語を携えていながら、幕府にそれを拒否するように、と忠告した。

もし、島津公の忠告が受け入れられていたならば、その傾きかけていた勢いをとりもどすために、幕府は一歩を踏み出すことになったかも知れない。しかし、江戸の混乱と不安はきわめて大きく、幕府はその要求に屈し、将軍自ら京都に赴いて、開国の件に関して釈明をせよ、という命令にすら従うこととなった。

九月に島津公は返事を持って戻ることになった。出発してまもなく、つまり横浜の郊外にまで来ると、この不安な時代において、有名な一つの騒動が起こったのである。三人の紳士と一人の婦人から成る英国人の一行が横浜から遠乗りに出て来て、島津公の行列に出会った時、彼らは道端で下馬することを拒んだのである。彼らは馬に乗ったまま、行列と平行して歩いた。このような振る舞いは日本人はもちろん、また外国の野蛮人であっても、決して許し得ないことであった。英国人の一人は死に、二人は重傷を負った。そして、婦人のみが無事に逃がれて横浜に走り、事件を告げた。

その晩、横浜では即座に報復のため、軍艦から兵員を上陸させようという意見も出たが冷静な意見が勝ちをしめた。老貴族、島津公は東海道の旅をつづけ、三日後に興津に宿泊した。頼助と半十郎はおそるおそる無言で水口屋に泊まった薩摩の家中のものから血なまぐさい事件を聞いた。一瞬にして外人はその罰を受けてしまったのである。

家中の或る者は水口屋をぬけ出して、町中に知れ渡っていた秘密の会合に出かけた。次郎長の子分達が活躍していて、一晩中ゆらめく燈火の中で、輪になった男達が汗を流して骰子の響きに熱中していた。丁か半か、半か丁か、勝負が決まると、だみ声をはり上げて、勝ったといい、負けたという。金は恐ろしい早さで手から手へ渡った。横浜の事件はこの古風な侍達にとっても、忘れ切ることができない事件だったのだ。

その九月の夜は忙しかったにしても、次の月になると、大混乱であった。一八六二年（文久二年）十月十七日、幕府は参勤交替を廃することによって、更に大きな打撃を蒙(こうむ)ることになった。もはや、大名は江戸にいる必要はなく、不在中も妻子を人質におく必要はなくなった。この制度は廃止され、その結果について次のような記録が残っている。

「その結果、すべての大名は（中略）妻子を本国に送り、またたくうちに江戸の賑いもさびれてしまい、そのために（中略）旗本、御家人、町人共も深く嘆き悲しんだ。（中略）二百七十四年にもわたって、（中略）大名を抑えつけて、江戸に参勤交替をつづけさせ、日夜八万騎の旗本を動かしていた徳川家の御威光も一朝にして崩れ去ってしまった」

江戸の人口は減った。東海道は大混雑であった。街道のあらゆる宿で、本陣、脇本陣は昔からのお客を泊めるために苦心していた。普段なら幕府の計画で、一定の間隔がおかれていたのに、今や泊まり客が殺到したのだ。

水口屋では、半十郎青年は頼助の後見のもとに、時には夜通し働いた。市川、手塚の両本陣でも同じく忙しかった。一人一人の客が出て行くたびに、彼らは寒気を覚えた。この旅人達がまたやって来ることがあるだろうか。これが参勤交替の終わりだとするならば、それは同時に東海道の繁栄の終わりでもあるのだろう。二百七十年昔、市川も手塚も名家であったために宿屋を開業させられた。今その子孫達は大名を泊める宿屋の主人であるがゆえに名家である。今日、江戸を出る人々で街道は埃っぽい。再びこの街道に埃がまい上がることがあるだろうか。

しかし、本陣においては、その不安が最も大きかったが、事態を一番よく見ていたのは半十郎であった。市川も手塚も別の考え方をしていた。恐らくは破局を直視するのがいやだったのだろう。これが一つの時代の終末であることを最もよく知っていたのは水口屋の半十郎であった。

実際彼がそれを悟ったのは、その年の気違いじみた秋のことではなかった。その時は忙しすぎて、考える余裕がなかったのである。それを悟ったのは翌年の春、将軍が前に承諾した京都行きを実行することになった時である。

最初、半十郎はその準備に忙殺されていた。将軍の旅行はまったく久し振りのことで、それは三代将軍が一六三四年（寛永十一年）湯治を行って以来のことであった。

今や全街道にわたって、当時のように新しい建物が作られ、古いものは改築された。もちろん、宿屋は宿泊所として適切ではない。興津では清見寺が将軍を泊めることになった。清見寺の小さな小部屋では、家康が少年時代文字を習い、その山沿いの庭には年を取ってから自ら木を植えたのである。裏手に新しい棟が建てられ、そこは別の庭に面し、十四代目の病弱な若い将軍が宿泊した。夜の静けさの中で、彼は古い因縁のつながりの中から、力を汲み取ったかも知れない。しかし、それより自分の無力さを知ったという可能性が大きい。

水口屋は市川、手塚の本陣のように、家来の者を引き受けた。半十郎は、この機会にそなえて、様々の準備のために一心に働いた。とはいっても、彼はだいぶ前から幕府の御用を勤めることはそれなりの欠点のあることを気づいており、今度のこともその例外ではなかった。

一行が立ち去っただいぶ後になっても、彼は当局が満足するような請求書を作っていた。帰りの旅行のこともあった。将軍は京都に十日間滞在の予定で、お帰りの日も近いから、往復分を一度に払うつもりだと役人はいっていた。何週間かすぎ、様々な噂がたった。実は将軍はほとんど強制的に京都に止められていたのである。九十日後、彼はやっと江戸に帰るのを許された。帰りは船を使い、そのために街道の役人達は大変な混乱を起こし、半十郎が勘定を受け取ったのは、何週間も後のことであった。

どの商人にとっても苦い経験であった。このことで、半十郎は考えこんだのである。商人として彼はお上の運命をあれこれ考えてはならなかったが、彼には一種の歴史的感覚があった。彼は大名達が江戸を離れるのを見た。そして今、十四代将軍の行列を二百年の昔の第三代将軍の伝説的な旅行とくらべ始めた。

一六三四年（寛永十一年）の行列は豪華さと権力をみせびらかすものであった。一八六三年（文久三年）には、それは微弱さを示すものであった。第三代将軍は、皆に崇められる強力な独裁者であり、十四代はお召しに応ずる従順な家来であった。そして半十郎が自分の判断に自信が持てなくなるような場合でも、疑う余地のない一つの事実を無視することはできなかった。すなわち三代将軍は三十万七千の部下を従え、十四代には三千の家来がついていたのである。

半十郎は自分の考えを人に打ち明けなかった。頼助にも分かってもらえないかも知れない、と感じたのである。しかし、彼は大きな変化が起こったし、将来これ以上の変動がある、と思った。日本が変わるならば、東海道も変わるであろうし、水口屋が残るとするならば、それは時代に歩調を合わせねばならない。彼は考え、計画し始めた。

　清水では、次郎長も問題に直面していた。彼は、不快な噂を耳にした。彼の子分達が手におえなくなって、もはや次郎長の掟（おきて）に従って暮らしていない、と人々が言うのだ。彼らは賭博の貸金を集めるのに冷酷であり、或る場合には病気で寝ている債務者を見ると、家財道具や着物、夜具まで奪う、という話だった。次郎長は子分の者達がこういう振る舞いをすると聞いて怒り出した。幕府が分解しようとも、彼の支配は崩れてはならない。密偵をはなって調べさせた結果、彼は、街道の縄張りが奥地の者達に荒されていることが分かった。その地方の親分は勝蔵（かつぞう）という名前で、悪いのは次郎長一家ではなく、勝蔵の子分であった。

　こういうわけで、勝蔵は八尾ケ嶽、吉兵衛についで、次郎長の大敵となった。それは長い間縄張りをめぐって続いた争いであった。しかし、その時は大事には至らなかった。勝蔵が謝罪し、悪い子分を次郎長が満足する形で罰したからである。勝蔵は子分達の首を切った。

しかし、お陰で二人の親分の間の溝は深まった。そして、まもなく別の対決の時がせまった。勝蔵は役人の息子を殺し、そのために普段はなまけ者の役人達も活動を始めた。それでも彼らは自分で手を下すのは厭だったので、別の親分のところへ行き、勝蔵という脅威を根絶しようとした。

彼らは友蔵という親分にその仕事を依頼し、友蔵はすぐ次郎長に助けを求めた。喧嘩よりもかけひきを得意とする友蔵と違って、次郎長はやくざが役人と手を握ることには反対であったが、この事件に関しては、彼も深い共感をもっていたので、子分を呼び集め、或る夜清水を出て、翌日浜松の近くで友蔵に合流した。そこで彼らは天竜川をはさんで勝蔵と対峙(たいじ)した。双方、それぞれ百名ずつ堤防の上にいた。次郎長が加わったと知ると、勝蔵は退却し、次郎長はその後を追った。

勝蔵の跡をつきつめるのは面倒ではなかった。行く先々で悪事を重ねていたからである。何の楽しみもない淋しい旅であったために、彼は美しい女郎を誘拐した。身請けしようとしたのだが、その主人が金持ちであることを知ると、彼は誘惑に負け、女と金を盗んだのである。

何年にもわたって、次郎長は勝蔵を追求しつづけた。それは中部地方全般にわたり、おもな親分衆はそのどちらかに加担せねばならなかった。戦いが最も激しかったのは、伊勢神宮の賭場をめぐる戦いで一八六五年(慶応元年)春の大祭の時が一番激しかったとされている。

これは勝蔵の最後の拠点であったが、翌年、或る公家からうまい話があって、この公家は人物などはあまり問題にしなかったので、勝蔵も京都に集まっていたならず者の軍隊に加入した。

彼はどたん場で有利な味方を選んだ。南西にある長州の重なる反抗に業をにやした幕府は、軍を起こしてついに戦いになったが、さんざんな負け方をした。何もかもうまくいかなかったので、将軍の死を口実に幕府軍は討伐をとりやめてしまった。一定期間、喪に服さねばならなかったからである。

この時、一八六六年（慶応二年）最後の将軍十五代慶喜（よしのぶ）がその職についた。一年後、彼は徳川幕府の幕を閉じることになったのである。権力を天皇に譲る文書の中で、彼は権威とすぐれた理解力を示している。

「近頃、列強は日に日にせまり、政治が一つの権威から行われなければ、国家の基礎も崩れてしまうであろう。しかしながら、古き秩序が変わるとするならば、統治権は皇室に奉還すべきであり、広い基盤に立って、衆知を集めて、国事が行われ、皇国の方途が決められ、国家が全国民によって支持されるならば、帝国は世界の列強に伍して、地位と権威を維持することができるであろう」

彼はこの行為によって、あらゆる藩を代表する新政府を平和裡に設定する道を開く

徳川慶喜像（羽織袴姿）（茨城県立歴史館蔵）

ことを望んだ。

しかし彼はこの点において失望することとなった。京都の人々、すなわち宮廷と薩長の者達は完全な支配権以外には、今や満足しなくなっていた。

これらの反徒達は旧式の武器しか持っていなかったが、戦いの心理的な面をよく知っていた。全国にわたって各地の神社は、尊皇討幕の活動の中に組み入れられたのだ。これはむずかしいことではなかった。神社は古い宗教の維持者であり、天皇は最高位の神官であったからである。彼らは公然と、また秘密裡に行動し、興津にも多くの他の都市のように、突如自らを神と言うものが現れた。その人は神の子孫であると人々はいい、彼が配るお守りを民衆は求め、街路で大鼓をたたき、それを鳴らして踊りながら、天皇に対する感謝の言葉を述べた。その生神は、天皇陛下の御旨にそってこの世界に現れたのである、と宣言したからである。

まもなく、薩長の軍隊は錦の御旗(みはた)をいただいて、東海道を下って来た。一八六八年(明治元年)三月、彼らは静岡に達し、この町で、戦争中最も劇的な会見が行われた。この会見は由比の中腹の茶店をやっている半十郎の兄が、仲立ちをして行われたものである。

彼は深夜寝ているところをたたき起こされた。ずっと前から、家は戸を閉め、錠を下ろしていた。彼が「誰だ?」と尋ねると、客は自分は山岡鉄舟(やまおかてっしゅう)であると答えた。

鉄舟は有名な幕府の要人であり、半十郎の兄はすぐ戸を開いた。鉄舟の話によると、彼は江戸からわずかな部下を率いてやって来たが、山の中で伏兵に会い、その大半を失ってしまった。彼自身も激しい追求を受けているが、或るきわめて重要な仕事で静岡へ行かねばならない。

半十郎の兄は即座に近くの漁師を起こし、鉄舟には漁師の着物を着せ、急な階段を地下室に案内し、更に秘密の扉から海辺に通ずる暗い道へ案内した。鉄舟は漁船に乗って出発した。

官軍の兵士もまもなく現れた。彼らは茶店を家探しし、主人に拷問を加えたが、彼らからは、何も聞きだせず、また鉄舟が残して行った服や拳銃も見つけることができなかった。拳銃はまだ家の中にあり、それは一糎（センチメートル）半口径の旧式な重い銃であった。

半十郎の兄は鉄舟を誰のもとに届けたであろうか。次郎長以外に適当な人間はいない。鉄舟を静岡に届け得るものがあるとするならば、それは親分だけができることだ。次郎長はその力を持っていたし、実際にやってみせた。翌日、鉄舟は官軍の司令部に案内された。

官軍の名目上の指揮官は親王であったが、実際の指揮権は参謀長にあり、参謀長は西郷、すなわち密命をおびて江戸、京都の間を往復していた時代、頼助が好きであっ

山岡鉄舟　（国立国会図書館「近代日本人の肖像」）

西郷 山岡会見の碑（静岡市葵区）

たあの薩摩の侍であった。西郷は維新の最大の英雄であった。彼は藩内の保守派と戦い、他の藩と戦い、ついには幕府自身と戦うようになったのである。今や彼は勝利者であった。そして静岡にいる彼のもとに将軍の使者の鉄舟が来たのである。家康の開いた城下で二人の男は会見した。鉄舟は将軍の請願を伝え、江戸開城を条件に住民を戦禍から救うように、といった。また、鉄舟はそれに加えて、自分自身の願いとして、徳川一族の助命を願った。二つの請いに対し、西郷はうなずき、この会見で戦争はおおむねかたづいたのである。ただ少数の幕府の決死の者達が名目のない戦いをつづけたにすぎない。

官軍は何の防害も受けず、江戸に進軍した。水口屋の召使い達は、彼らの行列を見てから仕事にかかり、この地方でよくいわれた言葉をつぶやいた。〝行きは兵隊、帰りは仏〟その意味は帰りは死者となっているだろう。という意味である。半十郎は黙ってはいたが、それが誤りであることをよく知っていた。

もと将軍慶喜は、もはや支配者ではなく、一大名にすぎなかった。しかし彼はなおも、家康が徳川家のためにとっておいた駿河を中心とする領土をもっていた。彼は一八六八年（明治元年）の夏、藩主として任務を果たすために静岡にやって来た。

彼は一人で来たのではなく、数千の家来が江戸から陸路、或いは海路によって従って来た。二千五百名以上の者が米船ゴールデン・エイジを借り切ってやって来たが、船室からデッキ、更には倉庫にまであふれて、二日半の嵐の航海を経験した。客が多すぎて、全員が一度に横になることもできず、男も女も一様に船に酔い、何の仕切りもない樽の中に、吐いたり生理的欲求をみたしたりした。樽は中味を棄てるために、船艙から出される時、揺れて、その下にいる者に汚物を振り掛けた。それでも彼らは無事に清水に到着した。その中には幕府の定火消しに勤めていた広重の親類の者もいた。

嵐に悩まされた別の幕府の船、咸臨丸は九月の初め清水港に立ち寄り、修理を行った。二、三日後官軍の船も現れ、咸臨丸は白旗を上げていたのに砲撃され、斬り込みを受け、わずかな乗組員は斬られた。死体は海に投げ棄て、勝ち誇った官軍は壊れた船を曳航して行った。

海流の関係で死体の一部は外海に流れて行ったが、その他は港に漂っていた。まき添えになることを常に恐れる住民達は、今や敗北者に対して、同情的な態度を示すことを恐れた。

この事件を聞くとすぐに次郎長がのりだした。彼とその子分は見つけられるかぎりの死体を収容して、堤防に葬ったが、その墓が今日に至るまで残っている。一説によると、そこは次郎長が喧嘩の度毎に犠牲者を葬った場所であるという。経を上げてくれる僧侶もいないので、彼は石を集めてきて、その一つ一つに僧侶に経文を書いても

軍艦咸臨丸　（国立国会図書館デジタルコレクション「幕末軍艦咸臨丸」文倉平次郎編、巌松堂）

咸臨丸殉職者の碑　1887 年（明治 20 年）4 月 17 日、清見寺に榎本武揚の揮毫による石碑が建てられ法要が行われた

壮士墓（静岡市清水区）　咸臨丸砲撃の犠牲者を手厚く葬った次郎長の義挙に感銘し山岡鉄舟が「壮士墓」と揮毫

らい、墓の上にその石を置いた。

まもなくこのことは新政府の耳に届き、政府は駿河の地方当局に調査を命じた。そして、次郎長も新政府に逆心をもつことが分かったなら、首を斬るようにといって来た。調査を命ぜられたのは鉄舟であった。鉄舟と次郎長が会ったのはこれが二度目で、最初の時、鉄舟は亡命者であったが、今、次郎長は反逆罪に問われていた。

鉄舟がこの再会を願っていたことは明らかである。過去、二、三カ月駿河に暮らしていて、彼は次郎長が築き上げた権力、一種の法律外の世界での誠実さの評判、及びすぐれた剣術使いとしての名声を知るようになった。鉄舟もまた剣の達人で、兵法家の名を得ていた。武器こそ違え、当時の米国の西部の英雄達のように、鉄舟の手並みは目にもとまらぬ早さだといわれていた。呼び出されて、罪に問われた次郎長は抗弁して、

「手前は死者を葬ったから罰せられるのでございますか。生きている時に何をしようとも、死人には罪はございません。悪いのは死人を投げ棄てた官軍でございます」

その時、苦い顔をして前にいた鉄舟は、何の表情も見せなかった。次郎長は彼が知っている唯一のやり方に従った。彼は袖をまくって片肌ぬぎになり、死ぬなら戦って死のうとした。

鉄舟は動かず、次郎長を穴のあくほどみつめ、

「お前は、けちな男だな。力で人を従えようとしなければ大した人物だ」

次郎長は驚いて鉄舟を見、やがて彼のからだから力がぬけた。彼は坐り直し、二人は話し合った。

三十年前、旅の僧侶がわずか一時間の間、次郎長の人生にまぎれ込み、若い米屋は博打うちになった。そして今、鉄舟に会い、次郎長は更に劇的な変貌をすることになった。鉄舟の次郎長に対する要求は厳しかったが、彼は次郎長を見棄てなかった。

翌年彼は咸臨丸の犠牲者の碑に文字を書くことにより、次郎長の行為を認め、その年に次郎長は初めて鉄舟から受けた影響を形に表わすことになった。

三保の半島ではそこの神社をめぐって、或る事件が起こった。神社は勤皇派の拠点であった。そして今や復讐の対象となったのである。もと将軍に従って駿河に来た多くの者は暴力的な団体となって、仕事もなく苦々しげな顔をして浮草のようにうろついていた。或る晩、一団の者が三保神社の神主に家の戸をあけさせ、その場で神主を殺してしまった。彼らが立ち去った後には、鳥居の前には立札があり、それには神官を追放せよ、しからずんばこの村は焼きはらわれるであろう、とあった。

まもなく或る家から火事が起こった。これは冬には珍しいことではなかったが、この時、村人達は火を消すために集まらず、かえって、暴徒となり、神官を追いかけ、互いに戦い合った。その間に炎は一軒また一軒とどんどん燃えて行った。

次郎長はその場に駈けつけ、暴徒を鎮め、火事を消そうとした。最初、彼も攻撃され殴られたが、火事の炎の中で血まみれになった彼が、暴徒の叫び声よりも大きな声で、彼らを鎮め、秩序を取りもどした。

翌日彼は打ちひしがれた村人のために、米や衣服や金を集める運動を開始し、望月家も喜んでそれに参加した。これは新しい次郎長の姿であった。依然として親分であったが、今や社会のために尽くしていた。

三保のような事件は維新の終末であった。江戸から元将軍慶喜に従って来た家来の帰農は駿河の最も緊急な問題となった。三保を脅えさせた無法者達は簡単に処置することができた。こういうことは次郎長にとって得意とする事であったが、温和で才能のある数千の人の方が、より大きな脅威となった。一部の者は地方官庁や知的職業につき、或いは町や警察の役人、教師、医者等になった。しかし新しい事業に、これら職を失った人々を沢山受け入れる必要があり、駿河の新しい知事となった慶喜も次郎長を力強い仲間と考えた。

次郎長は傾斜地に茶の栽培を奨励し、駿河を日本最大の茶の産地にするために力をかした。また三保の海岸に塩田を作った。また久能山（くのうざん）の先のこれまで荒地であった場所に、新しく農地を開いた。この仕事がうまく行ったので彼は富士山麓の土が悪く、灌漑（かんがい）の難しい土地の開発に協力してくれと頼まれた。罪人を使って、今日なお彼の名をもつ農地を切り開いた。彼は数百の人のために仕事を作りだした。

維新が一段落すると、駿河の人々は次第に元将軍の姿を見かけるようになった。第十五代将軍慶喜は第一代のそして最も偉大であった将軍に深い関心をもった、没落した自分の部下の問題が、一応片付くと家康にゆかりのある土地を訪問し始めた。彼が水梨村を訪問したのはこういうわけからであった。そこは二百五十年以上前に、家康が鷹狩りをし源右衛門と一緒に笑った土地である。彼は家康が腰を下ろした農家に立ち寄り、家康公が呑気な百姓の友達に与えた宝物を眺めた。伊佐子の祖母は家つき娘であった。慶喜に茶とおいしい梨をもてなした。この梨を家康公はひどく気に入られて、梨にちなんでこの土地の名前を付けたのである。このことを記念するために、慶喜は紙と筆を求めて揮毫(きごう)したが、それは今日も慶喜のすわった場所に掛かっている。失われた偉大さではなく、輝かしい未来を眺めようとしたのは、如何にも慶喜らしいことである。

彼はまた清見寺を訪問した。家康と深い因念があるからである。頼助、半十郎も礼服を着て、村の長老達と彼を出迎えた。頼助達は慶喜を一目見られるようにと、水口屋の雇人ほとんど全員に暇をやった。

これと二、三週間後、明治天皇が清見寺に来られた時は全く違っていた。誰も天皇を見ようとは考えなかった。平民が、天皇を見ることは不敬であると考えられたからである。それでも京都を移動させるよりも、天皇を動かした方が、楽だったので、若い天皇は東海道を行幸され、家康がつくった町に来られたのである。この町はもはや江戸ではなかった。東京と改名されたのである。天皇は以後四十五年の間、国家の名義上の主人となるのであるが、その間に日本は近代世界にその地歩を占めることになったのだ。

清見寺において、天皇はわずか数年前、上京する将軍のために作られた部屋でおやすみになった。どちらをご覧になっても丸に三ツ葉葵の徳川の紋があった。天皇はそれほど不愉快にはお思いにならなかったであろう。紋は残っていても、権力はすでに移っていたのだ。

水口屋では半十郎がお付きの人々をもてなしていた。今や日本の新しい時代の始まりであることを彼は知り、その用意を整えていた。彼が示した順応性と見通しは沢山の人が持っていたわけではなかった。その困難な時代にあっては、昔繁栄していてもその後は立派に生き残るよりも潰(つぶ)れてしまうことの方がずっと多かった。

数十にのぼる興津の宿屋の中で、水口屋のみはその過渡期を乗り越えた。消えてしまったものの列の先頭にいるのは、かつて最も大きかった市川、手塚の両家で、彼らは仕事に失敗し、時代を憎みながら本陣を閉め、その美しく古い部屋はいつしかかびくさくなって行った。一方、半十郎は、これまでになく忙しかった。恐らく大名は以前のように、東海道を行列して来ることはあるまい。しかし交通が途絶えることのないことは分かっていた。商人、観光客、巡礼が街道にはあふれていた。彼は考えた。要するに、昔は二百人ほどの大名と数千の身分の高い家来がいただけだったのだ。しかしいまでは数百万のそれとは異なった人々がいる。

名古屋の伊藤のような商人がいる。彼らは水口屋に何年前から泊まっているであろうか。古い記録を調べなくとも、二世紀にもわたっていることを半十郎はよく知っていた。彼らは身分こそなかったが、すぐれた趣味を持ち、よいもてなしと休息の尊さを知っていた。半十郎は水口屋をこういうお客のために、更によい宿屋にしようと決心した。

しかし、伊藤よりもはるかに数が多いのが、隊を組んで旅行する数千の一般の人々であることを彼は悟った。ことに巡礼たちがいる。そのある者は単独で旅行したが、多くの場合、彼らは団体で旅行した。東北地方、或いは江戸（いや東京というべきだったと、彼は考え直した。新しい都の名前になれなければならない、そうでないと旧幣な人間といわれる）。から巡礼たちは、伊勢、京都に行く。また南西の地方からは、興津から奥に入った、日蓮宗の本山に向かって、沢山の人々が行く。彼らはこの旅行のために、何年間も金をためたか、あるいは講のくじに当たった人なのだろうということを彼は知っていた。これは立派な人々であって乞食ではない。金を持ってはいる。

しかし、半十郎は独り言をいった。宿泊費として何とわずかな金しか持たないことだろう。彼らは、臭い布団に眠り、悪くなった食物を食べ、しばしば娼婦たちは彼らから不法な料金をとりたてる。

半十郎は自分の経験から、この種の人々が、水口屋で清潔なもてなしを受けて一泊した時、どんなに喜ぶかを知っていた。それで、彼らが本当に喜んでくれるようなものを与えるようにしようと決心した。大名や伊藤が望むようなもてなしを、巡礼にすることにしよう。もちろん、そっくり同じというわけにはいかない。相部屋になるであろうが、彼らは金を節約したがるし、また、社交的なのだ。しかし、立派な客として扱うという、この考えはきわめて進歩的であったので、それを実行に移すのに、半十郎はしばらく時間がかかった。古くからの召使いは、ことにぶつぶついって、それに従った。「主人はばかなことを始めたものだ」と彼らはいった。「ふつうの旅人を侍と同じ様に扱うなんて、頼助大旦那が穏居しておられなかったら、こんなことはお許しにならなかったであろう。しかし、最近では大旦那は日向ぼっこをして、古い友だちとしゃべっているばかりだ」。半十郎は雇い人の不平は我慢したが、自分のやり方は押し通した。そして、水口屋は、破滅を免れた。

彼が次の着想を得たのはお客の言葉からであった。街道筋になぜこんなにいい宿屋が他にないのだろうかと彼らはこぼしたのだ。

なぜだろうと半十郎も考えた。その時彼は加盟店のことを思いついた。彼はそれを一新講社（いっしんこうしゃ）と呼んだ。東海道全般をわたって、水口屋と同じレベルを維持している宿屋を探した。それは、清潔でよいもてなしをし、娼婦をおかない宿屋である。これは、ふつうの宿屋を経営する際の新しい思想であった。広重なら目をぱちぱちさせて疑わしそうな顔をしたであろう。講社に入りたいと名のり出た多くの宿屋は、訓練し直し、また忠告してやらなければならず、時には必要な改善をするために金を貸してやらねばならなかった。しかし店の前に半十郎の一新講社に加入している看板を掲げることができると、すぐ驚くほど繁盛するのであった。まもなく各地の講は講社と連絡をとり、毎年その団体は加盟店から加盟店へと旅行し、毎晩予約した部屋でもてなしを受けることができた。水口屋その他の講社加盟店は、彼らと取り引きのある講の看板をかけた。まもなく何十という看板が誇らかに店の前に並ぶようになった。

驚いたことに巡礼の求めに応ずることは、大名の客を遠ざけることにはならなかったのだ。島津公ですらも、彼は特に自分のために本陣を再開させることも容易であったのだが、今や水口屋に泊まるようになった。半十郎がある日頼助にいったように、これは全く驚くべきことであった。なぜならば、この気むずかしい老紳士ほど保守的な人を彼らは知らなかったからである。新政府はほとんど薩長が作ったものだったから、両藩の君主ほど権力のある人はいないのに、と頼助はつぶやいた。いったい二つの藩は、徳川一家による政府よりも、どの点においてすぐれているだろうかと、彼は不思議に思った。しかし、とにかく彼は薩摩の西郷青年が好きだった。西郷は官軍を率い、今や政府の大立物であった。みんなが西郷のいうことを聞いてさえいれば、万事うまく行くと、頼助は信じていた。

頼助の政治上の意見をしばしば聞き、そしてそれよりも、自分独自の宿屋の経営法に深い関心を持っていた半十郎は考えた。これはつまり、進歩的な宿屋に客が多く集まるということなのだ、また客の来る宿屋は、繁盛する。そして繁盛する宿屋は客に最もよいもてなしをすることが出来る。これがすなわち島津公の望むもの、つまり最上のものなのだ。だからこそ彼は、水口屋の客となったのだ。

頼助はいった。

「とにかく薩摩の殿様や西郷を泊めることは、確かに名誉なことだ。西郷を泊める時は、何時でも嬉しい」

西郷が新政府を辞めて、怒って薩摩に帰った時は、頼助にとって淋しい日であった。西郷が水口屋に泊まったのはこれが最後で、その時は西郷の巨体からは大きな笑い声は聞こえなかった。一行はむずかしい顔をして水口屋に泊まり、そして去って行った。

新政府がこの時、最初に分裂したのには、様々の理由があった。また西郷に従った者も、様々な考えを持っていた。徳川幕府が倒れたのは軍事的に弱体となったからではなく、根本的な社会経済の変化を、幕府は理解し得なかったし、それをおさえるのに無力だったためである。新政府は、これらの問題に対し、幕府と同じ程度の理解しか持っていなかった。しかも新政府には、沢山の明敏な若者たちがいて、危険な攘夷論を彼らは政権をとるや否や捨ててしまった。

日本には他に道はない。しいて戦うこともできようが、そうすれば、破れて占領され、中国の様に切り刻まれてしまう。それ以外には外国人を受け入れ、彼らから学び、やがて来る戦いのために国力を養うことだと彼らはいった。これは徳川幕府が昔からいっていたことと同じであった。

初めの数年間の間に、彼らは急速に仕事をした。これは西郷の様な人間にはついて行けなかった。彼の率いる旧式の侍たちは、自分たちのよく知っている古い組織を破るためではなく、守るための明治維新を完成した。彼らの根本原理はきわめて単純であった。徳川を倒し、自分たちがそれに代わろう。今や彼らは、古き思想があらゆる新しいもの、あらゆる異国的なものの崇拝の前に崩れつつあるのを知った。

分裂の直接の原因は朝鮮問題であった。この未開の王国は、明治天皇を正統な君主である将軍の地位を奪った反乱軍の頭と考え、通商を開き、外交関係を結ぶことを拒否した。西郷の一党の仲間は、将来の事態を予測させるように、外交政策も国内政策と同様保守的で強圧的であった。西郷自身のもとには彼と同じ武士階級の数千の同志が集まり、彼らは自分の活躍の余地のない、新しい時代に怒り、当惑していた。武士の失業問題を解決するのは戦争である。朝鮮はその目標として好都合に思われた。彼らは天皇に直訴したが、外遊から急いで帰朝した反対者たちは天皇の意見を変えるのに成功した。外遊によって彼らは、日本が全く無力であることを知ったのである。西郷は憤慨して政府を辞した。

彼は薩摩に帰り、武士の魂と武術を教える学校を開いた。

数年たたない中に、島津公も旧部下の西郷の後を追った。保守的な考え方の彼も、多くの改革案に反感を持った。彼自身のも含めた領地が、中央政府に奉還させられ、国民の義務教育が法制化され、徴兵制度が平民の軍隊を造ることによって武士たちの基盤を崩してしまった。彼は、これらのことにあきたらなかったが、更に武士の身分が廃され、帯刀を禁ぜられると、もはや我慢できなくなった。一八七七年（明治十年）の初め、彼は西郷を襲ったのと同じ怒りを抱いて東京を出た。

彼は、東海道を下って行ったが、それが、最後であった。しかし今度は家来たちの刀は木綿の袋に包まれ、通行人を道端に平伏させる先触れの者もいなかった。昔の豪華な行列も見られなかった。一行は不機嫌な行列を作って進んで行ったが、それはしいていえば封建制度の死を示すものであった。

島津公は、水口屋が気にいっているとは一言もいわなかった。半十郎は殿様が宿屋のもてなしや、食事について、如何なる意味にもせよ御世辞をいった記憶がなかった。また彼は、景色をほめたことすらもなかった。この地方の風景は、少なくとも千二百年前から、多くの人がほめ讃えてきたものなのである。しかし、この最後の宿泊の時、彼が、本心はどう思っていたかを、はっきり示した。すなわち、出発の朝、半十郎を部屋に呼び、その寒い灰色の冬の明け方の光の中で、火鉢にかかったやかんがしゅんしゅん鳴る部屋で、宿屋の主人が末代に至るまで、彼の紋をつかってもよいといった。それは単純な図案で丸に十文字である。これは、恐らく日本的なものではなく、フランシスコ・ザビエルが、日本に初めて上陸したのが、薩摩の海岸で、彼の新しい宗教がそこに深く根を下ろしたためだという人もいる。しかし、紋章の起源はわからなくなっているが、それが、水口屋に許された理由は明らかである。水口屋の人は今でも誇りを持ってこれを使っている。

まもなく薩摩で革命が起こったという噂が伝わった。それは侍の反乱で、昔の優位を主張しようとする最後の絶望的な企てであった。そしてその頭は、西郷であった。

「まさか」

頼助はその話を聞くとそういうばかりであった。彼は外に出ると、灰色の海を眺めていた。二、三時間後、床につき、西郷が死んだという知らせがつかないうちに死んだ。侍の反乱は平民の軍隊によって平定された。

次郎長が初めて西郷の反乱を聞いた時、彼は鉄舟に頼んで、手後れにならないうちに仲介するように、といった。鉄舟はかつて西郷との会見に成功していたが、彼はその時江戸と徳川氏を救う責任を負っていた。彼は今度も成功するかも知れない、と次郎長はいった。今度はうまくいく見込みがないと、鉄舟が答えると、次郎長は怒って、初めから失敗するとかかってはじめれば、うまくいくわけがない、といった。鉄舟が溜息をついて、

「どうするのだ」

「とにかく、やってみることです」

と次郎長は答えた。しかし、鉄舟は彼の気持ちを理解したものの、両者の間を調停しようとはしなかった。

西郷が時代の変化に適応できなかったことを鉄舟は知っていた。また同時に、次郎長にはその能力があることも知っていた。次郎長は新しいものに対する素朴な情熱をもっていた。清水で写真機という不吉な機械の前に立った最初の一人は次郎長である。また彼はちょんまげを切って、ハイカラな散髪をした最初の一人であった。しかし帽子は嫌いであった。或る人が次郎長がかぶっている帽子をほめると、その帽子は鉄舟が天皇からいただき、それを鉄舟からもらったものであったのに、即座に讃めた人にやってしまった。また彼は最初に木のベッドに寝た。それは自分で作ったのである。

また最初に牛肉を食べた者の一人であった。ただ歯が悪かったので、肉を細かく切って食べた。

彼がやったことは、何でも他の人が見習った。彼は常に親分だったからである。子分達は昔通り忠実で、いつでも強敵がいると人々は思っていたので、どこへ行くにも護衛のものが従った。次郎長が風呂屋に行くと、そこはすぐ空っぽになった。彼個人が恐れられ、嫌われたからではない。彼は非常に尊敬を受け、いつも男達と冗談をいい、当時は混浴だったので、女達の尻を親し気にたたいた。人々を神経質にしたのは、何時も入り口に立っている目つきの鋭い男達であった。

昔からの子分が彼に従ったばかりでなく、新しい子分も加わった。例えば、或る暑い夏の頃、彼を頼って来た若い相撲取りがいた。彼は清水に巡業に来た相撲の下っぱであったが、雑用をいやがって脱走したのである。この雑用には、一行の頭が女と寝ている間、うちわで風を送ることまで含まれていた。次郎長はこの青年の言葉に賛成して、それは下っぱの義務以上のものだ、といい、身内に加えた。他の相撲取り達は脱走者をいたい目に合わせようとしたが、次郎長の子分になったと聞くと諦めて町を出た。

勝蔵との争いも、彼が官軍に加わったために下火になっていたが、また燃え上がって来た。勝蔵は表面は身分のある人のようにしていたが、ひそかに子分に命令を下し、子分達は街道で盗賊行為を働いていた。この種の行為は、昔なら次郎長を悩ましたであろうが、今の次郎長はそのことに怒っただけであった。勝蔵自身、まもなく侍の身分を棄てて、元のやくざにもどった。警察はついに彼の生まれた山岳地帯で勝蔵を処刑した。次郎長はそれを聞くと、溜息をついた。彼はついに昔からの敵を失ったのである。

だからといって、彼が暇になったわけではなかった。彼は清水に近代的な網を使う漁業を紹介した。命知らずの者に新しい生き方がよい、と信じさせるために、それ以外の道がないと知ると、彼自身りっぱな漁師になった。彼は橋を作り、昔から彼を知っている者は、驚くに違いないが、刑務所を作った。

彼は清水と静岡を結ぶ鉄道建設の運動をした。また、清水、横浜間の汽船の航路を始めた。また静岡港を改善する運動を始め、たった一人の強力な陳情団となって東京の政府に働きかけ、ついに望み通りの大きな近代的なドックを清水に作ることができた。

この運動はうまくいったので、米国の前大統領ユリシーズ・S・グラント将軍が一八七九年（明治十二年）日本を訪問した時、まず清水に上陸した。

次郎長は歓迎委員会のメンバーではなかった。役人達は彼が仲間に入るのはおかしい、と考えたのである。しかし役人の要求で、町の漁師達がグラント将軍の軍艦のまわりで、網を扱う技術を披露した時、その命令を下したのは次郎長であった。人力車夫が金儲けのチャンスだ、と考えて、料金を十倍にした時、それをやめさせたのも次郎長であった。また時間不足のために、興津の清見寺へ人力車で遠出をする計画が途中でとりやめになった時、自分が予定をたてた時はうまくいったのに、と次郎長は不平をいった。

大切なお客は常にそうなのだが、グラントも民衆と話をする機会がほとんどなかった。しかし、その気になれば英語を話す人を沢山見出したに違いない。次郎長が先に立って、英語の教師を清水に呼んだからである。次郎長が自国の言葉、少なくともその文字に関して恨みをもっていたから、英語の利点について敏感だったのであろう。或る時、鉄舟が漢字を使って手紙をよこした時、次郎長はこういった。受取人に読めるような手紙を書けないとは、鉄舟も馬鹿者だ。それ以後、鉄舟は次郎長に仮名で手紙を書いた。鉄舟は名筆家の誉れ高く、誰にも真似しやすいような筆跡だったので、彼の書生は小遣いが欲しくなると、偽の書を書いて、金を稼いだ。

グラントが来た次の冬、十二月になると早くから寒くなった。十三日の夜は寒気が厳しく、激しい風が吹き、真夜中を少しすぎた頃、水口屋からいって宿役場の向こう側にある或る農家で、猫がねずみを追いかけたはずみに行燈(あんどん)を倒してしまった。油が畳に拡がり、それに燈心の火が燃え移った。炎が小さな家に荒れ狂い、その一家は外に出られなくなってしまった。

隣の家の人はまだ幸運であった。家が火に包まれかけた頃、戸外に出ることができた。三軒目の家はもう燃えており、四件目もくすぶっていた。炎は街道に沿って燃え拡がった。半鐘の音と悲鳴に村の人々は目を覚ました。水口屋の雇人達は手桶の水をリレーして、屋根にかけていたが、役にたたなかった。三十分後には宿屋は灰になっていた。火事は清見寺のすぐ手前の空地で止まった。そこにあった家は二週間前の火事で焼けていたのである。その晩七十戸が焼けてしまった。

水口屋では人命の被害はなく、女中達は客の持ち物を海岸に運んだ。その晩の半十郎の客は、皆東京行きの人だったので、彼は薩埵峠にある兄の家へ召使いをつけて客を送りこんだ。彼はそれと共に妻と娘をもそこにやった。

次郎長は早くも現場に到着し、半十郎に会って援助を申し出たが、彼は、自分の村に彼以上に援助を必要とするものがいると断った。

翌朝、次郎長は近所の空地で、あらゆる種類の救援物資を集める運動を始めた。

半十郎はひたすら再建のことを考えていた。政府が脇本陣の再建に補助金をくれるまでに、かなり手間どった。しかし、望月家では田畑を持っていたし、現金は無事に火事をまぬがれていた。

まもなく、半十郎は宿屋が焼けてしまったことはよかったのだ、と考えていた。つまり、前よりも大きく、立派な新しい水口屋を建てる機会ができたのだ。堂々たる玄関や広々とした台所、仕事場などから、中央の庭園を囲む美しい客間などを彼は想い描き始めていた。彼はその庭の中心に松の木を移植してくれればよい、と考えた。良質の材木を買おうと、人々に問い合わせ、吉日を選んで地固めを行った。その日には神官が古い祭文をとなえ、神々を呼びよせ、大工達は昔からの歌を声をそろえて歌いながら、地面をならした。半十郎は棟上げの祝いの計画もたて始めていた。棟上げの時には屋根から餅をまく習慣がある。その時集まった人々にたっぷりゆきわたるように、沢山の餅をまこう、と彼は思った。新しい水口屋が心の中で形を整えるにつれて、半十郎は興奮し、喜びを覚えた。ただ一つ残念なことは、古い家の灰を見るたびに、大切な記録を失ったことを思い出すことだった。二百年以上にもわたる宿帳、望月家の代々の人に書きつがれた一族の記録は失われた。

火事の後の忙しい時に、次郎長と会う度に、半十郎は次郎長が村に対する政府の救済費の少ないことをこぼしていることを聞いた。彼はあちらこちらの役所に猛烈に請願をしたのだが、補助金をふやすことはできなかった。このようなことがあった後で、次郎長は鉄舟に向かい、役人達が彼ににらまれると、びくびくすることについて不平を述べた。幕府の多くの役人のように、維新後、新しい政府に仕えて、今や明治天皇の信任厚い侍従である鉄舟は、すべての役人がそんなに臆病とは限らない、といった。

そこで二人はにらめっこを始めた。負けたのは次郎長であった。鉄舟は彼に書を与えて、それに〝慧眼は大丈夫の印〟と書いてあった。

次郎長には子供がいなかったので、養子をとるべきだといって承知させたのは、鉄舟であった。鉄舟は侍の息子の天田という青年を推薦した。それはなんとなく不思議な選び方だった。天田の趣味は学問と文学であったからである。しかし、ある意味では利点もあった。次郎長の話を聞いて、伝記を書いたのは天田だったのだ。

しかし、それが終わる前に、次郎長の生涯における最も屈辱的な小事件が起こった。一八八四年（明治十七年）全国的なやくざ狩りが行われ、彼個人としては、ずっと前から賭博を止めて、法と社会に忠実であったのに、新しい県知事は彼を逮捕して、七年の刑を宣告した。

それは苦しい運命であったが、彼はそれに剛毅に耐えた。もちろん、待遇はよかった。新しい刑務所長もばかではなかったのだ。鉄舟の他の友人が彼を釈放するのに一年近くもかかった。その間、彼は刑務所内で親分となり、時間を無駄にしない次郎長は、新しい刑務所の仕事として養蚕を始めた。

彼が囚われている間、伝記が出版され、この仕事が終わると、養子は親子の縁を切った。恐らく、そうするのが正しかったのであろう。彼は次郎長の二代目となるようなタイプではなかったのだ。彼は僧侶となり、詩人として相応の名声を得た。

清水次郎長の船宿「末廣」（静岡市清水区）
1886年（明治19年）次郎長が清水波止場に開業した船宿を、ほぼ原形をとどめる形で2001年（平成13年）に復元した

次郎長の伝記「東海遊侠傳」
（国立国会図書館デジタルコレクション

刑務所を出ると、次郎長は清水港に料理屋を開いた。それは末廣という名前で、開店の日には一千本の、鉄舟が店の名を書いた扇子と、それと同じデザインの手拭いを配った。

次の春、彼は興津に来て、咸臨丸の犠牲者の碑の除幕式を手伝った。この記念碑は、彼の助力によって清見寺の境内に建てられ、惨劇の起こった港を見下ろしていた。除幕式の後に、水口屋で宴会が開かれ、次郎長と半十郎は何年かぶりでゆっくり話し合った。

話はいくらでもあった。水口屋はすっかり新しくなり、玄関は寺のようなそりかえった屋根をもち、そのために、ときどき寺と間違えられることもあった。その奥に美しい部屋が海に面した庭をめぐって並んでいた。

しかし、半十郎は失われた記録のことをまだ残念に思っていた。彼は自分が作った巻物を次郎長に見せたが、それは当時生きていた人の記憶の及ぶ限り昔にまでさかのぼった系図で、記憶にたよって六代前まで書き込まれていた。頼助さえ生きていたら、もっと昔までさかのぼることができたのにと半十郎は思った。

次郎長は、半十郎が、娘の婿に迎え、次の代の水口屋の主人になる上品な青年と会った。また、半十郎は一番大きな孫娘を呼び、彼女を溺愛している彼は、その日の晩、次郎長と話している間、孫を膝にのせていた。娘は祖父の腕に抱かれたまま眠ってしまい、七十年以上たった今日、彼女は次郎長と会ったことを全く覚えていない。また後年祖父に連れられて、次郎長の芝居を見に清水へ行ったことも覚えていない。次郎長の生涯は、彼がまだ生きて劇場へ見に行ける頃、芝居になっていたのである。

翌年鉄舟は東京で死んだ。彼の危篤を伝える報せ(しらせ)は横浜行きのその日の船が出てしまってから、清水に届いた。次郎長は友人のことを心配しながら、一晩中いらいらして過ごした。

鉄舟は、自分の死がせまっていると聞いた時、寝床に起き上がって、白装束に改めた。彼は椅子に正座して、礼装し、微笑を浮かべながら、最後の息をひきとった。

次郎長は遅れて、死に目に会うことができなかったが、二百名の子分をひきいて、葬式の先頭に立った。激しい雨の中を何も被らずに、彼らは繁華街をゆっくりとぬけ、宮城の前を通って行った。宮中では明治天皇も彼の死を悼んでおられた。

その後、次郎長は静岡の自分の料理屋で暮らしていた。咸臨丸事件のお陰で店は海軍の軍人にひいきにされた。そして軍艦が清水によるたびに、士官達は敬意を表しにやって来て、次郎長はその礼に、昔話をした。彼が外へ出ると、子供達がまわりに集まった。次郎長は彼らにお菓子や凧(たこ)などを与えた。彼は一八九三年(明治二十六年)七十三歳で死んだ。死ぬ時の失神状態の時、彼は鉄舟のことばかりいっていた。彼の死体には短刀が隠されているのが分かった。昔からの習慣が死ぬまで消えなかったの

清水次郎長の墓　菩提寺の梅蔭禅寺（静岡市清水区）に妻のお蝶や大政、小政ら子分の墓と並んで立つ。墓碑銘「侠客次郎長之墓」は榎本武揚の揮毫

清水次郎長の銅像　梅蔭禅寺（静岡市清水区）併設の次郎長遺物館の前で勇ましい姿を見せている

だ。

彼は、昔河豚を食べて危く死にかかった寺に葬られた。半十郎は彼自身も年寄りになっていたが、次郎長の葬儀に参列した。今日でも毎年数千の者が〝身内〟の者と一緒に葬られている墓に詣でる。その近くに荒い石の壁面を背にして、大きな次郎長の銅像が立っている。その姿は次郎長自身のように力強い。

富士山の麓(ふもと)にはもう一つの記念碑がある。すなわち、彼が拓いた土地に働く農夫達が神社を建てたのだ。そこに次郎長は神として祭られ、彼らは社に祈りを奉げる。東海一の親分は神道の神になったのだ。

文明開化

一八八九年（明治二十二年）、鉄道が敷設され、旧東海道の東京、京都間に工事がすすみ、興津を通ることになると、徒歩の旅行はどことなく、のろくさく不愉快に思われるようになった。半十郎は、興津駅の開通祝賀会に町の名士の一人として出席したが、彼は見通しのきく男だったから、一番列車が煙を吐きながら入ってくるのをみると、これが水口屋（みなぐちや）の終わりではないかと思った。彼は維新の時の動乱期を無事にのりこえて来た。大名が豪勢な旅を突如しなくなった時にも、宿を維持して来たし、火事で焼け落ちた時もそれを再建した。しかしこの鉄の怪物にはかなわないという気がした。今日、宿屋の前を歩いて行く数千の旅人たちは、やがて興津などに一べつもくれずに汽車に乗ることになる、と彼は信じた。恐らく一夜をあかすために宿を探すものはいなくなろう。

数年の間、旅の途中で三保見物をしようとする旅行者のために、興津はその休憩所になったけれども、多くの旅行者に関しては半十郎の予想は当たっていた。そして水口屋が、観光客を人力車にのせて港から砂州の太平洋岸をみせてまわる時には、まがりくねった松のはえた黒い砂丘の蔭にある水口屋の講社加盟店に紹介状を書いてやることにした。

しかし半十郎が作りあげた組合組織は、他の土地ではくずれかけており、毎晩旅客で賑わっていた加盟店の多くはシーズンになっても客がなく、次第に埃っぽくかびくさくなり、ついに暗い顔をした主人が店を閉じてしまうようになっていた。市川もすでに本陣をしめていた。手塚は破産していた。手塚家の血をひく最後のものが、水口屋に来てこの時代を生きぬいていたのだ。清見寺の薬屋も、一軒また一軒と商売をやめており、竜王煙草や壺焼きももはや川岸では売っていなかった。同様にうどんや菓子を売っていた無数の屋台店も姿を消していた。

多くの人は、半十郎と同じようにこう考えたであろう。水口屋は今、危機に瀕している。もうこの商売は終わりなのだ、と。しかしこういう考えは十六代前の興津の望月の本能を無視することになろう。かつて彼をひきつけた穏やかな海岸の和やかな気候と美しさは、今日も、水口屋を救った。そして第一代の望月は、心ならずもそのために宿屋を始めたのだった。水口屋は消えなかった。かえって最大の繁栄期をむかえることになったのである。巡礼が興津を見すてると、代わって政治家がそれを再認識したのだ。

半十郎はこの変化に応ずる準備をした。もっともこれは計画的というよりは幸運によるものである。彼は仕事の面では新しがりやであったが、子運に恵まれないという点では先祖と同じ道を辿った。つまり息子が生まれなかったのである。しかし娘がいたので、彼女と結婚させて次代の当主とするために、興津から十二マイル(約十九・三キロメートル)、宿の数にして東京の方へ四つ行ったところの富士市の大地主から養子をとった。このことに関し、ときおり彼は後悔することがあった。養子は途方もない男で、たとえば結婚の晩に姿を消して二週間も戻って来なかった。半十郎は、この家庭の重大事に直面しなければならなかった。やがて花婿はどこからともなく戻って来て、着物の様子からみると、その間、野宿をしたとしか思われなかった。そして彼はまるで、何事もなかったかのように宿屋の仕事を始めたのである。彼は自分からは一言の説明もしなかったし、当時としては花嫁が説明を求めることは考えられないことであった。しかし彼女は決して自分の夫を許そうとはしなかった。

こういう気まぐれな性質にもかかわらず、或いはむしろそのゆえに、彼は次代の水口屋の当主として好適であることがわかった。この養子、舅の死後一年ほどで襲名した二代目半十郎は、新日本の政界の大物と交際するのに、好都合な男だった。愛想はよいが卑屈ではなく、陽気だが押しつけがましくない。それに決して人の秘密をもらさなかった。

水口屋を発見した新しい大物の最初の人は後藤新平伯爵だった。彼は、新政府に沢山の人材を送りだした土佐藩の出身だった。例えば、後藤は幕府の倒れるかなり以前から、英国の議会制度を研究していて、この問題を英国大使を相手に専門家として議論することができた。しかし土佐藩の人は、他の藩の人材と同様に、次第に薩長の人から閉め出されることになった。それはまるで彼らが徳川という一つの藩を追い払うのを助けたのに、その結果、薩長二藩の支配権を作ってやったようなものだった。

西郷が憤然として一八七三年（明治六年）に政府を退いた時、後藤もそれに従った。両者に共感するものがあったわけではない。西郷は新政府があまりにも進歩的だと思い、後藤はあまりにも保守的だと考えた。しかし二人は一致して、日本は韓国を征服せねばならぬと考えた。二人は日本の最初の軍国主義者に属する。

後藤は西郷の不幸な反乱には加わらなかった。彼はそういう人間ではなかったのだ。そして、彼は日本最初の政党を組織するのに力を貸し、より多く代議制をとり入れた政府の実現のために尽くした。

彼は民衆の間に人望があり、民衆は自分の理解しうる範囲で、後藤を支持した。彼は武士出身者には珍しく、民衆と同じ立場に立って物をいったからである。これは行

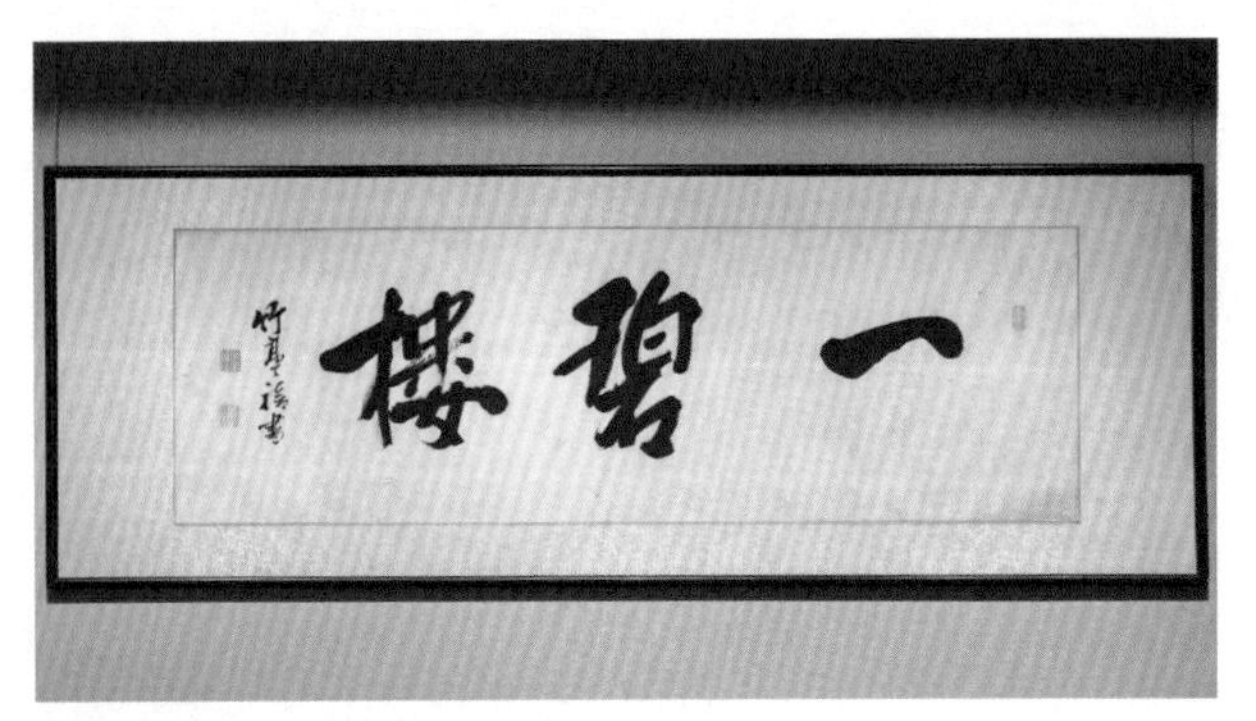

東久世通禧筆「一碧楼」（水口屋ギャラリー蔵）

後藤新平　（国立国会図書館「近代日本人の肖像」）

動的な民主主義であった。しかし支配階級は政権を民衆にわたす意志はなく、後藤は政権につくことができなかった。

　後藤はしばしば水口屋に来た。彼は海を愛し、興津の風景を愛した。この宿屋に一碧楼という別名を与えたのは彼である。これは西欧人の耳には水口屋と同様、何の意味もない名前であろうが、中国の教養が豊かならば、この名前は日本人にある明確なイメージをあたえる。後藤がくつろいで海や朝霞を眺めている時に、この名前を思いついたのであろう。この時は、海も空も伊豆の山々も、三保松原も、ただ青一色に見えるのである。これ以来この旅館は一碧楼水口屋と呼ばれるようになった。

　もう一人の新日本創立者のメンバーの一人が興津を愛し、町の西の方に広い土地を買い別荘を建てた。長州の井上侯爵である。長州出ということは、支配階級ということを意味する。彼は他の長州出身の大物、伊藤（名古屋の商家の伊藤とは無関係である）、山県のように、位人臣をきわめるということにならなかったのは事実である。この二人のように井上は総理大臣にはならなかった。一時期、山県と伊藤は政権をたらい回しにしていたのである。しかし井上は何度か入閣し、この二人のように元老に列した。元老は天皇の建白者として、日本の針路を決定し、内閣の交替には決定的な意見をのべたのである。

　井上は伊藤の子分で、ということはつまり官僚派で、山県の武断派と対立していた。

この対立は早くからあり、その裂け目は深かった。この二派はほとんど第二次大戦がはじまるまで、日本の支配層を二分していたのである。

井上は一八九六年（明治二十九年）に別荘を建てて、東京の本邸の一部を移転した。一度解体して、興津で組み立てたのである。この家は西洋風で、鹿鳴館時代の名残りのようなものであった。鹿鳴館は日本を襲った最初の国際主義の波の象徴であって、この時は日本のエリート達が争って、新しくおぼえた西洋風の趣味、作法、衣服を見せびらかした。総理の伊藤、外相の井上はこの先頭に立った。これはいわば外国人に対し、日本がいかに開化しているかを見せるためであった。開国したての無力な時期に、西欧諸国が日本に強制した不平等条約を改正する抗議の手段であった。しかし、それ以上にこれは単なる遊びであった。この時も日本人は外国万能の熱病にかかっていて、これが続いている間は、充分楽しんだ。

もちろん、反動がやって来た。常にそういうものなのだ。着物を着た保守派は怒り、道徳家は暗い顔をして、日本は全盛時代を経なかったローマ帝国の退廃期のようだとつぶやいた。

一八九四年（明治二十七年）から五年の日清戦争に伴うナショナリズムの波は、鹿鳴館時代に終止符を打った。井上はハイカラな邸宅を、あまり目立たない興津に持って行けることが嬉しかったであろう。

井上馨　（国立国会図書館「近代日本人の肖像」）

井上馨 興津別邸「長者荘」　1910年（明治43年）撮影（国立国会図書館デジタルコレクション「世外井上公傳第5巻」昭和9年、内外書房）

井上が買った土地には由緒があった。広い庭の中央に、丸い先のとがった山があって、糠山と呼ばれていた。そのいわれを誰もが知っていた。四百年以上も前に、ここは清見寺の長者の物で、山は彼の食事に使う米をついた糠でできた。当時、金持ちだけが米を食べることができたのである。この山を見ると、その長者は金持ちであると同時に、大食でもあったことがわかる。また記録によると、なかなかの活動家でもあった。清見寺の大きな檀家だったのだが、不幸にして先見の明がなく、信玄についたので、勝頼が家康に滅ぼされると、長者の家も滅びてしまった。

井上の土地には清流があって、彼はその水を、糠山の下の池に引いた。庭には苔むした小路が、植え込みや水仙の群落の間を縫い、また石燈籠に飾られた小さな島にかけられた橋をわたって続いていた。

もっと足をのばせば、小路は糠山を九十九折になって登り、所々にある見はらしからは海を見下し、蜜柑畑の山をあおぐことができる。井上が死んでから、山の頂上に彼の銅像が立てられ、小路にそった所に石碑がおかれ、彼の友人達の手によって、適当な文句が刻まれた。彼はそういうことが好きだったのであろう。

井上は興津であまり評判がよくなかった。傲慢だと考えられていた。興津は急行停車駅でないのに自分の都合で列車をとめる癖があった。それも駅にとめるのではなく、別荘の前でとめるのだ。

もちろん、二代目半十郎は彼と知り合いになったが、半十郎はあまり感銘を受けなかった。井上は水口屋の庭に見ごとな老松を見つけた。これは一代目半十郎がわざわざここに移植したのである。井上はこれこそ自分の庭におあつらえむきだと考えた。彼の字引には要求することと献上されることとは同義語になっていた。従って半十郎が松を移すつもりはないといった時、井上は驚き、怒った。しかし二人は後に和解し、数年後井上が水口屋の猿をほめた時、半十郎はそれを彼に贈ったのである。

興津にひきつけられた政治家のうちで、西園寺公爵ほど、ここに長く住み、町に同化した人はいなかった。

西園寺は井上が死んだ二、三年後の一九一九年（大正八年）に興津にやってきた。家は、西園寺が愛するフランスに、ベルサイユ平和条約の日本主席代表として行っている間に建てられた。帰国後、彼はここに移ってきて、以後二十年間、ここは日本の田舎の首府となった。西園寺は最後の元老、すなわち日本を近代国家にした長老の生き残りであって、彼が望んだわけではなかったが、国家の重責は彼の肩にかかったのである。

首相、或いは首相候補者、またある計画を持つ人、計画を立てようとする人は、彼の別荘でわずかな時間面会するために、興津にやって来た。彼らは待っている間――時にはそれはきわめて長期になることもあった――水口屋に泊まった。

二代目半十郎はよく西園寺と井上の違いを語った。要するにそれは二人の家の問題に帰する。井上の堂々たる邸宅は、広い地所の上に町や海を見下ろして建っていた。西園寺のつつましやかな家は海に面して、それよりも大きな漁師の家と肩を並べており、庭先の海岸には漁の道具が散らばっていた。

この家を建てるために西園寺は京都から大工をつれて来た。彼自身京都生まれで、古都のおだやかな趣は彼にあっていた。彼は日本の政治家の中では珍しく武士の出ではなく、公家だった。昔の宿屋の主は公家が江戸や日光へ行く時、その気むずかしさと人の悪さをがまんしなければならなかったのだが、公家階級は数世紀にわたって、怠惰な生活を強要され、堕落していたが、それでもすぐれた人物を産む力があり、西園寺はその一人であった。

幼い頃、天皇や他の公家のように彼は貧しかった。ある公家は次郎長のような親分に、家を賭博場として貸して、生活をたてていた。これはそういう場合には好都合だった。御所には町方の役人は立ち入れなかったからである。西園寺はその生涯において、大金持ちになったこともなく、それを望んだこともなかった。しかし断っておかねばならないが、彼の弟は財閥の住友の当主となり、兄に不自由させないように、気をつけていた。

望月家がしばしば養子をしたことが、別に特殊なことではなかった証拠に西園寺自身も養子だったということを書きそえておこう。彼の兄は彼らが生まれた徳大寺家を継ぎ、明治天皇の最も親しい側近であり、侍従長や宮内大臣になった。弟は住友の養子となって日本最大の実業家の一人となった。

興津に移った頃、西園寺は七十歳になっており、輝かしい経歴を積みあげた名士だった。あまり激しい戦いではなかったとはいえ、御維新の時に、二十歳の彼は官軍の一隊の長となった。確かに公家は名義上の指揮官でしかなく、実権は武士が握っていたのは事実だが、西園寺が他の年長者をさしおいて抜擢され、その部隊が各藩のよせ集めで、各藩間の反感が、幕府に対するそれよりも、ややおだやかである、といった連中を統率し、しかも彼がよくその使命を達成したことも事実であった。

新政府への門戸は、彼の前に大きく開けていた。彼はすぐにでも権力の座につくことができたであろう。しかし彼は急がなかった。彼は二つのことを考えていた。遊ぶことと、留学することがそれである。

東京に移ると、彼はまず料亭に居を構えた。次に官費の留学生として欧洲へ行く運動をはじめた。西欧は彼の心をひきつけ、じかに西欧を学びたいと思った。一八七〇年（明治三年）、彼はフランスに派遣された。

彼と三十人ほどの学生は、米国の外輪船に乗って、米国経由で出発した。ワシントンではグラント大統領が一行をホワイト・ハウスに招待した。西園寺は異性に会ってはにかむ男ではなかったが、国への手紙に、襟の開いた婦人服に驚かされたと書いている。

パリでは彼はすぐに落ちつきをとり戻し、女を作った。むずかしい外国語で、つまらない勉強をしている時に、居眠りをしないためには、そばに美しい女をおいて、勉強しながら接吻すればいいと、友人に打ち明けた。

彼はパリに十年間暮らし、本物以上にパリジャンになった。しかしそれと共に、彼はフランスの法律と自由主義を吸収し、この精神は死ぬまで彼の生活原理となった。一八八〇年（明治十三年）の帰国は淋しかった。パリに十年いた彼には東京は荒涼として、政治は専制的だと思った。そして事実その通りだったのだ。彼は友人と自由主義的な新聞をはじめたが、すぐ政府に潰された。彼は昔から好きな料亭に戻った。パリに行く前から気に入っていた芸者と会い、また彼女を愛するようになった。その名前はお菊である。

西園寺家に言い伝えがあった。公家の家はどこでも、特別の職務——鼓、占い、蹴まりのような——があって、西園寺家では千年以上も昔から、琵琶を引くのが職務であった。少年時代から彼は琵琶を学んだが、家伝によると、琵琶の女神は嫉妬深く意地悪で、正妻というライバルの現れるのを許さなかった。つまり、当主が妻をむかえると、早死するというのである。

西園寺はその言い伝えをあざ笑ったが、これは彼がいうように女に縛られたくないと思う男にとっては好都合であった。彼はお菊と結婚はしなかったが、長年一緒に暮らし、美しい娘をもうけた。彼は娘を愛し、当然のことながら、彼女は西園寺家の娘として育てられたのである。時々、お菊が前々から覚悟していたような女性が現れ、彼女は若い人に地位を譲った。こういうことは何度もあったが、お菊に完全にかわりうる女性は現れなかった。

しかしこれはずっと先の話である。西園寺が料亭でお菊にいいよっている頃、伊藤博文は彼をつかまえて、仕事をさせようとした。伊藤も女と酒が好きだったが、彼は西園寺のような人材を酒色の専門家にしておこうとは考えなかった。

伊藤によって、西園寺は政治、実際的な政治を学んだ。伊藤の先輩の木戸孝允（きどたかよし）が、政府のやり方を見て心配したり怒ったりするのに疲れたから、郷里に帰って、平和に死のうと思うと、伊藤にいったことがあった。木戸は伊藤に向かって、伊藤は東京で死んだ方が国家のためである。なぜならば、そういう気持ちを慰めるために、故郷へ帰ろうとすれば、彼はあらゆる危険な不平分子をひきつけることになろうし、如何なる事態が発生するかも分からない、といった。そこで木戸は東京で死んだ。

これは動乱の時代の事である。憲法に関して、様々な噂があった。それは国民の代表者によって作られるものか、或いは天皇から下付されるものであるか、また如何なる種類の政府が憲法を制定するか。

最初の問題に関しては、まもなく答えがでた。憲法は天皇が発布することとなった。そして現代の寡頭政体が憲法を作り、国民はそれに関与しないことになった。

伊藤は欧洲に渡り、諸国の政体を研究することになったが、西園寺をも伴った。西園寺はフランスに行けて満足だったが、伊藤は自分に必要なものをよく心得ていた。彼はまっすぐにビスマルクのドイツに行き、結局日本はプロイセン風の憲法をもつことになったのである。

伊藤が憲法を作っている間、西園寺は外交官生活を送ることになった。一八八五年（明治十八年）彼はオーストリア公使に任ぜられ、次にはドイツ公使となった。一八九一年（明治二十四年）帰国してみると、過去二十二年中十九年を外国で送った勘定になった。彼はまっしぐらに料亭に上がった。

しかし、再び好きな楽しい場所にいる彼を、伊藤がつれ出して仕事をさせた。一八九四年（明治二十七年）日清戦争中、伊藤は彼を内閣に入れ、文部大臣にした。そこで西園寺は炎の洗礼を受けることになった。全官僚の中で文部官僚ほど頑固で官僚的なものはいなかった。

彼らは、その特権的な地位を利用して、国家主義と天皇崇拝をまぜ合わせたものをばらまいた。西園寺の個人主義的自由主義や国際共調主義の考えは、ここでは禁制であり、彼は激しい攻撃を受けた。役人達は彼を国際人と呼び、この言葉を悪口として使ったのである。また西園寺を暗殺したらよかろう、という者もいた。しかし彼はこの地位にしがみついた。官僚達の要塞に向かって、大した攻撃を加ええなかったにしても、彼以上のことは誰にもできなかったであろう。

後で外務大臣が病気でやめた時、西園寺はその職をも兼ねることになり、お陰で伊藤のおせっかいに悩まされた。例えば、首相は海外に出すあらゆる公電を検閲したがった。西園寺はこの問題に関して適切な処置をとった。彼は日本語でなく英語で書いた電文を提出したのである。伊藤もいくらか英語ができたが、英語で検閲をするほどの自信はなかった。

伊藤は一八九六年（明治二十九年）職を辞し、西園寺もそれに従ったが、共に一年ほど後に職に復した。この時代は伊藤と山県がそれぞれの陣営をひきいて指導権を奪い合っていたのである。伊藤はビスマルクとドイツの大の崇拝者であり、彼が制定した憲法は国会が権力を握るように、また国民は実体のない陰のような存在になるように注意深く作られていたが、それでも山県に比べれば代議制の大黒柱であった。こちこちの山県将軍は国会を侮蔑するのみであった。国会が山県を不信任すると、彼は議会をおとなしくさせるために、二つの方法を使った。刺客と賄賂である。賄賂の方が有効である事が分かった。山県がひどい打撃を受けた後には、敵陣に必ず裏切り者が現れた。山県の民主主義に対する認識はこの程度のものであった。

伊藤は、山県のような民主主義否定論はもたなかったが、国民は自らを治める準備ができていない、ということを本気で信じていた。彼は次のようなことを書いている。「我が国民は現在もなお子供のように単純である。白絹のように無垢(むく)な国民は容易に様々な色に染まるであろう」

問題は、伊藤には国民を訓練して、責任をもちうる存在にする意志がなかったということなのだ。彼は徳川を滅ぼすために戦ったが、〝民はよらしむべく、知らしむべからず〟という徳川的考えを振り棄てることはできなかった。

伊藤と山県が現役をひいて元老となり、その子分達がその後を継ぐという避け難い事態が、一九〇一年(明治三十四年)にやって来た。伊藤の子分が西園寺で、西園寺は伊藤が作った新しい政党をひき継いだ。山県は政党が嫌いだった。

十二年間にわたって、西園寺と山県の後継者桂は政権を交替し、それぞれの確固とした地盤によって戦った。桂も山県のように、対外強硬策を支持し、そのために軍備を増し、また軍備を維持する重税策を支持した。彼は国民の自由を抑え、古い官僚機構を強化した。西園寺は自分の番がくると、外交融和策をとり、軍備を削減し、減税した。民権を増し、代議政府を作り上げようとした。

第二次西園寺内閣は一九一二年(明治四十五年)に倒れた。ちょうど総選挙があり、彼の政党は国会で過半数を占めたが、当時の憲法ではそれでは政権をとるのに充分ではなかった。陸軍は山県にそそのかされて、二個師団の増設を要求し、西園寺が拒否したために陸軍大臣が辞職したのである。

憲法によると、各大臣は総理大臣や議会に対してではなく、天皇に対して責任をもつことになっていた。また山県の作った法律は、陸海軍大臣が現役軍人からのみ選ばれることを規定していた。結果は明らかである。もし陸海軍が大臣を送ることを拒否すれば、何人も内閣を組織することはできない。

ぬけ道が一つあった。伊藤だったら試みたかもしれないものである。天皇に奏上して、陸軍が大臣を出すようにという勅令をいただくことであった。

西園寺はこの策はとらなかった。彼は天皇を立憲君主と考えた。天皇は立憲君主であれば、政治的な工作に利用してはならない。専制君主を生むかもしれないような方法で、天皇の権力を用いるようなことはすべきでない、と考えた。理性は彼の実行力の妨げとなった。彼の内閣は総辞職した。

六十三歳の西園寺が八十五歳の時のようにもの事が分かっていたら、別の決心をしたかも知れない。軍が政府から逸脱し、あらゆる統治権を崩そうとしている、と彼は悟ったかも知れない。彼は軍に対する政府の優位を強く主張するために戦ったかも知れない。六十三歳の彼はそれをしなかったし、八十五歳の時にはもう手遅れであった。

三年後、西園寺は現役を退き、元老という日陰の地位についた。彼は政界の長老となった。いやいやながら、彼はベルサイユの平和条約に、日本の全権となるために再び脚光を浴びた。もっとも、再びパリに行くことを考え、旧友クレマンソーに会えると、彼は満足であった。彼は娘と養子を連れて行った。また近衛(このえ)という若い子分を連れて行ったが、この青年に彼は大きな希望を托していた。そしてこの頃の愛人も同道した。そのためにとやかくいう者もいたが、それに対して西園寺は、七十歳の年で、国家のために世界を半周するような旅をしなければならないなら、自分の好きな者を伴ってもかまわないではないか、と答えた。

日本に戻って来ると、彼は興津の家に戻った。彼は家に坐漁荘(ざぎょそう)と名づけた。この名前は権力の争いから一段高い所に引退するという意味である。中国の諺(ことわざ)に、静かに釣りをする者がいると、他の者が、周囲から何か釣れたか、と騒ぎ立てるというのがあるが、それに因んだものである。坐漁荘という名は彼がどういう余生を送るかを表わしていた。興津では新鮮な海の香りを嗅ぎ、うららかな湾を眺め余生を静かに送ろうと考えていた。彼は中国の古典とフランスの小説を持っていたし、もっと気軽な慰めとしては、漁師のおかみさんの世間話に耳をかした。

二代目半十郎が西園寺に海岸の土地を売ったという者もあり、また西園寺が土地を第三者から買うのを二代目半十郎が助けた、という者もいる。或る日、私が半十郎の

西園寺公望　（国立国会図書館「近代日本人の肖像」）

現在の「興津坐漁荘」　建物は老朽化により明治村（愛知県犬山市）に移築されたが、2004 年（平成 16 年）設計図をもとに忠実に再現された。一般公開されている（静岡新聞社提供）

孫、すなわち今日の四代目半十郎に真相を尋ねた。彼は海の方に目をやりながら答えた。

「その、実を言うと、それは土地を西園寺公に差し上げたのです」

そこで彼は微笑して、

「もちろん、祖父はそれほど気前よくはなかったのですが、土地をやれば、そのためにうんと儲けられると知っていたのです」

孫は謙遜しているが、二代目半十郎が西園寺を利用しようとした証拠はない。またそれはこの宿屋の主人らしくないことだ。たとえ、そうしようとしても、西園寺の性格からみてこれを許すことも考えられない。土地を寄贈したのは寛大な行いであって、それを半十郎は家族の手前、ぬけ目のない商策だと取りつくろったのであろう。

もちろん、水口屋は西園寺がいるお陰で儲けることができた。元老の子分達や訪問客が水口屋に滞在したが、それは半十郎が宿屋を興津一のものにしたばかりでなく、あらゆる観点から見て、これがよい宿であったためである。

西園寺がその意志を貫くことができたら、子分も公務も帯びた客も来なかったであろう。彼は元老の職もやめたいと思い、その時期が近いものと信じていた。元老は全く不文律的な制度であって、憲法にも示されていないし、政府がそれなしに運営されるようになれば、すぐにでも消えるべきものだと彼は指摘した。政党は次第に強力になって行くので、その日も近いと彼は信じていた。まもなく首相の選任は機械的なものになるであろう。国会の多数党の党主が首相となり、首相を指名したり或いは国民の支持を失った場合にやめさせたりするのに、元老が陰で活躍することはなくなるであろう。

第一次大戦後、事態は明るく思われた。ウッドロー・ウィルソンを中心とする新しい鹿鳴館時代が来たかに思われた。明治天皇の孫に当たる皇太子殿下はヨーロッパを巡遊されたが、二、三年前までは考えられないようなことであった。この一行に西園寺の養子も加わった。しかし何にもまして厳しく冷酷で独裁的な山県公爵の死ほど、旧秩序の消滅を雄弁に物語るものはあるまい。将軍は一生を軍国日本の建設と次第にはびこってくる民主主義に対する戦いに捧げた。

それでも西園寺は引退のお許しを天皇から得ることはできなかった。そこで、彼は最後の元老として御奉公をつづけた。そして彼の腹心らしき者達が水口屋を繁盛させつづけた。

興津で静かに暮らしている西園寺は、都で目となり、耳となり、口となる者を必要とし、その任に当たるものとして、原田男爵をみつけた。原田は仲々完全な秘書で、利己心を棄てて西園寺とその信条に尽くした。日常の三分の二を過ごす東京では、彼は絶えず人との打ち合わせをやり、政府、財界要人と会談しこちらで情報を集め、あちらでニュースを落としていくようなやり方で、あきることなく、様々な噂を追求し、西園寺だったらこうもしただろうという行動をとった。

　興津での生活は静かだった。原田は水口屋に泊まり、この宿屋は彼のための部屋を常に用意していた。彼は何時間も西園寺と共に過ごし、自分が集めた情報を伝え、老人の反応を確かめ、人間や様々な事態の動きを検討した。西園寺自身はよほどのことがなければ東京へ行かなかった。日本中の人は、元老が汽車に乗って東京へ行くことは重大事件だ、と承知していた。

　原田ほど政治的に動く者はいなかったが、他にも西園寺の手下がいた。たとえば、ハンサムで鋭く、その首領のように女に弱い中川がいた。彼はどこへ行っても、水口屋においても女性征服の跡を残して行った。伊佐子は彼のことを特殊な親しみをもって記憶している。彼女が若い嫁として宿屋に来た時に、舅夫婦ばかりでなく大舅夫妻にも対することになった。日本の嫁としては、これはまるで身動きもならない状態である。それで彼女は中川の親切を忘れないのだ。彼は結婚の記念に十円の金をくれた。伊佐子の言葉によると、

「それは生まれて初めての、わたし自身のお金でした。わたしはそれで全部本を買い、貯金しなかった、といって姑（しゅうとめ）に叱られました」

　興津に来た当時、西園寺にとっては最上の毎日だった。穏やかな時代がつづいてい

た。老人らしく早起きすると、彼は時には夜明け前に清見寺の石段を登って、日の出を眺めた。時には明け六つの鐘を鳴らした僧侶と話しこむこともあり、二人は親しくなった。

夕方、西園寺は村の道や海岸を歩き、時々水口屋に立ち寄って、玄関でお茶をすすっては雑談した。彼は二代目半十郎と話をするのが好きだった。彼は何時でも新しい話を知っているようであったし、この男の面白い話を聞いていると、気分が晴ればれして来た。また、何時もうろうろしている政治家とは違って、半十郎は別に野心などもっていなかった。時によると、二人は西園寺の家と宿屋の中間あたりにある半十郎の隠居所で、酒を汲みかわすこともあった。明治天皇の皇孫が即位した時に二人はここで祝盃を上げた。

これは平和な時代であったが、長くはつづかなかった。二十年代の中頃になると、世界戦争が競争者を追い払った間に、手を拡げすぎた日本の産業は不況のどん底に陥った。西洋の自由主義は苦々しいものとなり、全国は不安と混乱に襲われ、不幸にして陸軍もこの不安に捕えられた。国家の如何なる分野でも、これほど敏感な組織はなかった。下級将校の多くは兵から身をおこした農民の息子であって、狭い農地で暮らしている家族の苦難が彼らを苦しめた。他の国民と同様、読み書きを学んでも、考えることをしないように訓練されたので、彼らは手当たり次第の者に食ってかかった。

彼らを搾取する経済制度、また次の指導者を準備しそこなった弱体な国会、或いは政治家と大産業との腐れ縁。彼らは日に日に公然と暴力をふるいそうになって来た。

　高級士官達は部下の激しい怒りを眺めて、これを利用しようと企んだ。彼らは古い藩閥政府の、すなわち軍人による政体の後継者達であった。彼らは弱体な内閣や議会のやり方を嫌っていた。

　彼らは一九三一年（昭和六年）の初めに大事を起こす運動をした。クーデターを起こして、政府を倒し、軍部独裁制をしく計画を立てた。陰謀が進められている間、この計画は陸軍大臣その人によって奨励された。最後の土壇場になって、彼は不安を覚え、計画のとりやめを命じたが、無害にはすまなかった。大臣の行為は指導者達を怒らせ、軍の綱紀を回復することはできなかった。反乱は陸軍の最高幹部によって許されたのである。

　原田が各種の情報を整理して、西園寺に報告する前に、事件の一部始終は次第に外部にもれ、ついに西園寺の耳に入った。或る暑い八月の日のことである。

　西園寺は愕然（がくぜん）とした。事態がかくも重大であるとは知らなかったのだ。天皇に奏上せねばならない。そして、指導者は陸軍から追放せねばならない、と彼はいった。

　しかし、奏上は行う如何なる処置もとられなかった。西園寺の言葉は注意深い人々によって遮られてしまった。また叛乱者（はんらんしゃ）に辞職をしいれば、また騒ぎが起るという者もいた。軍の温和派の者に処置させねばならない。われわれに時間を与えてくれれば、うまく解決してみせる、と彼らはいった。

政府の中に一種の麻痺が進行しており、一月後に陸軍は事を起こした。それは満洲の鉄道を爆破することで始まり、それを口実に、彼らは満洲を征服した。満洲事変である。

興津では専用車が連結され、西園寺は東京に出発した。彼は半十郎を呼んで同行をすすめた。これは水口屋の社交的な主人にとって不幸な経験であった。この日、西園寺は口数が少なかったからである。彼は無言で、沈んだ様子でステッキの上の両手の上に顎をのせて、じっと前を眺めていた。半十郎は老人の心配を理解することはできたが、この沈黙は恐ろしかった。できるだけそれに耐えていたがついに東京まで後半分という所で、口実を作って、下り列車に乗り移った。この帰り道もうまくいかなかった、一人で旅行する時、通常彼は眠ってしまうのだが、この時彼は東へ西へ三度も興津を乗り越してしまい、ついに親切な車掌が彼を下ろしてくれたのであった。

東京では西園寺は天皇の決心を知った。陸軍をおしとどめねばならない。西園寺は新しい首相と共にそういった。天皇も御自身の態度を明らかになさったが、結局はどうにもならなかった。軍が満洲での行動を中止するように勅命を下したら、という話もあった。しかし勅命は出されなかった。西園寺が指摘したように陸軍が復讐するか

興津駅構内で列車を待つ西園寺公望。後方中央は２代目半十郎（山田写真館提供）

も知れず、その場合帝国の威信が失逐するからである。勅命という手段をとるにも、すでに手遅れであった。

満洲における陸軍の叛乱の成功のみが、西園寺の心配ではなかった。陸軍は今上天皇を不満に思う充分な理由があり、徳川幕府のやり方が、結局一番いいのではないか、という者も多かった。要するに陸軍は天皇を不信任する機会をねらっていた。外部とは切り離して幽閉したてまつる。すなわち陛下を京都におかえしして、外部とは切り離して幽閉したてまつる。こういう情報は、東京の原田がまだ耳にしないうちに、興津の西園寺は知っていたのである。それは宮城護衛を命ぜられた或る愛国的な若い新兵の話らしい。夜遅く天皇の部屋に明かりを見つけて、兵士は恐懼感激し、陛下は熱心に仕事をなさっている、と考えた。しかし近づいて見ると、驚き、幻滅したことには、陛下はその部下が戦場にあるというのに、つまらない遊びをなさっていたのである。すなわち皇后陛下と麻雀をしておられたのだ。このようなことは、今上陛下が凡庸な方だという証拠だ、と一部の将校は語った。

次の事件が起こるまで長くはかからなかった。翌年五月十五日に青年将校が首相邸にあばれ込み、首相の腹を射った。これはその春の三度目の暗殺であった。また他に都合二十の暗殺計画があった。西園寺もそのリストにのぼっていたが、清見寺の裏の山から、彼を二週間ほど監視したあげく、予定された暗殺は放棄された。一年後の彼らの蜂起までに、暗殺は四十七士の行為と好んで比べられるようになっていた。

一九三二年（昭和七年）五月十五日からはテロの匂いが国内に立ちこめて来た。それは人々の心を蝕み、意欲を奪い、断固たる決意を固めた陸軍の成功と相まって、ひたすら強力になって行くばかりであった。唯二人の人間のみがそれに動かされなかった。興津の西園寺と東京の天皇である。しかし西園寺は次第に自分達が孤立して行くのを不機嫌に眺めていた。子分の近衛すらも、西園寺は年をとりすぎて時代遅れだといいはじめた。

もはや西園寺は夜明け前に清見寺の境内に登り、夕方興津の町を歩くことはできなかった。あまりにも危険であると、護衛の者はいい、そのまわりには常に護衛者がいるようになった。

一九三三年（昭和八年）、彼は個人として落胆を覚えたに違いない。二代目半十郎が死んだのである。七十歳の彼は西園寺より十四歳若かったが、ついに死んでしまった。もはや彼とくつろいで雑談することもできなくなったのだ。

半十郎が死んだ結果、水口屋には当主がいなくなった。三代目半十郎は十年来病気で寝ており、そのまた長男は宿屋にあまり関心をもたず、大学を出てから銀行に勤めていた。

この年、この青年は仕事を変えた。西園寺の秘書の原田が望月家とよく知るようになった頃、原田はこの長男に目をつけ、自分の秘書にならないか、と尋ねた。

それを受けるとなると、望月青年は東京で暮らすことが多くなり、月に僅か二、三日、水口屋で妻や二人の息子と過ごすことになる。しかし一家は、原田が西園寺を崇拝するように原田を尊敬していたので、ほとんど異論はなかった。また望月青年にしても、銀行の仕事は宿屋と同様情熱がもてなかったので、原田の好ましい申し出を喜んで受け入れた。そこで彼は、祖父が西園寺と私的な関係を絶ったその年に、公的関係をもつことになったのである。

水口屋は委員会組織で運営された。三代目半十郎は病床にあったが、金銭的な問題を管理することができる。大番頭は仕事に関してよく分かっていた。そして宿屋は主として三つの世代を代表する三人の婦人によって経営された。すなわち半十郎の未亡人、その娘の三代目半十郎の妻（宿屋の五人の先祖のように、彼もまた養子だったのである）及びその息子の嫁で清水から来た伊佐子である。伊佐子は宿屋のことは何も知らなかったが、二人の厳しい監督によって、急速に様々なことを学んでいた。

彼女はまた、二人の少年の監督もした。年上の方は、警官が前に立っている海岸の家に住む面白いおじいさんのところへ時々遊びに行って、ある時など、節分の日におじいさんが昔からの習慣に従って、福を呼び鬼を追うために、煎り豆を家の中にまいた時、一生懸命その手伝いをした。

伊佐子は様々な仕事を覚えたが、その中に電話交換台の操作も覚えた。通常この仕事に当たった農家の娘達は小さな交換台を恐ろしく複雑な機械だと思った。そして原田男爵や時の総理大臣のような偉い人が宿屋に泊まっている時は、おびえて、交換の仕事をする娘の手元はめちゃめちゃになり、混線や電話が切れたり、また出なかったりということになって、どうしようもなくなった。これに対する反応も様々で、温和で美男子の中川はいつも蔦の間に陣取っていたが、黒い眉を動かし、目をとじて、くつろぎ、秩序が回復するのを待つのだった。扇の間に陣取った西園寺の養子は癇癪を起こして、罪もない女中をどなりつけ、彼女は泣き出すのであった。原田はもっと率直だった。彼は自分が宿屋にいる時、伊佐子が交換台にいるよう要求した。彼女の手にかかれば、交換台はおとなしくいうことをきき、おまけに彼女は彼が東京に普段かける相手の番号や名前を知っていて、また盗聴される心配がないからだ、と彼はいった。もちろん、彼はその主張を通したのである。

一九三六年（昭和十一年）二月二十六日の朝、伊佐子は交換台についていなかった。第一に、中川が蔦の間におさまっていたが、その要求をする原田は宿屋にいなかったのである。第二に、伊佐子はその二月四日に三度目の子供を産んだばかりであり、昔からのしきたりで産後の二十一日が過ぎ、二十六日は彼女が床を離れる日だったので、色々と苦労があった。

誰もがその日の天候のことで騒いでいた。雪の日であった。風の中に白いものが混じるのでも興津では珍しいのに、この日は本当の降雪であった。地面には何インチも積もり、なおも降りつづいた。町の古老達もこのようなことはかつてなかったことだといった。それほど珍しい事件だったので、雪は生まれたての赤子の名前になることになった。最初、雪三と名づけられるはずであったが、結局それをちぢめて勇三となった。

伊佐子は交換台にいなかったから、その寒い雪の朝、なれない交換手の手で爆発した東京からの電話が間違ってつながれたにしても驚くに当たらない。娘は蔦の間を呼ぶつもりだったのだが、指がふるえて、間違え、この恐ろしいニュースを最初に聞いたのは中川でなく、宿屋へ休みに来ていた立派な老紳士の所だったのである。

千四百名の盗賊のような第一師団の兵が反乱をおこし、皇居の西のビルを占領し、首相を惨殺し、(後に首相の義弟を殺したのだと判明した)大蔵大臣、宮内大臣、陸軍教育総監を殺した。また侍従長に重傷を負わせ、一隊の者が興津の西園寺の許に向かった。

中川の電話を間違って受けた老紳士は、驚いて部屋を飛び出した。体は震え、白い髭(ひげ)はビリビリ動いていた。誰かが彼の手をとってなだめ、伊佐子が中川に電話をつなぎなおした。

中川がこんなに興奮したのを、誰も見たことがなかった。上衣を着ず、ネクタイも結ばずに部屋を飛び出した。大声で靴を持って来いと叫んだ。伊佐子は赤子を玄関において、靴をそろえた。彼は雪の中を西園寺の家へ走って行った。

しばらくすると、警察の増援隊が清水から到着した。彼らは小さな海辺の別荘を守ることを不可能と見て、その日の夕方、神経痛に悩む老人を車におしこみ、清水に向かって出発した。町の外へ出ると、別の車が後から追ってきた。警察の車は速度をあげたが、後ろの雪の上にヘッドライトを輝かしている車を振りきれなかった。滑りやすい道を、左右に車をかしがせながら、緊張し、拳銃を構えた警官の乗る車はやっとのことで、知事の公邸にすべりこんだ。数時間して、尾行した車には新聞記者が一杯のっていたものとわかった。

翌日、事態はおだやかになったようだった。少くとも反乱は拡がらず、西園寺は警官にかこまれて、興津にもどった。その次の日には、彼は雪どけの暗い死んだような東京に向かった。暴力が荒れ狂った中心地は静かだった。おびえた民衆は不屈の老人によって、元気をとり戻した。

天皇もついに自ら解決なさろうとしているのを、彼は知った。陛下はこの一味の者を、反乱という言葉以外の呼び方をして、彼らに名誉を与えるのを拒否された。無条件に一味を潰滅(かいめつ)するよう、といわれた。それがすむまでは、政治上の会議を開くことも拒否された。

今度は天皇の御意向は実現された。反徒は降伏し、刑はひそかにすばやく行われた。しかし結局、勝ったのは陸軍であった。以後、いかなる内閣も軍の承認なくしては成立しなかった。あらゆる政治家は恐怖におびえながら暮らしていた。陸軍の勝利は完全で、以後、軍が日本の真の政府だった。軍が国政を定め、外交を指導した。政府と思われたものは、実は飾りだったのだ。

努力を諦めることは西園寺の性格に反することだった。彼は近衛に総理になれと説いた。そして、彼のこの腹心の行為が、西園寺にとって決定的な打撃となっていた。西園寺ほど期待を持っていなかった原田は、失望することも少なかった。

「昔から近衛を知っているが、あれは弱い性格の男だ」

と彼はいった。

一九三七年（昭和十二年）、近衛が首相になって一カ月後に、陸軍は日支事変（日中戦争）をはじめた。近衛はそれを止めようとしたが、心がくじけ、やがて援軍派遣を承認した。〝我々は陸軍のカイライだ〟と彼はなげいた。これが終幕のはじめで、中国との戦いは、勝つことも、やめることもできず、世界戦争になり、全面的な敗北に終わった。

西園寺もあきらめかけた。

「どうしようもない。今となっては、我慢するばかりだ」

と彼はいったが、彼はまだ天皇をお守りすることができた。今や宮中にも第五列がいた。軍は、二・二六事件を失敗させたのは天皇であることを知り、天皇に攻撃の的を向けたからである。彼らは天皇が生物学の研究を楽しまれるのを非難し、〝儒教を学ぶべきだ〟といい、西園寺は何度か間に入って、宮中の平和を維持したが、非難はなおも続いた。天皇は科学者で、自由主義者で、平和愛好者だ、と将軍連はは き出すようにいった。

近衛は興津へ行き、水口屋に泊まり、西園寺に辞職の許しを乞うた。

「もう一年したら、私はやめる」

と彼はいったが、その通りになった。

暗殺計画はほかにもあり一九四〇年（昭和十五年）、原田は狙われたが免れた。

一九四〇年、近衛は考えなおして、陸軍に便乗しようとし、再び首相になった。今度は西園寺は反対だった。近衛はまた興津に来て、天皇はヒトラーのドイツ、ムッソリーニのイタリアとの三国同盟を承認されたと報告した。老人は黙って聞いていたが、真相を知っていた彼は、その言葉を信じなかった。その年のうちに、西園寺公爵は死の床についた。一九四〇年十一月二十四日に、平和な暮らしを願って、坐漁荘と名づけた小さな別荘で彼はなくなった。

望月青年は遺骸に従って、その東京への最後の旅の供をした。一年とすこし後なら、西園寺の側近の者と共に、望月は公が戦争を知らずになくなったことを喜んだであろう。しかし、その時はひたすら、彼は公の死をいたんだ。全国至るところで、興津で、水口屋で、公の死を悲しんだのである。

東京で行われる国葬のため、興津駅に運ばれる西園寺公望の棺。沿道に多くの住民が集まる。1940 年（昭和15 年）11 月 28 日（山田写真館提供）

戦争と平和

西園寺の死で彼の側近は解散した。原田は引退同様になり、望月は水口屋に戻ってきた。いやいやながら、彼は病父から家業を引きついだ。七代目ぶりで望月家は息子の後継者を得たが、彼は宿屋業にあまり情熱を示さなかった。

数カ月後、ラジオは戦争の開始を告げた。望月は、

「それを聞いた時、原田男爵と一緒にいた頃のあることを思い出しました。日曜の午後、私は男爵について、横須賀の軍港へ行き、山本五十六（いそろく）提督に会いました。彼は偉大な海軍軍人というよりは、偉大な経営者でした。戦争への道を歩む国民の傾向に強く反対し、自分は海上に出て行ったのです。もし中央にいたならば、過激派のために殺されたかもしれません。

横須賀の彼は孤独で不幸でした。原田の訪問の目的は、彼を激励することで、私達

は旗艦で御馳走になり、その晩、いろいろと話しあいました。

山本は憂欝でした。彼は米英の実力を本当に知る少数の人間の一人だったのです。そして海軍軍人のかなりの者が米英両国を破れると考えている、といってなげいていました。もし戦争がはじまれば、海軍は瀬戸内海に集まって、そこを一歩も出ないのだ、といっていました。

ラジオが戦争のことをわめきたてると、私は彼の言葉を思い出し、海軍が本当に瀬戸内海に向かうものと思っていました。ところが実は外洋に出て大成功をおさめていたのです。国民の大半は必ず勝つと思っていたようです。私はそんな希望を持ちませんでした。私は食糧を買いだめして、疎開の計画をたてました。清水では伊佐子の父も同じことをしておりました。私はただ一つのことしか考えませんでした。どうやって、家族の者を死なさずに守って行くか、ということでした」

まもなく、望月はその目的に専念できることとなった。湾の向こうのアルミナ工場の職員が増えたので、水口屋は宿舎として接収されたからである。彼は経営の責任を解除された。

一方、彼の敗戦主義や、長い間の西園寺、原田との関係から憲兵ににらまれることとなった。三度、彼は東京につれて行かれ、投獄するとおどされ、朝から晩まで尋問された。

「奴らは私に関心を持ったのではなく、原田に罪状をかぶせようとしていたのです。私は何もいいませんでしたし、原田が脳溢血の発作で再起不能になると、彼らも私に対する興味を失いました」

一九四四年（昭和十九年）七月、戦争は日本本土に迫った。望月は伊佐子と子供達を山地に疎開させた。海から十マイル（約十六キロメートル）離れた所だった。家は大きな草ぶきの廃屋だった。農夫は、水口屋の大工が大がかりな修理をしてくれたので満足であり、その妻は、伊佐子に家事を手伝ってくれることになった。家事のほかに、彼女は子供を見なくてはならなかった。十二歳の恭夫を頭に、一歳の地久枝まで六人いたので、伊佐子は忙しくて、休むひまなどなかったのである。地久枝は地久節に生まれたので、それにちなんで名づけられた。

望月自身は、両親と共に宿に留まっていた。父親はもうすっかり弱っていて、よほどのことがない限り、動かさない方がよかったのだ。庭の地下に三つの防空壕をつくり、畳をしき、電灯をひいた。その一つは老人の寝室の近くにあった。焼夷弾が次第に頻繁に落ちてきたので、壕を使うことが度々だった。井上の広い別荘は直撃弾を受けて焼けた。その晩、水口屋の庭に二発落ちた。望月は今日になって回想する。

「まるで空一面の花火のようでした。また海上にはもっと多くの焼夷弾が、誰に危害を与えることもなく、燃えていました」

望月は両親と共に終戦間際まで、この壮観を眺めて生活していたが、日本海軍が瀬戸内海からすらも一掃されて、連合国の軍艦が沖にとまって、無防備な海岸を砲撃するようになると、車が手に入らなかったので、大変な苦労の末、ついに、病人を数マイル奥地に運んで行った。望月は話を続けて、

「私は天皇の終戦の詔勅を聞き、他の者と同様、涙を流しました。泣きながら、戦争の終わったのを喜び、将来に不安をおぼえました。水口屋は完全でしたが、国はめちゃめちゃでした。私達は占領されること、ことに中国軍や赤軍によって占領されることを、恐れました。

九月の末、二人の米軍士官が来て、この付近を調査し、家に泊まりました。彼らは親切で我々の事をわかってくれ、私はもう安心だと思いました。私は家族を連れもどしました。士官達は、私に兵隊の食糧とバナナとチョコレートをくれました。子供達はバナナやチョコレートという物を知らなかったのです。

私達がまだ心配し続けている頃、水口屋は、オン・リミットということになりました。つまり占領軍用に営業されることになったのです。営業を許された最初の宿屋の一軒でした。その理由の一部は、水口屋の宿の大半が一階建てだということのためです。占領軍当局は火事を心配していましたが、一階建ての建物なら逃げ出すのは楽なわけです」

この恐怖は根拠のないものではなかった。つまりアメリカ人はホテルを焼くことにかけては日本人に劣らぬ腕をもっていることを示したからである。接収されて、レクリエーション用宿舎になった多くの立派な古い宿泊施設は、無理に中央暖房装置式の温かさにしようとして、灰になってしまった。水口屋はその運命をまぬがれた。接収されていなかったからである。ここは日本趣味を味わいたいための保養地として、認められていた。望月は私に話してくれた。

「全くの混乱状態で、家族の食糧すら手に入りにくく、占領軍は、米兵に我々が食糧を出すことを固く禁じていました。最初のうちは、四百年昔の宿屋のように、旅行者がもって来た食糧を温めることとしか出来ませんでした」

しかも、アメリカ人は沢山やって来た。週末になると、伊佐子の父親は清水の家から呼び出されて自転車にまたがり、興津にやって来て、どうやら怒っているらしいアメリカ人に向かい、予約をしておかなくては、泊まる部屋がないという事情を説明しようとした。これはあまり楽しい仕事ではなかった。また望月老人が、昨日と明日の言葉を間違えるくせがあるために一層ややこしいことになった。週末を楽しもうとして、失望した多くの人達は大変な災難にあった、と思って気持ちが静まりかけていたところに、昨日来れば部屋があったのに、といわれてカンカンになって怒り出す始末だった。伊佐子の父親はまたまったく予想だにしなかった別の仕事をおしつけられることになった。その最初の事件を彼は決して忘れていない。一隊の男達がやって来て、彼はその部屋に呼び出されると、赤ん坊のような顔をした金髪の親分らしい男が恐ろしく率直にこういった。

「パパさん、女を呼んでくれ」

もてなそうという気持ちは充分にあったが、望月はその注文はことわった。しかし無駄であった。そこで彼は警察に電話をかけた。日本の警察は何から何まで始末できると思われているのだ。署長は、

「女郎屋にやれ」

といったが、望月は、

「署長さんのところへやりますから案内してやって下さい」

「絶対、ここへ連れて来てはならぬ」

と署長が怒鳴った。

こういったことから、望月は何軒かの清水の高級な女郎屋からありがたいお客さんと考えられるようになった。

もちろん、占領軍当局はこの種のことを禁じていた。当局はあらゆる非公式な日本人との接触を禁じており、異性との交際は明らかに非公式なものであった。しかしこの命令はあまり有効ではなく、アメリカ人はしばしば日本の女性を伴って水口屋に

やって来た。

宿屋の主人の方の望月は、これに伴う面倒なことを覚えていた。

「時には真夜中にＭＰ（憲兵）のジープの止まるのが聞こえて、私がぐずぐず表の戸をあけている間に、伊佐子と女中が部屋に飛び込んで、女達を寝床から追い出すのでした。時には彼女らを押入れにかくしたり庭から海岸にぬけて、私の持家にかくしたりしました。実際、宿屋の主人というものは苦労が多いものです」

と彼は溜息（ためいき）をついた。

占領軍はまた宿屋を検査してあらゆる水飲場に標識を貼り付けた。それには〝この水は飲料或は歯磨きに適せず〟とあった。

これに対する反応は大きく分けて二通りあった。軍当局の告示を初めから信用しなかった者もいた。そういう者はためしに一口飲んでよく考え、即死しないことが分かると、後は喉が渇いた時はいつでも飲みたいだけ水を飲んだ。その結果、健康を損なったということは聞かない。

それとほぼ同数のもう一つのグループがあって、彼らはその告示に喜々として心から従った。マッカーサー元帥をはじめとするこのグループは、滞在中、バーボンかスコッチ・ウイスキー以外のあらゆる液体をとろうとせず、歯を磨く時には新鮮なスリルを味わっていた。

食料に関していうと、たいていの者がPX（Post Exchange 基地内の売店）から仕入れた食料、ウインナーソーセージ、チーズ・スプレッド、クッキー等を担いでやって来たが、この消化に悪い食料を使うにしても、二通りの方法がある。

一部はそれを食べた。このグループは、主として独身で孤独な娘達で、彼女らは日本に集まって来てタイプを打ったり、敵国にいて孤独な数千の兵士を慰めようとしたのだが、敵国が戦争に負けたのに、米国の兵士は日本の娘の捕虜になっているのに気がついたようなわけだった。それでなくとも、むしゃくしゃしていたから、彼女らは日本の台所から現れる如何なるものについても最悪のものを予想し、自分の考えに固執した。彼らは昼飯に冷たい食料を食べ、晩飯もそして朝飯も同様なものを食べた。つつましい連中はコカコーラで歯を磨いた。週末が過ぎると彼らはひどく怒りっぽく見えた。

別のグループは部屋におさまると、すぐに伊佐子を呼び出してPXの品物を彼女の手に投げ出し、こんな物は二度と見たくないから適当にやってくれと言明した。最初の何週間はまごついたが、それから彼女は決して彼らを失望させなかった。

食料を手に入れることはむずかしかったが客はよく食べた。すき焼き、天ぷら、それから朝食の新鮮な卵。望月の言葉によると、

「MPは、家が食事を出すといって怒りましたが、どうしようもなかったのです。あ

の人達は家の客ですし、天ぷらやすき焼きをほしがるのです。時にはそのために汽車に乗りおくれることもありました。今でも覚えていますが、フレミングという男は、東京行きの最終列車に乗るために、すき焼きを残すのはいやだといって、食事が終わった頃にはもう静岡で最終の急行をつかまえるにもおそすぎました。そこで彼と伊佐子の父親が旗を振って急行列車を興津で止めたのです。急行が興津に止まったのは井上侯爵以来のことで、国鉄では大変驚いていました。それからというものは、フレミングがやってくるのを見るたびに、駅長は二度とあんな事はしないでくれと頼んでいました」

米軍の者が水口屋に来やすくなった理由の一つは安いからである。戦後の日本のインフレと物資不足で、金は価値を失い物のみが大事であった。物資豊富なPXを自由に使える占領軍関係者は不自由しなかった。キャンディーや良い石けんや良質のタバコ等をほとんど覚えてもいないような人々が、夢中になり、また憧れるような品物が豊富にあった。アメリカ人達は二、三十箱の煙草、すなわち無税のために六、七十セントで買えるもので週末の自由なぜい沢ができることに気がついていた。もちろん、それは非合法的な事であったが、そのため一層面白いことだったのだ。

我々常連の或る者は、望月の一家と知り合いになった。伊佐子が女主人であるために、まず彼女と知り合った。彼女は客に挨拶し、水口屋は暖かい親切な場所だと感じさせた。

賢く魅力的な彼女の子供達が、庭や海岸で遊んでいた。始終この宿屋へ来る我々の或る者は、長男の恭夫を無理にさそって一緒に散歩した。のんびりした日に彼は私を案内して、実験農場へ連れて行ってくれた。そこの桜の木が今日のワシントン市を飾っているのである。その年月の間に、恭夫は初め紺色の高校生の制服を着ていたのが、やがてそれと似たような東京の大学の制服に着換えるようになった。そして卒業した時には、両親と一緒に微笑していた。一番初めからたたきあげるために、彼は東京の一番新しいピカピカの立派なホテルで、ボーイの道化者のような服に着換え、昇進してグレーの服を着て、予約受付の机の後ろに坐って嬉しそうに溜息をつくまでの一部始終を、私達常連は見守って来た。また彼らの姉妹達が成長するのを見て来て、同じ喜びを感じて来た。私が初めて一番下の地久枝に会った時、彼女はたった四歳だった。私達は彼女にキャンディーをやったものだが、彼女は大きくなって、久しぶりに行ってみたら元気で愛らしいティーン・エイジャーになっていた。

我々は子供達の祖母すなわち伊佐子の姑で水口屋の大奥様である老婦人を忘れないであろう。彼女は何十年も昔、祖父の一代目半十郎の腕に抱かれ、彼が次郎長と話した席にいたのである。彼女は家族にとっても我々にとってもおばあさんであった。おばあさんが私達の部屋に挨拶をしに寄ってくれなければ、何となく水口屋に行ったような気がしなかった。彼女は静かにやって来て、小柄な体に地味な着物を着け、膝をつくとゆっくりと丁寧なお辞儀をした。髪は真白で後ろになでつけられており、肌は子供のようにやわらかで、清らかであった。彼女が顔をあげると、顔は微笑でしわくちゃになった。彼女は或る時こう語ったことがある。

「初めアメリカ人がとてもこわかったのですが、今はもうこわくありません。特にある人のことを覚えていますが、その人は大変に大きくて、恐ろしそうにみえました。やがて私達が知り合いになりますと、その人は私のように入れ歯をしていました。そして入れ歯用の特別のブラシをくれましたが、私は今でもそれを使っております。アメリカ人は何も迷惑をかけませんでした。ただ夜雨戸を締めると文句をいう人がありました」

私はたじたじとなる。何年間にもわたって私くらい真夏でも雨戸を締めるという日本の習慣に激しく不平をいった者はいなかったからだ。

おばあさんは八十に近い。しかし、人間は働き続けなければならない、といって、彼女は毎朝五時に起きる。戸を開けてお天道様に祈り、それから仏壇の御先祖様に祈り、御先祖様に御飯と茶を供える。彼女は祈りの言葉の中に西園寺公の名前をつけ加える。

「あの方はこの近所には身内の人がおられませんでしたから、私共は親類のように考えていたのです」

お勤めが終わると、しばしば建物と庭の中にある五つの小さな祠(ほこら)にお参りする。もっともこの仕事を時によると一番年上の女中に代わってもらうことはあった。しかし月の初めと十五日、二十八日には必ず自分で参拝した。その日、神前には酒を供える。彼女はこのお勤めを続けることについて、多少不安に思っている。若い孫達の中で女の子は柔順だが、男の子はそういうことに無関心であるようだ。

実際的な責任はないのだが、彼女は十人の女中に鋭い目をおこたらない。彼女がいうには、

「私の母の時代にはもっと沢山いましたが、今日ではそんな沢山の雇人をおいておけません。昔の召使い達はもっと責任感があったのです。彼らは忙しい時にも決して不平をいいませんでしたし、女中がやめる時は必ず代わりのものを見つけて来たものです。それでも私達は時々雇人について面倒な思いをしました。しかし私は女中を叱らねばならなかったことはほとんどありません。ただ戸を開ける前に膝をつくといった礼儀作法に関する注意を時々するだけです。家では興津の娘は決して雇いません。農家の娘は仕込むのに時間がかかりますが、町の娘より良くなるようです。

昔は女中はたいがい年を取っていて、未亡人が多かったのですが、当時娘は十五、六で結婚したものです。今では二十二、三で結婚し、たいていの女中は結婚資金

をためる娘達です。ひまな時には生花など昔からの芸事を習います。もちろん雇人の中心になっているのは二十四年、二十五年勤めた人達です」

雇人の中にはヨシ（由郎）がいる。私はまず彼のことを思い出す。肥（ふと）った禿頭（はげあたま）のヨシ。彼は客が門の所に着くと、鞄を受け取り、靴をしまい、われわれが帰る時には靴を出してくれ、また風呂に案内し、湯かげんをみ、背中を流してくれるヨシ。彼も水口屋に二十五年勤めているのである。

客は他の客と顔を合わせることはあまりない。われわれのような常連にしてもそうである。日本の宿屋にはすべての客が使う部屋というものはほとんどなく、占領時代の水口屋には、一室もなかった。今日では、時代の流れに応じてテレビの小さな部屋がある。日本のように人口密度の高い国では、孤独になることくらい望ましいことはない。そして、よい宿屋というのはそれを与えてくれる所だ。客の部屋は居間であり、食堂であり、寝室である。このことは水口屋へ行くわれわれにとってよいことだった。なぜなら、たいがいの場合、私達は他の軍関係者から逃れて、休息したいと思っていたからだ。のんびりした毎日をすごしていると、たいがいの人は、近所を歩き回りたくなるが、その時も自分の好きな連れとだけ行くことができた。

夏になると、私達は泳いだり、砂浜に寝そべったりした。まわりには丸裸に近い子供達が遊んだり、水をはねかえしたりしている。泳いでいる時に、ＭＰがこの水泳禁止の浜にパトロールして来たなら、岸から見えないぐらい沖に出て、静かな波間に浮かんで、彼らが立ち去るのを待っていればよい。

我々は労働者が戦争中になくなってしまった漁船団を、再建しようと船を造っている海岸を散歩した。また、天秤に海水を入れた手桶を下げて働いている婦人達も見た。彼女らはケンペル時代、いや、それよりずっと前と同様、塩を作っているのである。敗戦直後には、塩は買うことができても高価だったのだ。

真夏にはその同じ海岸でお盆の行事を見た。若い人達が櫓（やぐら）を輪になって囲み、何百年昔からの民衆の踊りを踊っている間に、その三日前各戸の前にたかれた迎え火によって、現世の家に戻って来た先祖の魂は、今や数百という明かりをともした小船に乗って、波間に漂いながら、霊界に戻って行くのである。やがてその灯火（ともしび）は闇の中に消えて行く。

私は日本を発見したように感じはじめていた。

或る友人と私は東海道を歩いて行って、漁師の家に囲まれた西園寺の小さな別荘を見つけた。そして疲れ切ったこの老人が、戦いしかも破れた、その家の中に立った。私達はもっと先の町外れにある焼けた井上の屋敷跡にも行った。そしてそこの糠山（ぬかやま）へ登り、頂上のコンクリートの台座の所まで行った。これは銅像を置くために作られたものだが、銅像はなかった。戦時中に供出されて、溶かされてしまったのである。

町の裏手の奥にも登った。富士が聳え立っているのが見え、私達は六月にはかぐわしい蜜柑畑の花の匂いを嗅ぎ、また十二月には豊かに実をつけた中を歩き回った。我々は埃っぽい道を興津川に沿って進み、二百五十年前からの造り酒屋を見つけて嬉しく思った。この家族も、水口屋のように武士の家来であったが、武田氏滅亡の時に土着したのである。今の当主は私達を迎え、酒を造る面倒な過程を見せてくれ、古びた部屋の薄闇の中で、大樽から最上の酒を一杯飲ませてくれた。私達はほろ酔い気分で宿屋に戻って来た。

私達は清見寺の石段を登り、連れの者が祈っている間、私はしばしば日本の生き生きとした歴史の中に、千三百年昔から浸透している仏教というものを感じ得たように思った。少年時代に家康が勉強した小部屋を見、十五代将軍が天皇に敬意を表しに行く途中、一夜を明かした部屋も見た。そこは明治天皇が近代国家を作るために、東京へ行く途中に泊まった所でもある。山肌の急な階段が自然の円形劇場になっているような所で私は立ち止まった。見上げると、そこには現世を救う五百羅漢の石像が並んでいた。風雨とかびのお陰で石像は柔和になっており、或る者はかけたり、くずれたりしていた。しかし、彼らは杉の巨木の間を通してくるほのかな光の中に、まるでドラマの進行を見守る静かな観客のように立ち並んでいた。私達は羅漢の占いごっこをやった。それは適当な羅漢を選び出して、そこから自分の年の数だけ数えるのだ。その仏が幸福そうな顔をしておれば、未来は幸福であり、暗い顔をしておれば、その表情が未来の予言になるのだ。私の場合、結果は漠然としているように思われた。清見寺を出る時、石段の上に立ち止まって海の向こうの三保松原(みほのまつばら)を眺めた。

私達は湾をまわって三保へ行った。うち寄せる波と、黒い砂、絶えざる潮風にねじ曲がった松の木、天女が泳ぐために羽衣をかけた松を見、それを奪った漁師から、それを取りもどそうと、天女が舞いを舞った砂浜を歩いた。これらの場所をはっきり示すための碑が、幾つか建っている。靴の中には砂が入ったが、私は富士の全景を見ることができた。

また、真冬に雞卵(けいらん)ほどのイチゴを栽培している所へも行った。そこは久能山の山肌で、平たい石の間の割れ目にイチゴが植えられ、昼の間に太陽の余熱で、夜も苗が冷えないようになっていた。一六三九の石段を登って、その頂上にある中世の砦に上った私達は、こうして久能山を知った。ここは家康が最初に葬られた場所である。

私達は木炭自動車のタクシーを雇った。後部にあるガス発生装置は煙を吐き出し、お陰で後ろの席は冬でも暖かかった。そして、大きな緑のベルトのような斜面をはう波のような茶畑に登り、日本平という台地に着いた。そこからは日本の最もすばらしい風景が眺められる。細長い三保松原、それに囲まれた港、東京の方に向かって、清水、興津、由比、蒲原(かんばら)と東海道沿いに灰色の瓦屋根の町が並んでいる。そしてそのす

清見寺から三保半島方面を望む。埋め立て前は海岸がすぐそばにあった。東海道線が開通した1889年（明治22年）以降に撮影されたもの（清見寺提供）

清見寺の五百羅漢像　作者不詳、仏教の興隆を祈って天明年間（1781～1788）に作られたといわれている。五百羅漢は仏典編纂に功績があった500人の釈迦の弟子である

べての後ろにうっとりさせるような富士山が見える。

水口屋に戻ると、うやうやしく迎えられて、お茶が出される。そして、再び宿屋の暖かい親しみやすい壁が私達の孤独を守ってくれる。

敗戦直後の経済事情のおかげで二十箱ほどの煙草を売って、週末の豪遊ができたのだが、我々は、それとは知らなかったが水口屋の主人にしてみれば、暗い時代であった。彼がいうには、

「戦争前は家も金持ちだったので、宿屋に客が来なくても、どうでもいいことでした。財産収入が充分あったからです。しかし、戦後は事情が違って来ました。農地改革で土地を失い、税が重くて財産を少しずつ売らなければなりませんでした。宿屋の建物も古くて、旧式でした。大半は曽祖父の一代目半十郎の時代に作られたものです。一挙にして、私達はかなり貧しくなったのです。

それは私にとってショックでしたが、今ではそれがよかったと思います。お陰で新しい目的と新しい自立心を見つけたのです。その決心は急速に、また容易に来たものではありませんでした。原田男爵の秘書をやめて、宿屋を継いだ時、私はあまり仕事に興味を覚えませんでした。戦争中は休業同然でした。戦後一年半の間、私は旅館営業の申請もしませんでした。客といえば、米軍の人だけです。私は一家の地所がなくなるのを不幸な思いで見守っていました。一番いいのは宿屋を売って、その金で暮ら

すことだ、というふうに考えました。ゴルフでも始めようか、と考えたのです。何時(いつ)から宿屋が私にとって意味をもち始めたのかよく分かりません。昔の客や伊佐子の父親のような人々によるところが多かったのですが、その人達は、私に伝統を継ぐようにと奨(すす)めてくれました。次第に水口屋は私にとって重要なものとなり、それを再び成功させることが目標となったのです。再建する金もありませんでした。金を借りて、それを始めたのです。それは新しい経験でした。昔の銀行は私に頭を下げたものですが、今では私が頭を下げます。私はそうすることに或るはりを覚えます」

望月は宿屋全体の再建案を作った。まず中央部分が解体され、そこに新しい宿屋の中心部が作られた。三、四年後には右側の離れが改築され、最近は左側の離れが作られた。新しい水口屋が現れ、繁栄するにつれて、望月は、誓いともなり、長年の願望でもあったことを実行した。つまり、半十郎という名を襲名して、曽祖父以来の第四代半十郎になったのである。第一代は封建時代から近代への過度期と宿屋をうまく経営してきた人であった。

古い建物が消えて行くのを見ながら、私は時々、やや感傷的になった。私は新しいタイルの浴槽に体をのばした時、生まれて初めて、日本の風呂に入った時の大きな木の浴槽をなつかしく思った。

そして、葵(あおい)の間は長いあいだ宿屋の最上の部屋であったから、初めて伊佐子にそこへ通された何年か前、私は誇らしく思ったものだった。私は水口屋から最高の待遇を受けたと思ったのだ。しかし、今ではこれは拡張され、美しいピカピカの宴会場に改築され、二百人を収容することができる。これは今でも葵の間と呼ばれて伝統を誇っている。そして私自身はこれと何のかかわりもないのに、ささやかな誇りを覚えるのだ。その名前は部屋の装飾に使われている徳川家の葵の紋に由来している。この伝統は受け伝えねばならないと、私は主張するのだが、それに反対する人は私のまだ会ったことのない金持ちの実業家で、宿屋のお得意である。彼がいうには、葵というのは蒼いに通じ、飲みすぎて蒼ざめた人の顔を連想させるので、それで葵という名の部屋で宴会をするのは、何となく気色の悪いものだという。それでも部屋は葵と呼ばれる。しかし、しばしばここで癇癪を起こした西園寺の養子は、今みたらこの宴会場をそれと分からないであろう。水口屋では他の点でも変わったことがある。或る日、ヨシが柳ごうりに荷作りして、しぶしぶ宿を出て行った。時々遊びに来ると約束したが、彼は遠い故郷へ帰るので、別れる時、ヨシはさんざん涙を流したものだ。望月がいうには、

「私は彼を手離したくなかったし、彼もここで働くのが好きで、家でもいてもらいたかったのです。しかし、ヨシも七十になって、息子と嫁が、そんな年の父親を働かすのは外聞が悪いと考えたのです。ついに子供達にいい負かされたのですが、彼は非常

に気の毒でした。清水にいる或る女性にも彼は別れなければならなかったのです」

客もまた変わって来た。今でも外人はしばしば姿を見せるけれど、占領軍関係者はすでに歴史の彼方に去ってしまった。今の外人は日本に住みついた人、外交官、ありきたりの観光コースから逃げ出した少数の旅行者達である。ニューヨーク・ジャイアンツの選手達もアメリカでのシーズンが終わって、日本で親善試合をやった後、サンフランシスコに帰る前ここに泊まっていた。彼らは静岡市に泊まるつもりだったが、チームの若い人達が、風呂桶につかるのがいやで、シャワーを浴びたいといい出したのである。あれこれ探したあげく、この付近では水口屋だけにシャワーの設備があるとわかったので、望月はチームの人をガーデン・パーティーとシャワーに招待した。

しかし今日では、再び水口屋のおもな客は日本人である。しかしそれは戦前来た同じ人ではない。昔の華族はもはや姿を現さない。彼らの財産は爵位と共になくなってしまったからである。今まで以上に実業家が宿屋の大切な客である。望月がいうには、

「私が宿を売るかどうか話し合っていた頃、昔からのお客のことを思い出しました。私は伊藤家のことを思い出したのです。名古屋の伊藤家で見たあの日記によると、ほとんど三百年前に伊藤家の或る人が私の家に泊まったのです。私の家の記録は火事で焼けてしまいました。そして十代以上さかのぼると、御先祖の名前もはっきりしませんし、生まれた年も死んだ年もはっきりしないのです。しかし水口屋が存在すること

自体が、この人々が東海道のそばのこの場所で生き、働いた証拠なのです。長年の間、旅人達は宿と憩いと旅の疲れをいやすものを求めました」

二十代目の水口屋の主人はタバコの灰を落として、立ちのぼる煙を見つめながら、

「私はそのクサリを絶ちきりたくなかったのです」

天皇と宿

噂が伝わったのは七月で、会議が開かれたのは八月。そして公式の通達は九月の十六日にやってきた。一九五七年（昭和三十二年）に静岡で開かれた国体に、天皇、皇后両陛下が御出席あそばされる際に、水口屋は両陛下をお泊めすることになったのである。両陛下は全国の若いスポーツマンが集まるこの大会の開会式に臨まれ、水口屋には十月二十五日に到着され二日間御滞在の予定であった。

日本の宿屋にとってこれほどの名誉と責任はまたとない。通達を受けた日から、水口屋の雇人や望月家の者にはゆっくり休むひまもろくになかった。

彼らは仕事を分担した。四代目半十郎の望月氏が部屋の準備を引き受け、夫人の伊佐子がその日のサービスの手配を引きうけた。

両陛下のお部屋は水口屋の最高の部屋、曙（あけぼの）の間であった。それは宿屋のゆったりとしたU字型の建物の一番中央にあった。両側の建物は二階建だが、中央の曙は平屋建てで庭の全景を見晴らし、海に面していた。広々とした居間の裏手には更衣室とタイルの手洗い、ゆったりとした風呂場、化粧室、広い休憩室、それから感じのよい中庭に面した広い控えの間があった。曙の間は静かでぜい沢な部屋であった。十月一日、曙の間は使用を中止し、職人がはいった。

部屋を囲むテラスとの境の障子ははずされて、仕事場に持ち込まれた。紙をはがし、桟(かけはし)を洗い、柔らかく強く白い紙が新しく念入りにはり直された。

畳はあげて、障子のように表をはりかえた。日本一の技術を持っているために、数世紀来評判の遠くの村で作られた材料を使った。

職人は梯子(はしご)に昇って、天井の端から端までわたされている広い節一つない松の板を洗った。石けんで洗い、消毒薬で磨き、同じことを壁面の材木部分にもおこなった。休憩室からテラスに至るまでの漆喰(しっくい)はすべてはがされた。新たに壁をぬり、日本風に暖かい感じの、褐色の細かい砂をかぶせた。

浴室では埋込式のタイルの浴槽ははずされ、新しい桧の浴槽が置かれた。タイルの浴槽は冷たく、きれいな近代文明の産物であるが、桧の浴槽は温かく昔から愛好されて来た材料である。

この改築はすべて望月の責任であった。伊佐子も忙しかった。彼女はお針子達が新しい寝具を作るのを監督した。陛下後一方あたり三枚の厚い敷蒲団と二枚の軽い掛蒲団である。もっともやわらかい綿を入れ、目出度い模様がさりげなくはいった豪華な白絹で覆ってある。

　雇人達の制服も作った。女中達には紺紫色の着物に金色の帯を締めさせ、板前及び四人の料理人、また台所の手伝いの者には真っ白い上っぱりを着せ、他の者には襟に宿屋の名前を、そして背中には島津公から与えられた紋を染めぬいた紺の法被を着せた。

　彼らはヨシにも特に法被を作ってやった。長年働いていたために、この名誉ある時に、彼も手伝う権利があるということになり、隠居していたのを、呼びもどしたのだ。彼はまた働けることを喜び、かつ呼び出されたことを誇りに思って、すぐにやって来た。

　伊佐子は商人を呼んで新しい皿を注文した。椀はもっとも古く上等な漆器具でよかったのだが、陶器は新しく買わねばならなかった。

　献立の計画も作られた。これは板前の責任で、彼も張り切ってそれに取り組んだが、彼と望月は長い間、熱心に相談し合った。この地方の名物のうち、どれを使うべきか。季節のものとしては、何がその時には一番いいのだろうか。天皇陛下は酒をあがらないから、酒のない食事を作るには、どういった気づかいが必要だろうか。望月は後になっていった。

「天皇陛下が西洋風の食事を好まれることを私達は知っていましたが、水口屋は日本の宿屋で、われわれがたとえ西洋風の食事を立派に整えたところで、そうすることはわれわれの柄にあわないのです。私達が苦労したのは西洋風の好みに合う、日本式の献立を作ることだったのです」

天皇陛下の御趣味が西洋風になったのは食事の問題ばかりではなかった。皇居における御生活全般が、西洋風であった。また現代のような新しい非宗教的な時代では、陛下を御先祖の場合のように、寺院にお泊めすることも適当とは思えない。実際寺院は政府からの補助金を失って、ぜい沢なもてなしをするような資格があるとはまずいえなかった。今上天皇が御旅行なさる時は、この数年間、現代の寺院すなわち県庁、学校、公会堂に臨時にベッドや家具を持ちこんでお泊めした。

その際、陛下はかなり快適な思いをされたと考えられはするが、侍従達には充分な数のベッドはなかった。そして旅に疲れた侍従達は、思いきって宿屋に泊まってみた。すると宿屋は天皇の御一行に日本風のもてなしを提供することがわかった。そこでお小さい時から宿屋に泊まられたことのない陛下も、侍従達のすすめを喜んでおとりあげになり、それ以後というものは、天皇の御巡幸（ごじゅんこう）の際は、普通の宿屋にお泊めするようにという命令が下ることになった。

変わったことは他にもあった。戦前一般の国民は陛下のお顔を仰ぐことを恐れていた。また陛下もめったに国民の前にお出にならなかった。戦後は何百万という国民が、国民統合の象徴として陛下を仰ぎ、歓呼の声でお迎えしたのである。

十月九日、宮内庁の役人が水口屋にやって来て、献立を調べ大変結構だといった。ただ一つだけ変更したことがあって、それは新鮮なミルクが加わったことである。このことで宮内庁の役人は板前を驚かした。普通の日本人は牛乳を子供の飲み物だと考えているのだ。もし望月が県庁の役人に助けを求めなかったならば、この問題は地方の保健所をもなやませたであろう。県庁のおかげで一時間ほど離れた所にある、模範的な乳業研究所から日に二回牛乳をはこんでくることになった。

牛乳の問題を別にしても、保健所の人はその責任感のために、手に負えなくなっていた。望月にとっても至るところに、検査員の目が光っているようだった。彼らは水の検査をして、清潔で純粋であることを証明した。しかし新しく井戸にコンクリートをぬり直すように、といった。また台所をつつき回したが、何も悪い所が見つからず、板前は満足そうに鼻を鳴らした。

警察もあちこちにはいり込んでいた。家の青写真を調べ、敷地を歩き回り、近所の人を調査し、陛下を護衛する計画を練り上げた。朝から晩までの大騒動の中で、下の子供達である純蔵と地久枝だけがのんびりと平常の暮らしを続けていた。当世風のティーン・エイジャーである彼らは、家の者からほったらかしにされて、両親はあまり興奮しすぎると文句をいった。そして学校から帰って来ても、皆が自分達の夕食を忘れているのに気がつくと、二人は腹をたてた。しかし御到着の日が近づくにつれて、二人の不平など誰も耳をかさなくなった。

おばあさんもまた誰にも劣らず忙しかった。彼女も長い時間働き続けたが、暇をみては御維新以来、皇族がお泊まりになった記録を載せている本を探し出した。これには天皇は含まれてはいなかったが、殿下や妃殿下の名前が載っていた。仕事の上の用事で来る人や、大掛かりの準備を見物に来る人々がやって来ると、おばあちゃんは何分間かの息ぬきをするのだった。その時その古い本を取り出して頁を開き、身分の高い人々の名前を読みあげた。彼女はぶつぶつと、はっきり聴こえない声でつぶやくのであった。

「誰もこの本が重要だと思わないけれど、私はこれを昔からしまっておいたんだからね。ほら、有栖川宮様もここに一カ月おられたんだから……」

赤い絨毯も届き、切り刻まれた。そして磨きたてた床と畳を覆えるように仕立てられた。絨毯が必要だったのは、他のお客にはそういうことはなかったのだが、天皇、皇后両陛下は下足のまま休憩室に行かれ、休憩室に椅子と靴ぬぎ台がそなえられることになっていたからである。

曙の間の職人達は仕事を終えて出て行くと、後は新しく、輝くようになっていた。テーブル、椅子、箪笥の鏡、浴室用の腰掛けや手桶、また居間のラジオ、テレビ、ソファー、椅子などすべて新しい家具が運び込まれた。日本の皇室はこの程度には西洋風の生活をとり入れられておられるのだ。

夜は寝室として使われるもう一つの部屋には、水口屋のとっておきの古い金屏風が、両陛下のベッドのまわりに置かれた。そして寝具は押入れにしまい込まれた。

庭は掃き清められ、秋のおだやかな緑が大輪の黄色い菊の群によって、一層あざやかに見えた。この菊は宿の古い客の贈り物であった。

宿屋の玄関に、興津の花の会のメンバーによって、賞をもらったよりぬきの沢山の菊が運ばれて来た。誇らかに立っている大輪の花は、鉢植えのまま、花の滝のように並べられた。十月二十三日には宿屋は一般の客を断った。どの部屋も輝いていた。宮内庁の侍従の第一陣が到着した。やがてここにあふれかえる御一行の先発隊である。彼らは改めてすべてのことを点検し直した。

二十四日には、四人の年上の子供達が、仕事や大学を休んで東京から戻って来た。家族は全員顔を合わせた。モーニングをプレスし、着物をたたみ、侍従達はその場に必要な礼儀の最後の練習をさせた。彼らが強調したのは、家族や召使いの者は誰も挨拶や別れの言葉であろうとも、直接両陛下に口をきいてはいけない、ということだった。口をきくようなことはあるまいが、何かいう必要があれば宮内庁の人を通していわなければならないのだった。

望月は一つの問題に悩んでいた。一言も口をきかずに、陛下をお迎えし、車からお部屋まで御案内申し上げるのは、主人である彼の役目だった。侍従が指摘したように、むずかしいのは、玄関に入る時だった。玄関で望月は靴をぬぐが、陛下はおぬぎにならない。その時にあらゆる恐ろしいことが起こりうる。そして絶対そのようなことが起こってはならないと、侍従はいうのである。

望月は、天皇もそこでお靴をおぬぎになるのだと、陛下がお考えになるようなことはしてはならない。また靴をいじくって陛下をお待たせしてはならない。また今更、侍従にいわれるまでもなく、日本の紳士なら誰でも知っているのだが、望月が靴をきれいに品よくぬがなかったとしたら、それは大変な失態となるのだ。

望月が苦労していたのは靴がきつすぎることであった。きつい靴をさっとぬぐことは、やさしいことではない。息子達の靴の中では、彼のはけるのは恭夫の靴しかなかったが、それはゆるすぎて、通りから陛下を御案内する途中にぬげてしまうかも知れない、と望月は考えた。その問題について、二十四日の晩、望月は床についてから、なお考えていた。

二十五日は暖かかったが、曇っていた。朝早くから、街道沿いのどの家も国旗と日の丸を書いたお揃いの提灯（ちょうちん）を下げていた。もっとも、時々雨がぱらついて、店の主人達は急いでこれらのものをしまい込まねばならなかった。水口屋の門は旗と提灯で埋まっていた。

十一時二十五分に特別列車が興津を通りぬけて、静岡に向かった。その機関車には旗がひらめいていた。国鉄の人のための車輛、宮内庁の車輛、また新聞記者の車輛があり、その次に皇室の御紋章である十六弁の金の菊をつけた車が走って来た。この車輛を整備した鉄道の職員達は、もろい漆に傷をつけないようにと、念入りに爪を切ったのである。

列車の乗組員達は、もし人から尋ねられたら、水口屋の灰色の塀の奥の建物にみなぎっている緊張にもよく察しがついたであろう。列車の責任者はこういっている。

「お召し列車の検査は、全くしんが疲れます。或る時など、スプリングを締めつけたために、大変なことになってしまった。皇后陛下が汽車に酔われて、別の車に移られたのです」

機関士はこう打ち明けた。

「出発の時、喉がからからになり、胸はどきどきする。無事に目的地に着くまで緊張しっぱなしです」

曙の間では、保健所の役人が最後の仕事を命じていた。ドアの金具、水飲み、電燈のスイッチはアルコールで拭き清められた。陛下が興津で害虫に合うようなことには決してすまい、という固い決意であった。

国体は翌日にならないと始まらないので、両陛下はその日の午後、皇太后陛下が御寄付なさった病院や、或いは模範的と考えられる工場をご覧になった。工場は蒲原（かんばら）にあったので、両陛下は自動車で東海道を、その晩泊まられるはずの興津をぬけて行かれた。陛下は昔の忠実な家来であった西園寺の家の前を通りすぎられた。また、旗で飾られた灰色の古い清見寺の下を通られた。寺はまるで、昔皇室の方がそこに泊まられたことを思い起こしているかのように、静かにひかえていた。陛下は水口屋と旗の立ち並んだ大通りを通って行かれた。

あらかじめ知らされていなかったお通りだったので、群集の数は少なかった。気のいい警官達は近くにいるものがよく見えるように、敷石の上にあがるようにとすすめていた。老人達は首を振った。陛下を見るということは、ほとんど反逆罪にも等しかった戦前からの考え方が残っていたのである。

車の列が通りすぎると、見物人達にはもう一つの行列が待っていた。オリンピックの聖火リレーに因んで、二週間来、国体旗を前年度開催地の神戸から、今年度の開催地に運んで来ていたのである。静岡県のほとんどあらゆる町を旗が巡回するように計画されていたので、そのルートは大変面倒なものであった。そのためには、旗は静岡市のまわりを二度まわり、今や神戸の反対側から静岡市に近づきつつあった。

あらゆる町村ごとに、旗はリレーされ、こうすることによって、公式記録によると、一万二千三百二十五人が八百七十五マイルのコースを分担して走ったことになる。その名誉を求める人が大変多かったので、区間を短かく切る必要があり、由比、興津間では、特別のリレーのチームが参加できるように、二つの引継所をもうけた。こういうやり方は、自分もそれに参加したい、という年取った多くのスポーツマンのためという、人間的ふくみもあったのである。

旗は今や左右からのささやかな拍手に迎えられて興津を通過していた。翌日この旗は天皇陛下の臨席されているスタジアムに入り、ゲームは始まるのだ。

天皇が再び来られるまでには二時間あったが、歩道は人で一杯になり始めていた。学校は授業を止め、子供達は敷石に並んだ。彼らはめいめい小さな旗を持っていた。大人達はうまいことをいってよい場所を取ろうとしていた。しかし、行列を拝むためには、有利なことがわかりきっていたのに、誰も二階の窓には顔を出さなかった。天皇を見下ろすことに対する古いタブーがまだ強く残っていた。

水口屋の門の近くの空地は人で一杯になり始めていた。人々は団体ごとに胸や襟につけたリボンの色で区別されていた。赤は町の役員で、モーニングを着てしゃちほこばっていた。紫は戦死者の遺族の印である。また漁業組合、農業組合、青年団などの古い名誉ある団体、及び新しくはあるが恐るべき婦人団体の幹部などはピンクのリボンをつけていた。七十歳以上の高年者は黄色いリボンをつけて、特によい席を与えられていた。なぜなら、老齢ということはそれだけで尊敬にあたいすることであり、彼らの多くは子供や孫にだかれて来たが、老人達の席に無事におさまると、若い人達は線の後の一般席にひっ込んだ。

警察の拡声器は始終陛下の行列の現在地や興津御到着の最新の情報による予定時をがなりたてていた。警察のジープはゆっくりと通りを走り、そのたびごとに間違って人々は旗を振っていた。一般の交通は町の外で止められていた。

警官は宿屋の前後の持ち場に着き、携帯ラジオで連絡をとっていた。興津の警官の他に七十人の県警察が群集の中におり、その他私服の刑事もいたが、その数は分からなかった。

今や水口屋の門をかためている警官にはさまれて、望月が現れた。後には宮内庁の人がついている。原案では、天皇のお車は門に入って玄関に横づけになるはずだったのだが、親しくお目にかかりたいという町の役員の懇請で、自動車は表通りに止まり、両陛下が歩道をこえて歩いて行かれる所を、少なくとも何人かの人が一目拝めるようにすることに決まったのである。拡声器をのせたトラックが通りすぎた。

「陛下は興津にお入りになりました」

いやな雨粒が落ちて来たが、誰も動こうともしなかった。群集は緊張して通りの向こうの方を見ていた。ずっと聞こえていたざわめきが次第に大きくなり、旗がいっせいに動き出した。警察の車が一台、更に一台ゆっくり走りすぎた。オートバイに乗った二人の警官が辛うじて転倒しない程度の低速で通りすぎた。

それから大きなメルセデス・ベンツが来た。これはお召し自動車で、皇室らしく流行を無視しているのである。その角張った黒い屋根は、後につづく流線型の乗用車よりは一フィート（約三十センチ）がた高く、そのため色の車体は箱型だった。そこに金の御紋章がついていた。車は水口屋の門の前に止まり、従者が扉をあけた。母性的な婦人とグレーの服を着た小柄な人が下りて来た。

望月はうやうやしく頭を下げ、町のおえら方も頭を下げた。天皇も答礼なさった。一同が頭を上げた時、一瞬、ぎこちなさがあり、興津の有力者達は、まだあまり身につかない新時代のやり方に心の中でスイッチを切りかえた。つまり、ぎこちなく、真心をこめて万歳をしたのだ。彼らの後ろの方の群集は灰色のソフトがそれに答えてかかげられるのを見た。その行為も同様にぎこちなく、同様に誠意がこもっていた。

望月は改めて頭を下げ、天皇の御注意を求め、門の奥へ案内して行った。家族と雇人の全員が道の脇に並び、御挨拶申し上げた。玄関で望月はすばやく靴をぬぎ陛下をお待たせはしなかった。彼は後になって、こう述懐した。

1957 年（昭和 32 年）10 月 25 日、水口屋に御到着される天皇皇后両陛下（山田写真館提供）

「侍従の方は、その時の私を褒めて下さいました。結局、靴はきつかったのですが、自分のをはくことにしました。しかし、紐をゆるくしておいたのです。幸いなことに、私はあがっていませんでした。神経の強い質なのです」

彼はささやかな勝利を思い出して微笑し、それから更に話しつづけ、

「私は陛下を椅子と靴ぬぎ台の所へ御案内しました。お坐りになると思っていたのに、陛下は椅子の所にお立ちになって、靴ぬぎをお使いになりました。私ははっとしました。靴はうまく下におちずに、部屋の向こうの方へころがって行ったのです。私はあわててお靴を取りに行こうかとしましたが、思いとどまって、廊下の先のお部屋に御案内いたしました。私は頭を下げて陛下を部屋にお通ししました。私はその日お顔を一度も拝みませんでした。お辞儀をするのに忙しかったからです。それから私は下がって参りました」

両陛下が二日後お立ちになるまで、家族も雇人もお部屋には入らなかった。両陛下は習慣通り、宮内庁の召使いの人がお世話をしたからである。食事は戸口まで伊佐子と二人の年上の女中の手によって運ばれた。保健所の命令で盆には白い布を掛け、彼女らは外科医のようなマスクをつけた。

お着きになると、すぐ伊佐子はお茶と菓子を持って、最初の運搬を行った。お菓子は陛下が初めて召し上がられた地方の名産であった。望月がいうには、

「東京の有名な店からお菓子をとりよせるのが一番楽でしたのですが、陛下はそういうものになれておられることが分かっていましたので、何か変わったものを差し上げたかったのです。初めの日には宮様饅頭という興津持産の小さなお菓子を差し上げました。五十年ほど前に、或る宮様が清見寺にお泊まりになった時に差し上げたもので、そのために宮様饅頭という名前ができたのです。宮様はこれが大変お気に召し、また幸い、陛下もお気に召されたのです」

日が暮れると、どの店の日の丸提灯にも火が入った。見渡す限り、興津川から水口屋の護衛のいる門をすぎて、清見寺の曲り角に至るまで、街道には繭（まゆ）の形をした親しげなお祭りの提灯が並んだ。

宿屋中は忙しく緊張していた。どの部屋にも宮内庁の役人がいた。蔦（つた）の間は今でもよい部屋ではあるが、新しい建物の影になってしまったので、縫い子の仕事場や女中の寝室に使われていたのだが、磨きたてられて、再び客を入れることになり、陛下の運転手達が泊まった。

六時半にマスクをした行列が曙の間へ夕食の料理を運びはじめた。両陛下は御二人だけで御食事をなさり、料理をお褒めになって、かつての家康のように、生干しにして焼いた興津鯛を特に好まれた。

食後、町では歓迎の花火大会を開いた。海岸からは打ち上げ花火をやり、興津の船ではしかけ花火をした。不幸にして陛下はお居間をはずされて、全部はご覧になれなかったが、皇后陛下はそれを眺められて、お喜びになった。

両陛下は早くお休みになったが、六時に起床された。しかし、宿屋の従業員はそのずっと前から忙しく働いていたのである。例えば、新聞の問題がある。東京と静岡の全新聞が持ち込まれたが、神経過敏になっていた保健所は陛下にお届けする前に蒸気か殺虫剤で消毒しなければならないといった。どの方法を使っても、新聞はぐしゃぐしゃになる。それで、何人かの女中が洗濯室のアイロンでそれを乾かし、きれいにのばしたのである。

朝食後、陛下は庭の門から外に出られ、直接海をお調べになった。天性の海洋生物学者であらせられ、運命によって日本の天皇になられた陛下は、今やその本領を発揮して、すばやく岩の多い海岸をお歩きになった。侍従達はおぼつかなく、後から岩に這い上がった。海岸では陛下は科学者であられ、そのお付きの者の誰も三保松原に関する文学的な言葉や、清見寺や西園寺家の前の浜を指さして、その沖の岩には大正天皇がしばしば泳がれたことを記した石碑があるという話をして、陛下の御邪魔をするようなことはしなかった。陛下の個人的なわずかな時間がすぎてしまうと、宿屋にお戻りになり、数分後、大きなメルセデス・ベンツは門を出た。陛下は再び日本天皇としての無表情な顔になり、皇后陛下とお車の中から国民にぎこちなく手をふりながら、開会式に行かれた。

その日の午後、もう一晩水口屋にお泊まりになるために、陛下はお戻りになった。

その日の夕方、侍従長は望月に会って、彼のもてなしに対するお返しとして、陛下からの賜り物を差し出した。それは儀式用の盃で、赤い漆の盃の底に金の菊の御紋章が浮き上がっていた。これは水口屋の家宝に加えられるであろう。それから皇室の紋章が入った口つき煙草が一箱あった。皇室の御紋章がついているが葉は上質ではない。陛下は煙草を上がらないので、皇室は煙草にあまり金をかけないのである。この煙草は望月と親しい友人達とで消費されるであろう。また、上質の羊皮紙に似た紙に丁寧に包まれた金があった。額は多くなく、全くスズメの涙ほどであったが、望月は天皇をおもてなししようとしたので、儲けようと思ってではなかったのだ。

望月が御下賜品（ごかしひん）を持って事務所に戻って来ると、家族や雇人達がそれを見ようと集まって来た。彼らはとどこうりなくすべて進行したので満足だった。それからもう一つ、彼らが嬉しく思う身近な問題があったのだ。ヨシの息子から手紙が来て、父が水口屋で働きつづけたい、という気持ちを諒解（りょうかい）したから反対はしないし、父の好きなだけいさせて欲しい、といって来たのである。

翌朝、宿屋の者は全員玄関に並んだ。陛下は御出発の時に、その場にいる者に御挨拶の言葉を述べられた。両陛下の御滞在が楽しかったことと、そのために働いた人々の努力に対する御挨拶の御言葉を賜った。おばあさんは感謝の涙を流した。

両陛下がリムジンに乗って御出発になると、再び興津の人々は通りに集まった。二日前御歓迎申し上げたのと同じように、その朝も両陛下を歓呼でお送りしたが、今度は群集はくずれなかった。店番や仕事のためにわずかなものが帰って行ったが、大半は水口屋の門口にやって来た。彼らは群をなして並び、赤い絨毯(じゅうたん)を越え、椅子や靴ぬぎから、ピカピカの廊下を通って、陛下のお部屋に入って行った。彼らは陛下の休まれた寝具を眺め、御入浴になった浴槽、時間を過ごされた部屋を眺めた。

今や、部屋の名前は変わった。曙ではなく、御幸(みゆき)となった。この新しい名前は水口屋の伝説的な歴史の中に、新しい一章を書き加えることになる。

東海道の人々の列は、時には荒々しく、時には穏やかであり、宿屋は多くの旅人を泊めたが、今や天皇をお泊めしたのだ。御幸はその幸運と名誉を表わす名前である。

好奇心に充ちた人々が部屋部屋を回っている間、宿屋は早くも仕事にかかっていた。四代目半十郎は事務室に下がり、恭夫は家族用の出入口から汽車に乗るために出て行った。彼はやがて、東京の大理石とニッケルの輝くホテルに戻るのだ。伊佐子は息子を送り出して、シーツの類を調べ始めた。

しかし、宿屋は客がいる時のみ、本当に宿屋になる。大型のあずき色と黒のリムジンが街道の向こうに見えなくなって三十分もすると、あつかましい小型のタクシーが門を入って来た。警笛を鳴らしながら、タクシーは群集をかきわけて玄関に着いて客を下ろした。一人の女中が膝をついて、彼を迎えた。ヨシが飛び出して鞄を受け取った。水口屋はまた仕事を始めたのである。

著者後記

O・スタットラー

興津は現実の町で、水口屋（みなぐちや）も実在の宿屋である。しかし書中で述べたように、宿屋と一家の記録は一代目の半十郎の時の火事で焼けてしまった。したがって、それ以前の事件の多くは、それぞれの時代の資料によって再構成したものである。

宿屋が始まったくだりは、この家の言い伝えであるが、この本で忠実に紹介しようとした歴史上の人物とのつながりは、たいがい私の創作である。しかし西園寺公の話は例外で、公と宿屋の関係は事実そのままである。

私の創作には幾つかの例外がある。名古屋の伊藤家は昔からここのお得意であって、四代目の半十郎は水口屋のことにふれた古い旅日記を見たことがあった。市川本陣の古い宿帳は今日も現存し、私はそれからも素材を求めた。広重の日記の引用は、彼の旅日記からのもので、東京の常行寺の修多羅亮澄（しゅたらりょうちょう）氏の蔵本である。望月の家系は、手塚から養子に入った茂平にはじまる新しい記録によった。伊佐子の先祖である清水の望月家の家康と親しかった源右衛門は実在の人で、この家と次郎長（じろちょう）の結びつき、薩埵峠（さったとうげ）の駕籠（かご）かきとの一件も事実である。

私は江戸が東京になった次第を述べた。しかし名前が変わった例はほかにもあったが、私としては余儀ない場合を除いて、そういうことをあまり書きたくはなかった。興津の隣の宿をこの本では清水と書いたが、実は合併して近代的な都市になるまでは、江尻（えじり）と呼ばれていた。静岡にしても、駿府とか府中とか呼ばれていた。改名は日本の昔からのしきたりである。家康は、生まれた時は松平竹千代だったが、十六歳の時に松平元康となり、二十歳の時に元康から家康となり、二十七歳の時、勅許を得て姓を松平から徳川に改め、徳川家康となったのである。

私は多くの資料を使ったので、その書名をすべてあげることはできないが、私の使った日本の書物は次のものである。

興津町誌（興津町公民館）、本陣の研究（大島延次郎）、日本交通史（大島延次郎）、東海道宿駅と其の本陣の研究（大隈喜邦）、江戸建築叢話（大隈喜邦）、江戸時代の交通文化（樋畑雪湖）、道中閑話（和田篤憲）、史話と伝説（飯塚伝太郎、法月俊郎）、伝記大日本史（辻善之助）、古事類苑（神宮史庁）、近世日本国民史（徳富猪一郎）、広重（内田実）、次郎長講談（村本喜代作）。

しかし英語のものも沢山使用した。Ａ・Ｌ・サドラーの立派な家康の伝記 ***The Maker of Modern Japan***『近代日本の創設者』を知る人なら、私の記述がこれによることの多いことがわかるであろう。日本史の概論としては、Ｇ・Ｂ・サンソムの ***Japan, A Short Cultural History***『日本文化小史』と ***The Western World and Japan***『西欧と日本』を利用したことを述べておかねばなるまい。

西園寺の時代はまだ新しく、同時代的な観点から眺められるので、私が事実を引きだすために使ったおもな書物をあげておこう。重光葵の ***Japan and Her Destiny***『日本とその運命』、リチャード・ストーリーの ***The Double Patriots***『二重愛国者』、ロバート・Ａ・スカラピノの ***Democracy and the Party Movement in Prewar Japan***『戦前の日本における民主主義と政党運動』及び西園寺の二つの伝記、大村ブンジ著 ***The Last Genro***『最後の元老』、竹越与三郎著 ***Prince Saionji***『西園寺公爵』である。

しかし、事件の紹介の仕方は私の自己流である。

また多くの人の協力を得たので、その氏名を列記すれば数ページに及ぶであろう。しかし中でも、前興津市長、現公民館館長、図書館館長である田中秀夫氏、清水市市立図書館の法月俊郎氏、清見寺の水野拍宗氏、耀海寺の斎藤見是氏、理源寺の今井巨舜氏、以上興津関係。東京の国会図書館の桑原信氏、小田泰正氏、古野健雄氏、また秋元俊吉氏は多くの貴重なサジェスチョン（提案や助言）を与えてくれた。亀井種治郎氏は多大の資料を翻訳してくれ、シカゴの美術研究所のマーガレット・ジェントルス女史にはさし絵をみつけるのに御協力いただだいた。戸田ケンジ氏は正しい紋を決めるのに御厄介になり、グレン・W・ショー氏には清見寺の雪舟の絵に関する文章の訳を使わせて載いた。これは、元来、一九三六年北星堂版で *Living in Japan*『日本生活』という題で出されたものであるが、氏にはまた、紋ことでもお世話になった。リチャード・レイン、ジャック・N・ベイリー両氏は私の原稿に貴重な批評をしてくれ、内間安瑆氏はこの本を作るのに役立った多くのインタビューにあたって、私のそばについていてくれた。

わけても私は両望月家に感謝したい。四代目半十郎氏、私がおばあさんと書いたその母堂、伊佐子夫人、その父君の良蔵氏、この人々の友情と援助がなければ私は何もできなかったであろう。

私の水口屋の本は、一部フィクションであるが、宿屋とその家族に対する愛情は事実である。

訳者後記

三浦朱門

戦後、何十万というアメリカ人が日本にやってきて、その多くは、フジヤマとゲイシャとテンプラに満足して帰国した。中には得体の知れない東洋の神秘に驚いて、探検家趣味を味わった人がいるかもしれない。

そしてそのごく一部が、肉体的に心理的に日本に引きとめられた。外交官、貿易商、新聞記者は、その職業上の理由から、日本を愛すると否とにかかわらず、日本に長く滞在し、日本を深く知るようになった。その一部や、日本や日本人の弱点を発見することによって、時折、新聞を賑わす有り難くないヤンキーになったが、反面、本気で私達の国を愛し、それを知ろうとし、更に日本に関して彼らの発見した物――それはもう、探検家が発見する奇怪な風習や、恐ろしい蛮族ではない――を同国人に知らせようとした。

オリバー・スタットラー氏はこの最後のグループに属する人である。一九一五年に生まれ、イリノイ州のハントリイに育ち、シカゴ大学に学んだ。第二次世界大戦中は第三十三歩兵師団に加わって、ニューギニア、フィリピンに転戦したというから、歴戦の勇士である。

終戦の時は、休暇で帰国していたので、日本に進駐していた原隊に帰ることを許されなかった。それで彼は軍属となって、一九四七年、日本にやってきた。一九五四年までの間、軍の仕事をしていたが、その大半の期間を、計理の予算監理官として勤めた。

日本滞在中、ことに日本美術に関心を持ち、版画の本も書いている。

私は「歴史の宿」を読んでいるうちに、何度か、なるほど、こういう手もあったのだな、と首をひねった。つまり東海道の一軒の古い宿屋を通して、歴史をつかもうとするのが、この本の狙いであるらしい。芭蕉の文章に、「月日は百代の過客にして……」というのがあるが、実際、古い宿屋にとっては、歴史が最大のお客である。個々の客はそれとも知らずに、歴史の断片を、宿屋に残して行くのだ。

私は何度か、車で由比から興津、更に清水、静岡へと車で往復したことがある。しかし私はスタットラー氏のように、この道に歴史の匂いをかぎつけることはできなかった。由比の海岸の風光、興津の古い静かな町並はおぼろげに記憶している。しかしそこに清見寺という名刹があることも、この街道が近代日本史のメイン・ストリートであることも忘れていた。前のトラックの排気ガスに顔をしかめ、早く大阪に、或いは京都、名古屋に、着こうとあせっていたのである。

また鉄道を利用する場合でも、興津は急行がとまらない。せっかちで、歴史の特急に乗り遅れまいとする日本人にとっては、急行もとまらない町は、すなわち、無価値な土地である。

しかしスタットラー氏は、この興津の町をカナメにして、日本の近代史を捉えようとした。なるほど色々な方法があるものだなあ、と私は感心した。また、そういう観点から捉えられると、歴史上の事件、人物が、具体的で個人的な味わいを持ってくる。そして学校で習った大雑把な歴史とは違った現実性を持ってくる。

ワーテルローの戦いを書いた作家にユーゴとスタンダールがいる。ほかにもいるかもしれないが、この二人がそれぞれ極端に違った方法を使っている。

ユーゴはこの歴史上の戦いを書くために、ナポレオン以下、歴史上の人物を総動員し、その日の天気から両軍の動き、何から何まで、それだけで長篇になりそうなほどの量を書きまくっている。

しかしスタンダールは違う。戦いに馳(は)せ参じようとする貴族の青年が、戦場へ急ぐと、砲声が聞こえる。だんだん近づいて行くと、農家で負傷兵が手当てを受けている光景などを目にする。そして噂によると、ナポレオンが負けたそうな、ということを知る。

どちらが現実的で本当らしいか、ということを別にしても、私達が歴史に接する時には、この二つの立場がある。スタットラー氏はこの二つを併用している。水口屋という微視的な存在に、突如として歴史その物のような事件や人物が宿泊する。このあたりは多分にスタンダール的であるが、同時にユーゴ的な立場から、その歴史を拡げ、展開して見せることも忘れていない。

また、この本の中の一部は日本人にとって、知りすぎていて、つまらない個所があるかもしれない。たとえば私の場合、忠臣蔵の章がそうであった。しかし日本人の常識と反するが故に面白く思われることもあった。日本では悪玉にされることの多い家康が、すぐれた政治家として書かれていることは、考えようによっては当たり前だが、面白く思った。

そして、何よりも大切なことは、著者が登場人物を人間として書いていることであろう。不思議な理解し難い、化物のような日本人としてではなく、時代、風習の差をのりこえて、全人類に共通する人間性をえがき出そうとしていることは、やさしいようでいて、案外むずかしいことではないだろうか。

ややもすると、歴史上の人物観は彼らについてなまじっか知っているばかりに、歪(ゆが)

められ、冷酷無残、鬼のような悪党、忠勇義烈、神のような善玉、という具合に、概念的になりやすい。あえて、その障壁を突破しようとした著者の意欲を高く評価したい。この本の中に、私の知識と矛盾するところがあったが、スタットラー氏に聞くと、その点に関しては、彼は彼なりに資料を持っているようであった。それどころか、歴史に弱い私よりも、ずっとよく日本史に通じていた。

翻訳に当たって一番困ったのは、日本語の固有名詞、引用される詩歌俳諧、日記などである。これは人物往来社の町田達夫氏の御努力によって、原著者にも協力された田中秀夫氏、法月俊郎氏、修多羅亮澄氏、桑原信氏等と連絡がつき、各氏のお教えを得ることができた。ことに町田氏には図版の選択その他、大変お世話になった。ここに各氏の御助力に対して、お礼を申しあげたい。

本作品には、一部、現代の社会通念や今日の人権意識に照らして不当・不適切な表現や語句、差別的表現が見られる部分があります。執筆当時の時代的背景と本書の資料的意義を考慮し、初出のまま掲載しておりますことを、ご了承ください。

この作品は一九六一年十二月人物往来社より刊行されました。

資料編

水口屋ギャラリー所蔵品(一部)

皇太子嘉仁親王殿下（後の大正天皇）御使用の塗椀と懸盤

昭和天皇皇后両陛下
御使用の食器類

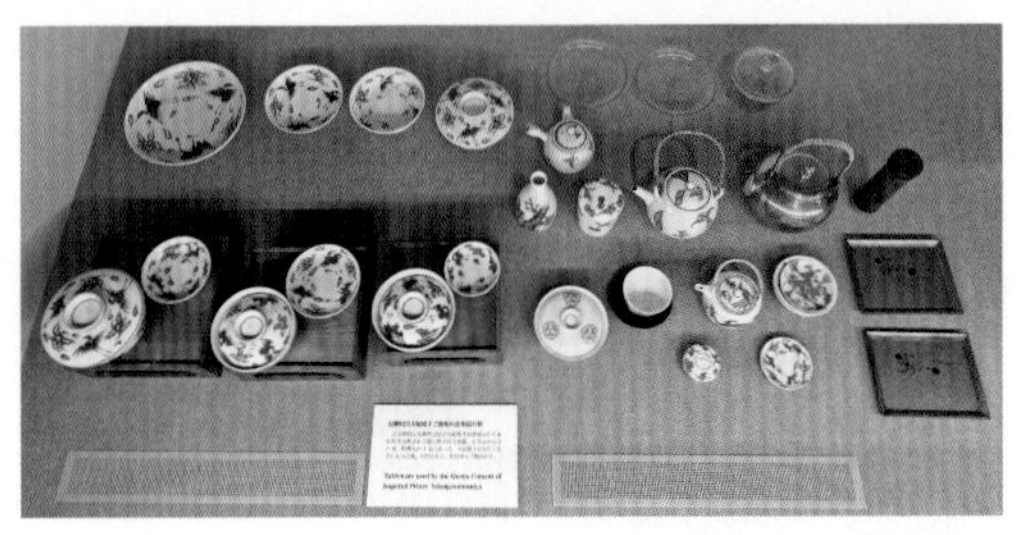

有栖川宮大妃殿下御使用の食器類等

岩倉具視 筆「静楽」

1879（明治12）年

紙本墨書 34.5×75.0

水口屋が火事で全焼した時に、お見舞いに贈られた書。「静楽」は心を落ち着けて、静かなるを楽しむという意味であろう

月色満窓詩骨冷
露華方枕夢魂清
春畝閑人

伊藤博文 筆

絹本墨書

宋末元初の詩人・陳普の漢詩より

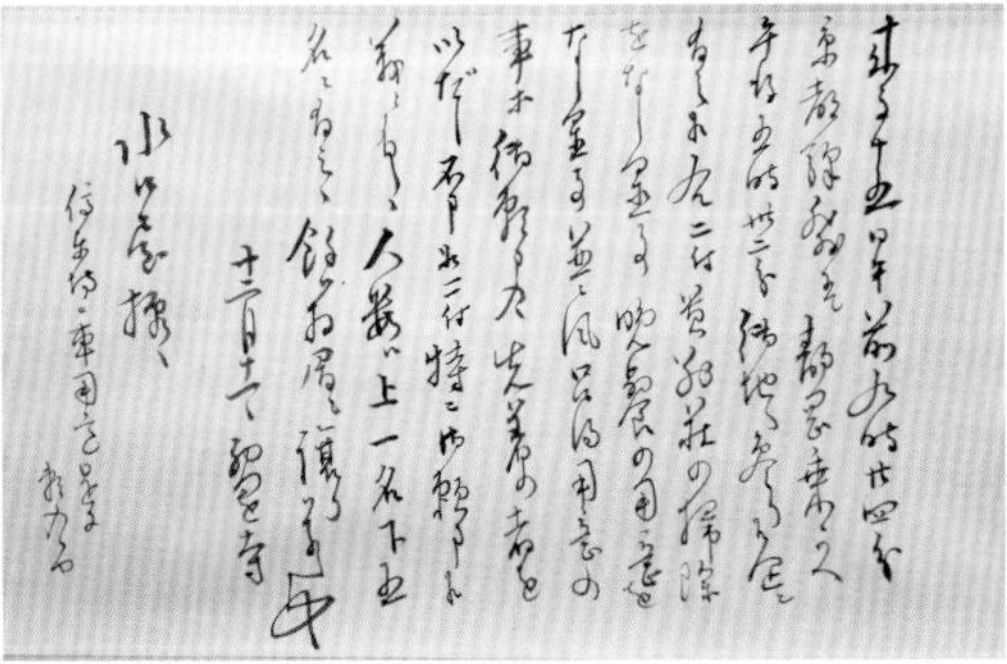

西園寺公望 消息

1917(大正6)年

2回目に水口屋へ滞在する出発間際に出された書簡。こまごまとした指示を与えている

来る十五日午前九時二四分
京都駅発にて静岡乗かへ
午後五時三二分御池ニ参り候企ニ
有之候、右ニ付貴別荘の掃除
をなし置事、晩餐の用意を
なし置事、並ニ風呂湯用意
の事等御頼申入候、先着の者を
いだし不申候ニ付、特ニ御頼申候
義ニ有之候、人数ハ上一名、下五
名ニ之候、餘は排眉ニ譲り
草々頓首
十二月十一日　西園寺
水口屋様へ
停車場・車用意、是又
頼入候他

西園寺公望 消息

1918（大正7）年

4回目の滞在予告

本年も御地へ避寒候企ニ有之
如列御別荘借用いたし度候
右あらかじめ御依頼候、普請の
都合も有之、十二月始より参り度
存候、此段御含置可被下候、草々
十月十四日　西園寺
水口屋様へ

西園寺公望 筆

絹本墨書

南宋の詩人・姜夔の漢詩

自作新詩韻最嬌　小紅低唱我吹蕭　曲終
過盡松陵路　回首煙波十四橋
陶庵主人　録宋詩

萱草凌霜翠　蘭英浥露香
大正庚申初夏　陶庵書

西園寺公望 筆

1920（大正 9）年

絹本墨書

梨花淡白柳深青　柳絮飛時花
滿城　惆悵東欄一株雪　人生看
得幾清明
大正戊午春覧　陶庵書

西園寺公望 筆

1926（大正 15）年

絹本墨書

北宋の詩人・蘇軾の漢詩

展示室

フェルケール博物館別館

水口屋ギャラリー

みなぐちや

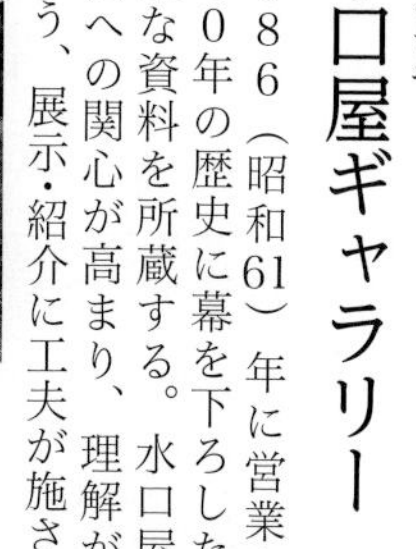

1986（昭和61）年に営業を終了し、400年の歴史に幕を下ろした水口屋の貴重な資料を所蔵する。水口屋や興津の歴史への関心が高まり、理解が容易になるよう、展示・紹介に工夫が施されている。

●住所　静岡市清水区興津本町36
● TEL　054-369-6101
●開館時間　10:00 ～ 16:00
●入館料　無料
●休館日　月曜日・年末年始
● https://www.suzuyo.co.jp/suzuyo/verkehr/annex/index.html

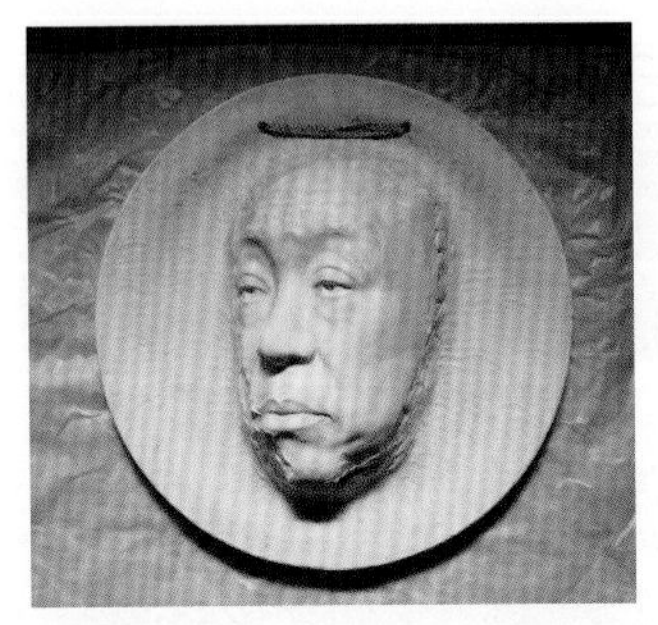

石膏像

現存する唯一の立体像といわれている西園寺公望の石膏像。東京・神田駿河台の本邸にあった大理石の胸像が関東大震災で破損し、坐魚荘の設計者の則松幸十郎が破片から顔部分を復元した（清見寺蔵）

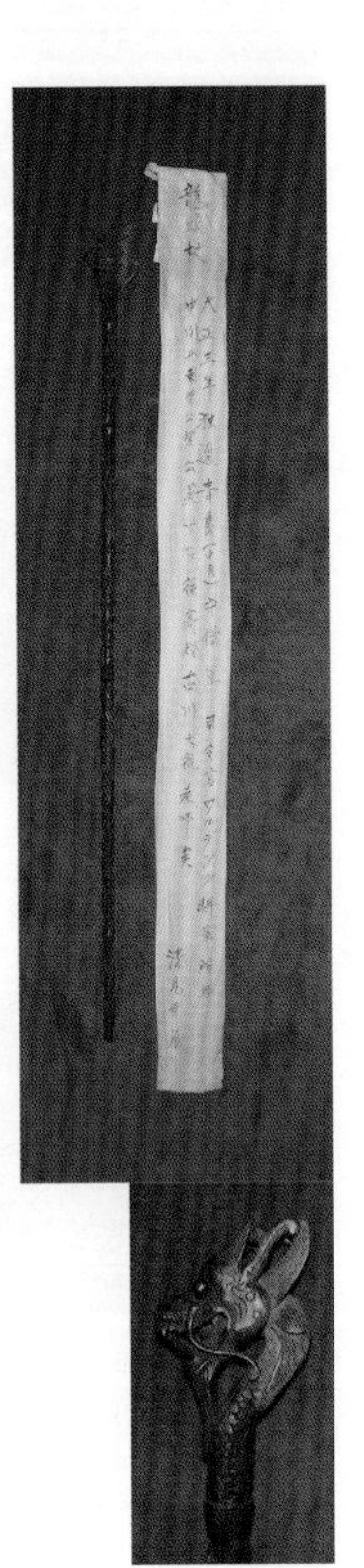

龍頭杖

西園寺公望がドイツ青島（チンタオ）守備軍司令官から譲り受けた龍頭杖。清見寺住職古川大航に寄贈された（清見寺蔵）

扁額「長吟對白雲」（はくうんにたいしちょうぎんす）

昭和４年公望81歳のときに揮毫。立命館大学創立者の中川小十郎が扁額にして寄贈した（清見寺蔵）

潮音閣

1889（明治22）年7月、明宮嘉仁親王（後の大正天皇）が清見寺に御宿泊された。そのために増築されたのが「潮音閣」。三方の窓から駿河湾や三保を望むことができる

玉座之間

明治天皇が京都から東京遷都の際に立ち寄られ、御休憩になられた「玉座」。天井の端の曲線が特徴的な格式高い「折上天井」になっている。もともとは徳川家と関わりが深く「三つ葉葵」の御紋がそのまま残っている。

巨鼇山 清見寺（こごうざん せいけんじ）
静岡市清水区興津清見寺町418-1　TEL:054-369-0028
●拝観時間・料金　8:00～16:30（不定休）
大人300円、中高生200円、小学生100円

大正天皇の御海水浴跡

坐漁荘や清見寺から近い清見潟公園の一角に「皇太子殿下御海水浴跡」と書かれた石碑が建っている。今は埋め立てられ当時の面影はないが、昔の写真を見ると石碑が海中の岩の上にあるのがわかる。

1889（明治22）年2月東海道線国府津～浜松間が開通すると、7月に明宮嘉仁親王（後の大正天皇、当時9歳）が避暑ため興津を訪れ海水浴を楽しまれた。その頃は海水浴をする人がほとんどいなかったという。お気に召されたのか翌年の夏も滞在している。

御宿泊先の清見寺から海岸に向かう道の入り口に「大正天皇在東宮海水浴御成道」碑も立っている

山田写真館提供

絵葉書に見る水口屋

水口屋ギャラリー蔵

駿府（拡大）

江尻・三保（拡大）

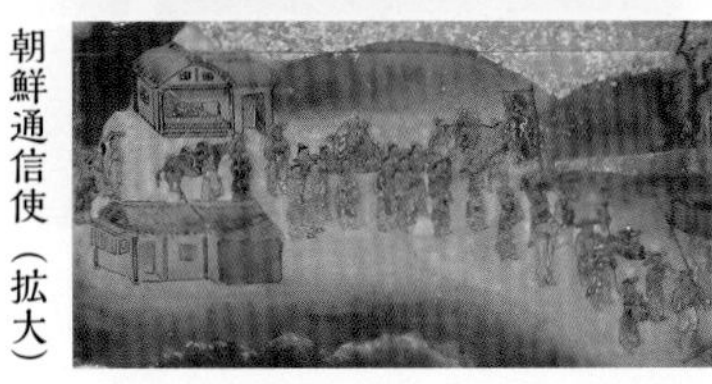

朝鮮通信使（拡大）

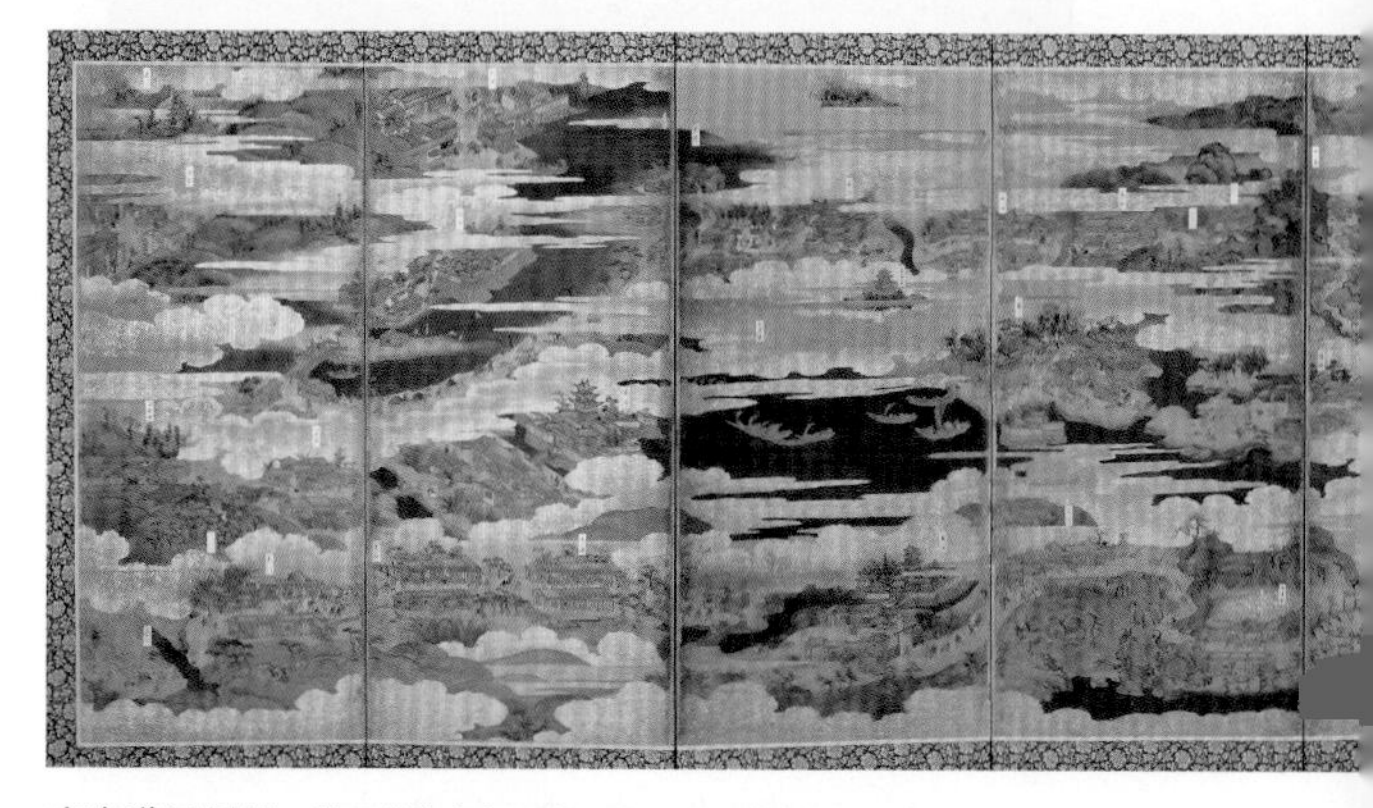

東海道図屏風　静岡県指定有形文化財、江戸時代前期、各 108.0 × 294.2
（静岡市蔵）

時代の絵師が描く
富士山と三保松原

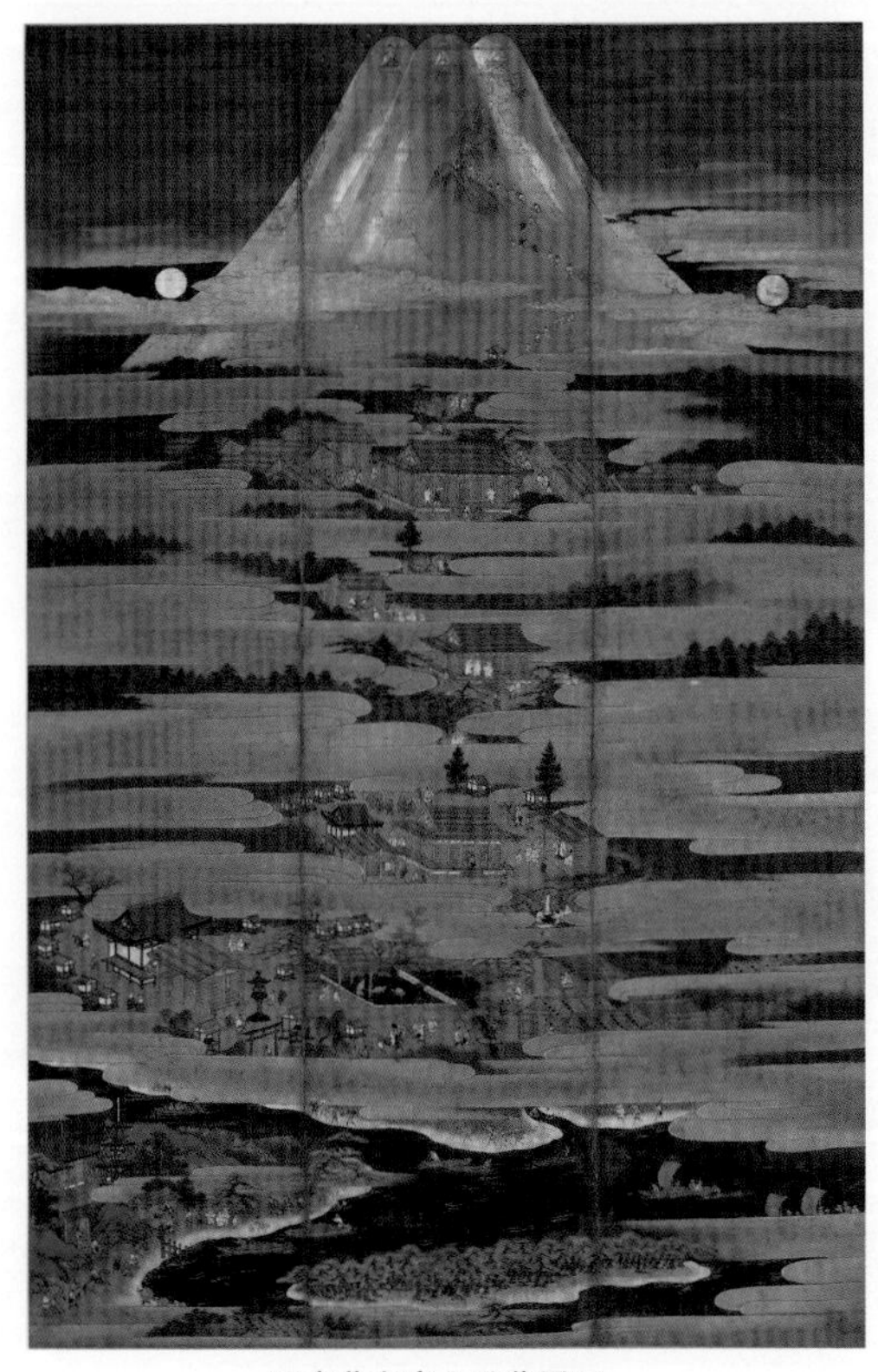

絹本著色富士曼荼羅図
国指定重要文化財、室町時代、180.2 × 117.8
（富士山本宮浅間大社蔵）

富士三保清見寺図　伝 雪舟 筆　室町時代、43.2 × 101.8
（永青文庫蔵）

富士山図　狩野探幽 筆　1667（寛文 7）年、56.6 × 118.4
（静岡県立美術館蔵）

時代の絵師が描く
富士山と三保松原

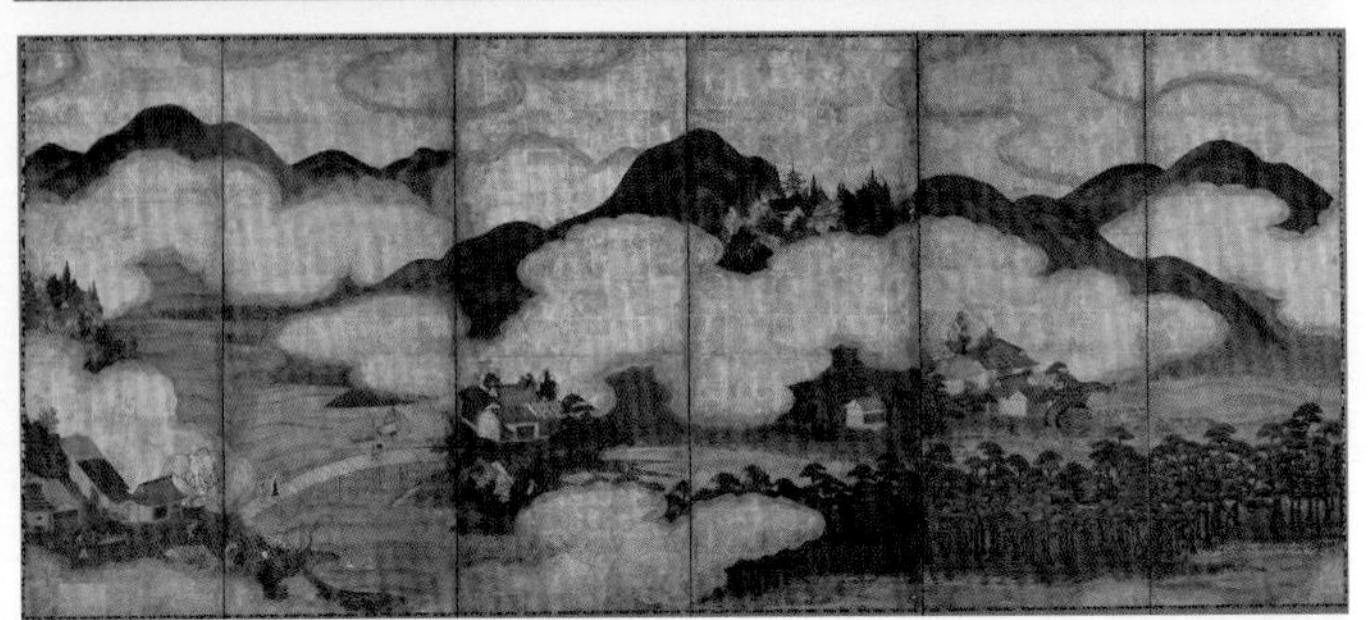

富士三保松原図屏風　室町時代（16 世紀）、各 137.5 × 329.4
（静岡県立美術館蔵）

富士三保松原図屏風 狩野山雪 筆 江戸時代（17 世紀）各 153.5 × 360.0

（静岡県立美術館蔵）

時代の絵師が描く

富士山と三保松原

駿河湾富士遠望図 司馬江漢 筆　1799（寛政11）年、36.2 × 100.9
（静岡県立美術館蔵）

清見潟富士図　横山華山 筆　1819（文政2）年、42.3 × 79.5
（静岡県立美術館蔵）

富士三保松原図　原在中 筆　1822（文政 5）年、40.9 × 100.8

（静岡県立美術館蔵）

冨士三十六景 駿河三保之松原

歌川広重 筆　1858(安政 5）年

（静岡市東海道広重美術館蔵）

近代日本画の巨匠が描く 富士山

霊峰富士　横山大観 筆（水口屋ギャラリー蔵）

横山大観は興津に滞在したことがあるという。中央の特徴的な形の山は竜爪山であろうか

静岡市東海道広重美術館

江戸文化と浮世絵芸術を伝える

江戸時代の浮世絵師・歌川広重の作品をはじめ風景版画の名品を中心に1400点を収蔵。作品保存のため毎月展示替えを行う。多彩な企画展や講演会、ギャラリートークなども多く開催され、「版画体験コーナー」もある。

- ●住所　静岡市清水区由比 297-1
- ● TEL　054-375-4454
- ●開館時間　9:00 ～ 17:00（入館は閉館の 30 分前まで）
- ●入館料　一般 520 円／大学・高校生 310 円／小・中学生 130 円（団体割引あり、静岡市内在住の小・中学生無料）
- ●休館日　月曜（祝日開館・翌平日休館）、年末年始
- ●アクセス　JR 由比駅徒歩 25 分／東名清水 IC より車約 15 分
- ●駐車場　無料 21 台
- ● https://tokaido-hiroshige.jp/

フェルケール博物館

清水港の歴史と役割を紹介する博物館。商業港、工業港、漁港と多面性をもつ清水港から海と人の歴史を学ぶことができる。美術・工芸・歴史などの企画展も開催する。

海と人の関わり、歴史を学ぶ

- ●住所　静岡市清水区港町２－８－11
- ● TEL　054-352-8060
- ●開館時間　9:30 ～ 16:30
- ●入館料　大人 400 円／中高生 300 円／小学生 200 円（団体割引あり、土曜、こどもの日・海の日は小・中学生無料）
- ●休館日　月曜（祝日・振替休日は開館）
- ●アクセス　JR 清水駅、静鉄新清水駅よりバスで約 10 分。「波止場フェルケール博物館」下車／東名清水 IC より車約 15 分
- ●駐車場　無料
- ● https://www.suzuyo.co.jp/suzuyo/verkehr/index.html

久能山東照宮博物館

徳川家康公を祀る久能山東照宮付属の歴史博物館。奉納された伝世の宝物を中心に、家康公の日常品（手沢品）や徳川歴代将軍の武器・武具など2000点以上を収蔵する。スペイン国王より家康公に贈られた洋時計も展示。

徳川家ゆかりの名品展示

●住所　静岡市駿河区根古屋 390
● TEL　054-237-2437
●開館時間　9:00 ～ 17:00
(最終入館時間は 16:45)
●入館料　（博物館のみ）高校生以上 400 円／小中学生 150 円　（社殿共通）高校生以上 800 円／小中学生 300 円（団体割引あり）
●休館日　なし
●アクセス　JR 静岡駅よりバス約 40 分または東静岡駅よりバス 25 分「日本平ロープウェイ」下車／東名日本平久能山スマート IC より車約 20 分 →日本平山頂よりロープウェイ 5 分
●駐車場　ロープウェイ日本平山頂駅の無料駐車場を利用
●https://www.toshogu.or.jp/kt_museum/

緑に囲まれた環境でアートを満喫

静岡県立美術館

国内外の山水風景画を中心としたコレクション、静岡ゆかりの作品など約２７００点を所蔵する総合美術館。「地獄の門」をはじめ国内唯一32点のロダン作品を一堂に展示したロダン館や屋外にある彫刻プロムナードも特徴である。

●住所　静岡市駿河区谷田 53-2
● TEL　054-263-5755
●開館時間　10:00 ～ 17:30
（展示室の入室は 17:00 まで）
●入館料　（収蔵品展・ロダン館）大人 300 円、大学生以下 70 歳以上無料（団体割引あり）
※企画展観覧料は展覧会毎に異なる
●休館日　月曜（祝日・振替休日開館、翌日休館）
●アクセス　JR 草薙駅よりバス約 6 分「県立美術館」下車／静鉄県立美術館前駅から徒歩 15 分またはバス約 3 分／東名静岡 IC・清水 IC、新東名新静岡 IC より約 25 分または東名日本平久能山 IC から約 15 分
●駐車料　無料
●https://spmoa.shizuoka.shizuoka.jp/

静岡市の歴史資源を身近に体感

静岡市歴史博物館

2023年1月グランドオープン

静岡市に待望の歴史博物館が誕生。徳川家康公の一生や静岡の礎を築いた今川氏の歴史に関する展示、駿府城下町から現代の静岡のまちへの道のりをたどる展示、「戦国時代末期の道の遺構」などから、静岡市の歴史を身近に感じることができる。

- ●住所　静岡市葵区追手町 4-16
- ● TEL　054-204-1005
- ●開館時間　9:00 ～ 18 :00（展示室入場は閉館 30 分前まで）
- ●観覧料　1 階は無料／一般 600 円／大学・高校生 420 円／小中学生 150 円（団体割引、周辺施設とのセット割引あり、静岡市内在住・通学の小中学生無料）※企画展示は別途料金設定
- ●休館日　月曜（祝日の場合は開館、翌平日休館）、年末年始 ※グランドオープンまでは 1 階無料エリアのみ公開
- ●アクセス　JR 静岡駅北口より駿府浪漫バス「東御門」下車徒歩 1 分／静鉄新静岡駅より徒歩 5 分
- ●駐車場　専用駐車場なし
- ● https://scmh.jp

■著者

Oliver Statler（オリバー・スタットラー）
1915-2002

アメリカイリノイ州生まれ、シカゴ大学卒業。1947年軍属として来日し、日本文化を研究する。GHQの保養地となっていた静岡県興津を訪問した際に水口屋に宿泊。主人から聞いた当地に関わる日本の歴史の話に強い興味が湧き、その後頻繁に取材を重ねる。58年帰国し、61年本書の原書Japanese Innを出版するとアメリカでベストセラーになる。日本版画のコレクターとしても知られ、アメリカ各地で展覧会の企画や講演、執筆活動を行い、日本の創作版画の普及に貢献する。著書はModern Japanese Prints: An Art Reborn（1956）日本語訳『よみがえった芸術 - 日本の現代版画』、Shimoda Story（1970）日本語訳『下田物語上・中・下』、Japanese Pilgrimage(1983) がある。

■訳者

三浦朱門（みうら・しゅもん）
1926-2017

東京生まれ、東京大学文学部卒業。1950年阪田寛夫らと同人誌『新思潮』を創刊､51年『画鬼』（のちに『冥府山水図』）を発表。52年『斧と馬丁』が芥川賞候補となり、遠藤周作や吉行淳之介らとともに「第三の新人」として注目される。同年日本大学藝術学部助教授に就任。67年『箱庭』で新潮社文学賞受賞、日本大学藝術学部教授就任。83年『武蔵野インディアン』で芸術選奨文部大臣賞を受賞。85年4月～86年8月文化庁長官を務める。88～94年日本文藝家協会理事長、96～98年教育課程審議会会長、日本ユネスコ国内委員会会長を歴任。99年文化功労者。2004～14年日本藝術院院長を務める。著書は小説のほか、『老年の品格』などエッセーや社会批評、教育批評も多く100冊を優に超える。

■編集・写真協力
伊東観光協会／茨城県立歴史館／永青文庫／興津坐漁荘／久能山東照宮博物館／静岡県立美術館／静岡市東海道広重美術館／静岡市 観光・MICE推進課、文化財課、歴史文化課／静岡市歴史博物館／静岡新聞社／するが企画観光局／清見寺／梅蔭禅寺／フェルケール博物館／富士山本宮浅間大社／水口屋ギャラリー／山田写真館／渡邊康弘

新版　ニッポン 歴史の宿　（文庫版）

Japanese Inn :Reconstruction of the past

2022年10月16日　第1刷
2023年 5 月21日　第2刷

著者　　オリバー・スタットラー

訳者　　三浦朱門

発行所　　鈴与株式会社
〒424-0942　静岡市清水区入船町11-1

編集制作
発売元　　株式会社静岡新聞社
〒422-8033　静岡市駿河区登呂3-1-1
TEL054-284-1666

印刷製本　　藤原印刷株式会社

Printed in Japan　　ISBN978-4-7838-8052-3
定価はカバーに表示しています。
乱丁・落丁などの不良品はお取り替えいたします。